THREE NOVELS: HORDUBAL,
METEOR, AN ORDINARY LIFE

流 星

卡雷尔·恰佩克哲理小说三部曲

Karel Čapek

[捷克] 卡雷尔·恰佩克 / 著

舒荪乐　蒋文惠　程淑娟 / 译

南方出版传媒
花城出版社
中国·广州

图书在版编目（ＣＩＰ）数据

流星：卡雷尔·恰佩克哲理小说三部曲／（捷克）
卡雷尔·恰佩克著；舒荪乐，蒋文惠，程淑娟译. —— 广
州：花城出版社，2016.11
（蓝色东欧／高兴主编. 第3辑）
ISBN 978-7-5360-8139-0

Ⅰ. ①流… Ⅱ. ①卡… ②舒… ③蒋… ④程… Ⅲ.
①中篇小说－小说集－捷克－现代 Ⅳ. ①I524.45

中国版本图书馆CIP数据核字(2016)第288556号

书名原文：THREE NOVELS：HORDUBAL，METEOR，AN ORDINARY LIFE
作　者：KAREL CAPEK

出 版 人：詹秀敏
丛书策划：朱燕玲　孙虹
出版统筹：李倩倩　夏显夫　欧阳佳子
责任编辑：夏显夫
技术编辑：薛伟民　凌春梅
装帧设计：棱角视觉 ANGULAR VISION

书　　名	流星：卡雷尔·恰佩克哲理小说三部曲
	LIU XING KA LEI ER QIA PEI KE ZHE LI XIAO SHUO SAN BU QU
出版发行	花城出版社
	（广州市环市东路水荫路11号）
经　　销	全国新华书店
印　　刷	恒美印务（广州）有限公司
	（广州南沙经济技术开发区环市大道南路334号）
开　　本	880毫米×1230毫米 32开
印　　张	14.25　2插页
字　　数	375,000字
版　　次	2016年11月第1版　2016年11月第1次印刷
定　　价	45.00元

本书中文专有出版权归花城出版社独家所有，非经本社同意不得连载、摘编或复制。
如发现印装质量问题，请直接与印刷厂联系调换。
购书热线：020－37604658　37602954
欢迎登陆花城出版社网站：http://www.fcph.com.cn

流　星

卡雷尔·恰佩克哲理小说三部曲

目 录
CONTENTS

记忆，阅读，另一种目光（总序）/ 高兴 / 1
英文版编辑序（中译本前言）/ [美国] 威廉·哈金斯 / 1

霍杜巴尔 / 第一部 / 3
1 / 第二部 / 94
第三部 / 115

流　　星 /
133

平凡一生 /
295

记忆，阅读，另一种目光

（总序）

高兴

昆德拉说过："人的一生注定扎根于前十年中。"我想稍稍修改一下他的说法："人的一生注定扎根于童年和少年中。"童年和少年确定内心的基调，影响一生的基本走向。

不得不承认，二十世纪五六十年代出生的人都有着不同程度的俄罗斯情结和东欧情结。这与我们的成长有关，与我们的童年、少年和青春岁月有关。而那段岁月中，电影，尤其是露天电影又有着怎样重要的影响。那时，少有的几部外国电影便是最最好看的电影，它们大多来自东欧国家，几乎吸引了所有人的目光，是我们童年的节日。在某种意义上，甚至可以说，它们还是我们的艺术启蒙和人生启蒙，构成童年最温馨、最美好和最结实的部分。

还有电影中的台词和暗号。你怎能忘记那些台词和暗号。它们已成为我们青春的经典。最最难忘的是《瓦尔特保卫萨拉热窝》。"'空气在颤抖,仿佛天空在燃烧。''是啊,暴风雨来了。'""看,这座城市,它就是瓦尔特。"简直就是诗歌。是我们接触到的最初的诗歌。那么悲壮有力的诗歌。真正有震撼力的诗歌。诗歌,就这样和英雄主义和浪漫主义,紧紧地连接在了一道。

还有那些柔情的诗歌。裴多菲,爱明内斯库,密茨凯维奇。要知道,在二十世纪七八十年代,读到他们的诗句,绝对会有触电般的感觉。而所有这一切,似乎就浓缩成了几粒种子,在内心深处生根,发芽,成长为东欧情结之树。

然而,时过境迁,我们需要重新打量"东欧"以及"东欧文学"这一概念。严格来说,"东欧"是个政治概念,也是个历史概念。过去,它主要指波兰、捷克斯洛伐克、匈牙利、罗马尼亚、保加利亚、南斯拉夫、阿尔巴尼亚七个国家。因此,在当时,"东欧文学"也就是指上述七个国家的文学。这七个国家,加上原先的东德,都曾经是以苏联为首的华沙条约组织的成员。

一九八九年底,东欧发生剧变。此后,苏联解体,华沙条约组织解散,捷克和斯洛伐克分离,南斯拉夫各共和国相继独立,所有这些都在不断改变着"东欧"这一概念。而实际情况是,波兰、捷克、匈牙利、罗马尼亚等国家甚至都不再愿意被称为东欧国家,它们更愿意被称为中欧或中南欧国家。同样,不少上述国家的作家也竭力抵制和否定这一概念。在他们看来,东欧是个高度政治化、笼统化的概念,对文学定位和评判,不太有利。这是一种微妙的姿态。在这种姿态中,民族自尊心也发挥着不可估量的作用。

但在中国,"东欧"和"东欧文学"这一概念早已深入人心,有广泛的群众和读者基础,有一定的号召力和亲和力。因此,继续使用"东欧"和"东欧文学"这一概念,我觉得无可厚非,有利于研究、译介和推广这些特定国家的文学作品。事实上,欧美一些大学、研究中心也还在继续使用这一概念。只不过，今日，当我们提到这一概念，涉及的就不仅仅是七个国家，而应该包含更多的国家：立陶宛、摩尔多瓦等独联体国家，还有波黑、克罗地亚、斯洛文尼亚、塞尔维亚、黑山等从南斯拉夫联盟独立出来的国家。我们之所以还能把它们作为一个整体来谈论，是因为它们有着太多的共同点：都是欧洲弱小国家，历史上都曾不断遭受侵略、瓜分、吞并和异族统治，都曾把民族复兴当作最高目标，都是到了十九世纪末二十世纪初才相继获得独立，或得到统一，第二次世界大战后都走过一段相同或相似的社会主义道路，一九八九年后又相继推翻了共产党政权，走上了资本主义发展道路。之后，又几乎都把加入北约、进入欧盟当作国家政策的重中之重。这二十年来，发展得都不太顺当，作家和文学都陷入不同程度的困境。用饱经风雨、饱经磨难来形容这些国家，十分恰当。

换一个角度，侵略、瓜分、异族统治、动荡、迁徙，这一切同时也意味着方方面面的影响和交融。甚至可以说，影响和交融，是东欧文化和文学的两个关键词。看一看布拉格吧。生长在布拉格的捷克著名小说家伊凡·克里玛，在谈到自己的城市时，有一种掩饰不住的骄傲："这是一个神秘的和令人兴奋的城市，有着数十年甚至几个世纪生活在一起的三种文化优异的和富有刺激性的混合，从而创造了一种激发人们创造的空气，即捷克、德国和犹太文化。"①

克里玛又借用被他称作"说德语的布拉格人"乌兹迪尔的笔为我们描绘了一个形象的、感性的、有声有色的布拉格。这是一个具有超民族性的神秘的世界。在这里，你很容易成为一个世界主义者。这里有幽静的小巷、热闹的夜总会、露天舞台、剧院和形形色色的小餐馆、小店铺、小咖啡屋和小酒店。还有无数学生社团和文艺沙龙。自然也有五花八门的妓院和赌场。布拉格是敞开的，是包容的，是休闲的，是艺术的，是世俗的，有时还是颓废的。

---

① 见伊凡·克里玛《布拉格精神》第44页，崔卫平译，作家出版社1998年版。

布拉格也是一个有着无数伤口的城市。战争、暴力、流亡、占领、起义、颠覆、出卖和解放充满了这个城市的历史。饱经磨难和沧桑，却依然存在，且魅力不减，用克里玛的话说，那是因为它非常结实，有罕见的从灾难中重新恢复的能力，有不挠不挠同时又灵活善变的精神。如果要用一个词来形容布拉格的话，克里玛觉得就是：悖谬。悖谬是布拉格的精神。

或许悖谬恰恰是艺术的福音，是艺术的全部深刻所在。要不然从这里怎会走出如此众多的杰出人物：德沃夏克，雅那切克，斯美塔那，哈谢克，卡夫卡，布洛德，里尔克，塞弗尔特，等等。这一大串的名字就足以让我们对这座中欧古城表示敬意。

布拉格如此，萨拉热窝、华沙、布加勒斯特、克拉科夫、布达佩斯等众多东欧城市，均如此。走进这些城市，你都会看到一道道影响和交融的影子。

在影响和交融中，确立并发出自己的声音，十分重要。不少东欧作家为此做出了开拓性和创造性的贡献。我们不妨将哈谢克和贡布罗维奇当作两个案例，稍加分析。

说到捷克作家哈谢克，我们会想起他的代表作《好兵帅克》。以往，谈论这部作品，人们往往仅仅停留于政治性评价。这不够全面，也容易流于庸俗。《好兵帅克》几乎没有什么中心情节，有的只是一堆零碎的琐事，有的只是帅克闹出的一个又一个的乱子，有的只是幽默和讽刺。可以说，幽默和讽刺是哈谢克的基本语调。正是在幽默和讽刺中，战争变成了一个喜剧大舞台，帅克变成了一个喜剧大明星，一个典型的"反英雄"。看得出，哈谢克在写帅克的时候，并没有考虑什么文学的严肃性。很大程度上，他恰恰要打破文学的严肃性和神圣感。他就想让大家哈哈一笑。至于笑过之后的感悟，那就是读者自己的事情了。这种轻松的姿态反而让他彻底放开了。借用帅克这一人物，哈谢克把皇帝、奥匈帝国、密探、将军、走狗等等统统给骂了。他骂得很过瘾，很解气，很痛快。读者，尤其是捷克读者，读得也很过瘾，很解气，很痛快。幽默和讽刺于是又变成了一件有力的武器，特别适用于捷克这么一个弱小的民族。哈谢克最大的贡献也正在于此：为捷克民族和捷克文学找到了一种声音，确立了一种传统。

而波兰作家贡布罗维奇与哈谢克不同，恰恰是以反传统而引起世人瞩目的。他坚决主张让文学独立自主。在二十世纪三四十年代，贡布罗维奇的作品在波兰文坛显得格外怪异离谱，他的文字往往夸张扭曲，人物常常是漫画式的，他们随时都受到外界的侵扰和威胁，内心充满了不安和恐惧，像一群长不大的孩子。作家并不依靠完整的故事情节，而是主要通过人物荒诞怪僻的行为，表现社会的混乱、荒谬和丑恶，表现外部世界对人性的影响和摧残，表现人类的无奈和异化以及人际关系的异常和紧张。长篇小说《费尔迪杜凯》就充分体现出了他的艺术个性和创作特色。

捷克的赫拉巴尔、昆德拉、克里玛、霍朗，波兰的米沃什、赫贝特、希姆博尔斯卡，罗马尼亚的埃里亚德、索雷斯库、齐奥朗，匈牙利的凯尔泰斯、艾什特哈兹，塞尔维亚的帕维奇、波帕，阿尔巴尼亚的卡达莱……如此具有独特风格和魅力的当代东欧作家实在是不胜枚举。

某种程度上，东欧曾经高度政治化的现实，以及多灾多难的痛苦经历，恰好为文学和文学家提供了特别的土壤。没有捷克经历，昆德拉不可能成为现在的昆德拉，不可能写出《可笑的爱》《玩笑》《不朽》和《难以承受的存在之轻》这样独特的杰作。没有波兰经历，米沃什也不可能成为我们所熟悉的将道德感同诗意紧密融合的诗歌大师。但另一方面，需要注意的是，由于语言的局限以及话语权的控制，东欧文学也极易被涂上浓郁的意识形态色彩。应该承认，恰恰是意识形态色彩成全了不少作家的声名。昆德拉如此。卡达莱如此。马内阿如此。赫尔塔·米勒亦如此。我们在阅读和研究这些作家时，需要格外地警惕。过分地强调政治性，有可能会忽略他们的艺术性和丰富性。而过分地强调艺术性，又有可能会看不到他们的政治性和复杂性。如何客观地、准确地认识和评价他们，同样需要我们的敏感和平衡。

一个美国作家，一个英国作家，或一个法国作家，在写出一部作品时，就已自然而然地拥有了世界各地广大的读者，因而，不管自觉与否，他，或她，很容易获得一种语言和心理上的优越感和骄傲感。这种感觉东欧作家难以体会。有抱负的东欧作家往往会生出一种紧迫感和危机感。他们要用尽全力将弱势转化为优势。昆德拉就反复强调，身处小国，你"要么做一个可怜的、眼光狭窄的人"，要么成为一个广闻博识的"世界性的人"。别无选择，有时，恰恰是最好的选择。因此，东欧作家大多会自觉地"同其他诗人，其他世界，和其他传统相遇"（萨拉蒙语）。昆德拉、米沃什、齐奥朗、贡布罗维奇、赫贝特、卡达莱、萨拉蒙等等东欧作家都最终成为"世界性的人"。

关注东欧文学，我们会发现，不少作家，基本上，都在出走后，都在定居那些发达国家后，才获得一定的国际声誉。贡布罗维奇、昆德拉、齐奥朗、埃里亚德、扎加耶夫斯基、米沃什、马内阿、史沃克莱茨基等等都属于这样的情形。各种各样的原因，让他们选择了出走。生活和写作环境、意识形态原因、文学抱负、机缘等，都有。再说，东欧国家都是小国，读者有限，天地有限。

在走和留之间，这基本上是所有东欧作家都会面临的问题。因此，我们谈论东欧文学，实际上，也就是在谈论两部分东欧文学：海外东欧文学和本土东欧文学。它们缺一不可，已成为一种事实。

在我国，东欧文学译介一直处于某种"非正常状态"。正是由于这种"非正常状态"，在很长一段岁月里，东欧文学被染上了太多的艺术之外的色彩。直至今日，东欧文学还依然更多地让人想到那些红色经典。阿尔巴尼亚的反法西斯电影，捷克作家伏契克的《绞刑架下的报告》，保加利亚的革命文学，都是典型的例子。红色经典当然是东欧文学的组成部分，这毫无疑义。我个人阅读某些红色经典作品时，曾深受感动。但需要指出的是，红色经典并不是东欧文学的全部。若认为红色经典就能代表东欧文学，那实在是种误解和误导，是对东欧文学的狭隘理解和片面认识。因此，用艺术目光重新打量、重新梳理东欧文学已成为一种必须。为了更加客观、全面地翻译和介绍东欧文学，突出东欧文学的艺术性，有必要颠覆一下这一概念。蓝色是流经东欧不少国家的多瑙河的颜色，也是大海和天空的颜色，有广阔和博大的意味。"蓝色东欧"正是旨在让读者看到另一种色彩的东欧文学，看到更加广阔和博大的东欧文学。

二〇一三年十月三十一日定稿于北京

主编简介：高兴，诗人、翻译家，一九六三年出生于江苏省吴江市。中国作家协会会员。现为中国社会科学院外国文学研究所研究员，《世界文学》主编。曾以作家、翻译家、外交官和访问学者身份游历过欧美数十个国家。出版过《米兰·昆德拉传》《东欧文学大花园》《布拉格，那蓝雨中的石子路》等专著和随笔集；主编过《二十世纪外国短篇小说编年·美国卷》（上、下册）、《伊凡·克里玛作品系列》（5卷）、《水怎样开始演奏》、《诗歌中的诗歌》、《小说中的小说》（2卷）等大型图书。主要译著有《梵高》《黛西·米勒》《雅克和他的主人》《可笑的爱》《安娜·布兰迪亚娜诗选》《我的初恋》《索雷斯库诗选》《梦幻宫殿》《托马斯·温茨洛瓦诗选》等。

英文版编辑序

（中译本前言）

［美国］ 威廉·哈金斯

自一九三八年卡雷尔·恰佩克去世后，几十年来他始终是捷克人民心中伟大的民族作家。同时，他也在英语世界中广受欢迎，无论是他的代表作还是小篇幅作品，都已经被翻译成了英语。

要追问他备受追捧的原因并不容易。恰佩克创作的文学作品形式多样，对受众的影响也是多元化的。人们往往首先会想起的是他的乌托邦，或用今天的术语来说，反乌托邦之作（反乌托邦是指乌托邦的瓦解）：戏剧《罗素姆的全能机器人》（1920）、小说《极绝之大》（1922）以及稍后创作的《鲵鱼之乱》（1936）。这些作品在表现出极敏锐的洞察力，揭示了人类在发展的过程中可能成为自己最大的敌人的同时，也具备了其他一些令人敬佩的特点：比如《罗素姆的全能机器人》中戏剧化的表现主义——机器人整齐划一的列队行进概括了人类面临的机械化危机；后两部小说中充满了犀利的讽刺和戏仿，其中第一部模拟了一个技术过剩的世界，第二部则描述了人类臣服于曾被自己出于工业和军事目的饲养的巨大智性鲶鱼的情景。在斯威夫特看来，这些小说讥讽了表面上的现代、文明和科技世界的成就。

除了出现在现代文明中的灾难主题，我们还能看到战争主题。这首先出现在卡雷尔·恰佩克与其哥哥约瑟夫合写的讽刺剧《昆虫生活》（1921）中。在第三幕中，一群蚂蚁战胜并消灭了另一群蚂蚁。科学幻想作品《克拉卡蒂特》（1924）影射了战争主题，恰佩克在这部小说中预见了原子能可能被运用于军事领域。最后，他的两部晚期的反纳粹戏剧《白色瘟疫》（1937）和《母亲》（1938）终于在可被证明为正当防卫的自卫，或者更准确地说，是没有能力防卫他者的前提下，接受了战争（恰佩克是一名和平主义者）。一般来说，恰佩克并不被视为一名反战作家，但或许这个主题就如同科学反乌托邦主题一样，为他奠定了名声，尤其是在现代戏剧领域中。

尽管他最广为人知的作品倾向于关心社会问题，但恰佩克从本质上来说还是一名人道主义者。他并不特别关心政治问题——而是关心人的问题——他将兴趣投射于对他人之爱、这种爱对人的影响以及人们对现代世界的回应之上。这就是恰佩克，一个人道主义者，这一特点鲜明地反映在他的一部杰作中，也许这就是我们这个时代最为痛苦的主题——寻找自我，在这个方面，他取得了不菲的成就。

这部杰作，也就是本书，是一部三部曲。理论家、评论家雷纳·韦勒克将这部三部曲形容为"在所有语言中，最成功的一次哲理小说尝试"。

捷克文学批评认为，该三部曲是恰佩克的"纯粹理性"（例如认识论意义上的）作品。认识论是哲学的一个分支，探讨知识的可能性及其客观实在的状态，而以上提到的这个概念主要涵盖了在纷繁复杂的世界中确定个人身份的意义。乍看之下，我们可以认同这一定义，但当我们一遍遍重新阅读这三篇小说后，这个概念就逐渐显得不那么全面了：这里不光呈现了对自我的认知，也展现了社会和人类感知的天性。三部曲最深刻的意义在于它是民主人道主义精神的化身。

三部曲中的三个故事标志着恰佩克从早期浅显的相对主义哲学——在小说《极绝之大》中，以尤为犀利，又略带轻快的形式表现——到新的哲学专制主义的转变。这种转变是为作者对抗纳粹主义服务的（如果相对主义认为每个人在某种程度上来说都是正确的话，那么希特勒也可以被认为是正确的）。这一转变以黑格尔正题、反题与合题的逻辑三段论（或曰辩证法）的形式为读者演绎了这部三部曲。

黑格尔的三段论试图从静态的亚里士多德逻辑规则中抽离出来，寻找一种更动态的逻辑以解释变化、发展和有机成长的关系。黑格尔认为，每一个正题都意味着存在一个对立的命题，或曰反题，这种冲突终止于另一种命题，或曰合题中，而这项命题同样意味着存在一个对立的命题，以此类推。

第一篇小说《霍杜巴尔》（1933）中表露的对客观实在的相对主义态度代表了恰佩克的早期思想：永远无法了解霍杜巴尔生活和思想的客观实在状态。但这种认识论意义上的观点被称为恰佩克寻找人的客观实在中的出发点。就像多米诺骨牌一样，它在完成了一个旧有模式的同时又开启了一个新的。

《霍杜巴尔》也从某个特殊的角度连接起了恰佩克的早期虚构作品：这是一个来源于真实生活的故事，讲述了在警察调查过程中和法庭判决时发生的一系列问题。在这些问题上，这篇小说或许可以被视为恰佩克的侦探故事——《俩口袋故事》——的哲学性延续。

在《霍杜巴尔》中，恰佩克的相对主义思想表现为不同观察者做出了一系列尝试，来构建霍杜巴尔的动机和行为逻辑，这是我们在这第一篇小说中，从霍杜巴尔的视角能够清晰观察到的。当然，所有的努力都失败了，因为事实上，霍杜巴尔的性格非常孤僻，无法与他人分享自己的秘密。所以，逻辑三段论的正题可命为：所有人都是特立独行，无法被探知的。

《霍杜巴尔》的写作技巧相比于接下去的两篇来说更传统些——也许还少了点原创的意味。它最突出的特点就是对生动的象征意象的运用：比如那匹健壮的种马象征着雇工曼尼亚，与平和、沉静的奶牛霍杜巴尔做出对比。恰佩克赋予了这些意象极为丰富的伤感情绪。确实，尽管这篇小说作为正题，得出了我们无法知晓另一个灵魂的秘密这个结论，恰佩克却施展了艺术作品的魔法，将这些秘密传达给了读者。

第二篇小说《流星》（1934）试图重构一个死于飞机失事的陌生男人的生活故事。故事从三个维度进行叙述：一个修女的梦境、一个能目及千里之人的幻想，最后也是最完整的，一个作家艺术性的重构。三次尝试都被叙述者的性格以及他们的感知方式所局限。

相对主义内涵的实质是无论如何都不存在客观实在：如果一种客观实在不存在，那么就可以说客观实在不存在，只存在我们毫无目的徜徉其中的不同与矛盾的"客观存在"之林。尽管如此，哲学家奥特加·伊·加塞特和卡尔·曼海姆曾在一九三〇年代就指明了逃离这种悖论，走向曼海姆所称的"视角主义"的途径。不同的客观存在是不同视角的产物，这些不同的视角叠加起来形成了一种清晰、连贯的客观存在，而不是相反。事实上，《流星》中的这三则关于"主人公×"的故事并不是完全矛盾的，而是在不断地叠加、聚集后多少成为一个连贯、和谐的整体。

这种"视角主义"的观察结构也许会让人联想起类似意在模仿一个物体3D效果的立体主义绘画的扭曲形态。"文学立体主义"是法国诗歌中最著名的流派。而在捷克文学中，这一概念往往与恰佩克和他的画家哥哥约瑟夫联系在一起。卡雷尔的小说《流星》充分展现了这种立体主义思想。因而，《流星》就成为三部曲中的反题：观察一个人生活的角度确实不少，但人们却并不知情；相反，视角可以叠加构成一种明确的客观存在。

在三部曲中，恰佩克已经预设了个人身份的主题：在《霍杜巴尔》中，这个问题被呈上台面，却远离主题中心；在《流星》中，这个问题被烘托到了舞台中心；而在三部曲的最后一部《平凡一生》（1934）中，这个问题被更加强调。不光我们关心究竟一个人的本质特征应该是什么样的，作家自己也在试图寻找自己的身份。一个退休的铁路官员尝试撰写自己的人生故事，但起先他认为简单、毫无负担、"平凡"的故事突然间转变成了一团厚重的乱麻和各种自相矛盾。这些问题能够得到妥善解决的前提是，自身的各种性格特点能够得到调和，掩盖一些，使之保持沉默，有些成为自身潜能，还有一些则成为其反叛的动力。这时，我们就得到了三部曲中的合题：个体缺席的多重视角与个体在场的多重性格相统一。

如果真的是这样，那么我们就得到了一个建立稳定社会的隐喻基础，这个稳定社会中的个体不断地在自己身上重复其身边的各种人物；因此，他能够与他者共情，反之亦然。如此一来，只要没有人将个体在场的多重性格从个体缺席的多重视角中剥离出来，这个社会就是民主的。所以，恰佩克给出了一个文学的、哲学的方式来解决这个困扰的民主和多数主义社会的问题。

他同时也提供了一种最大程度上独立于弗洛伊德的精神分析法。他的努力在《平凡一生》中体现得尤为明显。小说主人公的自我反省击溃了这个平凡的男人毫无意义的自我评价，进而他发现了形形色色的人隐藏更深、更复杂的事实。与弗洛伊德一样，恰佩克强调儿童时期的发展和儿童时期的性经验，但他并未联系到俄狄浦斯情结或是类似弗洛伊德提出的来源单一的生命能量力比多。

尽管这三篇小说的写作风格和方法截然不同，也没有任何一个角色或是情节重复出现在另一篇中，还是有很多元素能够将这三篇小说串联在一起。黑格尔的三段论就是这样一根链条。此外，人心的象征也是：《霍杜巴尔》中被送去接受医学检验的心脏遗失了（暗示了霍杜巴尔的忧伤、他最高贵的姿态无以为继）。《流星》中的心脏是暗示"主人公×"之死的器官；而《平凡一生》中退休的铁路官员则是死于心力衰竭。

这一位于中心地位的心脏意向或许能够证明"纯粹理性"并非

三部曲唯一或者说主要的特点。不，这是一部关于人性，关于人的行为和感觉的书。此外，虽然恰佩克宣称自己是"乐观"的，但这部书却是悲剧的、悲观的。霍杜巴尔痛苦的、献祭式的爱情只能将他引向死亡。《流星》中的"主人公×"飞回家，试图重新找回他的身份，最后却只能在暴力、鲁莽、漫不经心的生活中坠机身亡。"平凡的人"也只能在他临终前才成功实现了自我剖析。

"这本书值得一读吗？"老博派尔先生问医生，医生递给他一本"平凡的人"的回忆录。作为一名科学家，医生当然没有发表自己的意见。阅读这本三部曲，只能为触碰过它的人们带来悲伤，就像它也为"平凡的人"带来了悲伤一样。困扰和悲剧是恰佩克作品中的两根支柱。

如果三部曲中的角色和事件是悲剧性的，那么以人对自我多重性认识为基础，建立的民主社会这一角度则完全不是。这种矛盾可以被称为悖论；但或许恰佩克也在暗示，就像他和他的哥哥约瑟夫在很多年前创作的《昆虫生活》一样，尽管个人生活一定是悲剧的，社会生活有时却也能超越悲剧，成为英雄式的，或者说一次乐观主义的契机。

写于哥伦比亚大学

霍杜巴尔

第一部

第一章

那个男人坐在靠窗的第二个座位，衣衫不整，谁会想到他是个美国人？我可不信！美国人绝不可能坐慢车旅行；他们坐快车，却还是觉得不够快。他们说美国的火车更快，车厢也宽敞得多，身穿白制服的服务员为你奉上冰水和冰激凌，难道你不知道？喂，伙计，他喊道，给我上点儿啤酒，给这里的每个人都拿一只玻璃杯，就是花上五美元也没事，见鬼！上帝啊！你知道，这就是美国的生活，跟你说也没用。

坐在靠窗边第二个位置上的男人张着嘴打盹儿，浑身汗淋淋的，倦容满面，耷拉着头，看上去毫无生气。哦，上帝啊，哦，上帝啊，已经是第十一、十三、十四、十五天了；已经十五个昼夜，要么坐在箱子上，要么席地而睡或者躺在长条椅上，大汗淋漓，面无表情，对吱嘎作响的机器声也无动于衷；这已经是第十五天了，要是能伸展一下双腿，在下巴底下放上一捆干草，一直睡、睡、睡，就好了……

坐在窗边的犹太胖女人紧紧地蜷在角落里。是这样的，最后他会站起身，像个沙袋似的倒在我身上；谁知道他是怎么回事——他看着就像穿着衣服在地上打过滚一样；我必须说，在我看来你有点奇怪，我应该马上走开；哦，老天，但愿这火车能停下！这个坐在窗边第二个座上的男人一低头，身子向前一倾，突然醒了过来。

"太热了，"一个小贩似的矮个儿老男人小心翼翼地搭腔道，"你去哪儿？"

"去克里瓦。"男人吃力地说。

"克里瓦，"小贩熟练而亲切地重复道，"你从很远的地方来？"

坐在窗边第二个座上的男人没有回答，只用肮脏的拳头擦了擦被汗水湿透的额头，虚弱和晕眩让他显得很苍白。老男人不敬地哼了一声，注意力又转回窗外。而那个男人却没有心情看窗外，他的目光紧盯着地板上的污迹，等着别人来搭腔。然后，他就能告诉他们，他远道而来，从美国来。先生，你说什么，从美国来？你大老远地跑来探亲？不，我是回家。去克里瓦，我妻子在那儿，还有我的小女儿，她叫哈菲娅。我离开时她才三岁。是的，从美国来！你在那儿待了多久？八年。有八年了。一直以来，我只干过一份工：做矿工，在约翰斯顿。我有个朋友，他叫麦克·柏博科，是塔拉马斯人。五年前，他死了。那以后，我就没有可以说话的人了——我问你，我怎么才能让别人理解我呢？哦，柏博科，他和我有默契。但你知道，一旦男人结婚后，就要想办法让妻子事无巨细地了解所有事，而且还得说得通俗易懂。我的那位叫波拉娜。

当别人无法理解你时，你还怎么工作？嗯，就像这样：他们只说，你好，霍杜巴尔，接着就让我开工。我一天差不多赚七美元，是的，七美元。但美国的物价太高，先生。你没法用两美元过一天——每天的房租是五美元。对面的先生说道：那么，霍杜巴尔先生，你必须每天省下一点！哦，是的，你能省下的。但我要寄给我妻子——我告诉你她叫波拉娜了吗？每个月，先生，五十、六十，有时甚至是九十美元。柏博科还活着的时候，我是能这么干，因为他知道怎样写信。柏博科是个聪明人，但他五年前被一根木梁砸死了。所以我就没法继续寄钱回家了，我把钱存在银行。存了三千多美元，我跟你说，先生，后来被人偷走了。但那是不可能的，霍杜巴尔先生！你说什么？是的，先生，三千多美元。你没去告他们吗？那么我问你，我怎么告他们？工头给我找了个律师，律师拍拍我的肩说，可以，可以，不过你需要先付钱。工头骂他是只猪，接着就推我下了楼。美国就是这样，光凭嘴说是没用的。上帝啊，霍杜巴尔先生，三千美元啊！那可是一笔巨款啊，是一大笔财富啊，上帝啊，太不幸了！三千美元,合多少克朗?

尤拉伊·霍杜巴尔陶醉在深深的满足中:你们所有人都会看着我,听我说的话,整列车厢的人都会跑来看这个在美国被偷了三千美元的男人。是的,先生,那就是我。尤拉伊·霍杜巴尔抬起眼睛,环顾四周的乘客:犹太胖女人独自蜷在角落里,商贩像受了冒犯似的,盯着窗外,口中喋喋不休。一个老女人腿上放着篮子,直视霍杜巴尔,就像在表示抗议。

尤拉伊·霍杜巴尔再次阖上眼。好吧,一切照旧,我不用挂心你。五年来我没跟一个人谈过心,也熬过来了。所以,霍杜巴尔先生,你身无分文地从美国回来了?哦,不,我有一份好工作,但我不会把钱再存在银行,就是这样!我把钱放在一个盒子里,钥匙就藏在衬衣里面。是这样的,我带回来七百美元。其实,先生,我本来想留在那儿的,但我丢了工作。八年了,先生。我被踢了出来,先生。我受够煤灰了。我们那个煤矿开除了六百个工人。到处都是被开除的人,根本找不到工作。所以我回来了。回家,你知道的,回克里瓦。那儿有我的妻子和一些土地。还有哈菲娅,当时她才三岁。我的衬衫下藏着七百美元,我应该办一个自己的农场,或者去工厂干活,或者去砍树。

那么,霍杜巴尔先生,妻子和孩子不在身边,你不觉得孤独吗?孤独?老天!我告诉你,我寄钱给她们,就一直在想,这些钱能买一头牛,一英亩土地,这是给波拉娜的,她知道要买什么。每一美元都有意义,存在银行里的钱,曾经够买一群牛的。是的,先生,他们从我身上抢走了这些钱。她给你写过信吗,你妻子?没有。她不会写字。你给她写过吗?没有,先生,我也不会。自从迈克尔·柏博科过世后,我就没给她寄过任何东西。我只是把钱存起来。可是你最后还是发电报告诉她你要回来了?有什么用,为什么,为什么要浪费这钱?如果她收到发来的电报,可能会给你写信的。可是她不会的。哈,哈,你想什么呢!霍杜巴尔先生,你不觉得她如果好几年没收到你的消息,会认为你已经死了吗?死了?一个像我这样的小伙子,死了?!尤拉伊·霍杜巴尔瞥了一眼他瘦削的拳头,像他那样的家伙,想什么呢!波拉娜是个明白事理的人,她知道我会回来的。毕竟,我们都会死,如果波拉娜已经不在了呢?闭嘴,先生;我离开时,她才二十三岁,而且强壮得跟匹马似的——你不了解波拉娜,有了那笔钱,有了那些我寄给她的美元,她会活不下去?不,谢谢。

靠窗的商贩眉头紧锁,用一块蓝色手帕擦了擦他额头。也许他又会说:太热了。热?先生!你管这叫热?你应该去下等座看看,先生;或者是开采无烟煤的矿井下面。那是只有黑人才去的地方,不过我也受得了,是的,先生。只为每天七美元。嘿,霍杜巴尔!嘿,你这个贱人!是的,先生,人比马的潜力还大,他们没法把马赶到下面去拖煤车。那儿太热了,先生。船上的下等舱也是……一个人在能被别人理解时,他的忍耐力就会变得很强。他们想从你身上索取,但你不知道是什么;他们大喊大叫,脾气暴躁,不停地耸着肩膀。现在,让我问问你,我怎么从汉堡去克里瓦?他们能大喊大叫,但我不能。去美国不算什么,有人把你放上船,那边还有人接——可回来呢,没人能帮你。不,先生,回家是一趟艰苦的旅途,先生。

尤拉伊·霍杜巴尔点了点头,又无精打采地沉重地点了点,接着便睡着了。窗边的犹太胖女人抬起鼻子,老女人的篮子放在腿上,受伤的商贩意味深长地瞥了每个人一眼:哦,哦,现在,这就是每个人的模样:像头牲畜——

第二章

那是谁，山谷的另一边是谁？看看他；一个绅士，穿着鞋子，也许他是个工程师，提个黑箱子，吃力地往山上走去——假如他不是离我这么远，我会把手放在嘴边，跟他大声打招呼的：上帝保佑，先生，几点了？十二点零二分，朋友。如果你不是离我那么远，我会大声地问问你，现在你正想着谁的奶牛呢？也许你会告诉我：正想着一头脸上长着白斑的，一头红白相间，一头身上有块星形的斑纹，一头杂色的，还有这头小母牛，它们都属于波拉娜·霍杜巴尔。好吧，好吧，我的朋友，它们都是不错的奶牛，看上去很漂亮；只是别让它们去黑溪边，那儿的草是酸的，水也不干净。想象一下，波拉娜·霍杜巴尔之前只有两头奶牛。这又如何呢，伙计，她没再买些公牛么？上帝啊，什么样的公牛。是那种头上顶着像张开的双臂似的波多利长角公牛。两头公牛，先生。有羊吗？公羊和母羊都有，先生，不过它们在杜尔纳草原吃草。波拉娜很富有，也很聪明。她有丈夫吗？你为什么这样挥手？波拉娜没有丈夫？哦，真是个傻瓜，他没认出我来。那个男人的手挡在眼睛前，目光直视，紧盯着前方，像个门柱一样。

尤拉伊·霍杜巴尔觉得他的心脏都快从嗓子里跳出来了，他必须停下，调整呼吸。呼！呼！他太累了，太突然了，他就像溺水了一样颤抖起来。突然间，他到家了，才刚迈过那条石头水渠，回忆便如潮水般向他涌来：是的，那条水渠一直在那儿，黢黑的荆棘丛也还在原地，即使它曾被牧民生的篝火烧焦。峡谷中的毛蕊花开得正浓，小路消失在干草地和百里香叶的尽头，覆盆子、龙胆草和刺柏恣意生长在石砾之上，林子的边缘，目之所及的干牛粪，还有那栋遗世独立的草屋；这里丝毫不见美国的踪影。八年时间弹指一挥间，一切照旧，闪亮的甲虫伏在蓟草花尖上，柔顺的草地和远处传来的牛铃声，克里瓦背后的小径，褐色的莎草丛和回家的路一如从前。从未去过美国的山民们，穿着自己做的鞋，踏着轻巧的步伐踩出了一条路，那路上飘着一股牛群和森林的气味，温暖得像烤箱一般，把行路人引向山谷。农场牲畜们踩踏过的石子路，被附近的山泉润得湿漉漉的，也是蜿蜒崎岖。哦，上帝，多迷人的一条步道，像那流转的山溪般，覆着柔软的草和磕绊的石子儿，在空寂的山谷中传出咯哒声，在林中的树荫下迂回曲折：不，先生，你脚下的不是约翰斯顿煤矿中发出刺耳声响的运煤通道，这儿没有轨道，没有去煤矿的工头，这儿没有灵魂，哪儿都没有，只有一条指引向下的路，只有山溪和牛铃声，只有向下延伸的回家路，只有小牛身上的小铃铛和山溪那边的蓝狼之祸——

尤拉伊·霍杜巴尔大步朝山下走去：一个箱子能有什么不同，八年又有什么不同；这是回家的路，只是带你回家，就像奶牛们挂着饱胀的乳房，叮叮当当地带着同样身系铃铛的小牛们，在暮色中往家赶一样：为什么不在这儿坐一会儿，等到日暮西山，牛铃声响起时再进村呢？那时，老太太们会出现在门廊上，男人们靠着篱笆喊：看，看谁来了？为什么我就像从牧场归来的牛群一样直接冲进了那扇敞开的大门——晚上好，波拉娜，这次我没有空着手回来。

或者，换一种方式，等到夜色落下，等到上帝的牲口都回棚了，等到所有人都睡下，然后敲敲窗户，波拉娜！波拉娜！天哪，是谁在那儿？是我，波拉娜，我为了让你第一个见到我。上帝的荣光！哈菲娅在哪儿？哈菲娅已经睡了，要我叫醒她吗？不用，让她睡吧。感谢上帝！

霍杜巴尔又加快了步伐，哦，老天，一个人在行动时如果思绪飞扬，那么无论你把腿伸得多长也跟不上思绪的节奏。你的思绪早已飞远，早已触及了村子边的花梨树，嘘，天哪，嘘，你已经到家了。你应该像一支小号那样大喊大叫：你们都在哪儿，看看谁来了，是美国人！你们看看吧，孩子们，你们好！可现在一片寂静，我们在家，波拉娜在院子里打亚麻，我悄悄走到她身后遮住她的眼睛——尤拉伊！你怎么知道是我，波拉娜？上帝荣耀，你以为我认不出你的手吗！

霍杜巴尔沿着水渠跑起来，他已感觉不到手中的箱子了，那里面装着他所有与美国相关的东西，蓝色衬衫、曼彻斯特队服和给哈菲娅的泰迪熊。波拉娜，这个是给你的，一块做裙子的布料，就像美国人穿的那种；还有一块香肥皂、带拉链的手包，还有这个，哈菲娅，一支手电，按下这个按钮，它就亮了。哈菲娅，这些是我为你从报纸上剪下来的图片——都是小姑娘，我有很多很多这样的图片，我每次看到都把它剪下来，八年了；我没法都带来，箱子里装不下了。不过，等一下，箱子里还有很多其他东西！

已经到这儿了，感谢上帝，小路横跨山溪，溪上没有铁桥，只有几块踏脚石，你只能一块接一块地跳过去，张开双臂保持平衡。啊，溪边还留着几处赤杨的树根，我们常挽起裤脚去抓小龙虾，衣衫一直湿到肩头。路边的耶稣像还在吗？感谢主，是的，它躺在大板车拖过的车辙上，在温热的尘土中尤显温柔，身边飘来牲口、干草和玉米的气息。米恰尔库克家的果园围栏应该就在这儿，是的，就是这儿，像以前一样，篱笆被接骨木和榛子树荫蔽着，摇摇晃晃，不太结实。上帝的荣光啊，尤拉伊·霍杜巴尔，现在我们已经在村子里了，安然无恙。尤拉伊·霍杜巴尔停下脚步，见鬼，为什么箱子突然变得这么沉？我应该把汗擦掉，圣母玛利亚，我为什么没在溪边洗漱一下，为什么没有从箱子里拿出刮胡刀和小镜子，在溪边刮一下脸！我看上去一定像个吉普赛人，像个流浪汉，或是强盗。要不我回去打理一下再见波拉娜？可你现在不能这么做了，霍杜巴尔，他们都站在米恰尔库克的篱笆后看着你呢，在那条长着牛蒡的沟渠后，一个小孩静静地站着，凝视着你。你不跟他打招呼吗，霍杜巴尔？你不对他喊：你好，你是米恰尔库克家的人吗？这孩子光着脚，噼里啪啦地飞跑着离开了。

为什么不绕着村子走一圈？然后再抄后门回家呢？霍杜巴尔想，这主意太棒了！他们会向我冲来：你，你干吗呢？离开那儿，要不就揍你！该怎么办，我应该直接穿过村子。哦，上帝啊，这箱子不这么重就好了！窗子里，露出了一张女人的脸，目光穿过向日葵花丛，直勾勾地盯着你。一个老女人就像身后长眼了似的，往院子里泼了些什么，孩子们驻足凝视，看这儿，看这儿，来了个陌生男人，老基里尔嘴里念念有词的，连眼皮都不抬一下。心脏再次狂跳，上帝保佑，我们低着头穿过了这扇农场大门。

哦，你这傻瓜，你怎么能犯这种错呢！你难道没看见，这不是霍杜巴尔的木屋、马厩和原木盖的谷仓吗？这是一座真正的农场，砖砌的房子，石板铺的屋顶，院子里有一台铁质抽水机和一架铁犁，还有一组铁耙，一座真正的农场。快点，霍杜巴尔，趁着农夫还没冲你大喊"你要干什么"之前，迅速地带着你的黑箱子离开。下午好，波拉娜住在这儿吗？我很抱歉，先生，我不知道我的眼睛是怎么了。

波拉娜穿过门廊出现在眼前，她像块石头一样僵住了，眼睛直勾勾地盯着他，她呼吸急促，重重地把手按在胸脯上。

第三章

　　尤拉伊·霍杜巴尔无言以对。他想过许多种开场白，可为什么都说不出口呢？他没有用手蒙住波拉娜的眼睛，也没有在夜里拍响窗子，更没有伴着牛铃声和祈祷词回来，而是蓬头垢面地冲了进来。尤拉伊·霍杜巴尔心想：我以这副鬼样子出现，人家不害怕才怪呢！更糟糕的是，连我的声音都显得陌生而咄咄逼人——主啊，告诉我，我怎么用这副奇怪的嗓音说话！

　　波拉娜从门口往后退了几步，退得那么远。哦，波拉娜，我可以直接走过去，尤拉伊·霍杜巴尔说道。波拉娜用几不成调的嗓音低语道："进来吧，我，我去叫哈菲娅。"是的，要看哈菲娅，不过在她来之前，我想把我的手放在你的肩上，告诉你，波拉娜，我不是要故意吓你的，感谢上帝，我终于到家了。看，她把家布置得多像样：崭新的高床上铺着厚厚的毛皮，桌子也是新的，墙上糊着庄重的墙纸；哦，我的伙计，美国都未必比这儿好：地上铺着木板，窗边种着天竺葵，波拉娜，你真是个持家能手！尤拉伊·霍杜巴尔静静地坐在箱子上。波拉娜很精明，她知道应该怎么办，从眼前的景象你就能想象得到，她有十二头牛，十二头，也许更多——赞美上帝，我没有白白遭罪。矿里的闷热，我的上帝，你知道，那简直是地狱啊！波拉娜还没有回来，尤拉伊·霍杜巴尔觉得有些不自在，就像待在一间陌生的屋子中，感到孤独、别扭。我去院子里等吧，也许还能顺便洗漱一下。对，脱掉衬衫，跳进冷水池里，让水没过肩膀，没过头顶、头发，再用力地甩甩，兴奋地大喊大叫，哈哈！不过，那可不是现在能做的事，不，不行，不行。还是用铁水泵抽一点水好了（以前这儿有一副木头架子，一端连着一只木桶，当你从木架子上俯身往下时，就会感受到那深不见底的黑暗和潮湿阴冷。这跟美国一样，农民家里都有这样的水泵,他们把整桶水倒进食槽中饮牛,直到它们的嘴边挂满水珠,打着震天的喷鼻)。他用打上来的一点点水把肮脏的手帕打湿,擦了擦前额、双手和脖子。哎哟,真舒服,真清爽。他把手帕拧干,想找个地方晾起来。但最后还是抻了抻手帕,把它塞进了口袋里。

"这是你爸爸,哈菲娅。"霍杜巴尔听见有人这么说,只见波拉娜把一个十一岁的姑娘往他面前推来,她有着一双羞涩的灰蓝色眼睛。"你就是哈菲娅?"霍杜巴尔紧张地轻声说着。(啊,上帝啊,我怎么给这样大的孩子买了一只泰迪熊!)他想摸摸她的头发,只是用指尖碰一下,但是哈菲娅退了回来,她紧紧依偎着妈妈,目光紧锁在这个陌生男人的身上。"你应该说什么,哈菲娅?"波拉娜厉声说道,往前推了推姑娘。哦,波拉娜,别逼她了——如果孩子被吓到了可怎么办!"晚上好。"哈菲娅轻声说完后,便转身离开了。尤拉伊突然觉得五味杂陈,他的眼里满是泪水,孩子的脸在他面前跃然而动,渐渐淡去。可,那是什么意思——呃,什么也不是,只是我这么多年都没听过"晚上好"了。"你来,哈菲娅,"他催促道,"你看看我给你带了什么。"

"快去,傻孩子。"波拉娜说着又推了她一下。

霍杜巴尔跪在箱子前,圣母玛利亚,所有的东西都乱糟糟的!他在找手电筒。哈菲娅一定会大吃一惊的!"你看看,哈菲娅,你按一下这个按钮,它就亮了。"怎么回事,它没有亮?霍杜巴尔按了按那个钮,把这个小东西在手里转来转去,最后他沮丧极了。"这是怎么了?啊,也许是电池太干了吧——你知道,下等仓总是很热的。好吧,它本来是很亮的,哈菲娅,就像一轮小太阳。不过,等等,我还给你带了些画片。来瞧瞧!"霍杜巴尔又从箱子边缘的几块布料中间,抽出了几份报纸和杂志。"来,哈菲娅,看了这个你就知道美国是什么样的了。"

姑娘害羞地扭动着,疑惑地望着母亲。波拉娜生硬、粗鲁地推了推她的头,孩子怯生生地扭捏着往这个陌生的高个子男人身边靠去。哦,你要是能冲出这扇门跑走该多好,跑去玛丽卡·佐夫卡那儿,跑去谷仓后面那群姑娘们那儿,她们正把一只兴奋的小狗滚进枕头套里。

"看,哈菲娅,看看这些淑女——看这儿,看她们是怎么比赛的,哈哈,那是橄榄球,美国人喜欢玩的一种运动。看这儿,看这些大房子——"

哈菲娅的肩膀碰到了他的肩,她羞怯地问:"这是什么?"

一阵愉悦和激动涌遍尤拉伊·霍杜巴尔全身:看,这孩子已经跟我熟悉起来了!"这个……你知道,这是菲利克斯猫。"

"可这是一只小猫。"哈菲娅申辩道。

"哈哈,当然,这就是一只小猫!你真聪明,哈菲娅!是的,这是……一种美国的汤姆猫。"

"它在干什么呢?"

"它在舔罐头呢,你明白吗?一种牛奶罐头。这是一张罐装牛奶的广告。"

"那上面写了什么?"

"就是……就是一些关于美国的事,哈菲娅,你不懂;不过,看看这些船,"霍杜巴尔快速地转移了话题,"我还驾驶过一艘这样的船呢。"

"这是什么?"

"这是烟囱,你知道吗?这些船里有蒸汽引擎,后面还有一种……呃……螺旋桨……"

"这上面说了什么?"

"你可以以后再读这些,你知道怎么阅读,是吗?"霍杜巴尔说着,又转移了话题。"看这儿,你看,两辆汽车相撞了……"

波拉娜双手抱在胸前,站在门边,她干涩的双眼一眨不眨地环顾着院子。屋子里,两颗脑袋紧紧地贴在一起,男人低沉的嗓音在试着解释什么。"美国就是这样的,哈菲娅,这儿,看,我还见过这个呢,"接着,他的声音戛然而止,开始颤抖着低语道:"快,哈菲娅,去看看妈妈在干什么。"

他刚放手，哈菲娅便冲向门口。

"等等，"波拉娜说道，让她停了下来，"问问他是不是想吃点或者喝点什么？"

"没事儿，亲爱的，没事儿，"霍杜巴尔高声说着，朝门口走来，"你能想到我，真是太好了，太谢谢你了，不过不着急。也许你还有其他事要做——"

"永远有事要做。"波拉娜暗示道。

"你看，波拉娜，你看，我不会打扰你的；你继续干你的活儿，同时，我……我想——"

波拉娜抬眼望着他，嘴唇颤抖着，似乎想说些什么，似乎她突然非常想说些什么。可是，她忍住了，走出去继续干她的活儿，永远都有活儿在等着她。

霍杜巴尔站在门边，目光追随着波拉娜。如果我跟她去棚子里呢——不，不行，不行，棚子太黑，嗯，某种程度上来说，这不是现在该做的事。八年，我的老伙计，已经八年没见了。波拉娜是个理智的女人，她不是那种会冲上来搂着我脖子的年轻女人。我应该跟她拉拉家常，问问她地里的收成和牲口的事，不过，上帝保佑她，她有活儿要干。她总是那样，手脚麻利、动作迅速、头脑理智。

霍杜巴尔沉着地注视着院子。一座干净的院子，五指草和洋甘菊散落其间，不见四处横流的脏水。要不先围着房子看一圈？不，不行，不行，因为波拉娜自己会说：来看看，尤拉伊，看看我的成绩，所有的一切都是用砖头和铁造的，一切都是崭新的，花了很大代价。而我则要说：很好，波拉娜，我也为农庄带了些东西来。

波拉娜的工作干得很出色，她的腰总是挺直着，就像年轻人一样。上帝，多挺拔的后背！她总是身板挺直，当她还是个姑娘的时候就这样——霍杜巴尔叹了口气，挠了挠头。嗯，那么，波拉娜，你自己做主，八年来，你是自己的仆人，这不是睡一小觉就能解决的，你会说，家里有个男人才好。

霍杜巴尔深沉地环顾着院子。一切都不一样了，都是新的，波拉娜做得很好。不过那堆肥料,我的伙计,不知怎的,我就是不喜欢那堆肥料。那不是牛粪,而是马粪。两套马具挂在墙上,院子里还有几坨马粪——波拉娜没说她还养马。不过养马真不是女人能做的事,只有男人才能做得好,就是这样。霍杜巴尔皱起眉头,担心起来。是的,那是马蹄敲击木板的声音,马在用蹄子刮擦地板,也许它想喝水,我去用油布桶给它舀点水来,不过,不行,应该等波拉娜说:来,尤拉伊,来看看农场。在约翰斯顿的矿上,他们也养了马,我还曾经去照料过它们——要知道,波拉娜,那儿可没有牛。赶牛多简单,只要抓住一头牛的角,来回摇晃它的头就行了。嘿嘿嘿,你这头老牛,快走快走!可一匹马——嗯,感谢上帝,你得有男人才能管好。

接着,突然迎面扑来一股熟悉的气息,这是小时候的味道。霍杜巴尔缓缓地、满足地嗅着:木头,饱含着树脂味儿的木头,阳光下杉木的香味。尤拉伊感到自己已沉沉地陷入了这堆原木中。粗糙的树皮正适合粗糙的手掌,还有一只刚孵化的小鸡卡在树干中,木头锯床和锯子,他用了多年的那把老锯子,手柄已经被他粗糙的手磨得十分光滑。尤拉伊·霍杜巴尔叹了口气,他为自己安然无恙地回到家而高兴,他脱掉衣服,把原木塞进了锯床坚实的臂台上。

尤拉伊满心欢喜地吸了口气,开始为即将到来的冬天锯起木头。

第四章

尤拉伊站直了身子,擦了擦汗。的确,这工作完全不同,气味也有别于矿下。波拉娜的木头气味芬芳,没有结疤,也没有枯枝。鸭子嘎嘎叫,大鹅四处飞,一辆运货的马车在窄道上疾驰而来。波拉娜从棚子里一跃而出,飞奔着,飞奔着(哦,波拉娜,你跑起来就像个姑娘一样),她敞开大门。谁,谁来了?马鞭声划破天际,嗨,温暖的金色沙尘腾空而起,一支马队进了院子,吱咯作响的马车上站着一位勇敢的家伙,他穿着马扎尔人①的服饰,手中高举着缰绳,大声吆喝着。他从货车上跳下来,用手轻拍了一下马脖子。

波拉娜从房子里走出来,面色苍白却神情坚毅。"尤拉伊,这是斯特潘,斯特潘·曼尼亚。"

正弯腰走在车辙上的男人轻快地直了直身子,把脸转向尤拉伊。

"你可真黑啊。"霍杜巴尔自忖着。老天啊,简直就像只乌鸦!

"他是来农场做工的。"波拉娜生硬地解释道。

斯特潘嘟囔着什么,接着又弯下身,拿出栓子,牵着马离开了。他一只手牵着马,另一只手突然伸向霍杜巴尔。"祝您平安,先生!"

霍杜巴尔迅速地在裤子上擦了擦手,也伸向斯特潘。斯特潘有些不好意思,又觉得这是莫大的荣幸。霍杜巴尔有些慌乱,嘴里嘟哝着什么,又以美国人的方式握了握斯特潘的手。斯特潘矮小、敦实,个头儿只到尤拉伊的肩膀,却向他投去傲慢而犀利的一瞥。

"马不错。"霍杜巴尔低语,他试图摸摸马鼻子,不过那些马受了惊,开始嘶鸣起来。

"当心,先生,"曼尼亚眼中闪着厌恶的火光,大叫起来,"这些

---

① 游牧民族,定居中欧平原后,接受了天主教,发展出匈牙利王国。

是匈牙利马。"

啊，你这个黑球，你以为我不懂马吗？嗯，事实上，我是不懂，不过它们会适应主人的。

马儿们都高昂着头，随时准备撒蹄狂奔。把手放在口袋里，霍杜巴尔，绝对不要走开，否则这个黑小子准以为你害怕了。

"这匹马三岁，"曼尼亚说，"是军队里的种马。呼！"他猛地一扯马嚼子，"站好，你这头畜生！呼。"马也用力扯着，斯特潘却只是笑着。波拉娜走到马身边，递给他一片面包。斯特潘手握着缰绳，牙齿和眼睛都冲她熠熠发光。"嘻，说你呢！嘶——嘶——嘶！"听上去就像他在用牙齿间发出的嘶嘶声让马安静下来。马弓着脖子站着，仿佛在感受着波拉娜的手掌摩挲它的嘴唇。"嘻！"曼尼亚大喊起来，接着赶着它们小跑着进了马厩。

波拉娜照顾过这些马。"有人出四千块钱要买它，不过我不会卖的。"她轻快地说着，"斯特潘说这匹马值八千。我们可以秋天的时候给那匹小母马配种——"说到这里，她好像咬了舌头一样停了下来，"我要给它备好草料。"她犹豫地说道，有些不知所措。

"那么，快去准备草料吧。"尤拉伊附和道，"是一匹好马，波拉娜，它能拉什么？"

"让它去拉货太可惜了，"波拉娜试探着说，"它不是拉货车的马。"

"嗯，我就是好奇，"霍杜巴尔说道，"对一匹这样的骏马来说，当然很可惜。你的确有几匹好马，我也想看看它们。"

曼尼亚从马厩里走出来，手上拎着提水的帆布桶。"先生，这匹马能卖八千块。"他自信地判断道，"那匹小母马秋天的时候应该去配种了。我已经给她物色到一匹小种马了，真麻烦，哎！"

"布鲁图斯还是海吉伊斯？"波拉娜半转过身问道。

"海吉伊斯，布鲁图斯太重了。"曼尼亚黑色的胡须下露出了牙齿，"我不知道你怎么想的，先生，不过，我不喜欢太重的马。它们是很强壮，但都精血不旺。"

"嗯,是的,"霍杜巴尔含糊地附和道,"的确是这样的。那么小母牛呢,斯特潘?"

"小母牛?"斯特潘惊讶地问道。"啊,你说奶牛啊。啊——是,女主人有两头奶牛,她说是为了挤牛奶才买的。你还没去过牲口棚呢吧,先生?"

"没,我——你知道我才刚刚回来。"霍杜巴尔有些惭愧,不过,那堆砍好的木头却是无法否认的——同时,他也为自己能像一个主人一样,轻松地和斯特潘开始聊天而感到高兴。

"是的,"他说,"我正准备去那儿。"

斯特潘顺从地在前面带路,手里提着两桶水。

"我们走这边——女主人有一匹三周大的小马驹,还有一匹小母马,两个月前配上种了。这边走,先生。这匹骟马已经有人要了,卖了两千五百块,先生。这是匹好马,不过我必须训练那匹三岁马。它一点儿都不安分。"曼尼亚又露出了牙齿,"这匹骟马要去参军了。我们的马都上过战场。"

"好的,好的,"尤拉伊说,"是的,这里很整洁。你参过军吗,斯特潘?"

"在骑兵队待过,先生。"曼尼亚露出他的大牙,喂那匹三岁的马喝水,"你看,先生,它的头部斜度多好,后背多漂亮。起来!快!当心,先生!老天,讨厌鬼!"说着,他拍了拍马脖子,"现在,先生,这匹马就是你的了。"

霍杜巴尔在臭气熏天的马房里一点儿都不轻松。牛棚不同,里面有一种牛奶、粪便、草料混合在一起的气味,让人有家的归属感。"那匹小马驹呢?"他问道。

小马驹很小,身上的毛卷曲着,还在喝奶,但已经能站着了。母马转过头,用历经沧桑的眼神盯着霍杜巴尔:嗨,你是谁?尤拉伊被感动了,用手轻拍了一下它的腹部,它的皮肤柔滑如天鹅绒一般。

"多好的一匹母马,"斯特潘说,"不过太重了。女主人想卖了它——你知道,主人,一个农民买马会讨价还价,军队里又倾向买体重轻的马。马太重，就没用了。马厩里的马要是敏捷些会比较好些，"斯特潘解释道，"我不知道你怎么想的，先生——"

"嗯，波拉娜可以做主，"霍杜巴尔心不在焉地嘟囔着，"公牛呢，波拉娜有公牛吗？"

"她要公牛有什么用？"曼尼亚揶揄道，"母马和骟马就够了，牛又不能赚钱，先生。养猪也许是个不错的选择。你看见女主人的那头公猪了吗？还有六只母猪和四十头幼崽。幼崽能卖个好价钱，有人从很远的地方来买它们。母猪大得跟头象似的，鼻子和四蹄黢黑——"

霍杜巴尔半信半疑地摇摇头："奶呢——你从哪儿给它们弄奶呢？"

"从农户家，如果你愿意的话。"曼尼亚笑了，"呃，你想要我们的公猪配你家肮脏的母猪？全村没有一头公猪能比得上这头了。你愿意出多少桶牛奶，多少袋土豆换它？好吧，先生，这你没什么可担心的。这儿离镇子太远，什么东西都不好卖。人们都很蠢，先生。他们只凭直觉种东西。如果他们不懂怎么卖，就只能白送了。"

霍杜巴尔微微点点头。的确是这样，我们以前能卖的不多，只有几只母鸡和鹅。唉，现在完全不一样了。波拉娜知道应该怎么处理这些事，真的。

"卖去很远的地方，"斯特潘若有所思地说着，"而且只在价格合适的时候卖。谁会只带着一块黄油去市场？他们会看出来你什么都没有。是的，然后，他们要么就压价，要么就滚开！"

"你从哪里来？"尤拉伊问道。

"从莱勃利来，你知道那地方吗，先生？"

霍杜巴尔不知道，但他点点头：从莱勃利来，就算不知道又怎样呢？

"那个村子很不一样，先生，土很肥，而且很平。比如莱勃利的沼泽地——怎么说呢，这个村子跟它比起来，简直就像口袋里的一粒豌豆。还有草，先生，齐腰高的草。"曼尼亚挥舞着手，"啊，这个村子真讨厌，你只能从地里耙出石头。在我们那儿，如果你挖一口井，挖出来的都是肥沃的黑土。"

霍杜巴尔的脸上阴云满布。你知道什么，你这个鞑靼人——我在这儿耙过地，是翻出了石头，不过，上帝也赐予了我们森林和牧场！霍杜巴尔心情沉重地走出了马厩，心想，你说这个村子很讨厌，那你为什么还要跑到这儿来，混蛋？这儿养不了牲口？不过，赞美上帝，牲口要回来了，它们的铃声已经开始在村子里响起。奶牛脖子上的铃铛会断断续续地响起，深沉而缓慢，慢得就像它们的步伐一样；而小牛犊身上的铃声时不时响起，清脆响亮。唉咦，唉咦，就连你也会长大，像奶牛一样，慢慢地成熟、稳重起来，就像我们现在这样。牛群的声音越来越近，尤拉伊好像听到了祈祷之声般，想脱掉帽子。那声音越来越近，如同溪流一般——沉重的步点声冲破天际，传遍了整个村庄。一头母牛接着一头母牛离开了牛群，走向各自的牛棚，空气中混杂着灰尘和牛奶的气味，牛棚的门时不时地砰砰响着。有两头牛低着头悠闲地走进霍杜巴尔家的院子，多么聪慧而温柔的生物，它们朝牛棚的门边走去。霍杜巴尔重重地舒了口气。是的，我也回来了，感谢上帝，这就是回家。牛群在村庄里散开的声音渐渐沉寂下来，一只蝙蝠开始紧随着牛群，现在在自己叽叽喳喳地飞了起来。晚上好，主人！牲口棚里，一头母牛发出了悠长的一声"哞——"。好吧，好吧，我来了。黑暗中，尤拉伊走进牛棚，摸摸牛角和坚硬、多毛的前额，湿滑的口鼻和它脖子上柔软、褶皱的皮肤；他摸到了锡桶和凳子，坐在奶牛饱胀的乳房边开始给奶牛们挤奶，挤出的牛奶撞击着空桶，发出了清脆的声音。尤拉伊轻轻呼吸着，开始唱起了歌。

一个黑色的剪影站在门口。霍杜巴尔停止了歌唱。"是我，波拉娜，"他抱歉地低声说道，"我想让牛开始习惯我。"

"你来吃饭吗？"波拉娜问道。

"等我挤完牛奶吧，"霍杜巴尔在黑暗中回答，"斯特潘可以跟我们一起吃。"

第五章

尤拉伊·霍杜巴尔坐在餐桌的主位上，他合起双手说着祷词。这就是一个主人该有的样子。波拉娜紧闭双唇，双手交叠着，哈菲娅愣愣地呆住了，不知所措，斯特潘一直皱着眉盯着地上——什么，波拉娜，你，你不做餐前祈祷？好吧，也许斯特潘信仰别的宗教，但在餐桌边，就应该做餐前祷告。看看他们，他们脾气暴躁，狼吞虎咽，默不作声。哈菲娅玩弄着盘子里的食物——"吃饭，哈菲娅。"波拉娜生硬地责备她，可自己却几乎没吃什么。只有斯特潘，整个人都贴在盘子上，用勺子吃着食物，不时发出巨大的声响。

晚餐后，曼尼亚想给自己找点事儿干。"等一下，斯特潘，"霍杜巴尔命令道，"我想说什么来着——对，今年的收成怎样？"

"稻草还不错。"曼尼亚含糊其词地说道。

"黑麦呢？"

波拉娜的目光直刺向斯特潘。"黑麦，"曼尼亚吞吞吐吐地说着，"事实上，女主人把那些高地都卖了。这事不值一提，先生。地里都是石头。"

霍杜巴尔身体里有什么东西猛抽了一下。"都是石头，"他嘟囔着，"是的，都是石头；不过，波拉娜，土地是根本——"

斯特潘咧着嘴自信地说："那不值得去费工夫，先生。河边的地要好得多。我们的玉米长得跟人一样高。"

"河边，"霍杜巴尔向后退了一步，"那么，你已经在平原那边买好地了，波拉娜？"

波拉娜欲说还休。"很大一片地，先生，"曼尼亚解释道，"就像打谷场一样平整，土层厚，适合种甜菜。不过甜菜赚头太少。现在农作物不好卖，先生，最好把钱投在马上：假如一匹马养得好，比你一年辛苦劳作的收入还高。如果我们在平原上还有一片地，最好在那儿造一个马厩——"斯特潘的眼里闪着光，"马和羊不一样，先生，它们喜欢平地。"

"卖家有意愿出售那些土地。"波拉娜似乎自言自语地补充道，她开始盘算需要花多少钱。不过，霍杜巴尔并没听她的，他在想着被波拉娜卖掉的种黑麦和土豆的土地。那里当然全是石头，可不会一直都那样。伙计，这就是工作的一部分啊。我离开前的两年，把一块荒地开垦成了庄稼地——唉，地里的辛苦劳作你们懂什么！

哈菲娅悄悄走到斯特潘身边，她的头靠在他肩上。"斯特潘叔叔。"她轻声喊道。

"怎么了？"斯特潘笑着问。

孩子害羞地嚅动着嘴说："我只是——"

斯特潘抱住她，把她夹在两个膝盖中间，摇着她问："好吧，哈菲娅，你想说什么？"

哈菲娅在他耳边悄声说道："斯特潘叔叔，我今天看见了一只特别漂亮的小狗！"

"真的？"曼尼亚加重口气问道，"我以前还见过带着三只小兔子的野兔呢。"

"哦，天哪，"哈菲娅惊讶地大叫出来，"在哪儿？"

"在苜蓿地里。"

"秋天你会去猎杀它们吗？"

斯特潘看了一眼霍杜巴尔："嗯，我也不知道。"

好家伙，尤拉伊暗自想着，不由得松了一口气，这孩子爱他；她不想来找我。孩子们会开始习惯一些事物；可她并没有提到我给她从美国带来的画片！我应该给斯特潘些什么——一个想法蹦了出来，他环顾四周，想找他的木箱子。

"我把你的东西都放在梳妆台上了。"波拉娜说。她总是很细心，尤拉伊严肃地沉思着，走到那堆美国货边上，"这是给你的，哈菲娅，这些画片，还有这只泰迪熊——"

"这是什么,叔叔?"哈菲娅小声地问。

"这是一只熊,"曼尼亚解释道,"你见过真熊吗?它们生活在很远的山里。"

"你见过熊吗?"哈菲娅急切地问道。

"是的,我见过。它们会咆哮。"

"波拉娜,这是给你的,"霍杜巴尔羞涩地低语着,"这些东西很傻,唉,我不知道该如何……"尤拉伊转身走开,在他的物品里翻找一件能给曼尼亚的东西。"还有这个,斯特潘,"他尴尬地说,"这也许适合你:是一把美国刀,还有美国烟斗——"

"哎呀你呀。"波拉娜突然喊起来,差点儿呛着,她冲出屋子时眼里含满了泪。嘿,波拉娜,怎么了?

"非常感谢你,先生。"曼尼亚鞠了鞠躬,咧开嘴笑了,还跟尤拉伊握了握手。呃,你,你的手真有力!雇了你真值。好吧,赞美上帝,霍杜巴尔舒了口气,总算结束了。

"给我看看这把刀,叔叔。"哈菲娅央求道。

"看,"斯特潘炫耀着,"这把刀是从美国带来的。我要用它为你刻一个美国娃娃。你会喜欢吗?"

"是的,叔叔,"哈菲娅大叫着,"你一定会的,是吗?"

尤拉伊幸福地开怀笑起来。

第六章

　　不过，这还没结束。尤拉伊知道他想要做什么。一个男人从美国回来后，必须去酒吧现身，会会邻居，请他们喝酒。让他们看看，他没有空手而归，而是风光体面地回来了。嘿，老板！这轮我买单。然后必须眼神犀利。什么，你已经不记得霍杜巴尔了，我是不是在美国挖煤矿？让全村的人都知道，霍杜巴尔回来了。哦，我们去看看霍杜巴尔，嗨，夫人，我的外套和帽子——

　　"我一会儿就回来，波拉娜，你去睡吧，不要等我了。"尤拉伊告诉她，接着便耀武扬威地穿过漆黑一片的村子，朝村民中心走去。村子里弥漫着不同的味道：木头、奶牛、稻草、草垛的气味，这儿的鹅有股骚味儿，那儿的小白菊和荨麻发臭了。老萨罗·伯克维茨早已不在酒吧了，一个红头发的犹太人从桌边站起来，疑惑地问他："您要什么，先生？"

　　有人坐在角落里，那是谁？也许是约萨，是的，就是——安德烈依·约萨，大家都叫他胡萨尔，他盯着尤拉伊好像要大叫起来：是你吗，尤拉伊？哦，是的，是我，安德烈依·胡萨尔，你看，就是我。然而，约萨没喊出来，他只是坐着，凝视着这边。霍杜巴尔为了表现出他属于此地，说道："老伯克维茨还活着吗？"

　　那个脸上长着雀斑的犹太人在他桌上放了一杯白兰地。"他都去世六年了。"六年？诶，约萨，那很久了。六年后，一个人还剩下什么呢——八年会怎样呢？八年，我有八年没喝白兰地了。我的上帝，我应该不时地喝一点——好麻痹我的负疚感，忽略那种陌生感，你知道的。可美国禁止制造白兰地。而且我把大部分钱都寄给了波拉娜，瞧，她买了马，还卖掉了一些土地。因为全是石头，他们说。而你，胡萨尔，你一点儿土地都没卖？好吧，显然你没去过美国。

犹太人站在吧台边，盯着尤拉伊看。我要跟他说话吗？犹太人疑虑着。他看上去并不健谈，就是这样，所以，还是不要打扰他了。他是谁？马蒂·派古尔科有个儿子，也许他是马蒂的儿子；或者是霍杜巴尔，波拉娜·霍杜巴尔的丈夫，在美国的那个——

尤拉伊眨了眨眼。犹太人转过身开始收拾起柜台里的那些玻璃杯。你呢，约萨，你为什么低垂着眼？我要跟你打招呼吗？对了，安德烈依·约萨，你戒掉了滔滔不绝的习惯，你的嘴紧闭着，可是——是啊，就连一匹马、一头母牛都愿意听人说话。是啊，波拉娜总是很沉默，八年也没有让你开口，孤独不会教人说话。我不知道该怎么开口，她不问——我就不说，她不说——我就不想问。嗯，是的，斯特潘是个好工人，他甚至还替她说话。她卖了高地，买下平原耕地，然后尤拉伊你就回来了。

霍杜巴尔嚯了一口白兰地，点点头。这玩意儿真烈，不过你会习惯的。斯特潘——很显然，似乎是个不错的伙计，他了解马，也喜欢哈菲娅。至于波拉娜——一个女人会习惯的，该来的总会来。唉，约萨，你妻子呢——她是不是有时也很奇怪？好吧，你揍她，不过波拉娜像个淑女，安德烈依。她就是那个样子，很通情达理，能吃苦耐劳，做事还很利索——感谢上帝。当然，她是有些奇怪，而且她自视甚高。我不知道该怎么管她，胡萨尔。我应该像风一样冲进房子，和她不停地跳舞，一直跳到她喘不过气来为止。就该这么办，安德烈依。不过我——你瞧，我没法这么做。她吓坏了，好像我是个鬼。就连哈菲娅有时都很害怕。而你也是这样，约萨。好吧，我在这儿，我该怎么办？不成功便成仁。祝你健康，安德烈依！被叫作胡萨尔的安德烈依·约萨站起身，目不斜视地径直朝门口走去。他在门边转过身，往后看了一眼，大喊道："保重，尤拉伊！"你就是个怪胎，胡萨尔，你似乎不愿跟我坐在一起——别以为我是回来做乞丐的，我有好几百美元，就连波拉娜都不知道呢。好吧，你看，约萨没认出我；好吧，朝这儿看，一切顺其自然，一切都要顺其自然。霍杜巴尔觉得愉快了些。"嗨，老板，再来一杯！"

门突然打开了,一个家伙用胳膊开出一条路来,立马让屋子显得局促起来——哎呀,这不是瓦希尔·格里克·瓦西洛夫,我最好的朋友吗!就在一瞬间,他已经坐在了桌边,瓦希尔!尤拉伊!给朋友一个这样的拥抱,真是太粗鲁了,还浑身雪茄味儿,不过这很棒,喂,瓦希尔!"尤拉伊,欢迎回来!"他大喊着,看上去有些担忧,"你怎么会在这里?""怎么不行,你这头骆驼,你想让我死在美国?"霍杜巴尔大笑道。"好吧,"格里克推说,"现在不是农耕季节。你还好吧?赞美上帝。"你真奇怪,瓦希尔,你怎么只坐在椅子边,而且你一口就干了。"有什么消息?""嗯,老凯克库克死了,就在圣诞节后的一周,愿他安息;周日,小霍罗兰科要和米恰库克家的姑娘结婚了;去年爆发了口蹄疫——啊呀,尤拉伊,他们让我当村长,我当官了,你知道吗,真是麻烦——"谈话陷入了僵局,瓦希尔·瓦西洛夫突然就不知道该说什么了,他抬起手和尤拉伊握了握:"祝你好运,尤拉伊,我得走了。"

尤拉伊笑笑,用他粗壮的手指头转着玻璃杯。瓦希尔和以前不一样了,啊,上帝啊,怎么窗子还在颤动,他就喝上了?可是,是他来找我,拥抱我的——亲爱的朋友,尤拉伊,愿上帝保佑你。你为什么这么做,难道我的脸上写着我回家就表示我失败了?啊,不是的,不过也许会变成那样的。我应该慢慢地,慢慢地回去,每天走一点点,看,我很快就会到家。我有钱,瓦希尔,只要我想,甚至还能买地,或者母牛,买十二头母牛,如果我愿意的话。我应该自己带它们去牧场放牧,也许一直远走到沃洛夫山的另一边;我晚上会回来,伴随着十二只牛铃的声响,波拉娜会像个年轻姑娘一样,飞快地跑去开门。

沉默笼罩着酒吧,犹太人在吧台后打着瞌睡。是的,寂寞很适合男人。尤拉伊的头不停地转着,转着,不过就是那样,朋友,他想到了一个主意。他要一步一步走回家,慢慢地,就像母牛一样。如果我带着一支队伍冲进院子,伴随着四射的烟火,站起来,高高地举起缰绳,跳下马,高喊:我在这儿,波拉娜,现在我绝不会再离开你,我会把你拥入怀中,抱进房子,紧紧地搂着你,让你喘不过气来。你好柔软,波拉娜。八年了,八年来我一直在想你,直到现在,我才回到你身边。霍杜巴尔紧咬着牙根,脸上的肌肉都快爆开了。嗨,野马,嗨!让波拉娜看看——她会吓得或是高兴得膝盖直颤,让她瞧瞧,她男人回来啦。

第七章

霍杜巴尔踏着月色往家走,他不胜酒力,醉了,因为他喝不惯白兰地,因为他脑子里从没出现过这种想法,也因为他现在要去找他的女人。你为什么让我觉得如此寒冷,月亮——难道我不是静悄悄、轻飘飘地路过草地,甚至没有碰落一滴露珠?喂,狗儿们,满村子都是,尤拉伊·霍杜巴尔要回家了,八年后,这家伙回来了,感受着他臂弯中紧搂的女人。是的,现在你在我的怀抱里,可即使那样我也不满足,我应该吻上你的唇,用手指轻触着感受你,波拉娜,波拉娜!你为什么对我如此冷漠?是的,我是醉了,因为我需要鼓励,因为我想要赶快回家,闭上眼,挥舞着胳膊,一头冲进家门——我是你的,波拉娜,这儿,这儿,还有这儿,你的手、腿和嘴之所及,都是。嘿,你真高,当我将你全身紧紧搂进怀里时,你的全身,从头到脚有多少是属于我的?

霍杜巴尔依然走在月色中,浑身上下都在颤抖着。你不会大喊大叫,不会在月光中说任何话,不会破坏这平静的表面:安静,安静,这光影就是你,不要叫我的名字,那是我;我静悄悄地搂着你,如同树木生长那般,我绝不会打破这种宁静,不说一句话,甚至连呼吸都停止;啊,波拉娜,你能听见星星坠落的声音吗?

可是,不,月光不会洒向我们,若洒在我们身上,便显不出它的平静了。它照亮了黑暗的树林,而伴随着我们的,却是鲜活的黑暗。在黑暗中,你只能用双手去感受,你发现,你的妻子已入睡——不,她并没有睡着,你看不见她,可她却在那儿,对着你吃吃地笑着,为你腾出位置。长胳膊长腿只能窝在这么点地方,根本不够你睡,你只能把自己蜷在她的怀抱中。她在你耳边轻轻呢喃,你不知道她说的是什么——语言是冰冷的,但耳语者却是温暖的,还有黑暗,一瞬间,黑暗变得越来越浓，如此稠密、厚重，你可以感受到，这就是女人，她的发，她的肩。她呼吸着，唇齿之间吞吐着气息，凝重地呼在你脸上——嘿，波拉娜，霍杜巴尔突然起身，啊，你！

尤拉伊悄悄地打开通往院子的小门，浑身颤抖着。波拉娜坐在门廊的月光中，等着他。"是你，波拉娜，"他精神不振，喃喃说道，"你为什么还没睡？"

波拉娜在寒冷中打战。"我在等你。我想问问你。去年，我们的两匹马卖了七千；那么你——你觉得怎么样？"

"是，是，"霍杜巴尔犹豫着说道，"这很好，很好，我们明——明天再说吧——"

"我想现在就谈，"波拉娜很直接，"所以我才等你到现在。我不想再照料母牛了……不想在田里做苦工……好吧，我不想再干了！"

"你不用做了，"霍杜巴尔看着她在月光中白得发亮的手说，"现在轮到我来干这些活儿了。"

"斯特潘呢？"

尤拉伊暗暗地叹了口气，为什么要现在谈这些？"知道了，"他嘟囔着，"要不了两个人干活儿。"

"马怎么办？"波拉娜很快打断他说，"总需要人去照料这些马，而你又不懂——"

"那倒是，"他毫不避讳，"不过总会找到办法的。"

"我现在就要知道！"波拉娜握紧双拳催促道。呃，你也太着急了！"随便你，波拉娜，就依你吧。"尤拉伊的声音只有自己听得见，"斯特潘可以留下，亲爱的。我必须告诉你，我带了些钱回来……我什么都可以为你做。"

"斯特潘了解马，绝对没有其他人能像他那样了。他为我工作五年了。"波拉娜站起身，在月光下显得陌生而苍白。"晚安。别出声，哈菲娅已经睡了。"

"什么——什么——你要去哪儿？"霍杜巴尔问道。

"去阁楼。你睡在房间里，你是这儿的主人。"波拉娜脸上透着一抹坚强，一抹邪气，"斯特潘睡在马厩。"

霍杜巴尔毫无情绪地坐在门廊上，看着月夜。算了，就这样吧。我不想去思考，我的脑子已僵固了：嗓子里卡着什么让我无法下咽？你睡在房间，你是这里的主人，就是如此。

远处，狗在吠叫，牛棚里奶牛的链子响了起来。你睡房间。哼，傻瓜！你转过头，什么也没有——只有心跳声。她说你是这里的主人，所有的一切都是你的，主人，这些白墙、院子，一切的一切。了不起的主人，你独占一屋。你一个人在床上翻滚——好吧，主人！我起不来该怎么办，我的脑子好沉——也许是因为白兰地，那红头发犹太人给我的烈酒的关系，不过我从酒吧回来时并没有手舞足蹈。是的，是这样的，在这间屋子里，波拉娜想对她的主人表示敬意。他应该像客人一样睡觉。一阵困意向霍杜巴尔袭来。好吧，是的，她想让我去休息，在舟车劳顿后住得舒适些；是的，我一定会起不来的，两条软绵绵的腿，让人感觉好傻。月亮已落下屋顶。

"已过十一点，万物赞美主。"守夜人打更了——美国可没有人打更——这在美国就很奇怪。决不能让他看见我在这儿，否则就太丢脸了。霍杜巴尔开始担忧起来，他蹑手蹑脚地，像个贼似的摸进了房间。他脱掉外套，听见卧室里有轻轻的呼吸声。感谢上帝，波拉娜是开玩笑的，她睡在这儿呢。啊，太蠢了！我却像个傻子似的站在院子里！尤拉伊轻手轻脚地爬上床，用手试探地摸索着：这是头发，那是条瘦弱的胳膊——是哈菲娅！孩子轻轻啜泣着，把脸深埋进枕头里。是的，那是哈菲娅。尤拉伊默不做声地坐到床边。我要给她瘦瘦的腿盖上毯子。哦，上帝啊，我怎么能上床？会吵醒孩子的。也许波拉娜想让她亲近她的父亲。是这样的，父亲和孩子共处一室，而她则安身于阁楼。

一个想法突然从尤拉伊脑子里冒出——好吧，那让他辗转难眠。她说：我会去阁楼睡。也许她是故意这么说的：你这个蠢货，你可以跟着我啊，你知道我在哪儿：我会去阁楼睡。阁楼上没有哈菲娅。霍杜巴尔在黑暗中站起身，像根柱子，他的心在狂跳。波拉娜是个骄傲的女人，她绝不会说：要我吧。你必须像对待小姑娘一样追求她，你必须感受着黑暗，而她则在暗地里笑着；啊，尤拉伊，你这个傻瓜，我想了你八年。

尤拉伊蹑手蹑脚地爬上了阁楼。啊，太黑了，波拉娜，你在哪儿，我能听见你的心跳声。"波拉娜，波拉娜。"霍杜巴尔轻声喊着，用手在黑暗中摸索着。"走开，"黑暗中传来一阵轻微的抱怨声，"我不想你过来！求求你，求求你，求求你。""我……没事了，波拉娜，"霍杜巴尔疑惑地轻声说道，"我只是……想来问问你在这儿舒服吗——""拜托，走开，快走。"黑暗中又传来了恐惧的责备声。

"我只想告诉你，"霍杜巴尔结巴了，"亲爱的，一切都会按照你的意愿……你甚至可以买下平原上的那块地……"

"走，走开。"波拉娜绝望地大喊起来——尤拉伊不知道自己是怎么下去的，他仿佛就像急速坠入了无底深渊一般。不，他并没有摔下去，他坐在楼梯最底部的一级台阶上，感觉仿佛坠入了无底深渊。坠得那么深，主啊，坠得那么深！是谁在这儿沉重地喘息？是我，是我。我没有喘息，只是每次呼吸都很急促，我控制不住这样呼哧呼哧地喘！喘息吧！呼吸吧！你在家了，你是一家之主。

霍杜巴尔静了下来，他坐在台阶上，目光紧锁着暗夜。你睡在卧室，她说，你是这儿的主人。所以，这就是你的问题，波拉娜：你做了八年自己的主人，而你现在生气是因为你又将被别人主宰。哦，亲爱的！看看这个主人！他坐在台阶上，口中念念有词。你会想用你的围裙替他擦擦鼻子。霍杜巴尔觉得自己的脸动了动，他摸了一下。我的上帝，这是笑容！霍杜巴尔在黑暗中笑了起来：好一个主人，农场雇工而已！女主人，有个雇工来照顾你的奶牛，那么你，波拉娜，就可以做个淑女。好吧，你看，一切都可以安排妥帖；马和奶牛，斯特潘和尤拉伊。我可以帮你繁殖小牲口，波拉娜，很高兴能看见——绵羊；你会拥有一切，你将是一切事物的女主人。

那么现在，呼吸就变得轻快多了，他不再唉声叹气了，开始像一对风箱似的大口呼吸。你怎么看？一个农场工人是不会睡在卧室的；

他应该去跟奶牛睡,那才是他应该待的地方。无论如何,那儿不孤单,你能听到耳边有呼吸声;也许他不会大声地说话,还感到恐惧,但可以和一头牛聊天:它转过头,开始聆听。在牛棚睡得香。

尤拉伊轻轻悄悄地摸进了牛棚,小牛犊温暖的气息涌入他的鼻腔,铁链敲击着拴牛柱。嘿,牛儿,嘿,是我;感谢上帝,稻草还够一个男人睡的。

"午夜已过,众生赞美主,赞美其子耶稣基督。"不,在美国可不这样,"天干物燥,小心火烛——"

突突突,打更人的号角响起,就像牛的哞哞叫声。

第八章

　　斯特潘把马套上货车。"早上好，先生，"他喊着，"你想去看看牧场吗？"

　　尤拉伊微微皱了皱眉：我像是个骑着马车去巡视土地的人吗？呃，好吧，反正没事儿干，也不用带着镰刀去收玉米，为什么不去看一眼波拉娜的牧场呢？

　　斯特潘穿着阔腿的麻布裤子，系着条蓝色围裙——显然，他来自平原，而且黑得就像个吉普赛人。"嘶——嘶，"他轻敲了一下马背，马儿们便撒开蹄子踢踢踏踏地飞跑起来。尤拉伊只能紧紧地抓住车厢，而斯特潘却能站起来赶马，他的小帽子搭在后脑勺上，缰绳举得高高的，他挥着马鞭，抽着马背。啊呀，啊呀，慢点儿，不着急。

　　"不过，伙计，"尤拉伊有些不满地说道，"你为什么扯着这些马的嘴？你看，绳子摩擦着他们，这很疼。"

　　斯特潘转过身笑了笑。"就得这样，"他说，"这样它们才能把头昂得高高的。"

　　"为什么？"霍杜巴尔反问道，"它们在长大的过程中都得昂着头。"

　　"这样才卖得了好价钱，先生，"斯特潘解释道，"所有买家都会看马的头抬得高不高。看，看，它们现在做得很好：后腿着地，前腿只轻轻地擦着地面。嘶——嘶。"

　　"别赶得这么快。"霍杜巴尔喊着。

　　"它们学的就是快跑，"曼尼亚直截了当地说，"让它们学吧。你该拿跑得慢的马怎么办？"

　　斯特潘也是这样操纵波拉娜的吗？霍杜巴尔好奇地想着。整个村子都在看，在马车上的是霍杜巴尔的妻子，优雅得像个淑女：她的手臂抱在胸前，坐得笔挺。她为什么不感到骄傲呢？尤拉伊想道。赞美上帝，她和别的女人不一样，坚韧正直，就像根石柱一般；她把农场打理成一座城堡；她把两匹马卖到七千，是的，然后她还能高高地仰起头。伙计，这很划算。

"这就是那片平坦地了，"斯特潘用鞭子指了指，说道，"就在那片洋槐树旁边，是女主人的。"

霍杜巴尔从马车上颤颤巍巍地爬下来。晃死我了，你个混蛋。好了，这就是那片平坦的土地；野草及腰，又硬又干——你别糊弄我，这可不是适合种甜菜的土地，这是片干草原。

曼尼亚挠了挠头。"你在这么远的地方买这么一片土地，主人，就可以在这儿养三十匹马了。"

"好吧。"霍杜巴尔有些不悦，"这里不太肥沃，伙计。"

"你想要肥沃的土地干什么？"曼尼亚讥讽道，"养马需要干燥，主人。你想把马喂大了送到屠夫那里去吗？"

霍杜巴尔不作声，走到马匹边，摸了摸它们的鼻子。"好吧，好吧，好吧，小东西，别害怕，你真不错。你竖着耳朵干什么呢？啊，你是匹聪明的马！你为什么要刨地？你想干什么？"斯特潘卸下马具，他站直身子，厉声地说道："别跟马说话，先生。那会让它们变得软弱。"

霍杜巴尔抬眼说道：你就是这样跟主人说话的！很好，可能这样马儿就不会亲近我了。我不会插手马的事，蠢货；好吧，好吧，你不用皱眉。

斯特潘让马散开去吃草，然后又拿起镰刀准备去割些草。真是个不开窍的笨蛋，怎么不拿起另一把镰刀跟他一起去割草！尤拉伊叹了口气，远眺平原那头，克里瓦河那边的山脉。无论如何，那儿还有些真正的土地——也许遍布石块，但那也是土地：能种土豆、燕麦、黑麦——有些地方还是能长黑麦的，有些地方，玉米已经到了该收割的时候了。"斯特潘，谁买了我们那边的高地？"

"一个叫约萨的人。"曼尼亚说。

啊，约萨，安德烈伊·约萨·胡萨尔；这就是他在酒吧里不和我说话的原因；他为从一个女人那儿夺走土地而感到羞耻。尤拉伊望着远处的山脉。奇怪，这就像霍杜巴尔的土地从山下搬到了平原。

"莱勃利在那儿的山脚下吗？"尤拉伊问道。

"是在那儿，"斯特潘说，"大约三小时的路程。"

三小时路程，看呐，莱勃利还是挺远的。闲来无聊，霍杜巴尔捡了根稻草嚼了起来，口感粗糙，还有点酸。斜坡上的草尝起来味道就很不一样，是百里香的辣味。尤拉伊慢慢地在牧场上越走越远。多么平展的土地，除了天空，没什么可看的，就连天空都和山上的看着不同；这儿的天空灰蒙蒙的。这儿有一片长得跟人一样高的玉米地，都是绿色的；啊，主啊，这看起来真是凌乱不堪——把母猪放进来，那就哀号连天了！黑麦地却像一件天鹅绒的外套。洋槐树——尤拉伊不喜欢洋槐树；山上有李树、纺锤树、还有一些花楸树，却没有那些一无是处的洋槐树。现在我连穿着那件围裙和高筒靴的曼尼亚都看不见了。不要和马说话，又算怎么回事！马跟奶牛一样，是一种很聪明的动物；它能在说话间习得静默。

平原在尤拉伊的面前铺展着，他被一阵孤独淹没了，这就像是一片海；他该怎么办！他面向山脉；啊，你啊，连你都被这平原吞没了，这让你看上去又小又蠢。可是，我的朋友，蹒跚着步履，用脚步丈量吧，至少你能了解这土地。尤拉伊受不了了，他甩掉了斯特潘和马队，想自己赶回村子。我要去看看庄稼，他暗自想道，可他马不停蹄地走了一小时，这山还是远在天边。天气热极了，让人无法呼吸。这就是你的平原。谁能想到斯特潘带我来这么远的地方？他只嘶嘶了几声，我们就到了地球的尽头。波拉娜拥有一群奔跑速度飞快的马：跑得慢的马能有什么用，先生？

霍杜巴尔已经走了两个小时了，最后终于到了村头；吉普赛人、流氓们在铁杉和曼陀罗丛中哈哈大笑着，那儿就是铁匠铺了。霍杜巴尔停了下来，他突然想起了什么，哦，波拉娜，我会给你看的！他闯进了铁匠铺里。你好，哥们儿，给我做把门闩，嗯，什么样的门闩呢，装在门上的。我在这儿等着。铁匠没有认出霍杜巴尔，铺子里很暗，屋外的阳光刺得他看不清。好吧，你要一把门闩，我就做一个给你。于是他开始在一块大家伙上使劲锤打起来。嗯，伙计，波拉娜的马怎样？怎么了，快得像魔鬼似的，不过都是为有钱人准备的，干不了活儿，大叔。给它们钉掌的时候，啊哈！需要两个人按住像它们这种不安分的马。

霍杜巴尔看着这把熠熠生辉的铁具。我应该给你带点什么，波拉娜，可以装饰屋子的东西。这样一匹马值多少钱？铁匠问。上帝作证，他们说这样的马能卖八千。那么多钱，就买一匹马！如果这匹狂野的魔鬼摔断了腿，你还能得到什么？个头小点儿的胡楚尔马更好，或者买匹强壮的、后背平顺、胸肌发达的阉马——喂，这是马，它们以前也是财产的一部分！可现在——拖拉机！现在，地主在卖他的牧场，他会说：马有什么用，现在都有机器了，不用马了还要草干什么？

霍杜巴尔点点头。是的，机器，就像美国一样。我必须确保波拉娜不会走错这一步。机器的时代来临了，那时你还要马做什么！啊哈，你看；不，不，波拉娜，我不会让你用我的钱去买牧场的。土地和牛就不一样——人没法用机器填饱肚子，土地和牛赚不了钱，不过无论如何，你还有牛奶和玉米。

霍杜巴尔回了家，手里攥着的门闩还散发着余温。波拉娜可能在做晚餐。尤拉伊蹑手蹑脚地攀上了阁楼，在小门内侧装上了这把门闩。波拉娜也爬上了楼梯，她皱着眉，来看看尤拉伊在上面捣鼓什么。她会问什么？不，她不会，她只是呆呆地盯着看。"完事儿了，"霍杜巴尔轻声说，"我只是来给你装个门闩，这样你就能把自己锁在里面了。"

第九章

　　你也太迟钝了，尤拉伊；你绕着院子到处转悠，却不知道要做什么。种甘蓝？那不是男人干的活儿。喂母鸡？喂猪？哦，那是老女人的活儿。木头也锯好了，切割整齐了，篱笆修妥了，这儿那儿的都已经修补齐了；你跟老凯莱尔一样，在米恰尔·赫帕克的院子里喃喃自语，没精打采。邻居家的女人们总在不停地张望。这个高贵的农民，手插口袋，打着哈欠。愿你下巴脱臼！

　　下面的牧场上——是曼尼亚在干活儿。我在那儿能干什么？别跟马说话，那么——自己就待在这儿，草原上有什么可干的？看看他，一个不知哪儿来的雇工说，你能不能干点儿这个，干点儿那个，先生。好吧，我会干的。还轮不到你来指使我，如果是木工活，我会干的。森林早被砍光了，再也没有木头可卖了，他们说，都烂在了地里。锯木机还立在那儿——

　　上帝啊，可怜可怜这些奶牛吧！不光是两头小母牛，别人会笑话的，这儿有十二头奶牛呢；我把它们赶到沃洛夫山的另一边，手里攥着根粗棍子，准备喝杯啤酒。没人会说：别和牛说话。你必须要冲着小牛犊大喊大叫。

　　可是，波拉娜不会听的——屠夫花八百买一头牛，她说，就这样他还觉得是帮了你大忙。好吧，别管屠夫了——我养牛犊是为自己：不过如果你不喜欢，就算了。我不会把钱撒在平原上的。

　　或者，把牛套上车，去田里拉庄稼。男人走着，走着，一只手搭在牛轭上，快走！哦——噢！别急，就跟着牛的速度走。我连在美国时都没适应新的速度；我只习惯牛的速度。车里装满了草卷，当你用手抓住车子的辐条，再去扶着满载的车厢时——赞美上帝，至少你会意识到，你的手还在。这才是男人的活儿，波拉娜。啊，上帝慈悲，多虚荣啊——有的人的手柔软温暖；而劳动人民的手呢，是硬实的，美国式的手。

是的，波拉娜，你可以逃开，你总有事做，一会儿喂鸡，一会儿喂猪，还有奶制品的活儿，而我靠在篱笆上无所事事，该是多么羞耻啊。要是你说：你，尤拉伊，你去干点这个，你去干点那个，该多好。可是你，就像一支箭，没人能和你说话。我可以告诉你——波拉娜，在美国，一个干清洁、洗碗、拖地活儿的人是不会觉得羞耻的；她们，那些女人，在美国过得很好。可是你——每次我碰一碰什么东西，你就眉头紧锁：这不对，你说，别人会嘲笑你。哦，这又有什么关系！让那些蠢货去笑吧。我在马厩里干活，喂马喝水、吃食——斯特潘又皱起眉头。别和马说话，他说。对，就是你！他总皱着眉头。好吧，好吧，别用眼神杀死我。他甚至不跟女主人交谈，几乎总是摆着个臭脸，眼神阴沉。他很刻薄，整个人被带着刻薄的多疑神情包裹着。波拉娜也很怕他，她说：去，哈菲娅，跟斯特潘说做这个，做那个，问问他这事儿，那事儿——哈菲娅不怕他。她叫他叔叔，他让她坐在膝盖上：小马就是这样跳的，哈菲娅，母马是这样走的——他会唱歌，可一旦他看见有人时，歌声就仿佛被那人斩断了一样，他便悄悄溜回马厩去。

霍杜巴尔挠着头，天知道哈菲娅为什么怕我。她正自己玩得高兴的时候，我一出现，她就会停下来。她从不看我，总是回避我，离我远远的。好吧，躲着吧。唉，哈菲娅，我应该给你做个木头娃娃，只要你愿意靠在我肩膀上，望着我——哦，那会是什么样呢？美国的故事我愿意讲给你听，孩子！那儿有黑人，还有这样的"机器"——唉，上帝保佑你，哈菲娅，跟你的斯特潘叔叔吧。别打她，波拉娜，你没法用暴力驯服任何人；但如果你能坐下来，如果我们能谈谈，哈菲娅就会靠近你，也会开始倾听，她会把她的手肘放在我的膝盖上——我能告诉她很多事，孩子总愿意听新奇的事。好吧，也许冬天，冬天，在火炉边——

村子里传来一阵鹅叫声和一辆马车驶近的声音——那是曼尼亚回来了。尤拉伊挥挥手，退回到谷仓后面。什么，让我站在这儿盯着你看！你只不过带回了满满一车干草，却弄出这么大动静，好像带回了天知道是什么的东西。但这儿很安静，后面的地方才是你的位置。他们任凭果园就这么毁了，以前那儿会结梨子和李子，现在却什么都没了。应该把这些老树砍掉，秋天时再种些小树回去，可是没人那样做；那儿也没留下什么老树，除了那些枯树，旧的什么都没留下：它们与上帝同在。那儿曾经是一座绿树成荫的果园，可现在，猪在那儿扎了根，还有荨麻；哦，上帝啊！

你不明白吗，我在美国是见过世面的；我开了眼界，看，这样或那样做，在这儿也是可行的。他们的东西都很好，都很实用——用他们各式各样的机器吧！或者就这样——种些蔬菜。要不就养兔子。你种完蔬菜后留下大量的叶子，最好养兔子。然后，很多事就水到渠成了。我会承担一切的，只要你，波拉娜，只要你睁开眼看看尤拉伊在做什么。接下去会怎样呢，尤拉伊？给兔子配些笼子，哈菲娅会高兴的，你甚至还能给她做件小小的兔毛外套。或者为她搭座鸽子屋。或者，你不是想要养蜜蜂吗？我可以建蜂房，不用木板，可以在蜂房的后侧装上玻璃，这样就能看见里面了。约翰斯顿有个煤矿主，叫波尔，是个很棒的养蜂人；想象一下，他还带着面罩呢。你可以学到很多东西。只要你愿意，波拉娜，只要你睁开眼看看——就会有数不清的东西。或者你可以问问：他们在美国都做些什么？好吧，你绝不会问的，想告诉你些什么，真是太难了。一个男人羞于只为自己谋利——这就好比他只是为了别人才参与活动——他会往手里吐口水，甚至不屑地吹起口哨。就是这样，波拉娜。

赞美上帝，我能听见牛铃声了，已经入夜了；它们肯定已经被绑好，喂了水，被轻柔地安抚着。哈菲娅会大喊着：斯特潘叔叔，爸爸，吃晚饭啦；斯特潘吃饭声音很大，波拉娜却很安静。哈菲娅在和斯特潘耳语，好吧，能有什么办法；大家晚安。哈菲娅在卧室，波拉娜回了阁楼，斯特潘去了马厩——我再转一圈院子，摸回牛棚去睡觉。我的手枕在脑袋下，我甚至能大声地向她说明我们可以拥有的一切、事物得以运作的方式。

母牛们好像能明白我的心声，她们转过头来，看着我。

第十章

"哈菲娅,告诉他们我晚上才回来。"

一片面包和培根,都准备好了,现在出发上山。霍杜巴尔感觉很自在,他几乎有些想家了,就像个离家出走的孩子一样。他看了看村庄,那儿似乎有些东西改变了。是什么呢?这以前是霍杜巴尔的土地吗?是的,毫无疑问——他们说,全是石头,可约萨还是在这里种了大麦、土豆,还有一小块亚麻地;看看约萨和霍杜巴尔的土地是如何愉快相处的。不过,从山上的花楸树旁,你能看见整个村子。从那里,你会惊讶于上帝的智慧:这个村子名叫克里瓦,形状有些歪斜,弓着身子,像头牛躺在地上。村里屋顶连着屋顶,全都一个样,像极了成群的绵羊;不过,那栋白色的房子是波拉娜的。它似乎与周围的环境格格不入,尤拉伊想着;房顶是崭新的红色——有人会问是谁来了?平原上的人,没有木头,就只能用砖头盖房子了——

那片平原,甚至在这儿都清晰可见。蓝色,平坦——就像大海,哦,让人头疼得不行。所以他们才走得这么快:这条路阴沉沉的,一个男人正走着——走着,他就像是原地踏步似的。你去平原可不是为了看风景;当你到这儿时——就像节日里你只需跟鼻子往前走,总有什么东西能引你前行:穿过路上的弯道,越过溪流,直抵云杉林,走上那片草场,最后你终于到了这片树林中。树林正对着正午的太阳,所有的树干都呈现出浅灰色,仿佛林中弥漫着雾气;这儿,那儿,到处点缀着仙客来花,像极了点点闪耀的火光。看,多奇妙的一朵淡棕色蘑菇,它顶着几片落叶,啊,多有力的茎秆;你知道吗!我就让你待在这儿,蘑菇,也不摘杜鹃花和风铃草,只为哈菲娅摘一束草莓,树林边缘的草莓最甜。霍杜巴尔停下来屏住呼吸:鹿,在那片坡上站着一只母鹿,毛色金黄光滑,就像深秋的叶子,她站在欧洲蕨中,机警而好奇地张望着。你是谁,是个男人还是根树桩?是一根树桩,一个树墩,黑色的树枝,不过别跑开;什么,就连你也怕我,野生动物?不,她并不害怕;她细细地咬着一小片叶子,她张望着,像山羊似的反刍着。哟,哟,她说,她踩着小小的蹄子,慢慢踱开去。尤拉伊心中突然充满了喜悦,他迈着轻快的步子,脑袋放空,向上走去。他只是走啊,走啊,感受着世界的空旷。我看见鹿了,晚上要告诉哈菲娅——哦,哪儿?嗯,山上——山上没有路,哈菲娅,在平原那儿。

已经到这儿了——没人知道这究竟是什么:是一座木屋,现在已经散架了,木板散落在四周,可是木板,主啊,本可以用它们造一座钟楼,可现在,那儿长满了龙葵、巴黎香草,其间点缀着野百合、藜芦、老鹳草,还有一些蕨类植物,真的,这个奇怪的地方,好像闹鬼似的——这儿的树木都朝向北方;深色的木头上铺满了苔藓,土地是松软而黝黑的,是的,大伙儿都说这儿闹鬼。还有一些蘑菇,白白的,呈半透明状,像果冻一样,木头的栗色与黑暗交融,让这儿一直如此幽暗,听不见一只松鼠或苍蝇的声音;这片林子如此幽深,孩子们都不敢来这儿,就连小伙子走过,都要求上帝保佑。不过这儿已经是林子的边缘了,一丛丛覆盆子掠过膝盖,你捡起枝条,看看那上面挂着多少苔藓。荆棘挂住了你的腿,哦,男人,要穿过这片林子走到那片草地可不是件容易的事,你必须像只野猪一样,使尽全力为自己在这片厚实的林子里开出一条路;接着,砰!你仿佛被射出了树林,就像是这片树林把你弹射出去了似的,你就站在了那片草坪上,感谢耶稣基督,我们到了!

草坪非常开阔:到处是云杉树,高耸得像教堂,你可以脱下帽子,大声地向它致敬;还有地上的草,柔滑如丝,短短的青草软如地毯;长而宽的草坪夹在两片林子的中间,伸展着奔向远方,与天际连成一片,仿若林子的一根腰带:它像一个敞着胸怀的男人,就那么躺着,躺着,抬眼盯着上帝的窗——啊,啊啊,那是他的气息!突然尤拉伊·霍杜巴尔觉得自己渺小得就像一只蚂蚁,他奔跑在这片开阔之地上,去哪儿,小蚂蚁?好吧,那儿,往高处走;看见那儿的红蚂蚁盯着你了吗?那就是我要去的地方。草坪很大。

是很大,先生。你说会是一群公牛吗?那些红点?上帝很清楚,他俯视着我们,对自己说:那个黑点是一个叫霍杜巴尔的人,那个亮点是波拉娜;我得看看,这两个点会相遇吗?或是我用手指把他俩凑到一起?山上有个黑色的东西直接撞向我;他跑着,他滚下了山坡,你是什么?哦,你是条黑色的狗,你声嘶力竭地吠着,走开,我像小偷吗?过来,你这条勇敢的小狗;我要去上面的放牧人那儿。你都能听见那牛铃声了。嘿呀,牧人放声喊道:公牛瞪着溜圆的大眼盯着尤拉伊,它们甩着尾巴,一直盯着;放牧人像棵松树似的漠然地站着,打量着这个陌生人。

"嗨,"尤拉伊喊道,"是你吗,米萨?太感谢上帝了!"

米萨什么也没说,只是盯着他看。

"你不认识我了?我是霍杜巴尔。"

"啊,霍杜巴尔。"米萨一点儿都不惊讶;他为什么要惊讶呢。

"我从美国回来了。"

"什么?"

"美国。"

"哦,美国。"

"你放的是谁的牲口,米萨?"

"什么?"

"它们是谁的牲口?"

"哦,谁的?是克里瓦那儿的。"

"哦,哦,克里瓦那儿的。不错的牲口。你呢,米萨,你怎么样?我是来看你的。"

"什么?"

"嗯,来看看你。"

米萨什么也没说,他只是眨着眼。一般没人在这上面说话。霍杜巴尔躺在草地上,用手肘撑着上半身,嚼起一根草来。这是另一个世界，你无须多言，那没必要。从四月到九月，米萨都在这儿放牧，他有时一周都看不见一个人——

"米萨，你去过大平原那儿吗?"

"什么?"

"你去过大平原吗，米萨?"

"哦，平原。没，从来没有。"

"杜尔诺伊那儿呢，你去过吗?"

"是的，去过。"

"你没去过那座山后面?"

"没有。"

你看，我——我去过美国；可我得到了什么? 我连妻子都理解不了——

"那儿——那儿还有几片草场。"米萨说。

"跟我说说，"尤拉伊像孩提时那样要求道，"林子里的那间小木屋是干什么的?"

"什么?"

"林子里的那间小木屋。"

"哦，那间木屋子。"米萨若有所思地扯着他的陶瓷烟斗，"谁知道? 他们说强盗想在那儿建个堡垒。可谁知道呢?"

"那儿真的闹鬼吗?"

"哦，那个。"米萨含糊其辞。

霍杜巴尔转过身去。这儿还不错，他自忖着；下面究竟是怎么了? ——你自己都不知道了。人们挤在农庄的院子里，互不相让。这些人不会像公鸡一样秩序井然地走路，也真是奇了怪了；这时，你的嗓子就会瘙痒难忍，憋不住大喊起来——

"你娶老婆了吗，米萨?"

"什么?"

"你有没有娶老婆?"

"不，我没有。"

平原上可没有像这样的云彩；那儿的天，空旷无边，可这儿——就像草坪上的这些牛；你仰面躺着，看着它们。好像它们在扬帆起航，而你也伴随左右，飘向远方，只是奇怪，你居然如此轻盈地与它们共舞。它们要去哪儿，这些云朵，夜里它们躲在哪里？它们仿佛融化了一样，真的有东西能就这样消失吗？

霍杜巴尔用手肘撑着身体。"我想问问你，米萨——你知道一种爱之草吗？这种草能让女孩与你共坠爱河。"

"哦，"米萨嘟囔着，"我不需要的。"

"不是给你，也许别人有用。"

"为什么？"米萨愤愤不平地问道，"没那必要。"

"不过你知道这种植物吗？"

"我不知道，"米萨脱口而出，"我又不是吉普赛人。"

"可你知道怎么给人治病，米萨，不是吗？"

米萨沉默不语，只是眨着眼睛。"你不知道你会因为什么而死。"他突然说道。

霍杜巴尔的心突突直跳，他坐直了身体。"米萨，你觉得会很快吗？"

米萨深沉地眨眨眼。"哦，天知道。有人能活得很久吗？"

"你几岁了，米萨？"

"什么？"

"你几岁了？"

"哦，我不知道，知道了有什么用？"

哈，知道了有什么用？尤拉伊喃喃自语着；知道了有什么用？——你说，波拉娜在想什么？下面，有个男人因为这事儿备受折磨；可这儿——好吧，随你爱怎么想，亲爱的，假如你幸福，你就不会去思考。很奇怪，在这儿，一切都那么遥远。远得让你想家。一个男人——这就像他从一个制高点观察奔跑着的自己——看着院子，变得怒不可遏、忧心忡忡，每当这样的时刻，他都只是一只渺小的蚂蚁，愤怒而不知所措。

沉重的宁静降临在尤拉伊身上，沉重得让人感到痛苦。看看他，这样一个粗糙而强壮的男人，在叹息，他在平静的重负之下叹息着；啊，我还不想要起身，把重担带回山谷，可不想又能怎样呢：我不能。静静地，静静地躺着，一切就会清晰明了了；就像这样躺几天，也许几周，直到一切都就位了；怕什么天翻地覆，也不管这公牛在我身上左嗅右闻的，土拨鼠偷偷摸揣测着这也许是一块石头？这是一块石头，它跳将上来，坐一坐，嗅一嗅。霍杜巴尔摊开双手，仰面朝天地躺着。不再有霍杜巴尔，也不再有波拉娜——只有天空、土地和牛铃声。云朵散去了，什么也没留下，连你呵在玻璃上的雾气那般的痕迹都没留下。公牛想，他太纠结了，那只是远处传来的牛铃声。知道又有什么用？他直直地盯着。上帝也在盯着。多大的眼睛，像野兽的双眸一般平静。风，就像时间在流淌，在咆哮；它是从哪儿来的？知道了又有什么用？

夜晚来临，尤拉伊开始下山，他迈着轻巧的大步走过草坪，穿过树林；平静的负担已在他体内扎根，他甚至不用再去思考。好吧，波拉娜，好吧，我不会再从你鼻子底下逃跑了，院子容不下我们两人。我会在别处找份工作，如果不行，我就来这上面坐着，等着，等待夜幕降临。为什么不呢——一个人能活多久？为什么，我问你，两只渺小的蚂蚁应该互相羁绊吗？那么多的空间，你甚至无法理解这些空间都是从哪儿来的；而我——就是从遥远的地方，也知道张望。感谢上帝，能从山上的那么多地方看见你的家。你可以爬到造物主的领圈上，往下看看你自己。就像空中的云，飘起来——消散掉，像呼吸一样。

已经能听见牛铃声了，但霍杜巴尔仍坐在长满百里香的地里，手中握着一束草莓，他低头看看崭新的红色屋顶。农庄，就像手掌般清晰可见。带哈菲娅上那儿看看。看这儿，哈菲娅，这像不像玩具？院子里出现了一个小小的亮点，她站着，站着。那儿，看，一个黑点从马厩里出来，迎上她，也站定了。他们就像玩具一般，都没有动弹。蚂蚁会摆动它的触角，然后跑开，可人类——比较神秘：他们肩并肩地站着,却什么都不会发生。知道了又有什么用?霍杜巴尔想着,可他们站了这么久,着实奇怪,如此平静;不简单啊——他们能静静地站这么久,真是可怕。尤拉伊,他们带给山上的你的是平静吗?或是足以压垮你的沉重?你在山上面感受了太多,满是悲伤;你摊开双手,现在你正驮着一个十字架。那两人站在下面,站着——啊,耶稣基督,他们该动一动了!亮点抽身离开,走了进去;暗点还站着,没有移动,上帝的荣光,它已经消失了。

霍杜巴尔带回来一束草莓——除了那一小束草莓,什么也没有。可他却把它落在院子里了。四人围在桌边晚餐;他几乎要开始讲述今天的遭遇——我看见一头鹿,哈菲娅——可他什么都没说,语词就像嚼碎的食物,卡在他的嘴里,波拉娜什么也没吃,苍白得像一具白骨。斯特潘怒视着他的盘子,脸挤作一团,用手指撕开面包。他突然扔下刀,跑了出去,好像被什么东西噎住了一样。

"斯特潘叔叔怎么了?"哈菲娅问。

波拉娜没说话,她收拾起桌上的盘子,面如死灰,牙齿咯咯作响。

霍杜巴尔抽身离开,走进牛棚。那头秃顶的奶牛转向他,拴着的链子响起来。怎么了,主人?你为什么如此唉声叹气?唉,秃头,知道了又有什么用,知道了又有什么用?可这比链子还沉重,沉重。在那上面,我们能让铃铛响起来,你和我——那是什么地方,那也是上帝的所在,可是在人类中间,这感觉更亲近,两个,三个人,秃头,如此亲近!你听不到他们的链子在响吗?

第十一章

那晚，曼尼亚喝醉了，像头野兽；他没在克里瓦，而是去了托尔塞莫斯的犹太人区和别人打了一架；据说他拿出了刀子，还被捅了，谁知道呢；天快亮时他回来了，浑身肿胀酸疼，睡在马厩外。应该去饮马了，尤拉伊想着，我可不要去插手你的事。我可以不跟它们说话，没问题；不过你得自己照顾它们。波拉娜——像个影子一样，还是别看到她了。好吧，一切就绪。霍杜巴尔皱皱眉，该干什么呢？

天很热，好像快要打雷了：肮脏的苍蝇到处乱飞，哦，可恶的日子！尤拉伊没精打采地钻进谷仓后的果园里；可就算在那儿——在那儿能干什么呢？只闻得到荨麻的味儿，怎么还有这么多破罐子？都是些吉普赛人的垃圾——波拉娜就像个影子：她躲在房子里的某个角落里，毫无踪影——上帝与你同在；可你知道，这对一个男人来说并不容易。霍杜巴尔狠狠地搓着他潮湿的脖子。好吧，雷阵雨要来了，斯特潘应该把稻草运进屋去。

他翻过篱笆，围着村子转悠，看着天上的景象。从背后看村子——这就像你从桌子底下往上看，看到了所有的木头和框架，以为没人能看见你似的，你在和全世界玩儿捉迷藏；只有篱笆和吃着牛蒡、甘蓝的毛毛虫，这儿是个垃圾场，长着铁杉和曼陀罗，吉普赛人和他们的小屋子就在村子背后——尤拉伊收住脚步停了下来；哦，上帝啊，我这是在干什么！波拉娜只身一人在家，斯特潘还在马厩里人事不省……霍杜巴尔的心开始扑扑直跳。天煞的吉普赛人！她只是坐在地上，这个干瘪丑陋的老巫婆，在给孩子捉头上的跳蚤。

"先生，你要干什么。"吉普赛女人声音喑哑地问道。

"吉普赛人，吉普赛人，"尤拉伊颤抖起来，"你能配一剂爱药吗？"

"是的，我能，"吉普赛女人咧嘴一笑，"你能给我什么回报呢？"

"一美元，美国钞票，"霍杜巴尔脱口而出，"两美元吧——"

"哇，你这臭不要脸的，"吉普赛女人大喊起来，"两美元，你自己看看，两美元连狗都没兴趣，更别说吸引母牛了——"

"十美元，"霍杜巴尔激动地说道，"十美元，吉普赛人！"

这吉普赛女人突然镇定下来。"给我。"她命令道，同时伸出了一只肮脏的爪子。

尤拉伊兴奋地翻找钞票时，手指不停地颤抖。"吉普赛人，要保证效果，不能是一个晚上，一个月或者一年，要让她的心柔软，嘴甜蜜，要让她见到我就满心喜悦——"

"喂，"吉普赛女人嘟哝着，"伊尔卡，生火！"她在包里翻找着，那双布满皱纹的僵曲的手就像一对鸡爪。啊，太丢脸了！天空越来越阴沉，风暴将至。快做，吉普赛人，要做好了——唉，波拉娜，看看你都把我逼到什么分儿上了！

吉普赛人咿咿呀呀地动起嘴来，往小汽锅里扔了一些小别针；锅里散发着一股肮脏的气味；她喃喃自语着，摇晃着脑袋，用爪子开始施展魔法。在尤拉伊看来，这实在是瘆人。让我去死吧！这是为了你，波拉娜，为你，只为了你——天大的罪恶啊！

尤拉伊跑回家，带着施了魔法的药水，他飞奔着，暴风雨来了。奶牛驮着稻草小跑前进，孩子们蜂拥回家，扬起片片尘土。霍杜巴尔大汗淋漓地打开小门钻进屋里，他的心狂跳不止，不得不停下歇一歇，波拉娜，给你。突然，那匹三岁马从马厩里冲出来，停下脚步嘶鸣着，接着破门而去。

"哦——哦——哦！"尤拉伊喊着，挥着手臂想要阻止它。波拉娜从房子里跑出来。马儿高踢着后腿，开始转圈，在院子里横冲直撞，它扬着头，压低了背，蹄子实沉地蹬入土中。

哈菲娅去哪儿了？她跟着妈妈穿过院子，害怕地厉声尖叫着，一头摔倒在地上……波拉娜也尖叫起来，霍杜巴尔大吼一声。哦，真是笨手笨脚的！我为什么不冲上去？接着，曼尼亚就从马厩里飞了出来，他的白袖子迎风鼓起，马儿直立起来，这男人抓住马鬃，扯着马儿，嘿，你可甩不掉他，他就像它脖子上的一只野猫。马儿一跃而起，摇晃着脑袋，甩着后背；砰，曼尼亚被甩到了地上，但他又抓住了鬃毛，跪在马身上牵住了它。直到那会儿，它才撒开蹄子向哈菲娅奔去。马拖着曼尼亚在院子里狂奔，但斯特潘把脚后跟深深地嵌入马肚子，他使劲儿地拽着、拽着马鬃。霍杜巴尔把孩子搂在胸前，他想带她离开，可眼前的这幅景象让他全忘了——男人与野兽。波拉娜的手放在胸口，接着曼尼亚放声大笑起来，就像一匹嘶鸣的马般，飞跑着、蹦跳着牵着这匹打着响鼻的种马回到马厩。

"好了，孩子给你，"霍杜巴尔说，但波拉娜没听见。"波拉娜，你听见了吗，波拉娜？"

尤拉伊第一次把手放在她肩上。"波拉娜，哈菲娅！"她抬起眼。啊，你的眼睛一直是这样吗，你曾半张着嘴呼吸吗？你多美啊——可现在，又消失了。

"她没事儿。"她带着还在啜泣的孩子进屋时自言自语道。

曼尼亚从马厩里走出来，他用白袖子擦了擦鼻血，又吐了口嘴里的血沫子。"没事儿了。"他说。

"来，"霍杜巴尔咕哝着，"来，斯特潘，我给你擦擦脸。"

斯特潘愉悦地在水流下清理着鼻孔，随性地四散泼溅着水化。"那是分内事儿，不是吗？"他生气勃勃地说道，"这匹小公马受了惊，先生，所以它野性才这么大。"曼尼亚露齿笑笑，他浑身湿漉漉的，衣衫不整。"唉，他会成为一匹种马的！"

尤拉伊想跟斯特潘说：对，你是最棒的，你干得很好；不过男人之间——没必要。"暴风雨要来了。"他喃喃道，从谷仓后面隐身离开。南边的天色凝重；从低处生发的风暴，从来不是善茬。小公马受了惊，其中一个人连抬起脚去救孩子的能力都没有。也许我已经老了，波拉娜，不是吗。奇怪，我的腿就像被施了魔法似的，纹丝不动。

主啊，黑暗来临了！天边开始响雷。吉普赛女人施了个魔法，看看，这匹小公马就受了惊；我没能抓住马儿的鬃毛，什么也没有，只会目瞪口呆地颤抖。我，不，斯特潘做到了。他怎么会不行呢，他那么年轻。啊，波拉娜，波拉娜，你为什么看上去如此，为何你如此迷人！

来了，来了；风暴——像一匹受了惊的马，踏蹄而起，嘶鸣不已。你再也抓不住鬃毛了，因为腿脚生了根。你失去了爆发力，喊不出声；可斯特潘可以。混蛋，这是那吉普赛女人的痛苦魔法：小公马受了惊，是这样的。而你却认为：这都是为了波拉娜。那么，你为什么不冲向那匹马？波拉娜会用她按在胸脯上的手蒙着眼睛看的——她从未这样干过。

尤拉伊眨着眼，甚至没有感觉到滴落在脸上的温暖雨滴。天空开裂，甚为恐怖；霍杜巴尔快速地在胸前画了个十字，猛地意识到应该找个避身之处。不，等等，先把吉普赛女人的魔药扔进荨麻丛里，接着纵身一跃，躲进了棚子底下，看着风暴席卷而来。

第十二章

他还能去别的什么地方呢？霍杜巴尔在谷仓后面缓步思索着。比如，他想着：好吧，那我就承认我老了；不过我问你，这是怎么发生的？你活着，什么感觉也没有，还和昨天一样，然后突然——就老了。就好像有人给你施了魔法。你再也抓不住受了惊的马的鬃毛，你再也不去酒吧惹事了；你再也不去逮马，而是抱起孩子。然而你瞧，事实上，曾经我也在酒吧里骄傲地跟格里克干过仗，问问瓦希尔，问问波拉娜。结果，突然——我就老了；而波拉娜却没有。

好吧，那么，也许我是老了。抱着孩子也不错。呃，波拉娜，我可以表现成一个——比如，让你看看我是什么样的农夫。你可以按照淑女的方式生活，让佣人干活，你只需动动嘴皮子就行：嘿，玛丽卡，把鸡喂了；阿克楚娜，马上去喂奶牛喝水。我真的被偷了三千美金，可我还有七百，我们可以有很多出路。啊，我亲爱的，我在美国并不是一无所获；年轻与否并不重要，至少我知道了外面世界的样子。他们说，光养牛是挣不着钱的，同理还有很多这样的事。那应该怎样呢。你必须知道怎么出售。在美国，农民不会干等着屠夫来；他们自己去镇上跟人签合同；一年多少次，多少钱，一天多少桶奶，定下来。这才是应该做的。我问你，为什么这儿不能这么干？买一匹小马和一辆运货车——卖了你的马，波拉娜，我想给你一匹可以跟你说说话的小马——还能骑着它去镇上。好吧，一个美国人很清楚自己的想法，他不会漫无目的地出国；他会腰缠万贯地回家。接着，邻居们就会蜂拥而来——你行吗，尤拉伊，在镇上为我们卖掉几只鹅？为什么我不行，但不能像这样只带着一只鹅去镇上；要一周五十只，或是一百只鹅——我应该做些笼子，带上一整批鹅去镇上。就是这样，我的朋友，生意就该是这样做的。或者是烧火的木柴，装五十担柴禾。

土豆——装在平板车里。看看霍杜巴尔,看他从美国带回了多有创意的点子!就连你,波拉娜,都会说,尤拉伊好聪明,没有哪个年轻人能比他更能干了;嗨,玛丽卡,阿克瑟娜,帮主人把靴子脱了,他刚从市场回来。你这一整天都干了什么,亲爱的?我替你照看着农场呢,管教这帮下人,然后,是的,我等着你,尤拉伊。

霍杜巴尔坐在一段树桩上,干眨着眼。试试?为什么不呢?只要翻开新的篇章,一个人就是年轻的。但如果不是这样,好吧,那就另当别论了。比如,去曼库尔下游买石头——像大理石一样的石头,然后把这些石头块儿运去镇上;上帝啊,平原上有石头吗?只有泥土和尘埃,天空也是尘灰色的。也许应该一个人去炸石头——难道我在美国时没炸过一块石头?把它炸了,我的朋友,我能办到。你掏个洞,把弹药筒放进去——撤离,砰——碎了!是的,波拉娜,这就是男人的工作,什么?抓小公马和这比起来怎么样?你手里攥着一面红旗——当心,他们在点引信。我应该去完成这荣耀的一炸,而你——你应该去抓住地里的马匹。这里还有许多东西有待发现。你在平原上得到什么了?什么也没有,只有平原。但这儿——在凯斯拉沃达附近有铁矿,这里的水被铁锈染成了棕色。在塔塔卢卡的土地下,还有像树脂一样闪闪发光的石头。老妇人说,那儿的山里有宝藏。沿着山一直走过杜尔尼,走过塞尔尼维奇,走过塔庭斯卡,走过图帕——谁知道能寻得些什么。哦,我的朋友,那些日子,他们甚至连地面都挖开了。家乡什么也没有。明天,波拉娜,我要去布拉格,去和那些绅士们聊一聊——然后就停下来。接着,专家们会直接来找霍杜巴尔:日安,请问霍杜巴尔先生在家吗?霍杜巴尔先生在这儿,霍杜巴尔先生在那儿;你已经找到宝藏了,是一座我们已经寻找了五十年的矿藏——是的,怎么会不是呢?所有的石头,他们说的——哦,你知道那石头是什么做的吗?你不知道,所以别多嘴。

霍杜巴尔觉得特别尴尬。也许这都是些愚蠢的想法;可这曼库尔下游的石头——一点儿都不傻。为此,我必须有公牛,一对,两对公牛——波多利的公牛,灰色的,头上的角长如手臂,啊,多神奇的动物！拉着一车石头去平原——走在牛的前面，只消吆喝着，嘿咂！而你牵着你的马儿们——引着公牛走向山沟的另一侧！这些公牛是谁家的？霍杜巴尔的，在这个国家里，没有谁家有这样的牲口了。

霍杜巴尔从他的衬衣下面拿出一个小包，数起钱来。七百美金，那就是两千多；太好了，波拉娜！有这些钱，我们就能开启新生活了。你能够见证尤拉伊是怎样的一个赢家了。而这种智慧就是力量。一匹像那样高昂着头的马，是相当值钱的，但是，看看公牛：它点着头，背上套着牛轭，它干的活儿却更繁重。

尤拉伊点点头，闲适地走进院子。波拉娜在院子里剥豌豆；她正巧抬起眼，扫了扫大腿上的空豆壳，转身进了屋子。

第十三章

霍杜巴尔坐在酒吧里,心情愉悦。感谢上帝,今天这儿一点儿都不吵:米恰尔库克也在这儿,还有瓦尔瓦林、米恰伊尔家的波德莱伊库克、被叫作科比拉的赫尔帕克、弗德勒斯·米恰尔、弗德勒斯·盖伊扎、费杜克、哈力克、阿列克萨、哈力霍里伊和巡警托德亚,所有的邻居都在这儿,他们要去打野猪。他们说野猪给地里造成了不小的损失。哈力霍里伊拥有曼库尔下游的石矿,跟他谈谈会有好处,先从小的话题开始,然后逐渐推进:比如,那条通到田里的路应该用石头修一下。嗯,尤拉伊有些烦心,我现在还没有地呢,约萨买走了。他坐在那儿皱着眉,我没有土地了,有什么好担心这些野畜生的?让他们自己去追吧;我——我不属于这儿。霍杜巴尔觉得有些丧气;就让他们自己处理麻烦吧,我自己的事儿还顾不过来呢。

这时候,人们正在讨论什么时候开始行动,从哪边开始。尤拉伊慢慢地啜着啤酒,考虑着自己的烦心事儿。波拉娜抬抬眼,就走进屋子了。好吧,波拉娜,也许有时候你喜欢这么开始,然后,尤拉伊,这个、那个的,该怎么办;我也应该只抬抬眼,然后径直来酒吧。那样你也就能知道是什么感受了。什么,我有一张肮脏的臭嘴?什么,我的眼睛会转吗?我是不是跟流浪汉拉斯洛一样有一张可恶的嘴脸?是的,我是老了,煤灰吞噬了我的一切;我的骨头开始变脆,我的身体已经被掏空了;全都是因为我在煤矿里四脚着地地趴着;手脚并用地爬着——你知道我只能在多么狭小的空间里抠煤吗?即使是现在,当我咳嗽时,我吐的痰都是黑色的,波拉娜。是的,我身上已经没什么能让你喜欢的了;可我能工作,亲爱的,你会看见的——

"嗨,美国佬,"弗德勒斯·盖伊扎嘲笑着打招呼,"你还没露过脸呢。那么,你招待过你的老伙计们了吗?"

霍杜巴尔点点头："是的，是的，不过没有以美国的方式招待他们。老天，给盖伊扎一杯水！要是不够，就给你来一桶，盖伊扎，至少你还能洗洗你的臭脸。"

"我的臭脸碍着你什么事儿了吗？"盖伊扎大笑起来，"至少我老婆喜欢。"

尤拉伊脸色一沉。你老婆关我什么事儿？看看他，给他拿水！什么？我会的；啊，上帝啊，邻居们，我会兴致勃勃地跟你喝的，跟你勾肩搭背，一直唱啊唱啊，直到我闭上眼。可我的美元是用来干别的事的；我有一个想法，一个好点子，一个美式想法。等着我去炸开那些石头。上帝啊，霍杜巴尔，他疯了吗？这儿的石头不就够了吗？过了一会儿——看，那美国人，他能从石头上榨出奶油来。

弗德勒斯·米恰尔开始唱起歌来，其他人也跟着唱起来。啊，跟着伙计们开始唱真不错。这离我上一次听到有多久了——多久以前——尤拉伊半闭着眼睛，声音微弱地跟着唱起来——嗒哒——嗒哒——嗒哒，突然——只有命运知道是什么让他开始高喊起来——他用最高的音调唱啊，唱啊，唱啊，直到整个身体都随着音调摆动起来。

"喂，你，"弗德勒斯·盖伊扎喊道，"不跟我们喝酒的人不能跟着一起唱歌。回家唱去，霍杜巴尔！"

"要么把斯特潘带来，"尤拉·费杜克掺和道，"据说他唱得比你好。"

霍杜巴尔站起身，他很高，几乎碰到屋顶了。"你唱一个，盖伊扎，"他温和地说，"我本来就打算回家去了。"

"你要回家干什么？"弗德勒斯·米恰尔讥讽道，"反正你有个工人。"

"他是个富农，"盖伊扎暗示道，"他请了一个男人为他老婆工作。"

霍杜巴尔猛地转过身。"盖伊扎，"他从牙缝里挤出声儿来，"你说谁呢？"

盖伊扎狠狠地跺了一下脚。"谁？只有一个这样的农民。"

旁边的人都站了起来。"别管他了，盖伊扎。"瓦尔瓦林央求道；有人轻轻地抓住尤拉伊的肩膀，让他走开。霍杜巴尔甩开那人，又径直走到弗德勒斯面前，他的鼻子没碰上弗德勒斯，简直就是奇迹。"说谁？"他嘶哑地说。

弗德勒斯·盖伊扎言之凿凿地说："不过像波拉娜这样的婊子也挺正常的。"接着，突然他就像被什么东西猛击了一下。

"出来。"霍杜巴尔厉声喊着，夹在两个男人中间，从酒吧里走了出来。盖伊扎跟在他身后，打开了自己口袋里的刀子。小心，霍杜巴尔，当心你身后！但霍杜巴尔根本没留意，他强行往外走着，身后跟着盖伊扎。盖伊扎手里紧紧攥着弹簧刀，掌心直冒汗。

盖伊扎把拿着弹簧刀的手藏在身后，深吸一口气，准备随时跳上去；但霍杜巴尔的手臂就像水井里的铰链一般，抓住了他的手臂，高高举起，在空中转了一圈，便将他扔到了地上。盖伊扎站起来，嘴里怒气冲冲地出着气。霍杜巴尔又把他举起来，高高地扔了出去，掉在地上，似乎想用他来砸地似的；突然盖伊扎的双膝软了下来，他躺在地上，两手因为脱臼而摊平！他的头撞在一个桶上，就像一堆衣服似的躺在那儿。

霍杜巴尔大口喘着气，环顾着四周男人们充满血丝的眼睛。"我不知道，"他抱歉地低语着，"我不知道那儿有个桶。"

正在这时，他的头被重击了一下，接着一下，又一下。两个、三个、四个男人无声地敲击着霍杜巴尔的头，直到他发出声响。"放开我。"他低吼道，在黑暗中挥舞着手臂；他揍了一个人的鼻子，自己跌倒在地上，挣扎着要站起来。"他们在打架。"有个人大喊着。霍杜巴尔试着站起来，可是他不行，他在被殴打时还想站起来，他呻吟着，哦——哦，他还是想站起来——

"什么，你在这儿！"一个急促的声音喊起来，随着打断众人沉重呼吸的马鞭声消散而去。继续揍他的头！有个人愤怒地狂吼起来，当心小刀！瓦希尔·格里克·瓦希洛夫喘着粗气，用马鞭挡住了霍杜巴尔的身体。尤拉伊想站起来。"你们，走开，"镇长大发雷霆，甩了一鞭。要不是因为你是个当官的，哼，当的什么官儿！不过，瓦希尔·格里克·瓦希洛夫却是个著名的斗士。那会儿，就连女人们走在路上都是小心翼翼的，她们双手交叠着，眼睛却朝酒吧的方向望来。

尤拉伊·霍杜巴尔试着站起来，他的头搭在瓦希尔的膝盖上，有人在给他擦脸，是约萨。"这不是一场公平的决斗，瓦希尔。"美国人抱怨道，"他们从后面攻击我，还二对一……"

哎哟，尤拉伊，他们有六个人呐，混蛋，他们都从篱笆那儿搞来了棍子。你的头肯定是橡树做的，否则早就爆了。"盖伊扎怎么样了？"挨揍的这位还焦急地问道。

"盖伊扎没事儿，他们已经把他抬走了。"镇长解释道。

尤拉伊满足地舒了口气。"现在他肯定会把嘴闭紧了，这头猪。"他喃喃自语道，想要站起来；赞美上帝，他已经感觉好些了。他站着，手捧着脑袋。"他们为什么这么对我？"他很纳闷，"来喝杯酒吧，瓦希尔。他们不会让我唱歌的，这些肮脏的魔鬼。"

"回家吧，尤拉伊，"镇长告诉他，"我送你回去，他们可能还会在什么地方等着你呢。"

"就好像我怕他们似的。"霍杜巴尔勇气十足地答道，接着便步履蹒跚地朝家走去。不，我没喝醉，波拉娜，不过他们在酒吧揍了我一顿。他们为什么这样？就只是寻开心，亲爱的，好玩儿吧，我在弗德勒斯·盖伊扎身上试了试身手。

"你知道吗，瓦希尔，"尤拉伊愉悦地解释道，"我在美国也打过一架，朋友。一个矿主拿着一把榔头来找我，是个德国人，或者是其他什么地方的人，不过其他人把他手里的榔头夺走了，就这样，我们打了一架；我们是赤手空拳打的。唉，瓦希尔，我嘴里挨了一下，不过那德国人也倒地上了。没人来干涉我们。"

"你，尤拉伊，"格里克严肃地说道，"别再去酒吧了，否则还会打架的。"

"为什么呢？"霍杜巴尔惊讶地问着，"我又没做什么对不起他们的事,不是吗?"

"好吧,"镇长含糊其辞地说,"他们就是想揍揍别人。去睡觉吧,尤拉伊;明天,辞了那个工人吧。"

霍杜巴尔脸色沉了下来。"你说什么,格里克?你也要插手我的事吗?"

"你家里为什么会有个陌生人?"瓦希尔推诿道,"睡觉吧。呃,尤拉伊,波拉娜不值得你为她打架。"

霍杜巴尔像根柱子似的僵住了,他眼里闪着光。"那么,连你都跟别人一样,"最后他终于能开口说话了,"你不知道,波拉娜,你——只有我了解她,可是你——你敢——"

瓦希尔把手搭在他肩上。"尤拉伊,八年来她一直在我们的眼皮底下——"

霍杜巴尔迅速地抽开身:"滚,滚,否则我就——格里克,只要我还活着,只要上帝还在庇佑我,我不管你怎么想,你就是我最好的朋友。"

霍杜巴尔没再回过身,他步履蹒跚地回家去了。格里克只哼了一声,许久,他也在黑暗中悄悄地许下了誓言。

第十四章

晨起,斯特潘套马上车,他要去草原。霍杜巴尔从牛棚里走出来,有些神色异样,面部浮肿,双眼充血。"我跟你一起去,斯特潘。"他简短地说。

嘶——嘶,马车飞驰着驶过村庄,但尤拉伊并没朝人或马看上一眼。稍离开村庄一点距离后,他命令道:"停下,下来,我要跟你说点事。"

斯特潘闪烁着桀骜不驯的眼神审视着主人憔悴的面孔。"好吧,什么事儿?"

"听着,曼尼亚,"霍杜巴尔支支吾吾地说道,"外面有些波拉娜的传闻——跟你的。我知道他们是在说谎——但必须阻止这些谣言。你明白吗?"

斯特潘耸耸肩。"我不明白。"

"你必须离开我们,斯特潘。为了波拉娜,为了让别人闭嘴,必须这样,你明白吗?"

斯特潘傲慢地盯着主人的眼睛:"明白了。"

尤拉伊摆摆手:"好了,没事儿了。"

曼尼亚呆呆地站着,紧攥着拳头,似乎想大打出手。

"你还有工作要做,斯特潘。"霍杜巴尔嘟囔着。

"好的。"斯特潘轻声回道。他一步跃上马车,抡圆了鞭子,抽了一下,抽在马头上。

马匹后退了几步,嘶鸣着,旋即疯跑起来;马车飞起来,发出的咯吱声仿佛要粉身碎骨了似的。

霍杜巴尔呆立在路上,浑身被尘土包裹着;接着他慢慢往村子走去,低着头回了家。唉,尤拉伊,这就是老人的走路方式。

第十五章

短短一个礼拜,霍杜巴尔变得骨瘦如柴了。怎么会不消瘦呢,我问你?上午把所有的杂务都安排妥当,难道是一件轻而易举的事吗?喂猪、给马梳理鬃毛、把牛赶去牧场、清理牛棚、送孩子去上学;接着骑着马去平原,玉米已经可以收割了;中午回家,给孩子准备晚餐、饮马、喂鸡;接着再去平原上干会儿活,夜晚来临后速速回家,做晚餐,照顾孩子,用并不灵巧的手给哈菲娅补短裙;是啊,玩儿是孩子的天性,她的裙子不久便又会被撕烂了。一下子要出现在这么多地方绝非易事,而要一件件记住所有的事,也不那么容易。晚上,他像一段木头似的倒在干草垛里,可他仍心事重重,无法安然入睡,担心自己是否遗漏了什么。啊,上帝啊,他还……还没给窗台上的天竺葵浇水呢;霍杜巴尔疲倦地起身去给天竺葵浇水。

波拉娜呢——就像完全不存在似的;她把自己锁在房间里生闷气。该拿她怎么办呢,霍杜巴尔羞愧地思忖着;妻子生气了,就因为我没有征询她的意见。你怎么想,波拉娜,我想辞了这个工人。唉,女人,还是要我来负责啊;波拉娜,难道我能告诉你关于你的那些谣言吗?我该告诉你什么呢;好吧,我辞退了这个工人,你就生气吧;我不会拿着棍子逼你工作的。哦,主啊,我需要波拉娜的帮助;才一个星期,可所有的一切看上去却全乱套了;有谁曾想过这样一个女人要干多少活儿呢——男人甚至连她的一半都干不了。可她自己清楚,她的怒气会消散的,她会重新绽放笑容。尤拉伊真是头蠢驴,他不懂得怎么把一切都安置妥当,也不怎么会做饭——好吧,你还能对男人有什么期待呢!

曾经——他捕捉到她的身影;他从别处回来,而她则站在门边,像个影子。她的眼睛周围晕着光圈,前额印着一道竖纹。霍杜巴尔转过身——我，什么也没看到，亲爱的，我没看见你。接着，她便消失了——像个影子一般。晚上，当霍杜巴尔爬进干草垛时，他听到远处的门悄无声息地开了。那是波拉娜。她走到院子里，一直站着，站着——而尤拉伊，双手垫在脑后，在黑暗中眨着眼，打着战。

奶牛、马匹、哈菲娅、母鸡、肉猪、鲜花——主啊，真是够糟的了，而比这更糟的，就是要硬撑着装门面。这样，那些爱嚼舌根的人就没法对霍杜巴尔说三道四了。我有一个嫁出去的姐姐，她能帮我，她会做饭，不过，还是万分感谢，我们不需要她。邻居们向这儿张望着：霍杜巴尔，把哈菲娅送到我这儿来吧，我来照顾她。非常感谢，邻居，特别感激，不过还是别给您添麻烦了；波拉娜有些不舒服，她需要躺一会儿，我能干她的活儿。什么，哪能任由你干涉！我碰见格里克，他看着我，嘴上挺客气地打着招呼。你走你的阳关道，我不认识你。哈菲娅吓到了；她瞪着眼睛看着我——好吧，她是想斯特潘了。我能怎么办，孩子？到处是闲言闲语，人们都会信以为真。

奶牛、马匹、玉米、肉猪——好，把猪圈清理干净，再去喂牛喝水。这儿，看，我必须把沟渠清理出来，这样就能排出污泥了。霍杜巴尔认真地干起活儿来，他充满干劲地哼哼着。片刻之中，全世界仿佛只剩下了这个猪圈；你等着，波拉娜，等你再来这儿的时候，保准会吃惊的——一间像雅座似的猪圈。现在，再来点清水。霍杜巴尔提着水桶走向井边。院子里，曼尼亚坐在平板车上；他把哈菲娅抱在膝盖上玩儿，正和她聊着什么。

尤拉伊把水桶放在地上，双手插袋，径直走向斯特潘。曼尼亚一只手推开哈菲娅，另一只手也插在口袋里。他稳稳地向上坐了坐，双眼眯成了一粒种子，手上举着什么东西，正对着霍杜巴尔的肚子。

霍杜巴尔笑起来。好家伙，我在美国就学会怎么使左轮手枪了。给你，他从口袋里掏出了一把弹簧刀，扔在地上。曼尼亚把一只手放在口袋里，目光锁在主人身上。

霍杜巴尔身体前倾靠在平板车上，俯视着曼尼亚。他想着，现在我该拿你怎么办呢。上帝啊，我该拿他怎么办？

哈菲娅也不知道该怎么理解这一切,她张着嘴,看看爸爸再看看斯特潘,看看斯特潘再看看爸爸。

"好吧,哈菲娅,"霍杜巴尔低语道,"斯特潘回来你高兴吗?"

小姑娘沉默着,望着曼尼亚。

霍杜巴尔疑惑地搓了搓脖子。"你为什么坐在这儿?"他慢悠悠地问着,"去,给马喂点水。"

第十六章

接着，他径直走进房间，敲了敲门。"让我进去，波拉娜！"
门打开了，波拉娜像一道影子般站在那儿。
霍杜巴尔坐在箱子上，双手撑着膝盖，眼睛盯着地板。"曼尼亚回来了。"他说。
波拉娜没说话，只沉重地呼吸着。
"有些谣言，"尤拉伊低声说道，"关于你和他的，所以我才让他走的。"他烦躁地哼着气："现在他回来了，这个流氓。不能这样，波拉娜。"
"为什么不能？"波拉娜尖锐地脱口而出，"就因为这些愚蠢的谣言？"
霍杜巴尔严肃地点点头。"就因为这些愚蠢的谣言，波拉娜。我们不是关着门生活的。斯特潘——是个男人，他可以为自己辩护；可是你——唉，波拉娜，毕竟我是你丈夫——至少在外人看来就是这样，所以咯……"
波拉娜靠在门边，她没有说话，双腿一阵阵发软。
"看起来，"霍杜巴尔轻声说，"看起来哈菲娅跟斯特潘很亲近——他对孩子很好。还有马儿们——它们也想曼尼亚了。他很严厉，可尽管这样，它们还是喜欢他。"尤拉伊抬起眼。"如果我们把哈菲娅许配给斯特潘，你说怎么样，波拉娜？"
波拉娜的心沉沉往下坠。"那是不可能的。"她惊恐地尖叫出来。
"是的，是这样的，哈菲娅还小，"霍杜巴尔考虑一下说道，"不过订婚并不是说要把她送走。过去，波拉娜，孩子们还在襁褓中时就已经订婚了。"
"可是，斯特潘——哈菲娅比他小十五岁呢。"波拉娜反对道。

尤拉伊点点头。"就像你一样，亲爱的。有时候，事情就是这样。不过曼尼亚不能作为外人待在这儿。但成为哈菲娅的未婚夫——那就不一样了：他属于这个家族，他是在为他的小妻子工作——"

波拉娜的内心闪现出一道曙光。"那样他就能待在这儿了？"她紧张地问道，大气也不敢出一声。

"是啊，为什么不能呢？这就像他和自己的父母住在一起一样。谁还是外人呢？他是我们的女婿。这样，别人的嘴也就能闭上了。至少他们会知道……知道这只是满怀恶意的谣言罢了。那都是因你而起的，波拉娜。要不然——反正看上去他挺喜欢哈菲娅的——而且他也了解马。的确，他是对工作不太上心——不过难道一个任劳任怨的人能变成富翁？"

波拉娜又有些困惑了，她皱起眉头。"你觉得斯特潘会同意吗？"

"他会的，亲爱的。我攒了一些钱——可以给他。我问你，我能拿这些钱干什么？而且，斯特潘——他很贪心；他想要土地、马和你眼前的大平原——他的眼睛都会放光的。他会没事的——他一定会慎重考虑的！"

波拉娜的脸上又浮现出费解的神情。"好吧，随便吧，尤拉伊。不过我不会去跟他说的。"

尤拉伊站起身。"我会自己跟他说的，别担心。我还会去咨询一下律师。我想，应该要签一个协议书。好吧，我都会安排好的。"

霍杜巴尔站着没动，他想也许波拉娜想说点什么。可她突然行动起来："我得去准备晚餐了。"

尤拉伊便像往常一样，隐入了谷仓背后。

第十七章

曼尼亚带着主人去莱勃利见他的父母。嘶——嘶。马儿们高昂着头,这是一幅多么美妙的画面。

"那么,斯特潘,"霍杜巴尔严肃地说,"你有一个哥哥,一个弟弟和一个已经成家了的姐姐……这我已经清楚了。那么告诉我,你们这儿是不是比较穷?"

"是很穷,"斯特潘迅速地回答道,他的牙齿闪闪发亮。"我们主要是养水牛——还有马。水牛都在沼泽地里,主人。"

沼泽地,尤拉伊想着。"有没有可能把沼泽抽干?我在美国见过他们这么干。"

"为什么要抽干?"斯特潘笑起来。"土地够用了。没有沼泽就太可惜了,那里有芦苇。我们冬天的时候用芦苇做篮子。我们这里用苇条,不用木头。苇条能做平板车;篱笆、马厩都能用苇条搭,你看那边的那个羊圈。"

尤拉伊不喜欢平原,太辽阔了,可他能怎么办?"你说你父亲还在世。"

"是的,如果他看见我带了谁回来,一定会很惊讶的,"曼尼亚骄傲地、孩子气地说着,"看那儿,已经到莱勃利了。"他的帽子扣在后脑勺上,猛挥了一鞭。他像个大人物似的带着尤拉伊,驾着马车进了村,径直来到家门前。

一个矮小、敦实的男孩从小房子里走了出来。"快来,杜拉,"斯特潘大喊起来,"把这些马带进去,给它们喂点水,吃点燕麦。这边走,先生。"

霍杜巴尔扫视了一圈整个农场:一座破败的谷仓,猪在院子里扎了营;雌火鸡在用喙梳理着羽毛;门框上插着一根大长针——"那根长针，先生，是用来做篮子的，"斯特潘解释道，"到春天，我们会修一个新的谷仓。"

鼻子下留着长胡须的老曼尼亚站在门廊上。"爸爸，我给你带来了克里瓦的农场主，"斯特潘宣布道，很是得意，"他想和你聊聊。"

老曼尼亚把他的客人领进屋，迟疑地等待着即将发生的事。霍杜巴尔庄重地坐下，只轻轻地搭着点儿椅子的边，以示有事要商量。"好了，斯特潘，跟他说说我们是来干什么的。"

斯特潘露出他的牙齿，把天大的消息一五一十地说了出来：他的主人想让他等自己的女儿哈菲娅长大后，跟她结婚；所以想跟他的父亲聊聊，以便达成协议。

霍杜巴尔点点头：是的，就是这样。

老曼尼亚开始表现出了兴趣。"嘿，杜拉，拿点白兰地来！欢迎你，霍杜巴尔；旅途愉快吗？"

"很好。"

"感谢上帝。你的收成好吗？"

"很不错。"

"你家里也好吧？"

"很好，非常感谢。"

寒暄完后，老曼尼亚说："那么你只有一个女儿，霍杜巴尔？"

"是的，只有一个。"

老人窃笑起来，却还在强作镇定。"别这么说，霍杜巴尔，你还可以有个儿子。休耕的地是很肥沃的。"

尤拉伊只是动了动手表示不可能。

"也许你还会生个小男孩，一个继承人，"老人笑起来，他时刻保持着大眼圆睁的状态。"你看上去很不错啊，霍杜巴尔；还能再播五十年种呢。"

霍杜巴尔缓缓地搓着自己的脖子。"唉，如上帝所愿。不过，哈菲娅不需要等那么久。谢天谢地，我能给她一笔嫁妆。"

老曼尼亚的小眼里光芒闪烁。"当然可以，这很好理解。据说在美国，你躺在地上都能捡到钱，是这样吗？"

"没那么容易，"霍杜巴尔谨慎地说道，"你知道，曼尼亚，钱嘛。你把它放在家里——会被偷走；你把它存在银行——还是会被偷走。所以有一座农场就保险一点。"

"是这样的。"老曼尼亚也同意了。

"我看了看这里的环境，"霍杜巴尔想得很周到，"你的土地负担不了那么多人。都是沼泽地。在我看来如果一个农民要养家的话，就应该有大量的耕地。"

"那倒是真的，"老人迟疑地低声说道，"我们这儿要分割农场可不容易。老大米恰尔能继承农场，其他两个只能跟他一起共享。"

"多少钱？"尤拉伊脱口而出。

老曼尼亚眨了眨眼，很是惊讶。呃，你，你为什么不给我一点时间？"三千。"他低声说道，斜眼看着斯特潘。

霍杜巴尔很快就算了出来。"三乘三——等于九。你说你的农场值一万？"

"三乘三，你说什么呢？"老人生气了，"女儿也应该分到一份。"

"的确是这样，"霍杜巴尔承认了，"那就是——一万三。"

"哦，不，不是的，"老人摇着脑袋，"你，霍杜巴尔，你在开玩笑吗？"

"没开玩笑，"霍杜巴尔坚持道，"曼尼亚，我就是想知道，这样的农场在大平原上，值多少钱？"

老曼尼亚糊涂了，斯特潘眼珠暴突：这个有钱人霍杜巴尔会买下曼尼亚家的农场吗？

"这样的农场，没有两万，你别想拿下。"老人结巴着说道。

"带上所有的东西吗？"

老人笑起来。"太好了，霍杜巴尔！我们院子里有四五匹马。"

"我没把马算在内。"

老曼尼亚严肃起来。"话说回来，你想要什么，霍杜巴尔——你是来买农场的吗，还是来嫁女儿的？"

霍杜巴尔激动起来。"买农场——我,在平原上买个农场?我会去买烂泥吗?不会。不用,谢谢了,曼尼亚,不过等等;我们可以来聊聊,等斯特潘和哈菲娅结婚后,你可以把农场留给斯特潘。婚礼以后——我会出钱买米恰尔的那一份。还有杜拉也是。"

"还有玛利亚?"斯特潘小声说道。

"还有玛利亚——你没有其他孩子了吧,是吗?就让斯特潘在莱勃利种田。"

"那米恰尔怎么办?"老人问道,他有些跟不上思路了。

"好吧,他会得到他那一份,让他追随上帝的脚步。一个年轻人——比起土地,他宁愿得到钱。"

老曼尼亚摇摇头,"不,不。"他小声说,"这不行。"

"为什么不行?"斯特潘激动地脱口而出。

"你滚出去,快点,"老人喊道,"我们谈话有你什么事儿?"

斯特潘受了委屈,怒气冲冲地跑进院子。杜拉,当然跟马待在一起。

"嗯,怎么样,杜拉?"斯特潘把手搭在他的肩上。

"这匹马不错,"这男孩口气就像个行家里手,"我能骑它吗?"

"对你的屁股来说,好过头了,"斯特潘喃喃着,朝着房间的方向点点头,"我们老爸——"

"怎么了?"

"哦,没什么。他正在破坏我的幸福。"

"什么幸福?"

"哦,没什么。你懂什么!"

院子里一片宁静,只有母猪在蹭自己的皮肤。沼泽里传来长脚央鸡的声音,青蛙开始咕咕叫起来。

"你会待在克里瓦吗,斯特潘?"

"也许吧——我还没决定呢。"斯特潘炫耀着。

"你的情人怎么样了?"

"那不关你的事。"斯特潘沉下脸来。小心蚊子!还有燕子,它们的肚子能不贴着地,简直太神奇了。斯特潘张大嘴打了个哈欠,下巴都快掉下来了。老东西究竟在里面干什么?诅咒他们被吃掉鼻子!

斯特潘恼怒起来,他厌烦地拔出了门框上的大长针,又使尽全力把它插回去。"把它拔出来。"他跟杜拉说。

杜拉拔了出来。"现在看看谁能把它插到最深?"他们自娱自乐地把大长针往门框里扎了一会儿,直到有小木屑飞出来。"现在干什么?"杜拉问。"我要去跟姑娘们玩儿,跟你在一起没什么意思。"

夕阳渐渐落下来,平原的地平线上晕上了一层紫色的水汽。我要进去吗?斯特潘想道。他不是故意的——快出去,老头说,我们谈话跟你有什么关系?美国人霍杜巴尔是不是把女儿许给他了,还是给我了?我应该争取自己的幸福,可现在却——快点!你干吗对我吆五喝六的,斯特潘怒了,我已经是别人家的人了!

最后,霍杜巴尔摇摇晃晃地走出门来,他被白兰地灌醉了——他们肯定是达成了某项约定,老头——老曼尼亚跟他一起走出来,拍了拍他的后背。斯特潘挨着马的脑袋站着,他手里握着缰绳,像个新郎一样;就连霍杜巴尔都注意到了这点,他朝斯特潘赞许地点点头。

"那么,周日,在镇上。"老曼尼亚喊着,嘶——嘶,平板车动了起来。

"多愉快的旅程啊!"

斯特潘用眼角撇了撇他的主人,他没什么要问的;也许他该自己揭开话头——

"那就是我们的河。"他用鞭子指着说。

"嗯……嗯。"

"还有那儿,平板车上装着芦苇的那个,可能是我们家米恰尔。我们用芦苇铺床,而不用干草。"

"是这样。"

还是无言。斯特潘尽己所能温柔地驾着马,可他的主人只是点了点头。最后,曼尼亚终于受不了了。"那么,先生,你究竟给了他们多少钱?"

霍杜巴尔抬起眉毛。"什么?"

"你许给他们多少钱,先生?"

霍杜巴尔没说话,过了一小会儿说道:"每个人五千。"

斯特潘仔细想想,从牙缝中挤出一句话来:"他们简直是在抢钱,先生。三千就够了。"

"嗯……嗯,"霍杜巴尔嘟囔着,"你父亲——硬得就像棵老橡树。"

啊,是这样呢,斯特潘想着。他给别人钱,那么我呢——这就像抢我的钱一样。

"那么给你——也是五千,"霍杜巴尔说道,"他说,要投入到农场里。"

这样也好,斯特潘想。不过现在,我就快成他的儿子了——那我的工资怎么办?他不会像工人一样付我钱了。也许他会把那匹小马给我?卖掉它,斯特潘,你是我们中的一员吗?

"好好驾车!"霍杜巴尔命令道。

"好的,先生。"

第十八章

他们从镇上回去,达成了一致意见。他们在一个犹太人律师那儿签订了一份体面的协议,花了两百克朗——请把那个填在那儿,把这个写在这儿。是的,农民对财产是相当上心的,伙计,他不希望自己吃亏,也不会忘记把半个莱勃利农场转让给哈菲娅。很好,律师说,我们把它写进条款里。啊,伙计,还有这点也要写进去。接着他们就签字:尤拉伊·霍杜巴尔以圣父、圣子与圣灵之名,老曼尼亚也以圣三一之名起誓。米恰尔·曼尼亚的帽子上插着一束花,趾高气扬地在纸上郑重签下了自己的全名。亚诺什的夫人玛利亚在头上披了条丝巾,斯特潘则兴高采烈的——还有人要签吗?哦,不,杜拉肯定是和马待在一起,他还没到法定年龄。那么,完事了,先生们,祝你们幸福。一共两百克朗;好吧,很细致的工作,还有一条条款呢。

接着,所有人都去了酒吧,去庆贺一番。尤拉伊·霍杜巴尔不管三七二十一,和老曼尼亚热络地聊了起来,他们甚至开始争执起两人是否有亲缘关系。"走吧,斯特潘。"斯特潘似乎把霍杜巴尔当成了父亲,很想要和他谈一谈,可是,有可能和他聊出什么内容吗?斯特潘坐在平板车上,双手紧握,几乎不怎么开口,陷入了沉思。这是桩奇怪的婚事,呃,斯特潘想着,在主人身边你永远也不会觉得轻松的。嘶——嘶。

他们赶着马一路小跑着进了克里瓦,马蹄声咯哒响着。尤拉伊·霍杜巴尔的眼神从眉毛下直射出来,突然,他把手高举过头顶,打起响指,开始唱起歌来。他大叫着,呐喊着,像是在参加狂欢节。他一定是喝醉了——人们转过身来。为什么美国人霍杜巴尔的兴致这么高呢?村里的绿地上有很多男孩女孩,他们只能以步行的速度前进。霍杜巴尔又站了起来,把手放在斯特潘的肩头,冲人群大喊道:"你们有什么要对我带回来的女婿说？嗯？呜呼！"

斯特潘想甩掉他的手，他制止他道："安静点，先生。"

霍杜巴尔握紧了他的肩膀，曼尼亚疼得差点喊出来。"看这儿，"霍杜巴尔叫道，"我给哈菲娅找了个新郎，我们在庆祝订婚——"

鞭子抽打着马群！斯特潘皱起眉头，他咬着双唇，奇怪的是，嘴唇并没有流血。"振作起来，先生，你醉了！"

平板车吱嘎吱嘎地驶进了霍杜巴尔的院子。尤拉伊放开斯特潘，突然变得沉默、严肃起来。

"溜几圈马，"他命令道，"它们满身是汗了。"

第十九章

波拉娜不知道该怎么看尤拉伊了。他想把斯特潘拉到房间里对斯特潘说，你已经不是工人了，你就像我们的儿子。他没有躲到谷仓后面去，而是逛进了村子，停下脚步开始和老妇人们聊起天来："我把哈菲娅许配出去了。是的，她还是个孩子；不过她爸爸不在家时，她喜欢上了斯特潘；而斯特潘呢，邻居们，哈菲娅对他来说就像是一幅神圣的画像——嗯，有这样的孩子们真幸福啊。"尤拉伊向上天赞美了斯特潘；他是个多棒的工人啊。他会成为一个优秀的农夫的。他会从他父亲那儿继承莱勃利的农场。尤拉伊在村子里夸夸其谈，可是在家里呢——他的舌头就像打了结似的，斯特潘，干干这个，干干那个，就再没有别的话可说了。

尤拉伊围着村子转，还在找没说上话的人，他跟弗德勒斯·盖伊扎挥了挥手，却避开了格里克。格里克连手都伸出来了，可尤拉伊却转身离开了。我一直都不了解你：我们不在一个频道上，我也不想知道你在想什么。

女人们大笑着：好奇怪的婚约啊。新郎的脸上阴云密布，极力避免与别人对话；他的情绪有些激动。而新娘呢——正在溪边和孩子们玩呢，裙子卷到了腰间；她还不知道何为羞耻。霍杜巴尔站在村子的绿地上挥着手臂，他为未来的女婿感到骄傲。只有波拉娜——这个奇怪的女人，是的，她总是脸色阴沉。她还没迈出大门，便已知道别人在嘲笑什么。人嘛，就是这样，别以为什么事都规规矩矩的。

难道霍杜巴尔没意识到斯特潘的不悦吗？也许他注意到了，但他没有回应。他只是转身向斯特潘下达命令，告诉他该干什么，同时又到别处转悠去了。而斯特潘看着他的眼神，就像是要把他的头拧下来一样。

不过，曼尼亚不会再屈服了；他等着主人，牙关紧闭，皮肤下的肌肉绞在一起。他的主人正穿过院子。"你应该把车赶进去，斯特潘。"他试着逃避，却被曼尼亚挡住了去路。"我要和你谈谈。"

"好吧，这次又要谈什么？"霍杜巴尔不耐烦地说道，"你还是应该管好自己的事！"

斯特潘气得头上冒烟——怪了，他看上去总是面色蜡黄。"你说我什么了，还有哈菲娅？"他劈头盖脸地问道。

霍杜巴尔抬起眉毛。"我说什么了？我说我把女儿嫁给了一个农夫。"

曼尼亚火冒三丈。"为什么——为什么你——不管我走到哪儿，大家现在都在嘲笑我说：'斯特潘，什么时候受洗啊？'他们还说：'快跑，斯特潘，有个笨蛋正追着你的新娘呢——'"

霍杜巴尔搓着脖子："让他们笑吧。他们会觉得没趣的。"

"我累了，先生，"曼尼亚磨着牙说，"我不想成为一个笑柄。"

霍杜巴尔深吸了一口气："我也不想沦为笑柄。所以我才把哈菲娅许给你。你想要什么？"

"我什么都不要，"曼尼亚又磨着牙说道，"我，我不会待在这儿，做一个乳臭未干的小宝宝的新郎的。"

霍杜巴尔的手仍搭在脖子后面，眼睛睁大了些："住嘴，你说什么？你不会怎样？"

曼尼亚差点爆发："我不会的！我也不想！你愿意干吗就干吗，我可——"

"你不要？"

"我不要。"

霍杜巴尔轻蔑地哼了一声："你给我等着。"

曼尼亚心头一紧，被整个村子的人嘲笑让他觉得无地自容，他最好逃跑，或想别的办法——

霍杜巴尔从小屋子出来，很快把手上的一张纸撕成碎片。他看着曼尼亚，把碎片往他脸上一扔。"你别再想娶我女儿了。你可以告诉你老爸,我已经撕毁协议了。"他抬起胳膊,指着门口说:"那儿是门,快滚!"

曼尼亚深吸了一口气,他的眼睛小得就像香菜的种子。"我不会离开这儿的,先生!"

"你会的。如果你再来——我可是有枪的!"

斯特潘面色涨得通红。"那么——如果我不走呢?"

霍杜巴尔的胸膛紧贴着曼尼亚,曼尼亚退步了。"你给我当心点!"霍杜巴尔威胁地说着。

"你不走?"

"除非女主人赶我,否则我不走!"

霍杜巴尔咆哮起来,突然,他用膝盖狠狠地往曼尼亚的肚子上撞去。

曼尼亚疼得弯下了腰,接着一只健壮有力的手抓住了他的领口,另一只手又抓住了他的裤子,他被举起来,飞过篱笆,摔入荨麻丛中。

"好啊,"霍杜巴尔喘着气说,"如果你不走门,那就从篱笆上走吧。"他转过身来,摸着自己的脖子;脖子后面有一股异样的温热——

篱笆后站着个看热闹的邻居。

第二十章

当然,波拉娜把自己锁在了屋子里,安静得仿佛已经离开了人世。

大清早,霍杜巴尔把那匹三岁马和壮实的阉马套上了平板车,这个组合极不平衡:阉马一直低着头,而那匹小公马则趾高气扬的。多奇怪的一对。

"哈菲娅,告诉你妈妈,我去镇上了,晚上之前不会回来,假如上帝允许的话。"

奶牛饿得哞哞直叫,马儿踢踢踏踏,母猪埋头拱土,猪崽子们厉声尖叫,不过,波拉娜会消气的,能怎么样呢?毕竟她是农夫的妻子。她会去照看这些动物,有人能生这些造物主杰作的气吗?

骟马一直耷拉着脑袋,而小公马则趾高气扬的。斯特潘也一直高昂着头——他习惯让一匹小母马跟这匹三岁马一起干活儿——它们搭配得很默契,他说。嘿,嘿,你干吗咬这匹骟马?你个坏东西。等我离开了,波拉娜会出来的,她会来喂牲口的,那时她就精神了。看看,我们就是以这种节奏行驶在去镇子的路上。

先去律师那儿,然后,假如可以的话,先生,我应该安排好我最后的愿望和遗嘱:我有一个妻子,她叫波拉娜;只有妻子继承先生留下来的财产,才是天经地义的。

"你有什么能留给她吗,霍杜巴尔先生,农场?钱?还是证券?"

霍杜巴尔疑惑地看着他:"你想知道这个干什么?你就写:我所拥有的一切。"

"好吧,那就写:我所有的财产及其收益,包括不动产及动产——"

霍杜巴尔点点头。现在,请您过目,这里写得很清楚,您的一切动产及不动产都赠予您的妻子，致她忠贞不渝的爱情。

在这儿签字，以天父及其子和圣灵之名。霍杜巴尔还在犹豫。"还有，请问我还有可能再回到美国吗？"

"哦，绝对不可能了，霍杜巴尔先生；现在美国的劳动力过剩，他们不需要了——"

"嗯，知道了。镇上有工厂么？"

"哦，有一家工厂。这儿有工厂，可是它们都关门不生产了。光景不好，霍杜巴尔先生。"律师叹了口气，就像他自己肩负着这坏光景的沉重负担似的。

霍杜巴尔点点头，一个男人能干什么呢，人们对男人已经不抱任何希望了。没人想要霍杜巴尔这样的人；可惜了这双灵巧的手。不过，也许有人需要马，需要那些一直高昂着头的马。

尤拉伊·霍杜巴尔要找骑兵队的司令员。他们说，他在营房里。你来干什么，大叔，来找你儿子吗？不，不是来找儿子，我想卖了这匹三岁马，先生。我们这儿不买马，士兵说。他用手抚摸着这匹马，碰了碰它的腿和肩背。大叔，这马就像鹿一样。

后来，来了个军官，他摇摇头。卖马？多好的动物，有人骑过吗？你说它背上还没有马鞍，只被裸背骑过？——买马人说。很快聚集了五名军官。嗯，大叔，我们能试试吗？有什么不行？霍杜巴尔说。不过它很野，先生。嗯？什么？很野？让我试试，兄弟们，拿条缰绳和毯子来。如果他能把托尼摔下来可就太神奇了。

还没等数到五，军官先生就已经坐上马背了。小公马稍稍一颠，军官便坐到了地上。他身手敏捷地后背着地，只微微笑了笑。现在，兄弟们，把马牵到营房前的空地上。胖司令员笑得直不起腰来。"好了，朋友，这是一匹好马；不过你先牵回去吧，我们需要先打一份申请才能买下它——"

霍杜巴尔皱着眉，把马套上平板车。"我该怎么办呢，先生？我只能把它卖给一个吉普赛人或是一个屠夫。"

司令员挠起头来。"听我说，这匹小马多可怜。你无论如何都不想要它了?"

"是的,不要了。"霍杜巴尔嘟哝着,"它不适合我。"

"那么,把它留在这儿吧,"司令官决定,"我们会给你写一张收据,以证明这马在我们这儿。稍后我们会写信告诉你怎么偿付的。这样行吗?"

"好的,这有什么不行?"尤拉伊说,"这是匹好马,先生。它总是高昂着头。他们说它值八千克朗。"

"如果是这样的话,你把它带走吧。"司令员立刻回应道。

"好吧,那就五千。"霍杜巴尔犹豫了一下。旁边还站着一个胖军官,他微微点了点头。"那行。"司令员说,"我们会给你写信。如果你不满意,可以把马带走。这样行吗?我现在给你写收条。"

霍杜巴尔驾着车回家了。口袋里揣着带封印的收条,包里装着美金。阉马踱着步,低垂着脑袋。小公马再也不在这儿了。就像斯特潘第二次离开一样,现在,这匹三岁的马也离开了。要是卖了那匹小母马和刚生完小马的那匹母马,就更好了——唉,小阉马,我只是用缰绳挠挠你后背,你就别慢慢地跑了。为什么不要和马说话?人说话时,马会转过头,扫着它的长尾巴;很明显,它听得懂。它点头是因为在思考。路还长着呢,小伙子,不过你走上坡很稳。呐,别害羞啊,路上只是有一点儿气流。别管苍蝇,我会赶跑它们的。嗨!尤拉伊低声悠缓地唱起歌来:

哦,波拉娜,波拉娜,
不幸的波拉娜,
愿上帝与你同在,
波拉娜,波拉娜。

第二十一章

霍杜巴尔很奇怪，他不休不歇：一大早，他就不见了踪影。撇下农场，鬼才知道他要去干什么。那天，他一直走到帝巴瓦；而你，格莱泰伊，你想要雇一个人替你照顾奶牛，或者下地干活吗？什么，需要一个工人，霍杜巴尔，我有两个儿子，我的兄弟，你需要谁帮你工作？骑警斯托伊住在塔庭牧场上；他问，那儿有树要倒了吗。树？哦不，我的兄弟，成千上万的树就那么烂在树林里。这样啊？那就再见吧。不是哪儿在修一条铁路么？还是公路？采石场开了？你想什么呢，叔叔，这是一个被人遗忘的地方，谁会在这儿修路啊？

好吧，那我该怎么办？找个地方坐下，等到黄昏降临吧。远处，牛铃声响起，牧人的挥鞭声就像枪声般响亮，牧人的狗吠了起来。田里，有人在歌唱。我该怎么办？坐着，倾听。听苍蝇的嗡嗡声，有一只飞近我的脸，你能听到，好几个小时了，它从不停下来，生命生生不息；也许鸟儿啁啾，也许松鼠扰人，但充斥世界的正是那上帝的牛儿升入天堂的平静之声。

夜里，他没精打采地回了家。哈菲娅端来食物——嗯，什么食物，连狗都不吃的东西；而且，我也不饿。可不是吗，波拉娜没时间为我准备晚餐。夜色已晚，人们都已上床休息；霍杜巴尔正提着灯笼散步，寻思着自己能干什么工作：打扫牛棚、堆肥、打水。他悄无声息地干着，以免惊扰到别人，他盘算着什么工作算是一个男人该干的呢。十一点的钟声响起——万物赞美上帝，尤拉伊静悄悄地钻进了牛棚里。好吧，奶牛，好吧，这样波拉娜早上就不用干这么多活儿了。

他又去沃勒沃博尔耶找工作了。嗨，哈尔卡，你需要帮手吗？什么，你？你疯了吗？你没事儿干吗？秋收以后找工作？你想聊一会儿吗？霍杜巴尔想，我包里的钱足够买你半个农场的；你不用装腔作势地在这儿自我膨胀。霍杜巴尔慢悠悠地拖着脚步回家,回家该干什么呢?哦,只能翻过那些山,在这个奇怪的国家里,没什么可做的。

尤拉伊坐在林子边缘,在那儿也能听见牛铃声,可能是从勒霍提那边传来的。米萨在草场那儿干什么呢?下面是一条小溪,溪边站着一个年轻的女人。尤拉伊眯起眼想把她看得更清楚些。她看上去像不像波拉娜?啊,不,不是的,波拉娜怎么会在这儿?这么远的距离,任何女人看上去都像波拉娜。从林子里跑出来一个皮肤黝黑的家伙。那不是曼尼亚,尤拉伊想,斯特潘怎么会从这个方向来呢?黑男人见到这个女人后停下来,他站住脚,两人说起话来。他们的话怎么说不完呢?霍杜巴尔疑惑了。也许是一个陌生女孩和她的心上人——一个勒霍提,或是沃勒沃博尔耶的陌生人;他们在这儿偷偷摸摸地见面,这样家里的男孩子们就不会对着他起哄了。下面那两人一直站着,聊啊聊啊;好吧,聊吧,我没在看。太阳已经挪过了曼库尔,马上就要天黑了?那两人还站在下面,一直聊着。我能干什么呢?也许他们在盐矿里为矿主工作。是的,盐矿离这儿远着呢;不过谁会在乎我要走多少路呢。那两人站在下面,一直聊着。到矿里去问就没有意义了——

不,他们没在聊天了,他们变成一个人了,看上去滚作了一团。不,他们是俩人,他们滚作了一团,像打起架来。那是因为他们相拥得如此之紧,以至于看上去好像成了一个人。霍杜巴尔的心漏跳了一拍。我要跑下去。不,我要跑回家,看看波拉娜在不在家。她当然会在家,要不然还能去哪儿?主啊,这两条腿啊——像灌了铅似的。霍杜巴尔站起来,沿着林子飞快地奔跑着,他沿着小径一路奔回村子。嗷,我身上有阵刺痛感,好像有人扎了根刺在我身上。他已经喘不上气了,可他还在跑!竭尽全力地跑着。赞美上帝,已经到村子了!尤拉伊速度很快。为什么我身侧刺疼得厉害?上帝啊,只要让我到家,让我再跑远点儿,那儿就是门了,我压紧肋骨就不会这么刺疼了,能坚持到门边——

霍杜巴尔斜靠在门边,浑身冒汗,感觉天旋地转。他大口喘着气,像是在抽泣。院子——空的;也许波拉娜在房间里,或别的地方。尤拉伊突然对波拉娜是否在房间里毫不在意了,他无法走进去,无法发出声音,喘着粗气。他能通过干活让自己振作起来,否则这双腿会在他身下瘫软下去。

小门开着,波拉娜溜进院子,上气不接下气,满脸泛红;看见尤拉伊时,她往后退了退;她停住脚步,急匆匆地说:"我只是去看望了一个邻居,尤拉伊;在——赫帕科娃那儿,我去看看她的宝宝。"

尤拉伊站直身子,抬了抬眉毛。"我什么也没问,波拉娜。"

第二十二章

他想像往常那样，躲到谷仓后面去，可他不能，钻心的疼痛。他试图假装自己喜欢上了那个地方：他坐在那儿，坐在门边的台阶上，看着院子。波拉娜——突然，她开始忙活起来；喂鸡、打扫门廊，每个地方都忙活两下——"赫帕科娃生了个小姑娘。"她流利地说起来。喂，波拉娜，你现在怎么这么愿意聊天了？

"唔。"尤拉伊随便答道。

暮色降临了。波拉娜打开门放暮归的奶牛群进来。"你，尤拉伊，"她试探道，"你说你想多买些奶牛——"

"没必要了。"霍杜巴尔嘟哝着。

奶牛们点着头徐徐地走进牛棚里，乒乓，乒乓地。尤拉伊站起来，赞美上帝，我会处理的。"晚安，波拉娜。"他说。

"怎么——你不吃晚饭了？"

"不了。"

波拉娜挡住了他的去路。"尤拉伊，我要在客厅里给你铺个床。你，一个农场主，跟奶牛睡在一起，人们会怎么说！"

"没事儿，"尤拉伊说，"让他们去说吧。"

波拉娜沉着脸看着他走进牛棚。尤拉伊真的老了！

尤拉伊躺在草垛上。肋骨上的刺痛已经感觉不到了，可是他的心却很沉重、压抑。农场陷入了沉寂。哈菲娅压低声音说话，让人以为有人生病了似的，好像有人在对她喊：安静，别这么大声！

寂静，农场入睡了。霍杜巴尔深深地叹了口气，摸出了草垛，他点亮了灯笼，想出去看看是否有什么活儿可干。可是，刺痛感又出现了，这次来得更猛烈。马厩需要打扫了，也应该给马换上新鲜的草垫了，可是尤拉伊只是沉思着：我应该去，我应该去了；为什么今天我一点儿都不在乎？他看着二楼的鸡舍、猪圈和谷仓，他沿着梯子爬到上面的干草堆上。万一干草堆太热怎么办？啊，我的肋骨。他在院子里转着圈，甚至还去了果园。那儿有什么？嗯，好吧，也许有什么人在那儿。会是谁呢？嗯，什么人也没有，可你也不能确定。阁楼呢——波拉娜不再睡在那儿了，那儿堆着玉米；波拉娜已经搬回卧室了。霍杜巴尔屏住呼吸以免自己发火，他爬上阁楼；他试着打开门，可是不行，他推门时只听见玉米粒儿滑落的声音。哦，那是因为堆成小山的玉米粒儿挡住了门。那儿也没有人。谁会在哪儿呢？傻瓜！

  霍杜巴尔像根黑柱子似的站在院子里，他艰难地挠着自己的脖子。到头来，我到底是在干什么，他思忖着，我在追求什么？曼尼亚在这儿住了这么多年；是的，我以前不会起来查看，也不会提着灯笼闹着院子转；现在为什么这么干？不知怎的，他觉得自己变得麻木而冷漠了。如果我躺在牛棚里听到脚步声——我应该起身吗？不，不应该。我应该喊：谁在那儿吗？不应该。我应该只是屏住呼吸。啊，主啊，我需要在这儿提防着成年人吗？好吧，我这么干过一次，是的，而且我还佯装需要摸黑干活。无论如何，你能安慰并守住一个人的心吗？太愚蠢了，你太愚蠢了！好吧，什么？让曼尼亚回来？这有什么用？一切还是照旧，一切都不会变的。现在，已经不疼了。等房子烧光了，屋顶也就不会漏了。赫帕科家的孩子哭了起来。所以你看，也许波拉娜真的是去探望了一个小宝宝。怎么会没有呢？女人为孩子疯狂。喂孩子的准是赫帕科娃。波拉娜，你还记得你是怎么喂孩子的吗？你只消动动你的肩，乳房就滑进了你的束身衣里——那已经是十一年前的事了。而我——去了美国——傻瓜，傻瓜——

  霍杜巴尔朝着天上的星星眨眼。主啊，有多少颗啊——从那时起，有多少星星穿越时空来到了这里啊！那时，星星还不像现在这么多，你甚至有些害怕它们。这是一样的。这就像一切都在从你身边滑走，一件接着一件。美国也是，回家也是。格里克是，弗德勒斯是，曼尼亚也是——究竟有多少；现在，什么都没剩下。全都一样。好吧，赞美上帝，对于男人来说，终究还是轻松些。

突——突——突,守夜人在远处开始打更——星星如此之多,令你胆寒。

晚安,晚安,波拉娜,晚安!

第二十三章

　　清早，在所有人都还没起床之前，尤拉伊就离开了村子上山去了。他去找米萨。他能去那儿干什么呢？哦，只能去跟米萨说话。前方仍然雾蒙蒙的，看不清山。尤拉伊打了个冷战；不过，肋骨处的刺痛感已经消失了；他只是觉得呼吸有点困难，也许是因为雾的关系。他爬上之前属于自己的土地，被迫停下来喘口气；约萨已经犁完地了——满地的石头，他们说。瞧，连约萨都觉得这块地值得费上一番工夫整理。霍杜巴尔深深叹了口气，步履蹒跚地朝山上走去。雾气在森林那边升了起来，远远地绕了开去。离秋天不远了。霍杜巴尔向上走时，一只手按着身侧：唉，又有点疼起来，不过无论上还是下，现在都没有分别了。而且，这不是雾气，而是一个云团；你无法用鼻子判断湿度有多大。当心你的脑袋，不然会撞上的。现在，它朝森林的上方翻滚而去，而你又重新闯了进去。你无法看清面前三码的距离，只能保持前进，尽力在浓雾中开出一条路来，而且你也无法知道自己在哪儿。霍杜巴尔喘着粗气，缓慢而艰难地往上爬入云团中。

　　开始下起冰冷的细雨来。山顶的草场上，米萨把一条大布袋举过头顶，抽着鞭子，嘴里喊着"嘿——吼"，正赶着自己的牛往小木屋那儿走去。你无法分辨出那究竟是一只动物，还是一丛灌木，或是一块大石头；库瓦伊是条聪明的狗，它围着牛群转，保持牲口的移动速度，可是大雾中，也只能听见牛铃声了。

　　米萨坐在通往小草屋的入口处盯着迷雾；云团散开了一阵子，能看见牲口都聚在了一起；接着一切又都消失在迷雾中，只剩下雨点拍打的声音。现在几点了？肯定将近中午了。接着，库瓦伊出现了，它在大雾中吸着鼻子，疲倦地低吼着。

　　一个男人的身影走出迷雾。"你在吗，米萨？"嘶哑的声音喊起来。

"我在。"

"谢天谢地!"

那是霍杜巴尔,他被雨淋得透湿,冻得牙齿直打架;雨水像从沟渠中排出的水似的,沿着他的帽子一泻而下。

"什么风把你吹到这大雨里来了?"米萨问道,有些愠怒。

"早上……还没下呢……"尤拉伊喘着气说,"昨晚天气多晴朗……下雨也挺好的,我们需要雨。"

米萨若有所思地眨眨眼。"等一下,我去生个火。"

霍杜巴尔坐在干草堆上,盯着那团微弱的火焰;柴禾噼啪直响,还冒着烟,米萨在他背后放了一个大布袋,尤拉伊的身体感到了一丝暖意。啊,这儿为什么这么热,像在矿底一样。尤拉伊的牙冻得咯咯响,他拍拍库瓦伊潮湿的皮毛,闻到它身上散发出的阵阵臭气。哦,好吧,我闻上去像条落水狗。"米萨,"尤拉伊念叨起来,"那座小木屋为什么在林子里?"

米萨用一只小壶烧水,又往壶里扔了几片草药。"我知道,你觉得不舒服。"他生气了,"下这么大的雨,你跑来这儿干什么,蠢货?"

"矿里有一根轴……"尤拉伊急切地说,"那上面总是滴水,一直在滴。滴——答——滴——答,就像时钟的声音。而且,你知道吗,赫帕科娃生了个小宝宝,波拉娜去看过了——到处都没有工作,米萨,他们说,男人不再吃香了。"

"又有小孩出生了。"米萨低语着。

"一定要出生!"尤拉伊唠叨起来,"那是因为女人——你没结婚,你什么都不懂,你什么都不懂——你连个老婆都没有,有什么资格谈这个?唉,我的伙计,还有很多事值得思考呢。比如,他们写下:致她永恒不渝的爱。否则,天知道人们都会说些什么。还有,我被抢了三千美金这事儿,太可惜了;她本来可以做一个淑女的,是吧?你觉得呢,米萨?"

"嗯,那倒是真的。"米萨含糊地说道,朝火堆吹口气。

"那么，你看，他们接着又说我是个傻瓜。他们是嫉妒我有个像受过上等教育的老婆，她总是高昂着头。人啊，就喜欢说别人坏话。其实，她只是去邻居家看个宝宝。都是些恶意的谣言，米萨。告诉他们，我是亲眼看见她从邻居家走出来的。"

米萨若有所思地点点头。"我会告诉他们的，会告诉他们一切的。"

尤拉伊舒了口气。"所以我才来找你，你知道吗。你没娶过老婆，你没什么可怨恨的。他们——他们不会相信我的；可是你会告诉他们的，米萨。显然，她的主人不在时，她只能去找个帮工；可是她把自己锁在阁楼上，还上着大大的黄铁块门闩；我亲眼见过的。关于这事儿，格里克有话要说！八年了，他说。告诉我，谁更了解她？格里克还是我？她只需要动动肩膀，乳房就能滑进束身衣里。而山下的那家伙，站在溪边的那个，他是个从勒霍塔来的家伙，我看见的，他从勒霍塔来。但是人们——以前也嚼过舌根。"

米萨摇摇头。"现在把这个喝了，对你有好处。"

尤拉伊小口啜着冒着热气的饮品，双眼盯着火堆。"你在这儿的工作很棒，米萨，跟他们说——他们信任你，你是个明白人，他们说——她也是个善良、忠诚的妻子——"烟熏得他的眼里闪烁出智慧的光芒，眼珠在眼眶里一个幼儿地打转；他的鼻子特别显眼。"只有我，只有我知道她是什么样的。嘿，米萨。我马上要再去一趟美国，给她挣更多的钱回来——"

"一次都喝光，"米萨催促他，"这个能让你暖和起来。"

霍杜巴尔的前额上冒出了厚厚的一层汗，他觉得虚弱而幸福。"我可以告诉你关于美国的事，米萨，"他说，"很多事我已经忘了，不过等等，我应该能回忆起来——"

米萨悄无声息地生着火；霍杜巴尔呼吸得深沉，睡梦中牙齿还在打着冷战。外面，雨已经停了，云杉树下还在滴着大颗的雨滴；迷雾仍旧翻滚着。奶牛时而发出一阵哞哞声，库瓦伊就会去看看牛群是否安然无恙。

米萨的后背突然感觉到什么,那是霍杜巴尔的眼神;尤拉伊有一会儿没睡着,他凹陷的眼睛环视着四周。

"米萨,"他怒气冲冲地说,"男人可以夺走自己的生命吗?"

"什么?"

"我问,一个男人能不能夺走自己的生命?"

"你为什么问这个?"

"为了把这个思想剔除出去。这些是思想,米萨,跟你没什么关系。你想想……我们来假设一下……比如她没去邻居家,她撒了谎……"尤拉伊闭起嘴来。"米萨,"他低吼道,"我怎么才能把这些谎言清除掉?"

米萨眨眨眼。"喂,这很难的,要考虑到后果。"

"如果最后只有……只剩下后果了呢?一个男人能结果了自己吗?"

"没必要,"米萨慢慢地说,"为什么?你终究会死的。"

"有这么快?"

"如果你想要知道——那就是很快。"

米萨起身跑出了小房子。"现在,睡吧。"他站在门边,接着便消失不见了——仿佛遁入了云中。

霍杜巴尔试着站起身。感谢上帝,我已经好点儿了,可我的头不知怎么的,还有点晕。我的身体太丑陋了,腿脚不便,整个人就像是破布烂衫缝起来似的。

他蹒跚着往外走,走进了迷雾中,眼前一片模糊;只能听见牛铃声,上千头牲口正在云中吃草,发出叮叮当当的铃铛撞击声。尤拉伊走啊走啊,他真的不知道自己身处何方了。可我应该回家了,他想。所以他只能往前走。可他又不知道自己究竟是在上坡还是在下坡。也许是上坡,因为——他觉得自己要倒了;也许一直在——上坡,因为他走得很吃力,呼吸特别沉。唉,都一样,都像在家一样。尤拉伊·霍杜巴尔闯进了云雾中。

第二十四章

哈菲娅在牛棚里找到了尤拉伊。母牛不好惹，波拉娜派了她去："去，看看去。"他正躺在草垛上，嗓子里咕噜咕噜地发出声响。

波拉娜把他领进客厅时他已经没什么感觉了。他只试着抬了一下眉毛。她帮他脱了衣服，躺到床上。

"你想要点什么吗？"

"不，"他瑟瑟发抖，又陷入了睡梦中。他做梦了，她们没有打扰他——是什么梦呢？可格里克并不在美国，他们全都搞混了，现在，一切重头开始。要是我的胸膛没有被压得这么沉就好了，肯定是那条狗，库瓦伊，它正躺在我的胸膛上睡得酣实。尤拉伊伸出滚烫的手拂过它毛茸茸的胸口。睡吧，毛球，你的小心脏跳得如此有力！啊，你这小家伙，居然这么沉！

他睡了一会儿，睁开眼时，波拉娜正站在门口，好奇地问他："你怎么样了？"

"好多了，亲爱的。"他很抗拒聊天，因为事情可能会失控，导致又让他回到住在约翰斯顿的小房子里时的状态。可是，现在却像——一种不真实的感觉：刷了漆的橱柜、橡木桌椅——霍杜巴尔的心抽动起来：可我终于回来了！主啊，多么漫长的旅程啊，在低等船舱和火车上奔波了两周——你会觉得特别崩溃。可我不能行动，否则一切又会消失无踪；最好闭上眼，让自己确信就是在这儿——

接着，一切又变得混乱不堪：约翰斯顿的矿主——哈尔卡尔——他们围攻了霍杜巴尔；尤拉伊飞过矿区，抓住一架梯子，挣扎着往上爬；一个笼子从空中罩下来，就在快要砸到他的头时——霍杜巴尔被自己的呻吟声惊醒了。还是别睡了，还是这儿好，尤拉伊睁着眼盯着身边平静的家具。还是这儿好。霍杜巴尔用手指在空气中画了一个符号,向米萨介绍起美国。老伙计,我干的是最艰苦的工作——他们只说了声:你好,霍杜巴尔,然后我就离开了。有一次,一根轴杆掉了下去,就连排障小组都不愿下去。我收了二十美元,监理握了握我的手——就像这样,米萨,像这样。接着,霍杜巴尔就站在铁笼里,一直往下降;一个胖犹太人坐在那儿,还有一个老男人,都严肃地盯着霍杜巴尔。一百八十一,八十二,八十三,尤拉伊边数边喊:停,够了,不能再深了,已经到巷道底部了。可是笼子还在往下降,一直往下降,周围温度越来越高,他都没法呼吸了,这些魔鬼要把你带向地狱。尤拉伊觉得自己快窒息了,接着便醒了过来。

黎明来临;波拉娜站在门边专心地看着他。

"已经好多了,"霍杜巴尔轻声说,他的眼里放着光,"别生气,波拉娜,我马上起床。"

"你躺着吧,"波拉娜说着靠近他,"你身上有什么地方疼吗?"

"不,没有。我在美国也得过——是流感,医生说的。两天就好——像马一样。我明天会起来的,亲爱的。我把一切都搞砸了,是吗?"

"你想要什么吗?"

霍杜巴尔摇摇头。"我很好,只是——只是桶里还有水,不过我自己能干的。"

"我会直接拿来的。"她走了出去。

霍杜巴尔把枕头垫在身后,把堆在胸前的衬衫拉平。这样波拉娜就不会觉得我衣衫不整了,他想。我要是能梳洗一番,再刮一下胡子就好了!可是波拉娜要来了,她会直接来这儿的。可能我喝水时,她会坐在床边。尤拉伊挪了一下位置,好让她坐下,他等着。也许她是忘了,他想,她有太多事儿要做了,可怜的姑娘——要是斯特潘回来就好了!等她回来时我要跟她说:"波拉娜,你觉得让曼尼亚回来如何?"

哈菲娅从门口进来,手里拿着一杯水;她吐着舌头,小心翼翼地走着。

"哈菲娅，你真好，"霍杜巴尔叹了口气，"你告诉我，斯特潘叔叔是不是来了？"

"没有。"

"那妈妈在干什么？"

"她站在院子里。"

霍杜巴尔再也不知道该说什么了，他甚至忘了喝水："好了，走吧。"他低声说道，哈菲娅小跳着走了出去。

尤拉伊躺在床上安静地聆听着。马厩里，马蹄声四起。波拉娜给它们喂水了吗？不，她在喂猪，我能听到它们满足的咕噜声。像她这样的女人是怎么做的呢，他很好奇。斯特潘应该回来；我要驾车去莱勃利，告诉他：哎，你这混蛋，快给我上马，波拉娜干不来所有的活儿。也许我应该下午就去，尤拉伊想，接下来，他的眼前蒙上了一层纱，一切便也消失了。

哈菲娅从门边窥视着，她双脚换了一下重心，又偷偷溜走了。"他睡着呢。"她在院子里悄悄地告诉妈妈。波拉娜什么也没说，她的思绪还飘在别的事情上。

将近中午时分，哈菲娅又蹑手蹑脚地跑到客厅里。霍杜巴尔手枕着脑袋躺着，目光直盯着天花板。

"妈妈想知道你需不需要什么东西？"她说着。

"我想，波拉娜，"尤拉伊说，"应该让斯特潘回来。"

小姑娘没明白，惊讶地张大嘴，她说："你怎么了？"

"没事，谢谢你。"

哈菲娅跑了出去。"他说他没事。"她告诉波拉娜。

"他还好吗？"

"嗯。"小姑娘轻声说。

下午的时候，一片沉寂。哈菲娅不知道该干什么。她必须待在家里，波拉娜说，以防她爸爸想要点儿什么。哈菲娅在房子前玩斯特潘给她刻的娃娃。"你不能跑远，"她对娃娃说，"主人还躺着呢，你得看着院子。别哭，否则我揍你。"

哈菲娅又轻轻悄悄地走进客厅。她爸爸坐在床上，朝她点点头。

"妈妈在干什么呢，哈菲娅？"

"她出去了。"

霍杜巴尔点点头。"告诉她，斯特潘必须回来。斯特潘还能要回那匹小公马。你想要几只小兔子吗？"

"我要。"

"我要给你做一个兔笼子，像矿主詹森的那种。唉，波拉娜，美国有很多好东西——我什么都要做。"他点点头，"等等，我要带你上草场去，那儿有座奇怪的小木屋——连米萨都不知道是干什么的。走，去告诉妈妈，斯特潘要回来了。"

霍杜巴尔很满足，他躺下去闭上了眼睛。这儿跟矿底下一样黑。砰，砰，是锤子敲在岩石上的声音。斯特潘咧着嘴笑，全是石头，他说。是的，可是，菜鸟，你可不知道工作是什么。什么样的人出什么样的活儿。你弄到院子里来的木头是什么样的，亲爱的。都是笔直的木条。而我——我一直都是劈老树桩的。那才是男人干的活儿，劈树桩，或者从地里挖石头。霍杜巴尔觉得很满足。我做了很多事，波拉娜，哦，上帝啊，很多。那没关系，这是应该的。尤拉伊双手交叠，睡了过去。

他在黄昏时分醒来，因为那黑暗令人憋闷。"哈菲娅，"他大喊着，"哈菲娅，波拉娜呢？"没有回应，只有从远处传来的牛铃声，是牛群从牧场回来了。霍杜巴尔从床上跳将起来，穿上裤子；我必须去给奶牛开门。我觉得天旋地转，那是因为一直躺着。他摸索着走出去，走到院子里，打开院子门。他略感异样，喘着粗气。不过，还是要感谢上帝，我已经起身出门了。牛铃声越来越近，像一条叮咚流淌的河水：周遭的一切都在随着牛铃和小牛身上清脆的铃声开始发出声响。尤拉伊感觉自己快要站不住了；他从没听见过如此磅礴而荣耀的铃声。两头身形庞大的牛，点着头走进院子，身下挂着涨得发亮的乳房。尤拉伊靠着门框，感受着祥和、宁静，仿佛在祈祷。

波拉娜匆忙跑进门，上气不接下气。"你已经起来了？"她脱口而出,"哈菲娅呢?"

"是的,起来了,"尤拉伊不好意思地低声说道,"我现在没事了。"

"走,再去躺下,"波拉娜命令道,"明天早上——你就没事了。"

"听你的,亲爱的,就听你的,"尤拉伊顺从温和地说道,"我应该多在这儿待会儿。"他关上大门,插上门闩,慢慢地走回客厅。

等到吃晚餐时,他又睡着了。

第二部

第一章

"尤拉伊·霍杜巴尔被谋杀了!"

格里克镇长匆匆脱下衣服。"快去,孩子,去找警察,"他迅速命令道,"告诉他们去霍杜巴尔家。"

在霍杜巴尔家的院子里,波拉娜不停地跑来跑去,紧拧着双手。"哦,上帝啊,上帝啊,"她哭喊着,"谁干的!他们杀了他,他们杀了他!"

哈菲娅在角落里看着她,邻居们从篱笆那头望过来,一个男人的身体从小门里探出来。镇长直接来找波拉娜,把手放在她的肩上。"别哭了。发生什么事了?伤口在哪儿?"

波拉娜浑身发抖:"不——不——我不知道,我没在那儿,我不能——"

镇长机敏地瞥了她一眼。她面色苍白,表情僵硬,只是强迫自己不停地走来走去,痛哭流涕。"谁看见过他?"

波拉娜紧紧抿着嘴。接着,警察来关上了前面的小门。那是敞着衣服的胖格尔纳伊,他没带来福枪,跟着他的是新人比艾格,浑身散发着新鲜的激情和热情。

"他在哪儿?"格尔纳伊压低声音问道。波拉娜指着客厅,悲恸地哀号起来。

美国人霍杜巴尔躺在床上就像睡着了一样。格尔纳伊摘下头盔以示尊重,但为了看上去不太扎眼,他顺势擦了擦汗。格里克情绪低落地在门边徘徊。比艾格走近死者身边,探身过去查看。"看他胸上,"

他说,"一滴血。看着像他被什么东西刺伤了。"

"家庭事务。"镇长低语道。

格尔纳伊慢慢转过身。"你什么意思,格里克?"

镇长摇摇头。"没什么。"可怜的尤拉伊,他暗自想道。

格尔纳伊挠挠耳根。"来看,查理,一扇破损的窗户。"查理·比艾格把死者胸前的衬衫拉开,查看衬衫里面。"我不明白,"他慢慢说,"没有刀,也几乎没有血迹——"

"那扇窗,比艾格,"格尔纳伊重复道,"那肯定是你需要的证据。"

比埃尔转向窗户。窗是关着的,只碎了一个窗格。"啊,看这儿,"他好奇地说,"来,这边——不过没人能从这个洞爬进来,格尔纳伊。而且,这块玻璃上的划痕是钻石划的,而且在这一面!那真是奇怪!"

格里克轻手轻脚地走到床边。唉,可怜的家伙,看你的鼻子多挺直!你闭着眼就像睡着了似的——

比艾格小心翼翼地打开窗户朝外看去。"就跟我预料的一样,"他满意地宣布,"痕迹是在外面的,格尔纳伊。"

格尔纳伊哼哼着。"那么你认为这是家庭事务?是吗?我怎么没在这儿看见斯特潘·曼尼亚?"

"他可能在家里,在莱勃利。"镇长犹疑地说道。

比艾格到处探查着。"什么也没动过,什么也没损坏——"

"我不喜欢这样,查理。"格尔纳伊说。

比艾格露出牙齿。"真是太蠢了,不是吗?

不过等等,一定会顺利破案的。我就喜欢简单明了的案子,格尔纳伊。

格尔纳伊移步到院子里,胖胖的样子让人肃然起敬。"过来,霍杜巴尔夫人。昨天谁在这房子里?"

"只有我——还有哈菲娅,我女儿在这儿。"

"你睡在哪儿?"

"在卧室里，和哈菲娅一起。"

"这扇通往院子的门是锁着的，是吗？"

"是的，是锁着的。"

"早上还是锁着的？谁开的？"

"我开的，那时天已经亮了。"

"谁第一个发现尸体的？"

波拉娜一直紧紧抿着嘴，不作声。

"你的工人呢？"比艾格突然问道。

"在家里，在莱勃利。"

"你怎么知道的？"

"嗯，我只是这么想的——"

"我没问你是怎么想的。你怎么知道他在莱勃利的？"

"——我不知道。"

"他最后一次在这儿是什么时候？"

"十天前，他被解雇了。"

"你最后一次见他是什么时候？"

"十天前。"

"你说谎，"比艾格说，他毫无征兆地脱口而出，"你昨天就跟他在一起。我们知道的。"

"那不是真的。"波拉娜惊恐地喊起来。

"坦白交代，霍杜巴尔夫人，"格尔纳伊建议她。

"不——是的。他昨天见了我——"

"在哪儿？"比艾格问道。

"就在外面。"

"哪儿？外面？"

波拉娜快速地左右扫了一眼。"在村子后面。"

"你们在那儿干什么？干什么？快说！"

波拉娜什么也没说。

"你和他在约会，不是吗？"格尔纳伊开腔说道。

"不是的,上帝作证!我们只是偶然碰上的——"

"哪儿?"比艾格问道。

波拉娜把她委屈的眼神投向格尔纳伊:"我们是偶然碰上的。他只是问我什么时候能来拿他的东西。他还有些衣服在这儿,就在马厩里。"

"啊,你丈夫是就地解雇他的,是吧?你能告诉我为什么吗?"

"他们吵了一架。"

"他什么时候来取衣服?"

"今天,今天早上。"

"他来了吗?"

"没有。"

"因为他昨天晚上已经来过了。"比艾格打断她说道。

"不,他没在这儿!他在家!"

"你怎么知道的?"

波拉娜咬着嘴唇:"我不知道。"

"来,霍杜巴尔夫人,"比艾格凌厉地说道,"你看到死者后,就会告诉我们更多情况了。"

波拉娜犹豫了。

"随她去吧,"格里克·瓦希尔·瓦希洛夫喊着,"她怀孕了。"

第二章

格尔纳伊坐在院子里，任由比艾格在农场的房子里到处探查。他看来看去，眼里闪着热情的光芒。他在马厩和牛棚里到处翻看，看到什么东西都要围着转悠一番，接着开始翻查起阁楼来。他更加活跃了，很是享受这个过程。多好的工作！格尔纳伊暗自思忖着；吉普赛人就够我忙活的了，还要维持治安——好吧，就让查理自己享受吧。

医生从客厅里走出来，去水泵边洗手。比艾格早已就位，急切地问道："说吧，怎么样？"

"尸体解剖结果出来后会知道的，"医生回答，"不过我觉得那可能是一枚钉子，或者类似的东西。只有两三滴血——奇怪。"

波拉娜给他拿了条毛巾。

"谢谢你，夫人。告诉我，你丈夫是病了吗？"

"他昨天就躺在床上了，有点发烧。"

"啊哈，你要生宝宝了，不是吗？"

波拉娜脸红起来："要到春天才生呢，先生。"

"夫人，不一定是春天。有时候会提前到新年时。"

波拉娜走开后，比艾格满意地眨了眨眼："那么，我们就找到动机了，格尔纳伊。霍杜巴尔七月才从美国回来。"

格尔纳伊哼了一声："霍杜巴尔夫人觉得是外面的人干的。早前，她丈夫在酒吧里跟人打了一架，她说，而且他狠狠地教训了弗德勒斯·盖伊扎一顿。他砸了他的头。盖伊扎是个流氓。这也许是复仇，她说。这也是一个很好的动机，查理。"

医生也看了看波拉娜的身影，心不在焉地说道："她去坐牢的话就太可怜了，我喜欢产科病人。生孩子我从来搭不上手，女人们生孩子就像生小猫一样。这个女人看上去很容易难产。"

"为什么?"

"她又老又瘦,四十了吧,是吗?"

"哦,不是,"格尔纳伊说,"刚过三十。那么,霍杜巴尔是病了?人死了,你是怎么知道的呢?"

"医生的秘密,格尔纳伊,不过我可以告诉你,床下有个装满的壶。"

"那我倒是没注意。"比艾格酸溜溜地说。

"那么,再见了,先生们。"医生说着挥了挥手,一瘸一拐地离开了。"尸检结果你会告诉我的,是吧?"

"我还要再围着房子转转,"比艾格小声嘟哝着,"然后我们就可以去莱勃利了。"

"你一直在找什么,查理?其他动机?"

"线索,"比艾格硬生生地说道,"还有作案工具。"

"啊,祝你成功。"

格尔纳伊晃悠到围栏边,开始和一位邻居攀谈起来;他跟她开了会儿玩笑,直到她用刷碗布和一束鲜花拍了他一下,才停下。哈菲娅蹲在靠近牛棚的一个角落里,惊恐万分。格尔纳伊朝她做了个鬼脸,又大笑起来,她起先有些害怕,接着又开始模仿起他来。过了很久,比艾格从谷仓里走出来,哈菲娅坐在格尔纳伊的膝盖上,告诉他她要有一只兔笼子了。

"我找不到更多线索了,"比艾格气愤地说,"不过我会回来的。很奇怪,如果我——你告诉格里克弄辆马车送我们去莱勃利了吗?"

"已经等在那儿了。"格尔纳伊说,他拍拍哈菲娅,放开了她。

"那么,怎么样,格尔纳伊,你是怎么想的?"

"我告诉你我怎么想的,比艾格,"格尔纳伊吼道,"我不会有任何想法。二十五年了,我受够了。我不喜欢这样。"

"可是,谋杀可不是什么小事。"比艾格老练地说。

"哦,也不是什么大事,查理。"格尔纳伊摇着头说,"只不过,你知道,一桩发生在村子里的谋杀案,不能这么办。你是城里人,你不知道是怎么回事。如果是强盗抢劫，我肯定像你一样四处探查。可是，家庭的谋杀案——而且，我告诉你，霍杜巴尔被杀，我一点都不觉得奇怪。"

"为什么？"

"——他生来就不走运。这都写在他脸上了，孩子。"

比艾格笑起来。"是魔鬼把霉运写在他脸上的。一个年轻的雇工睡在房子里，这就是全部的事实。格尔纳伊，伙计，就是这么简单的案子——"

"哦，不是的，家庭内部的案子从来都不简单，"格尔纳伊生气地说道，"不过你会明白的，查理。为了钱杀人，那很简单，两秒钟就能搞明白；你想想，这种日日夜夜驻扎在你身体里、盘旋在你脑海里的东西——这样的案子，比艾格，你是在把你的触角伸向地狱啊。你觉得很清楚，是因为你是新来的；可我认识他们，查理，他们三人。谈话又有什么用呢？我们还是去莱勃利吧。"

第三章

"斯特潘在家吗?"

"不,他去镇上了。"

比艾格推开米恰尔·曼尼亚,冲进屋去。同时,格尔纳伊跟老曼尼亚和米恰尔聊起天气、野兔和污水淌到路上去的事儿来。

比艾格走回来,身后跟着面色苍白、情绪激动的斯特潘,他身上还沾着几根稻草。

"你为什么说他不在家?"比艾格质问米恰尔。

"他早上说他要去镇上,"米恰尔嘟哝道,"难道我的工作是看着他吗?"

"他一直都藏在干草堆里!你为什么躲在那儿,说你呢?"

"我没有啊,"斯特潘皱着眉,"我为什么要躲起来?我在睡觉。"

"也许是因为你昨晚没睡够?是吗?"

"我睡够了。为什么会没够?"

"那为什么我们来的时候你还在睡觉?"

"因为我在这儿没事儿可干。我有工作的时候,可有的是活儿干。"

"他昨天干活儿了,他昨天犁了一天的地。"老曼尼亚迅速插话道。

"我没问你。"比艾格打断他,"滚回屋子里去,米恰尔也是。"

"哦,唉,"格尔纳伊叹口气,"你有什么要说的,斯特潘,关于霍杜巴尔的事?"

"我没对他做任何事。"斯特潘张口说道。

"那么你已经知道他被谋杀了?"比艾格激动地问,"谁告诉你的?"

"没人。因为你看见警察时——就能猜出霍杜巴尔肯定出事了。"

"为什么是霍杜巴尔?"

"因为——因为我们吵了一架,"斯特潘说,他紧咬着牙关,握紧拳头,"他把我扔了出来。"

比艾格不安起来。"小心,曼尼亚。那么你承认你离开霍杜巴尔的时候,满腹怨气咯?"

斯特潘恼怒地露出牙来:"这事人人都知道,不是吗?"

"你想为自己报仇吗?"

斯特潘哼了一声:"如果我碰见他——我也不知道会对他做什么。"

比艾格站着,想了一小会儿:斯特潘不会轻易就放弃的。

"你昨晚在哪儿?"他的目的很明确。

"我在家,就在这儿。我在睡觉。"

"那可不好说。有人能证明吗?"

"是的。米恰尔——杜拉——我爸爸。问问他们。"

"我没让你给我建议。"比艾格厉声说道,"你昨天下午和霍杜巴尔夫人说过话。说了些什么?"

"我没和她说过话,"斯特潘尖锐而谨慎地回答,"我根本没见过她。"

"你说谎!她告诉我她和你有约会——你问她什么时候能去取你的东西——"

"我十天都没见过她了。"斯特潘坚持道,"我丢了工作后,就没去过克里瓦,我没见过她。"

"你给我当心点,"比艾格怒吼道,"我会教你说真话的!走,带我看看你昨晚睡在哪儿了。"

斯特潘耸耸肩,领着比艾格进屋了。格尔纳伊敲了敲窗子:"喂,老家伙,过来!"

老曼尼亚走出来,疑惑地眨着眼问:"不好意思,请问出什么事了?"

格尔纳伊挥挥手。"昨晚有人袭击了霍杜巴尔,他头部被打了。

听着,朋友,是斯特潘干的吗?"

老人家摇摇头。"哦,不是的,我告诉你,斯特潘可干不了那事。他昨天在家睡觉呢。喂,米恰尔,出来!告诉我们昨天晚上斯特潘在哪儿。"

米恰尔想了想,慢慢说着:"他还能去哪儿?他在楼上睡觉呢,跟杜拉和我在一块儿。"

"我知道了。"格尔纳伊点点头,"我就知道是这样。霍杜巴尔在村子里不受待见。你知道,一个有钱的美国人,连邻居都不怎么喜欢他。"

老曼尼亚抬起胳膊:"我就说嘛,有钱!他衬衣底下的包里,除了钱,什么都没有——"

"你见过?"

"是啊,我见过,他来这儿要买我们的农场,他给我看了他的钱。我跟你说,有七百多美元。在村里不受待见,是有可能的;骄傲的男人是交不到朋友的。"

格尔纳伊若有所思地点点头:"那是什么,曼尼亚,这扇门都裂开了?"

"那是插在门上的做篮子的针弄的。它一直都插在上面。"

"让我看看长什么样,"格尔纳伊很感兴趣,"我还不知道,篮子是用针做出来的。"

"哦,茎是用针编起来的,像这样,"曼尼亚用手指示意道,"昨天还在这儿呢,"他咕哝着。"你知道上哪儿去了吗,米恰尔?"

"没关系,"格尔纳伊无所谓地嘟哝了一句,"下次我来的时候再来看。不过,你可不能让那些污水流到路上去,曼尼亚。那不是你家的路。"

"等我们在地里施肥的时候,就会把粪堆运走的——"

"你应该安一个合适的混凝土蓄水池。你的农庄需要钱,是吗?"

"哦,那个,是的,我们是需要。"老人傻笑起来,"需要造一个新的谷仓——可是米恰尔不太在行。斯特潘对处理农庄很有想法。斯特潘，他会成为一个农场主的。"

杜拉从地里回来，平板车上拉着一小堆干草，不过他驾车的方式很有样儿。

"过来，孩子，"格尔纳伊气势凌然地招呼道，"我只是想把事情弄清楚。昨天晚上斯特潘在哪儿？"

杜拉张开嘴，不知所措地盯着他的父亲和米恰尔；没人敢有一丝一毫的示意。"他在这儿，"杜拉嘟哝着，"跟我和米恰尔睡在阁楼上。"

"好吧，你已经说过了。"格尔纳伊表示赞同，"你会加入骑兵队吗？"

最小的这位牙齿闪着光："我当然会去。"

比艾格默不做声，怒气冲冲地从房子里走出来。"过来，格尔纳伊。我给了斯特潘下巴几拳；现在，我把他锁在客厅里了。"

"你不应该这么干，"格尔纳伊说，"限制人身自由，还有别的。"

比艾格轻蔑地笑笑："我可不管。最不济我找不到任何线索。你呢？"

"他的不在场证明清晰得就跟枪管子一样，查理。他整晚都像个乖孩子一样睡在草堆上。"

"他们在说谎。"比艾格不耐烦地张口说道。

"当然，他们血脉相连，我的朋友。"

"可是在法庭上，他们会改口供的。"比艾格保证道。

"那是因为你不理解他们。他们要么拒绝作证，要么就全都做伪证。在一个村子里，查理，这就是惯例。"

"好吧，那我该怎么办？"比艾格皱起眉头，"你怎么想，格尔纳伊，我现在应该拘捕斯特潘吗？我敢肯定是他干的。"

格尔纳伊点点头："我知道。只是——要小心，比艾格。"他开了个头，却没有说下去；因为正在这时，传来一声微弱的咔嗒声，比艾格大吼起来："抓住他！"他往房子的转角处冲过去。格尔纳伊慢慢地跟在他身后。地上有两个男人，比艾格在上面。"我帮你押着他，查理。"格尔纳伊提出。

比艾格站起身，拧着斯特潘的胳膊，让他也站了起来。

"起来，"他气喘吁吁地呼着气，"再让你跑。"

斯特潘龇着牙，脸疼得拧成了一团。"放开我，"他大吼道，"我只是想去克里瓦——拿我的东西——"

杜拉挡住两位警官的去路。"放开他，"他喊着，"放开他，要不——"

格尔纳伊把手放在他的肩头。"慢点儿，孩子。你，米恰尔，别插手。斯特潘·曼尼亚，我以法律的名义逮捕你。现在给我安静点，你这头蠢驴！"

他们把斯特潘·曼尼亚押回镇里。他没有趾高气扬地骑着那匹小公马，可人们还是停下脚步，转头看着他。他的两边各坐着一个警察，膝盖间夹着一挺来复枪。斯特潘坐在他们中间；他的小帽子没有顶在脑后，他也没有环视着平原。那儿——那条河，马儿在这儿吃草，沼泽在人群中间熠熠生辉；斯特潘只是直直地盯着一些骑马人黄褐色的后背。

格尔纳伊解开军装，说起话来。他跟斯特潘像熟人一样攀谈起来，只不过一句也没提起霍杜巴尔；他们只聊莱勃利的农场和马——斯特潘起初不怎么愿意开口，不过后来，他就松了口。是的，那匹小公马；主人卖了个低价，谁知道他卖给谁了，卖了多少钱；他本来可以卖八千的，他应该让它去种马农场，不过应该把那匹黑色的小母马配给它——唉，先生，我想看看它会怎么样！曼尼亚的眼睛亮了起来。他就这么把一匹马给卖了！真是罪过啊。他应该把那匹阉马卖了，或者是那匹母马和小马——可那匹小公马——斯特潘动情地说得嘴角直冒泡；比艾格不高兴了，他认为，除了公事以外，不应该随便和一个罪犯交谈。

"喂，先生，"斯特潘说，声音小得几乎只有他自己能听见，"如果小公马套上车架，我就能自己牵着缰绳——多么美妙的一驾车啊！"

第四章

"看那儿，格尔纳伊，"晚上，比艾格解释道，"是一个在房子里的人干的；他从里面打碎窗子，好让这看上去像是抢劫。他没能从门口进来，因为门被闩住了。所以，他要么就是晚上就潜伏在房子里了——"

"他没有。"格尔纳伊说，"哈菲娅告诉我斯特潘叔叔那天晚上没跟他们在一起。"

"很好。或者是家里的某个人半夜给他开的门；不过那样的话，就不可能是陌生人了。斯特潘在那儿当了五年工人。全村的人都知道，这五年里他和霍杜巴尔夫人的关系——"

"不，只有四年。他们第一次在一起是在草堆里，后来，这情妇每晚都去马厩里找他。哈菲娅告诉我的，查理。"

"你的哈菲娅看上去知道得不少嘛。"比艾格讥讽道。

"是啊，"格尔纳伊说，"要知道，一个农村孩子嘛——！"

"很好，继续：霍杜巴尔夫人怀着孩子呢——这肯定是斯特潘的，霍杜巴尔这个美国人，七月才回来呢。霍杜巴尔夫人知道会遭报应的；霍杜巴尔只想独占她——"

格尔纳伊摇摇脑袋："事情可能不是这样的，比艾格。他一直睡在牛棚里，她睡在阁楼上，或者卧室里。我是从邻居那里听来的。"

"可是，她一直和工人保持着关系。"

"这我就不知道了，"格尔纳伊谨慎地说，"哈菲娅不这么认为。可是最后几天，波拉娜总是出去，去村子后面。邻居看见她出去的。"

"伙计，"比艾格吃惊地说，"你就像一个老妇人一样睿智。但我希望自己能够勾勒出一幅符合逻辑的画面。"

"啊哈。可是你自己没法完成，查理？"

"不，我必须通过讨论来理顺我头脑里的思路。这个笨蛋霍杜巴尔那么相信斯特潘，还把自己幼小的女儿哈菲娅许配给他。你说说，这不就是中世纪的那套做法吗——还要包办婚姻！"

格尔纳伊耸了耸肩。

"但是不知怎么的，他渐渐明白了他的妻子导演了一出好戏，所以他就把斯特潘赶了出去。"

格尔纳伊哼了一声，表示不同意："你想告诉我什么，比艾格？首先，是斯特潘自己先离开霍杜巴尔家的，后来哈菲娅才被许配给他。你去问问村里的女人好了。"

"我不同意这个说法，"比艾格心中的疑虑越来越重，"那么，朋友，这是怎么串在一起的？"

"我不知道，查理，我不知——你怎么说的？逻辑画面。这是桩家务事，不是那些条分缕析的案件。根本不是，不可能很清晰。你没有成家，比艾格，就是这样的。"

"可是，格尔纳伊，到头来，这还是像 A、B、C 一样简单：波拉娜想除掉她丈夫；斯特潘——想和她结婚，接管农场。这两个人达成共识，一切就绪。昨天波拉娜跑去找斯特潘——"

格尔纳伊摇着头："又错了，哈菲娅告诉我霍杜巴尔昨天让她去把斯特潘找回来。但这不关我的事！比艾格，受害者的衬衣下面是不是有一个装着钱的小包？"

比艾格退了一步："什么，一个包？他身上什么也没有。"

"你看，"格尔纳伊说，"他们说他有七百多美元。找找看这些美元，查理。"

"你觉得是——劫财谋杀？"

"我什么想法也没有，但是这笔钱不见了。老曼尼亚看见霍杜巴尔带在身上的。曼尼亚想要建一个新谷仓——"

比艾格悄悄地吹起口哨："啊，这样！那么真正的动机就是钱啦！"

"有可能，"格尔纳伊点点头。"一般来说都是这样。或者说，是复仇。比艾格——还有另外一个可能的动机。霍杜巴尔把斯特潘扔进了荨麻丛里。就为了那，查理，在村子里弹簧刀也是很常见的。你可以自己选择动机。"

"你为什么告诉我那些?"比艾格皱起眉头。

"这样你就能自己想象出一幅符合逻辑的画面了。"格尔纳伊装作无辜地说，"而且，也许曼尼亚杀了他是因为那匹小公马呢。"

"胡说八道!"

"就是这样。在一个家庭里，他们的杀人动机都是扯淡，亲爱的比艾格。"

比艾格闷闷不乐地闭上了嘴。

"别生气，查理。"格尔纳伊低声说道，"相反，我会告诉你霍杜巴尔是怎么死的。是一根做篮子的针。"

"你怎么知道的?"

"昨天，在曼尼亚的农场丢的。你可以找找看，比艾格。"

"长的什么样的?"

"我不知道。我想应该就是一根针吧，不过我就知道这么多。"格尔纳伊仔细地清理着他的烟斗，"除非他们正在清理肥堆。"

第五章

格尔纳伊和比艾格喝着葡萄酒,等着医生从解剖室里回来。

"你在哪儿找到那把玻璃刀的?"

"霍杜巴尔家的卧室里。你想说什么?"

"这些农民就是这样,"格尔纳伊伤心地说着,"他们什么东西都不愿意扔,即使会让他被定罪也不行。他们觉得总有能用上的时候——"他很了解现实情况,"一群吝啬鬼——"

"霍杜巴尔夫人说那把玻璃刀在那儿已经有年头了,她丈夫去美国时也在那儿。可是,玻璃工法尔卡斯说,他记得是斯特潘一个月前买的。"

格尔纳伊吹了一声口哨:"一个月前!看看,比艾格,那太奇怪了:他们在一个月前就考虑这事儿。杀一个人是很快的,我自己就能做到,可是要一天天地去仔细思考——你还没找到那些美元?"

"没有。我在那间卧室里发现一只闪光灯。我想看看斯特潘是在哪儿买的。这是新的证据,不是吗?有足够的证据逮捕这个女人了。可是他们说我们应该找一些确切的证据。"

格尔纳伊在椅子上坐立难安:"查理,自从你——我也知道一些事情。他们说斯特潘的大舅子,一个叫亚诺什的人透露说,一周前,斯特潘来地里找他,说:'亚诺什,你喜欢什么就可以选什么,两条公牛,或者,你也可以去市场上自己挑——小事一桩。'他说,就是为了除掉霍杜巴尔。"

"很好,"比艾格赞许道,又问,"亚诺什做了什么?"

"'祝你获得成功,'他对斯特潘说,'你有钱了吗,斯特潘?''我还没有,'斯特潘说,'不过女主人有:我们发誓等霍杜巴尔走了以后,会结婚的。'"

"那我们就抓住他们了,"比艾格松了一口气,"他们两人都参与了。"

格尔纳伊点点头,可就在这时,医生出现了,从验尸房里走出来,双腿一瘸一拐地焦急地摆动着,他的近视眼不停地环顾四周。

"医生,"格尔纳伊喊道,"能等一等吗?"

"啊,"医生直率地说,"是的,也许可以。给我来点白兰地。"他开始闻起味道来,"可怜的家伙。不是一份舒坦的活儿。哈,"他叹了口气,放下空杯子。"你们知道吗,先生们,他们杀了一个死人?"

比艾格的双眼圆睁。"怎么了,怎么会这样?"

"很可能他在昏迷时就停止了呼吸,几近死亡。他的肺炎很严重了,右侧的肺已经烂了,黄得像胆汁一样。他本来就活不到天亮的。"

"那么,一切都是白费功夫了。"格尔纳伊慢慢地说着。

"是这样的。他还有主动脉栓塞——大得跟你的拳头一样。即使他没有得肺炎,就是非常轻微的激动都会要了他的命,可怜的家伙。"

警察极力保持着镇定。

最后,比艾格清了清嗓子,问道:"死因是什么,医生?"

"嗯,谋杀。他的左心室被扎了一下。但是,因为他只剩下最后一口气了,所以没怎么出血。"

"你觉得是用什么扎的?"

"我不清楚。一根钉子——或者,大致说来,就是很细很尖的金属物体,大约十厘米长,横截面是圆形的——这样你满意了吗?"

格尔纳伊用粗胖的手指玩弄着他的杯子,以掩饰自己内心的疑惑。"那么,医生——能不能说他是死于肺炎呢?你看,他本来就要死了——为什么还要找这个麻烦呢?"

"那可不行,格尔纳伊,"比艾格立马说道,"这就是谋杀!"

医生的眼镜反射出亮光。"太遗憾了,先生。多有意思的案子。一般很少碰见用钉子或者类似东西谋杀的案子。我要把这颗心脏装进酒精里,再把它——"他笑起来,"寄给一个专家。这样就能一目了然了,先生们。没用的,法律上来讲,这就是谋杀。哦,上帝呀,这真是多此一举!"

"是的,就是这样,"格尔纳伊抱怨道,"这混蛋还说这是一桩简单的案子!"

第六章

不过，装着霍杜巴尔心脏的瓶子却在邮局打碎了，酒精漏了出来；因此，尤拉伊·霍杜巴尔的心脏在送达经验丰富的专家先生的书房时，状态极其不佳。

"他们把这个送来干什么？"白发先生生气地问道，"他们怎么写的？他们判断是锐器造成的伤口。这些乡村医生啊！"这名专家叹了口气，远远地看着尤拉伊·霍杜巴尔的心脏。"写上：排除刀刺伤，伤口的尺寸太小——这是小口径武器贯穿心脏的伤口——凶器很可能是福罗拜枪。拿走！"

"好吧，我们拿到了，"从莱勃利回来时，格尔纳伊对比艾格说，"那上面说，查理，霍杜巴尔不是被刺死的，是被福罗拜枪打死的。是这样！"

比艾格的手垂下来。"医生怎么说的？"

"他还能说什么？他觉得很奇怪。你知道他的，不是吗？他还是坚持自己的想法，他说。好吧，那么就是福罗拜枪；还没找到子弹，这倒是真的；不过还能怎么办？你应该找找谁有福罗拜枪。"

比艾格把他的头盔扔到角落。"我不会就这么算了，格尔纳伊，"他威胁道，"我不会让任何人逃脱的。圣洁的上帝啊！我就快找到答案了，一切都证实了，现在却出现了这么个情况！你说，我们能这么上庭吗——就这样？我们去哪儿找福罗拜枪啊，老兄？"

格尔纳伊耸耸肩。"你看，就是因为你不让可怜的霍杜巴尔带着肺炎安心地上天堂。你活该，医生也是。"

比艾格怒气冲冲地坐在椅子上。"格尔纳伊，这事儿真扫兴。本来我从来没这么高兴过。"

"是吗，什么事儿？"

"我找到美金了。七百多美元，还有包。它们就在莱勃利阁楼的房梁后面。"

格尔纳伊大吃一惊，从嘴里拿出了烟斗："嗯，确实是大事，查理。"他很理解。

"还是找了很长时间的，"比艾格满足地说，"我还另有收获：你知道我在莱勃利搜了多长时间吗？将近四十六个小时。我连一根稻草都没放过。斯特潘可以陶醉在他的不在场证明中。你怎么想，格尔纳伊：陪审团会相信吗？钱已经找到了，斯特潘买的玻璃刀也没坏，那么你就能发现他们证词中的矛盾之处了，动机就不查自明了。"

"四种动机。"格尔纳伊说。

比艾格摇摇脑袋。"完全不是！这就是平常的、丑恶的为财杀人。我会告诉你是怎么回事。霍杜巴尔知道曼尼亚和他老婆有染，而且他也害怕曼尼亚。所以他就把钱随身携带，所以他才把哈菲娅嫁给曼尼亚，所以他才最后把曼尼亚解雇了，还把自己关在牛棚。很简单的案子，格尔纳伊。"

格尔纳伊若有所思地眨着眼："而且，我一直在想那些马。斯特潘喜欢马。他只会聊马，要买更多的地来养马。霍杜巴尔家牧场的后面有一块地正在出售。也许曼尼亚想让霍杜巴尔去买下来，但是霍杜巴尔不肯，所以就把钱藏在自己的衬衫下面——查理，我不应该疑虑，也许事情不是那样的。"

"无论如何，结论是一样的：为财。肯定不是因为对波拉娜的爱。"

"谁知道呢。"

"不，格尔纳伊，你是个老警察，而且你认识村里的这些人；可我还年轻，而且我天煞的还知道点儿女人的事。我见过波拉娜。她很朴素，是个骨瘦如柴的女人——还很老，格尔纳伊；她是和农场雇工有关系——我觉得这肯定花了她一大笔钱。不过，格尔纳伊，霍杜巴尔不会让自己因为她被谋杀的，斯特潘也不会为她犯杀人罪的。不过，为了钱——这很清楚。霍杜巴尔是个农村吝啬鬼，波拉娜要用钱来保住她的情人，斯特潘为了钱不择手段——就是这样，格尔纳伊。这里没有那么多爱，"比艾格打着响指说，"龌龊的案情，老兄，不过再简单不过了。"

"那么，你都弄清楚了吗，比艾格？"老格尔纳伊说，"就像公诉人一样。依你看来，这很简单——"

比艾格自信地笑笑。

"但是，照我看来，查理，尤拉伊被主召回了天国，让事情变得更简单了。肺炎，阿门。过段时间，寡妇便会嫁给雇工——一个孩子将会出生——可是你不愿意那样，比艾格，多简单的故事。"

"不，我想要找到真相，格尔纳伊。这是一个男人的工作。"

格尔纳伊又沉思着眨了眨眼。"而你觉得，查理，你已经找到了？真正的真相？"

"我还要找到那枚针。"

第三部

州检察院因克里瓦农场主尤拉伊·霍杜巴尔被杀一案起诉斯特潘·曼尼亚。他二十六岁,农场雇工,单身,信仰新教。并诉从犯波拉娜·霍杜巴洛娃。她旧姓杜尔科托娃,孀居,三十一岁,信仰东正教。

被告,请起立。你已经听见指控了。你承认有罪吗?

被告辩称无罪。他说他没有谋杀尤拉伊·霍杜巴尔;那晚他在莱勃利的家中睡觉。藏在房梁后的钱——是他从农场主那儿得到的嫁妆,如果他和哈菲娅结婚。他没有买过玻璃刀。他和这项指控没有任何关系。其他就没什么要说的了。

被告辩称无罪。她直到昨天早上才知道谋杀的事。关于她是如何发现尤拉伊·霍杜巴尔死亡的,她说她只注意到了打破的窗户。她与其他任何指控都无关。是农场主自己在几年前购买的玻璃刀。谋杀者肯定是从窗户爬进屋的,因为通往院子的房门是闩住的,整晚都是那样。

说完后,她坐下来,面如死灰,毫无姿色,应该是到了怀孕的中期;由于她怀有身孕,审理程序只能加快进度。

审理过程如同一台不留情面的司法机器一般进行着。律师们读着法律条文,各抒己见,做笔记的声音在纸上沙沙直响,陪审团尽职地聆听,假装他们明白了官方法案中的每一个单词。被告僵直地坐着,像个娃娃,只有她的目光无精打采地四处逡巡。斯特潘·曼尼亚一遍遍地擦拭前额,他试图理解正在宣读的文件:谁知道那里面下了什么套，谁知道这些满腹经纶的先生们会从中揪出些什么来；曼尼亚谦恭地低垂着头听着，他嚅动嘴唇，似乎在重复每一个单词。

法庭上开始交叉询问证人。

传讯瓦希尔·格里克·瓦希洛夫，克里瓦镇长；这是个肩宽体阔的农民；他缓慢而严肃地重复着自己的誓词。他是第一批看见尸体的人中的一个。他确实说过，这是一桩家庭案件。为什么？这是常识啊，法官。而且，格里克，你知道波拉娜·霍杜巴尔夫人和斯特潘·曼尼亚有关系吗？他当然知道。在尤拉伊回来之前，他亲自和她谈过——霍杜巴尔对他的妻子不好吗？法官阁下，瓦希尔·格里克·瓦希洛夫在此声明，他应该揍她一顿，驱除她身体中的魔鬼。她连晚餐都不为尤拉伊准备——霍杜巴尔抱怨过他的妻子吗？——他没有，他只是在回避大家；他被悲伤麻木了，就像一支蜡烛。

波拉娜挺直了身子，目光空洞。

格尔纳伊中士支持起诉书中的陈述。他浏览了一遍物证：是的，这就是霍杜巴尔客厅中的那扇窗户，从玻璃的内侧用金刚石划过了。那天在下雨，窗户外面有一个水坑；可是客厅的内侧却没有任何泥水的痕迹，而窗台上的灰也被人抹过了。会不会是有人从这个洞里钻过？不；无论如何都需要让他的头通过，但那是不可能的。

警察助理比艾格先生作证；他全神贯注地站着，眼中闪着热情的光彩。他的回答与起诉书几无二致。他在橱柜里发现了玻璃刀，而橱柜是锁着的；霍杜巴尔夫人不想让他们得到钥匙，她说钥匙丢了。他砸开了橱柜门，最后在一桶燕麦底部找到了钥匙。他在莱勃利也发现了霍杜巴尔的美元。还有，大人，我想我应该把这个带来，比艾格大声报告。他的手绢里包了个东西。这是昨天，他在曼尼亚家的人用推车清理粪堆时发现的。它被扔在粪堆里。

比艾格把一根极细的尖头物体放在法官大人面前的桌上，这东西大约十五厘米长，截面是圆形的。这是什么？这就是做篮子用的针，是曼尼亚家的，在谋杀案发生的当天丢了——比艾格连眼睛都没眨一下，不过他很享受自己的成功，沉浸在巨大的喜悦中。五个星期以来，他一直在找这根可恶的针，它就在这儿。

被告，你认识这根针吗？

不，我不记得了。曼尼亚坐下，阴沉哭丧着脸。

医生开始作证。他希望能解释这桩谋杀的凶器是一根横切面呈圆形的，一端尖锐的细长物体。如果霍杜巴尔是被射杀的，那么身体表面肯定会留有射入伤，而现在却找不着这样的伤口；医生对枪击和针刺的伤口区别做了冗长的陈述；此外，如果在这么短的距离内射出这种小口径的福罗拜枪子弹，衬衫一定会被烧焦的，也许胸部的皮肤也会被烧伤。

他的伤口有可能是你说的这样物体造成的吗？

可能。不能确定地说那一定是，但这个物体足够尖锐、细长，能够造成和这样相似的伤口。它肯定非常吻合，医生想。是的，接着死神立刻就来临了。这个风风火火的医生匆忙地离开了证人席。

监狱医生作证。情况表明，波拉娜·霍杜巴尔夫人已经怀有八个月身孕——"被告，"法官说，"请起立。谁是你肚子里的孩子的父亲？"

"尤拉伊。"波拉娜眼睛盯着地面小声说。

"霍杜巴尔五个月前回来的。你究竟怀的是谁的孩子。"

波拉娜没有作声。

老曼尼亚拒绝出庭作证；斯特潘把脸埋在手心里；老人用他的红手绢擦干眼泪。"对了，曼尼亚，你知道这样东西吗？"

老曼尼亚点点头。"是的，这是我们的针，用来做篮子的。"他当时很兴奋，想把它放在口袋里。"不，不，尊敬的曼尼亚，它必须留在这儿。"

米恰尔和杜拉也拒绝了出庭作证。玛利亚·亚诺什被传唤出庭。你愿意作证吗？是的。你兄弟斯特潘指使你丈夫谋杀尤拉伊·霍杜巴尔，是吗？是的，阁下，可是我丈夫——给他一百头牛他都不干，他说。斯特潘和被告有不正当关系吗？呃，是的，他在家里还吹过牛呢。斯特潘不是个好人，法官阁下。把一个孩子许配给他是不对的。

上帝保佑，幸好什么都没发生——霍杜巴尔把他赶出去的时候他很生气，是吗？玛利亚在胸前画了个十字：啊，上帝啊，他气得像着了魔似的：不吃也不喝，连烟都戒了——证人退席，她在门边哭了起来：太丢脸了，法官阁下——我能留点钱帮助斯特潘吗？——不不，女人，不需要钱，上帝保佑你。

亚诺什被传讯。你愿意出庭作证吗？如您所愿，阁下。斯特潘让你去谋杀霍杜巴尔，是吗？证人羞愧地眨着眼睛。他是说了些关于这方面的事。他说，你很穷，你需要挣点钱——为了挣钱，你会怎么做呢？——我怎么知道，阁下，那对话太愚蠢了——他让你去杀霍杜巴尔了吗？——不，我不这么认为，阁下。这事过去很久了。我们只聊到了钱。我为什么要记得这么愚蠢的事？而且我是个傻瓜，他说。一个傻瓜，是的，也许是个傻瓜，但还不至于让我害怕，伙计——你醉了吗，伙计？——是的，阁下；我为了给自己鼓劲，喝了一杯；跟您这样的绅士说话，可不轻松啊。

随后审判中止，第二天继续开庭。斯特潘的眼睛开始搜寻起波拉娜来，可是，霍杜巴尔的遗孀看上去就像一座象牙雕刻的塑像，跟不认识他一样：她是那么消瘦，毫无美感可言，呆若木鸡。没人关心斯特潘，所有人都在看着她。他，一个黝黑的傻瓜！一个人杀了另一个人，难道不是司空见惯的吗？可是这是他的妻子，我问你，如果连你的妻子都不能信任，你究竟过的是怎样的生活啊！就连在家里的床上你都觉得不安全，他们会把你当成一只猪，把你捅死。霍杜巴尔的遗孀穿过走廊，满溢的仇恨如潮水般在她身后合拢来。哦，如果手里有根棍子，他应该像对待一只掉入陷阱里的狼一样，把她打死。应该把她绞死，女人们说。如果不把她绞死，这世上就没有正义可言了。哦，继续啊，你这只老母鸡，男人、女人都在咆哮着，别把她绞死，把她一辈子囚禁起来——如果由女人审判，这婊子一定会被绞死的。我会亲自把绳子拴到她的脖子上——别说话了，玛丽卡，这不是女人干的事儿。不过他们肯定会把斯特潘吊死的。

是的，是的，斯特潘；他没有杀害自己的家庭成员。如果他们不把波拉娜吊死，那女人们不就马上会去杀了自己的丈夫了？所有女人都立刻想到——在一个家庭里，我的朋友，在婚姻的状态下，做这样的事根本不缺理由。不，不，她应该被吊死。可是，她怀着孩子呢，他们怎么能吊死她呢？那样，那样就不会有孩子了，生出来的就是魔鬼了。

西蒙·法泽卡思，人称莱卡，被传讯作证。他在谋杀案发生的当天，看见波拉娜和斯特潘在一起。斯特潘·曼尼亚，你还是不承认那天在克里瓦，跟波拉娜·霍杜巴尔夫人说过话吗？——我不在那儿——被告，曼尼亚在小溪后面说过话吗？——不，他没有——可是你告诉警察，他跟你说过话——是警察逼我的。

尤连娜·瓦尔瓦林诺娃，霍杜巴尔家的邻居，也出庭作了证。是的，他经常看见霍杜巴尔像具丢了灵魂的尸体似的到处游荡。他开除了斯特潘以后，波拉娜不给他做饭，不过她倒是一直给农场雇工做鸡和乳猪。她每晚都和曼尼亚睡一起，愿上帝不要惩罚她，邻居说道——不过，霍杜巴尔回来后，谁知道她在哪儿跟工人约会；她再也不去马厩了。最后几天，霍杜巴尔甚至还半夜到处乱逛，把每个地方都照亮，就像个守夜人一样。

听着，证人，你看见霍杜巴尔把斯特潘赶出去了。斯特潘有没有带着他的衣物？没有，他只穿了裤子和衬衣。他走的时候没有穿外套？没有，阁下。所以他现在穿的这件衣服，肯定是他留在霍杜巴尔家的？斯特潘·曼尼亚，你是什么时候回克里瓦取衣服的？

斯特潘站起身，疑惑地眨着眼睛。

你是在尤拉伊·霍杜巴尔被杀的那天晚上拿走的。你可以坐下了。公诉人把打了个大胜仗的场景记录了下来。

哈菲娅·霍杜巴尔被传讯出庭作证时，法官命令把两名被告带下去。

一个蓝眼睛的漂亮小姑娘被带了上来；现场死一般地寂静。

你不用害怕，孩子，过来，法官和蔼地说。如果你不愿意，可以不用作证。

你愿意作证吗？哈菲娅顺从地点点头。是……是的。

斯特潘在马厩的时候，你妈妈经常去那儿吗？是……是的，每晚都去。你有时能看见他俩在一块儿吗？是的，有一次斯特潘叔叔抱着她，把她扔到了草垛上。那么农场主，你爸爸呢，他有时会跟你妈妈在一起吗？不，爸爸没有，只有斯特潘叔叔。你爸爸从美国回来后，你妈妈还去找叔叔吗？哈菲娅摇摇头。你怎么知道？因为我爸爸在家，孩子经验老到地小声说道。可是斯特潘叔叔经常会说，他不想待在这儿了，一切都变了。

你爸爸好吗？哈菲娅尴尬地耸耸肩。斯特潘呢？哦，斯特潘很好。你妈妈对你爸爸好吗？不好。对你呢？她喜欢你吗？她只喜欢斯特潘叔叔。她也给他做饭吗？是的，不过一般他都会给我一点。你最喜欢谁？女孩害羞地扭捏起来。斯特潘叔叔。

哈菲娅，你爸爸去世的那晚发生了什么？你在哪儿睡的？跟妈妈一起，睡在卧室。有什么声音吵醒你了吗？是的。有人在敲窗子，妈妈就从床上坐起来。接下来发生什么了？接下来，什么也没有，妈妈说让我继续睡，否则就要揍我。你睡了吗？是的，我睡了。你还听见什么声音了吗？没了。院子里有人走路的声音，妈妈离开了。你知道是谁在走路吗？姑娘惊讶地张开了嘴。怎么了，是斯特潘。妈妈还能跟谁在一起？

庭上笼罩着一片沉默，痛苦得让人无法呼吸。法官立即宣布休庭，他亲自领着哈菲娅走了出去。你是个好姑娘，他轻声说道，善良又懂事；你应该高兴还不知道出了什么事。陪审员在口袋里翻找着能给哈菲娅的东西；他们围着她，拍拍她，轻抚着她的头发。

斯特潘在哪儿？哈菲娅用银铃般的嗓音问道。格尔纳伊来了，他拨开人群，走向哈菲娅：来，孩子，来，我带你回家。走廊上人满为患，这个给哈菲娅一个苹果，那个给她一个鸡蛋，或是一块蛋糕，人们用手绢捂着脸轻声抽泣着，泪流满面。哈菲娅紧紧拽着格尔纳伊的胖手指头，她都快哭了；可是格尔纳伊告诉她："不要哭，我会给你买太妃糖的。"她便立马高兴了起来。

审判继续；有时审理似乎进入了一种几只手都解决不了的僵局，人称胡萨尔的约萨被传讯出庭作证，阿列克萨·沃洛贝克·德米特洛夫和他的妻子安娜，科比拉·赫帕克的妻子都为波拉娜·霍杜巴尔夫人作了证。啊，上帝啊，你们都知道别人什么事儿啊，太可耻了；上帝不用审判，人们自会评判。一个叫作米萨的牧羊人也被允许来作证。来吧，证人们，你们都不需要宣誓。

什么？

你不用宣誓了。你多大？

什么？

你几岁了，米萨？

哦，我不知道。有关系吗？以天父及子及圣灵之名。尤拉伊·霍杜巴尔让我告诉大家，他老婆是个忠诚的好人。

等等，米萨，他让你说什么？他什么时候跟你说这个的？

哦，什么时候——嗯，我不知道。那天在下雨。他让我来告诉他们。你，米萨，他们会相信你的。

上帝与你同在，伙计，你从克里瓦来这儿就为了这个？

什么？

你可以走了，米萨，我们不需要别的了。

哦，谢谢你，上帝保佑你。

装玻璃的工人法尔卡斯出庭。斯特潘·曼尼亚从我这儿买了一把玻璃刀。你认识他吗？怎么会不认识，他就在那儿，那个黄皮肤的人。站起来，曼尼亚。你承认你从玻璃工法尔卡斯那儿买了一把玻璃刀吗？我不承认。你可以坐下了，曼尼亚，不过你这样可帮不了你自己。

巴拉的妻子、赫里卡的妻子和费铎·博巴尔的妻子都出了庭。太可耻了，波拉娜啊！她们都把手指向你，她们指责你的放荡，女人向通奸的女人扔石头。现在，没人关心斯特潘·曼尼亚了，你的手交叠在你隆起的腹部也没用。你无法掩藏你的罪行；斯特潘杀了人，可是你也有罪。看看她，这个贱妇，她甚至连头都没有低下，也没有哭泣,她没有让自己俯首叩地,她似乎想说:继续啊,说吧,说吧,跟我有什么关系?

被告,对马尔塔·博巴洛娃的证词,你有什么要说的吗?

没有。她还是没有低头,脸上没有一丝羞愧之情,她没有屈辱地伏下身子:她像一尊雕塑。

还有别的证人吗?很好,休庭,明日开庭。小哈菲娅的证词很有利,不是吗?这么个小孩儿,我的朋友,她怎么那么有经验!太可怕,太糟糕了。而她的证词——就像一条潺潺流淌的清澈小溪。实际上这一切——好像她说的一切,什么也没有遗漏。可是,整个村子都反对波拉娜。这件案子对波拉娜来说太糟糕了;对斯特潘来说,当然也不好,但为什么要担心斯特潘呢——一个次等人。是的,是的,全村人都明白道德问题迫在眉睫,我的朋友。你可以说,克里瓦人是在为一种被破坏的秩序复仇。奇怪,一般来说,人们不会对这种发生在家庭内部的事务太较真,是吗?看起来,波拉娜不仅承认了通奸,还有其他更糟糕的事。你说什么?好吧,就是与整个社区的对抗,招致整个社区对她的敌意。

被诅咒的波拉娜!你没看见她是怎么高昂着头的吗?她一点儿都不觉得羞耻!就在她听到费铎·博巴尔的妻子说,由于她犯下的通奸罪行,要把她家的窗子砸了时,她甚至还笑了笑。是的,她的头依然高扬着,她笑着,仿佛有什么事让她特别自豪。哦,去吧,叔叔,我要亲自去看看她;她好看吗?我希望上帝不会惩罚我,好看!她一定是对斯特潘施了魔法,要我说,她一定是蒙住了他的双眼;她那么瘦削,告诉你,她的眼睛——只能把它刺瞎;她一定是个恶魔,我觉得。可是这孩子,美好得就像一幅画;我们都为她哭泣——当有人想起她时,一个孤儿!你看,那女人就连在孩子面前也面无愧色,她在自己的女儿面前犯下了通奸之罪。好吧,要我说,这是一个恶魔。哦,你应该去看看她,叔叔!

让我们进去,让我们进去,我们想看看这个贱妇!哦,好吧,我们会站在一起,就像站在教堂里一样,可是,让我们进去!不要挤了，你们，你的毛外套会搞臭这尊贵的法庭的！离那扇门远点！

看看那个身板笔挺、形容枯槁的人，那就是她。真的，谁说那是她？她看上去就跟普通的女人一样。斯特潘在哪儿呢？哦，你只能看见他的肩膀。这个正在站起来的高个儿，穿着律师袍的那个，他就是公诉人。安静，安静，现在你就能听见了。

陪审团的先生们，我已经了解了在警察出色的工作后可以确认的（在法庭上比艾格指了指格尔纳伊），以及由出庭的证人们提供的关于本案的全部事实。我想要借此机会对各位表示感谢。先生们，在我一生的职业生涯中，还从没遇到过一场如此全面、热忱地，以公正之名采用所有证词的审判。整个村子，整个克里瓦村的人们，不论男人、女人还是孩子，都来到你面前，他们不光提供该案证据，还要向上帝、向男人控诉一个出轨的女人。这不是我，以法律之名，而是所有人都成了诉讼人和原告。你们依据法律的原则，判决一个人是否有罪。而依据他们的判断，上帝的子民，你们要评判的是一桩罪孽。

公诉人对他的案子相当有自信，但在那一刻，他退却了。（我为什么要提到罪孽？我们是在尝试评判人们的灵魂吗，还是只评判他们的行为？只评判行为，是这样的——可难道行为不是源自灵魂吗？呃，要注意这条盲目的过渡路径！毕竟，这件案子非常简单。）陪审员先生们，你们要宣判的这件案子相当清晰，案件的单纯性一目了然。这里只有三个人。首先是农场主尤拉伊·霍杜巴尔，一个简单的男人，一个好人，也许他的意志有些薄弱。他在美国勤恳工作，每天赚五到六美金，又要寄四美金回家给他的妻子，为了让她的日子过得舒坦些。公诉人的声音中带着奇怪的尖锐声。而这女人把他挣来的血汗钱给了——一个年轻的农场雇工，他对自己被一个年长的女人当成情人这样的事，毫无顾忌。斯特潘会为了钱放下任何事吗？他破坏了这个出国之人的家庭，他让母亲疏远了她的孩子，他在情妇的怂恿下，为了一兜子钱杀害了她熟睡的丈夫。这是犯罪——这是贪婪的罪孽！（公诉人停了下来。是犯罪，不是罪恶。这不是上帝的审判。）

然后是——这个女人。你们看见她了，冷若冰霜、工于心计、铁石心肠。她和这个年轻的农民之间根本不存在磁场，也不存在被诅咒的爱情；一切只是欲望，只有罪恶，罪恶——她把持着满足欲望的手段，她纵容他，甚至不再关心自己的女儿。上帝用指尖触碰了她；她的罪孽让她受孕。接着，丈夫从美国回了家，上帝让他来惩罚出现在自己家中的通奸行为。可是，尤拉伊太懦弱了；没有人，没有一个男人，我希望，生来会对这样痛苦的事情不闻不问的，这个意志力薄弱的丈夫也许只是希望维持家里的平静。可是他回来后，现金流枯竭了，情妇与这个年轻的混蛋之间的关系无以为继。斯特潘·曼尼亚离开了罪孽的供养；接着，霍杜巴尔，这个不可理喻的懦夫，在妻子的煽动下，毫不怀疑地亲自把自己幼小的女儿许配给了他。霍杜巴尔提出如果他回来，就给他钱和农场……

公诉人被反胃感呛住了。这还不够。看起来，斯特潘还在压榨他，威胁他。最后，就连这可怜的被害人也受不了了。他把这个一无是处的人扔了出去，从那时起，他就为自己的生命担惊受怕，他开始在山的那边找工作，晚上提着灯笼守夜。尽管如此，他们邪恶的计划还是准备停当了；老农场主挡着这个卑鄙的女人和贪婪的工人的路了；奸淫和贪婪联合起来对付他。被害人病倒了，他无法继续守夜，无法保护自己；第二天早上他的心脏就被刺穿了。他在睡梦中被杀害。

这样就结束了吗？公诉人看起来吓了自己一跳；他准备了一份华丽而雄辩的结案陈词，可不知怎的，他的嗓子被卡住了，突然停了下来，一切都结束了；他坐下来，自己也不知道是怎么回事。他好奇地瞥了一眼法官，他似乎在点头默许；陪审团哽咽着，他们有人在抽泣，擦着自己的鼻子，有两个人开始放声大哭起来。公诉人松了一口气。

曼尼亚的律师站起身，这是个高大的男人，一个名声在外的律师。公诉人在他出色的演讲最后，提到了尤拉伊·霍杜巴尔的心脏。陪审员先生们，请允许我以同一颗心脏来开始为我的当事人进行辩护。就像白昼过后就是黑夜一样，现在很清楚地显示，诉讼方承认专家证据中存在着矛盾之处。霍杜巴尔的心脏究竟是被刺穿的还是被枪击的？谋杀的工具究竟是那根属于曼尼亚家的毫不起眼的针，还是一把不为人知的枪？就我而言，我倾向于经验丰富的科学专家以万分确定的口气提出的凶器是一把口径最小的枪的说法。先生们，如果尤拉伊·霍杜巴尔是被射杀的，那么该行为的实施者就不是斯特潘·曼尼亚。以此类推：这位著名的律师把证据链拆得粉碎，并用他粗壮的手强调着每一个论点。没有一项证据能证明我的当事人有罪，这些都是间接证据。不用换取尊敬的陪审团的同情，我确信根据公诉方摆在他们眼前的证据和审讯过程中出现的情况，他们无法将斯特潘·曼尼亚定罪。这位大名鼎鼎的律师踌躇满志、从容不迫地坐下。

仿佛有人按下了一个按钮，另一个黑色的身影就出现了，那是波拉娜·霍杜巴尔夫人的律师，一个英俊的年轻人。没有意向直接证据指向我的当事人，表明她参与了尤拉伊·霍杜巴尔的谋杀案；所有的结论都归结自暗示和间接证据，以及一些假设性关联。陪审员先生们，这些关联都是基于波拉娜·霍杜巴尔夫人有置她丈夫于死地的动机——也就是不忠于她丈夫的行为——推断出的。先生们，我为你们祈祷：如果背叛了婚姻就能成为谋杀的充分动机——那么，在镇上，在村子里，在克里瓦这儿，还能有多少男人和女人活着？不如换一条理由；不过我要问你们，我们是怎么知道波拉娜·霍杜巴尔夫人造了通奸的罪孽？村里所有的人，是的，都来到这里，做出了不利于被告的证词。可是，先生们，停下来仔细想想：我们之中又有谁，在邻居的指控之下，能自保呢？也许会比这个不幸的女人更糟糕；没有任何组织能保护你不受谎言和卑贱的流言之伤。这份公诉本身也没有否认，证人是心生嫉妒才敢于贬责一个手无缚鸡之力的妇人——

公诉人打断了律师：我要代表证人反驳辩方的讽刺之言。

这不合程序，法官说。我相信这不会再发生了。

这个面善的小伙子礼貌而愉悦地鞠了一躬。遂您的愿。我们已经听过了所有指责波拉娜·霍杜巴尔夫人的证词。但是，法庭却忘记了为这个女人传召一位为她辩护的证人，我想称他为证人之冠；也就是受害者,尤拉伊·霍杜巴尔。

这位面善的小伙子手中挥着一张纸。陪审员先生们,他去世前的十天,尤拉伊·霍杜巴尔,这个克里瓦的农场主写下了他最后的遗嘱。在这份遗嘱里,他就像预见了自己的声音需要被聆听一般,要求写下这份文件——年轻的律师提高音调,充满感情地开始念起来。我的一切动产及不动产都赠予我的妻子,波拉娜,旧姓杜尔科托娃,致她忠贞不渝的爱情。请记下来,先生们——致她忠贞不渝的爱情!这是尤拉伊·霍杜巴尔的遗嘱,这是他的遗嘱。你们听见牧羊人米萨说了,霍杜巴尔希望让你们知道,波拉娜是个善良忠贞的妻子。我承认,听到米萨的证词,我也非常惊讶;这听起来就像来自坟墓另一边的声音。现在有一份书面的遗嘱,这个真正认识波拉娜的男人留下的遗嘱。农场工人曼尼亚向他姐姐夸下海口,说他和他的情妇保持着关系。所以,一份是工人的证词,而另一份(他敲了敲手中的这张纸)是她丈夫在上帝面前所做的证词。先生们,你们来决定究竟应该相信谁?

年轻的律师低头沉思。如果这样一来,针对我的当事人的通奸指控失败了,那么她要除掉丈夫的动机便也不存在了。你可以用她八个月的身孕来反驳;但是先生们,我也能找到一些医学权威,来证明诊断孕周大小有多不可靠。这个明快的小伙子念出了一串权威的数据和科学观点。曼尼亚经验丰富的律师摇起了头。这样做,就彻底毁了他的案子,陪审员不喜欢建立在科学依据上的辩词;可是这条策略非常聪明。想象一下,陪审员先生们,你认为波拉娜·霍杜巴尔夫人有罪,那么尤拉伊·霍杜巴尔的孩子,那个能够证明矢志不渝之爱的遗腹子,将降生在监狱中,烙上奸妇之子的恶名。以神圣的一切之名,我要提醒你们,陪审员先生们:不要把司法的错误推卸到一个尚未出生的孩子身上。

英俊的小伙子坐下,用一块喷过香水的手帕擦拭着自己的眉毛。恭喜,法庭上的老将对他轻声耳语道,还不赖。现在,轮到公诉人起立做结案陈词了。他的脸色通红,双手颤抖。如果要扯到孩子,那就说说孩子,他嘶哑地突然爆发了。辩护律师,尤拉伊·霍杜巴尔的孩子,哈菲娅已经作证。她的证词你很难称之为——(他的拳头撑在桌上)——谣言。至少,我希望不会(英俊的小伙子弯了弯腰,耸了耸肩)。总之,我很感激你呈上了尤拉伊·霍杜巴尔的遗嘱。这对我们完整地描述这个女人的性格非常必要(公诉人站直了身躯,仿佛他还在长个儿),她就是一个魔鬼,她——她已经准备杀死她木讷、善良、懦弱的丈夫——可她还是为她的阴谋画上了最后一处细小的、却是画龙点睛之笔:她操纵这个可怜的家伙,让他把自己所有的财产都留给她,全留给她——但同时还要为她留下一个道德上的有利证据——致她忠贞不渝的爱情!这个善良的男人顺从地依着她——这样,哈菲娅连一个子儿都得不到了,却全留给了她,这个恶毒的女人,这样她就能继续为她的情人付钱,沉溺在罪孽之中——公诉人被义愤填膺的控诉噎住了——这不再是一次审判,事实上,这是一次上帝对存留于世的罪孽的判决——在他面前沉重而艰难地呼吸着的虔诚的人们都能清楚地聆听——现在,光明终于落在了尤拉伊·霍杜巴尔的案子上。这份冷酷、算计、愤世嫉俗的遗嘱,这份可怕的,足以把人定罪的文件,够让文盲尤拉伊的手在胸前画上三遍十字的——同样是这份可怕的遗嘱,先生们,启发了斯特潘·曼尼亚——这个凶手。这个来自小村子的情人不仅是通奸的工具——他也成了谋杀的利器。这个女人有罪,公诉人大声说道。那份遗嘱就是证明她有罪的证据——只有恶魔才能施展出如此毛骨悚然的讽刺之术——致她忠贞不渝的爱情!坏女人霍杜巴尔夫人,你承认杀害了尤拉伊·霍杜巴尔吗?

波拉娜站起身,面色铁青,隆起的肚子让她显得很笨拙,她无声地嚅动着双唇。

别跟他们说任何事,有个人快速而严厉地说道。我会自己跟他们说的。斯特潘·曼尼亚站起来,他的脸因神经紧张而极度扭曲。尊……尊敬的法官,他结结巴巴地说着,突然放声大哭起来。

公诉人大吃一惊,朝他的方向看去。请安静下来,斯特潘。法庭很愿意听你陈述。

是——是我——斯特潘抽泣着——干的。我只是想报复——因为——因为——他把我赶了出来——而且大家都在嘲笑我!我晚上睡不着觉——我必须对他下手——我必须——必须去报仇——所以我才去——

是你的情妇为你开的门吗?法官问道。

不——不是她——她什么都不知道……我,晚上——没人看见我——霍杜巴尔睡在客厅——我上了阁楼——藏在那儿——

在法庭上,比艾格激动地戳了戳格尔纳伊。可那并不是真的,他在胡说——他没法上阁楼,楼上的门被玉米顶住了!我早上第一件事就上了阁楼,格尔纳伊!我要去告诉他们——

坐好,格尔纳伊低声吼道,把比艾格按了下来。混蛋,你敢!

那晚——斯特潘结结巴巴地说着,手还不停地擦着鼻子和眼睛,那晚我偷偷摸摸地——爬进客厅——霍杜巴尔正睡着——我用针把他杀了——它没有——它没有往他身子里扎进去——而且他没有——没有动弹——斯特潘停住了,工作人员从法官的桌子上拿给他一杯水。斯特潘感激地猛喝一口,擦擦前额的汗。接着我就在窗子上开了一个洞——然后拿走了钱——让现场看上去就像抢劫一样——然后——回到阁楼上——从窗口逃了出去。斯特潘喘着气。然后我敲了敲窗户——告诉女主人——告诉她我来取我的外套。

波拉娜·霍杜巴尔夫人,是这样吗?

波拉娜站起身,嘴唇紧抿着。不,不是这样的,他没有敲——

女主人什么都不知道,斯特潘脱口而出。而且她跟我也没有关系。一次——是——是的,就一次,我想把她扔到草垛上,可是她反抗了——而且哈菲娅来了。然后就没了——没别的了——

很好,斯特潘,公诉人说着向前倾了倾身子。我还有一个问题。本来是没有必要的。波拉娜·霍杜巴尔夫人,在斯特潘之前,你是不是还有一个情人,也就是帮工帕沃尔·德莱沃塔?

波拉娜支吾着喘着气,抬起手放在额头上,工作人员半领半扶地把她搀了出来。

法官宣布休庭；鉴于斯特潘·曼尼亚的交代，明天，法庭将于罪行的发生地重新开庭。

比艾格在霍杜巴尔家的院子里等待着尊敬的法庭的到来。很快，这些尊贵的先生们便驾车出现了。比艾格向他们致意，满怀敬意地站得笔挺。人们站在篱笆外围观，注视着霍杜巴尔家的院子，仿佛上帝知道将会出现什么——对警察来说这是不寻常的一天。

比艾格把法庭成员带到阁楼。阁楼还保持着原样，自从谋杀案发生那天后，就再没人踏足过这儿。连门都依然被玉米顶着；如果有人试着把门往里推一下，玉米就会从这儿滑到楼梯上。比艾格往里推了推门，玉米堆塌了下来，从门缝里滑出一溜儿玉米粒儿。请先生们上楼，比艾格客气地说。阁楼里堆满了平原上上帝的恩赐，成堆的微红色玉米，让人有一种在其中跋涉而行的意愿。这是那扇小窗子；所以，曼尼亚就是从这儿出去的，他说——

可是这扇窗子是从里面锁住的，一名陪审员发现了，他郑重其事地左右环视着。如果谋杀案发生之后没人再来过这儿，那么曼尼亚是不可能从这儿出去的。

确实是这样，他不能；窗台上的瓶瓶罐罐还覆盖着经年累月攒下的厚厚的灰尘，这些农民从来不丢任何东西！如果曼尼亚是从这里爬出去的，那么他应该先把这些垃圾挪开，不是吗？

是的，他当然应该这么做。那么，外面是什么，这扇窗户下面？

是霍杜巴尔被杀害时待的客厅，还有房前的一个小花园。先生们能跟我去那儿看看吗？尊贵的法庭屈驾前往小花园。其中一扇开得较低的窗户已经被拆除了：这就是玻璃被开了一个洞的那扇。在我们上方就是那扇阁楼的小窗，也就是照曼尼亚自己的话来说，他跳出来的那扇窗。我在谋杀案发生后立马搜查了此地，比艾格谨慎地说道，但是并没有在窗下发现任何脚印；那儿有一片花坛，是新开辟的，之前刚下过雨——

法官很欣赏他的说明，点点头。很明显，斯特潘在撒谎。可是，或许你应该在谋杀案发生之后马上就去阁楼查看情况。

比艾格并拢脚跟。尊敬的阁下，我不想破坏了玉米堆。但是为了确保证据不被破坏，我把门钉上了，那样就没人能进去了。我今天早上才把它重新打开。我在门上还拴了一条红绳子——

很好，很好，法官小声说，他很高兴。你考虑得很周全，先生，先生——

比艾格挺起胸膛。助理警探比艾格。又庄严地点了一下头。先生们，毋庸置疑，斯特潘·曼尼亚撒谎了。但是既然我们都在这儿，也许你们会有兴趣看一下客厅。桌子边，一位虎背熊腰的大个子农夫站了起来；他们正在吃晚餐。这是米恰伊尔·霍杜巴尔，去世的农夫的哥哥；现在他在管理这个农场。

米恰伊尔·霍杜巴尔对着先生们深深地鞠了一躬。奥克森娜、哈菲娅，快给先生们拿几把椅子来。

不用了，我的朋友，不用了。你为什么不在这儿装一扇新窗子呢？凉气都钻进屋里了。

我问你，为什么要装一扇新的窗子？窗子在法庭，再买一扇新的就太浪费了。

那么，唔。我看到，你在这儿照顾哈菲娅呢。她是个聪明的姑娘，好好照顾她，这个孤儿。还有这位——是你的夫人，是吗？

是的，阁下，迪米特里·瓦力沃德尤克·伊万诺夫的女儿，马古丽卡人。

你怀孕了。

是的，上帝的恩赐，感谢上帝。

那么——你喜欢克里瓦吗？

嗯，是的。米恰伊尔摆了摆手。请原谅，你觉得我去美国能找到工作吗，阁下？

像尤拉伊那样？

是的，像尤拉伊那样，上帝保佑，愿他安息吧。农夫米恰伊尔把尊贵的先生们送到了大门口。

尊贵的法庭回到镇上。快跑,小马,快跑,你驮着的这担货物很重要。这个村子像伯利恒,和伯利恒简直一模一样。

法官倾身探向公诉人。还不晚,我们可以晚上继续,也许倒是不会像昨天一样,有那么多陈述了——

公诉人有些脸红了。我不知道昨天我是怎么了。我说话的时候仿佛神志恍惚了,好像我不是在出庭,而是在复仇——我只想着要说教,想要一鸣惊人。

那就像我们在教堂里一样,法官若有所思地说。你知道,法庭上的人连呼吸都停止了。一群奇怪的人。我自己感觉:我们正在审判某种比犯罪更严肃的事,我们审判的是罪孽——感谢上帝,今天法庭会清空的;不再有感动,一切都会顺利的。

庭审进行得很顺利。关于斯特潘是否犯下了谋杀尤拉伊·霍杜巴尔的罪行,八名陪审员投了赞成票,四名投了反对票。

而关于波拉娜·霍杜巴尔夫人是否犯有谋杀同谋罪,十二名陪审团均投了赞成票。

根据陪审团的一致裁决,法庭判处斯特潘·曼尼亚无期徒刑;波拉娜·霍杜巴尔夫人,旧姓杜尔科托娃,被判处十二年监禁。

波拉娜无声地站着,高昂着头;斯特潘·曼尼亚大声啜泣着。

把他们带下去!

尤拉伊·霍杜巴尔的心脏遗失了,它将永远无法入土为安。

(舒荍乐　译)

流　星

第一章

　　医院里的树随阵阵疾风摇来晃去着。每一阵疾风过，这些树便摇来晃去得愈发起劲，风吹得众树着慌发狂，争挤得如同惊恐一团的人群；此刻，树不晃了，抖颤了起来。这鬼天气真催着人跑啊；嘘，可听见什么？听见了！跑啊，风又来了。

　　一位穿着白大褂的青年人绕着花园信步走着，抽着一根烟。显然，是一位年轻医生；风搅乱他的少年头，身上白大褂噼啪作响，就像一面旗子在风中翻飞拍打。狂风在撕扯，在折腾；女生不就爱用指尖穿过男生一头林立且自负的浓密长发吗？好帅的头，乱乱的，直直的！好一个青年人呀！多么肆无忌惮的自负派头啊！沿着小径，跑来一位小护士，风裹紧她的围裙，塑出她大腿的浑圆曲线，她用双手规整着头发，抬眼望着这位高个子的翩翩青年，急促地跟他说着什么。好的，好的，护士，怎么这么看人，怎么这头发？

　　这位年轻医生扔掉烟，扔出了一道优美的弧线，然后大步流星地径直穿过草坪，往病房去。啊，有人就要死了，你一定要踏着专业步调走道，要透着急促，但不是兴奋劲。做一名医生就得应诊迅速，同时沉着慎重；所以，要当心啊，年轻人，在这冲动的节骨眼上，千万别自个儿过急地冲向临死病人的病床。不过，你呢，小护士；步子要跑得急促中带着轻盈，表达出善意且本职的急切之意，即便我们没留意到这么一个事实，就你的外在模样，这类举止很是适合你。一个女生宛若蜜桃，他们这么说：放在医院这儿，真委屈了。

　　是，是这样，有个人快要死了；在风的喧嚣中，在惊恐的树木抗争的过程中，有人快死了；在这里，他们对此都习惯了，都一样——在白色被罩上，一只发烫的手无目的地挥动着。可怜啊，焦躁不安的手，你想要握紧什么？想要甩开什么？就没有人想要握住你吗？不过，我在这里，别怕，别摸来找去的了，没有可怕的孤独让你害怕。年轻医生俯身低下头，几绺头发垂落在他的额头上，他抓住那只抓狂的手的手腕，低声说：脉弱游丝，情况危急①；拿检测屏，护士。

但一切尚未发生，在暴风雨这架管风琴发出的隆隆声，苍穹之声，天使之音②，混杂在人的哀号中的时候，我们不会安排这位长头发、轻浮的小伙子去到临死病人的床边。没呢，没呢，护士，这次还没完，只是一次发作——就是说，他的心脏不对劲，这要命的汗啊，还有低烧，只是焦虑的缘故，他觉得自己闷得难受；我们得注射些吗啡，让他睡过去。

诗人从窗户那儿转过身。"大夫，"他问，"对面那间是什么病房？"

"内科病房，"外科医生低声说，忙着观察酒精灯的火苗，"为什么问？"

"哦，只是——"诗人说，又转身去看那些树冠在疾风中摇晃。噢，明白了，那位护士是内科病房的，你不必想象因为瞅着手术台上血淋淋的开膛破肚，她嘴唇战栗的情形。嗨，拿住它，护士，递给我药棉！药棉！——不，不像那样；她呆站着，像根木头，仍不是很熟练；她只看着那个穿白大褂的小伙子后颈乱糟糟且浓密的头发。真就像这样子，像这样子：她神魂颠倒地爱上他了，在他的房间里与他见了几次。多好的一个小伙子啊！头发蓬乱，够自负，这个好吹牛的人！别难为情，小姑娘，什么事都不会发生；我是医生，这方面全都懂。

诗人渐渐暴躁起来。是啊，我们知道的：意识到自己的心上人是另一个男人的情人时，任何男人都心里揣着呢，那种狂怒，那份愤懑。比方说，性嫉妒；比方说，嫉妒。十有八九，性道德就源于这么一种不快，就是当别的人共同享受二人世界的时候所感受到的内心不快。这风显现出她漂亮有形的大腿：就这些罢了。而我——即刻便天

---

①② 原文为拉丁语。

马行空想出这一通的胡言乱语。我太自以为是了。

易怒且暴躁的诗人望着被这风折腾的花园。我的天啊，真是无意义的侵犯，这风多么令人压抑啊！

"什么？"外科医生问。

"这风真让人压抑啊。"

"它搅乱人的神经，"外科医生说，"走，喝杯咖啡去。"

第二章

有股味儿,消毒水、咖啡、烟草和雄性味儿搅和起来的气味。某种好闻、浓烈的气味,类似野地救护所这类地方。或者也许不是,稍等:是卫生防疫站。古巴产的烟草,波多黎各的咖啡,和牙买加的风;闷热,还有摇晃着的棕榈树乱舞着。十七个新病人,医生,他们就要大批死去了。拿出石炭酸,快用氯化碳;赶紧点,各位,所有路都看紧了;谁都不准离开这里,瘟疫降临我们身上了。是,没一人幸免,我们都染上了。诗人咧嘴笑起来。不过,就这个病人,医生,我真应当担起责任——我,一位作家。我在那场抗瘟疫之战中作表率,是一位德高望重的旧殖民地医生,瘟疫流行病专家,内行老手。你是我的专业助理。也许不是,不是你,是内科病房来的那个长头发小伙子。你们相处得如何?这个小伙子的眼睛突显恐惧之情,几绺头发垂落在他的脑门上。大夫,大夫,我想我传染上了。嗯,那就有了第十八个病人;弄他上床。今晚,我必须守着他,护士。看,看那姑娘怎么个看法,看她怎么看着他的头发,那头发因发烧全都黏糊糊的!我知道她爱他;傻姑娘,我要是走开了,她就会去亲吻他——她会是下一个被传染的人。那些遭受肆虐的白杜鹃树在沙沙作响,在叹息!发烫的手,想握紧什么?不要朝我们伸过来,我们不懂,我们不能。给我你的手,我会握住你,你也就不必害怕了。脉搏细若游丝,*情况危急*①;拿检测屏,护士。

"糖?"外科医生说。

诗人从自个儿的沉思中恍过神来。"什么?"

沉默着,外科医生把糖碗放在诗人面前。"我今天事很多,"他

---

① 原文为拉丁语。

含糊地说,"我期待放假呢。"

"想去哪儿?"

"去狩猎。"

诗人专注地看着这个沉默寡言的人。"哪天,你该去得远远的——去打老虎和美洲豹。趁着它们还有些活的。"

"我想啊。"

"听我说,没吓着你吧? 恐怕你很难想象得到——这么说吧,热带丛林中黎明破晓,奇异的鸟儿在鸣唱,有几分像木琴浸在油和朗姆酒里发出的琴声。"

外科医生摇头。"我对任何事不作想象。我……我得极小心地一直睁大眼睛提防着。得看着,你懂不? 人在狩猎时,"他补充说,眼睑起,"想要看真切,你的眼睛也一定不能闭上。"

诗人叹气。"嗨,你蛮幸运的,朋友。当我看到事物时,我总是同时想象些东西。更确切地说,就像这样:想象开始在我脑海里自动成形,一路继续着,接着,开始作为独立的东西存在——当然,我介入其中;我给建议,改进,等等的事,你懂吗?"

"然后,你把它写下来。"外科医生低声说。

"不写,还不写! 通常不写。垃圾罢了。你煮咖啡这么短的时间里,两则很傻气的故事就有了,大概说的是你那位内科病房来的长头发同事。正想问你,"他突然问,"他是个什么样的人?"

外科医生犹豫了。"嗯,"他最终说道,"有点目空一切的人……相当自负——年轻医生通常都这样。对了,"他顺带耸了耸肩,"我真不知道你在他身上会有什么有趣的发现。"

诗人管不住自己。"他和那位小护士之间没发生什么?"

"不清楚,"外科医生轻蔑地哼出了声。"这关你事?"

"哪儿呀,"诗人懊悔地说,"说到底,现实中种种事如何,关我什么事呢? 我的任务是创作,对不,是演绎,模拟——"诗人的厚肩膀往前倾。"这就是烦恼啊,先生。对于我,现实意味着相当可怕的命运。这就是我为什么虚构故事,这就是为什么我常常得虚构出些什么来抓住现实。我光用眼睛看到是不够的。我想看到更多——所以,我虚构故事。请告诉我,这当中有意义吗?这跟生活究竟有什么相干呢?假设方才我就在虚构着什么呢——假设我正在写什么,"诗人停顿了一下,而后又重复一遍。"我知道它就……只是一个虚构小说。我清楚,朋友,虚构小说是什么,我明白它是怎么完成的:一分体验,三分幻想,两分逻辑建构,和余下的巧妙招数:它新鲜,它有关时事,其中在解决或证明什么,关键的是它要出效果。不过,有一事独特,"诗人突然大声起来,"就是所有这些招术,所有这部惨兮兮的文学劣作留给演绎它的人一种很是糟糕但又充满激情的错觉,错以为这作品跟现实相干。想象一位魔术师,他能从一顶帽子里变出兔子来,同时,他还真认为自己实打实地把兔子从没有动过手脚的帽子里变了出来。多么疯狂啊!"

"你还没写出来的东西,不是它吧?"外科医生干巴巴地问。

"不是,不是。有天傍晚,我沿街走着,听见身后有个女人的声音,说:'你不会对我这么做的,绝不会。'别的什么都没有,就只有这些话——也许根本没人在说,只是,在我看来,像是这样。你不会对我这么做,绝不会。"

"嗯,那后来呢?"停顿了一会儿,外科医生问。

"后来会发生什么,"诗人皱起了眉头,"从那起头……故事就有了。那女人占理,你知道的:一个烦躁、邪恶、不开心的女人——还有贫困,我的朋友,那些人生活在其中!但,她占理;她是这个家庭,这个一家子,她,简而言之,就是秩序;而他呢——"诗人用手做了一个手势。"一条脏兮兮的狗,做着盲目和生理上反叛的一个人,一个粗人,一个蛮汉——"

"那故事结局呢?"

"什么?"

"故事结局是什么?"外科医生耐心地问。

"……我不知道。她本该就占理的。就世上万事万物而言,就所有定理来看,她本该就占理的。你知道吗,所有一切都有赖于她是对的这一事实，"诗人弄开了一块糖，"不过，那家伙脑子想的却是，他自己也占理。他越是可恶该死，就越觉得自己占理。因为这很明显，"诗人轻声说，"他也在煎熬，你明白吗？一切都束手无策；一旦他开始活在现实里，他不打算被人支来唤去，只是走自己的路，一条注定的、在所难免的路——"诗人耸耸肩。"所以，在结尾，你看到那个人就是我自己，我就是那个粗人，那个堕落且绝望的可怜虫；他承受得越多，就越是我——你把它叫做的虚构小说。"

诗人转身朝向窗户，有些东西对着消失之景更容易说出来。"这个不行，我必须处理掉它。我想……我应当就玩玩某种……某种非真实的东西。那种跟现实……或是跟我自己毫不相干，毫不相干，一丁点都不相干的东西。尝试一回完全不束缚于这种可怕的亲身体验的自由。告诉我，我必须经历每个人的痛苦吗？只想有这么一回，我想要创作出很遥远，同时又很神奇的东西——仿佛我在吹彩虹泡泡似的。"

电话铃响了。"那，你为什么不动笔呢？"外科医生问，拿起话筒，没时间等诗人回他。"喂！"他对着话筒说，"喂，请讲——什么？——噢！——让他们送他进手术室——当然——我马上就到。"

"他们送进来一个人，"外科医生说，挂上话筒，"从天上掉下来的——我是说，一场空难，被烧伤了。怎么回事，冒着这么大的暴风雨！飞行员烧成了灰，他们说：另一个——哎，可怜的倒霉鬼。"医生顿了顿。"我得把你撂在这里了。不过，等着，我要让你去见一个病人——一个有意思的病人，医学上讲，没什么。我只是处理掉他脖子上的一个脓疮；不过，这位病人是一位千里眼。强大的灵异视力，那一类啦。不过，千万别太相信他。"而后，外科医生在门外像上膛发射一般地栓上了门，诗人都没来得及抗议。

第三章

是了,这位就是千里眼,这位穿着条纹睡服的可怜人,脖子绑着绷带,头歪在一边,可怜的家伙!这头挂在他身上像挂在一个钉子上,他慢吞吞地走到桌边,用冰冷抖动的手指点燃一根烟。要是他两眼间没那么靠近,没那么凹进去,要是他两眼没那么走神,要是他只看东西的话,那该多好!我的上帝,医生竟然介绍给我这么一个伴!跟这么一个妖怪能聊些什么?当然不会聊人间俗事了;众所周知,一上来就跟坟墓里爬出来的人聊正在发生的新闻,不得体。

"外面刮风呢,"千里眼说,诗人也就松了一口气。愿上帝保佑天气,天气是没话找话的人们所熟悉的话题。外面刮风呢,他说,不过,并不值当他花上时间去看窗外那些树木的激烈抗争。好吧,一位千里眼!为什么他要看呢?他眼睛定定地注视着自己的鼻尖,然后看出来了,他已经知道外面的风在肆虐。稀奇怪事啊!随你怎么说,不过,这就是灵异视力啊,可不是吗?

这两个人,多有意思的一景;诗人的厚肩膀往前倾,下巴凸出来,揣着没心机的好奇心,是的,还带着某种敌意。他打量着对面耷拉着头的这个小个子,瘦兮兮的胸,瘦长的鹰钩鼻翘起。他是要咬他吗?不,不会,不知怎的,诗人察觉自己挺反感千里眼,部分是因为他的长相,部分则因为他是个千里眼;就好像他是什么肮脏讨厌的东西似的。不过,对方呢——也许根本就没在看;他在凝视,但没在看,头歪在一边,像一只鸟。两人之间填充着冷漠、紧张和排斥。

"要强的性格。"千里眼低声说,像是在自言自语。

"谁?"

"他们送进来的那个人。"千里眼吐出一口浓烟,"在他身上,有……一种可怕的张力,我该叫它什么呢:火焰、火、热量……当下,当然,只是就要烧尽的一团熊熊大火。"

诗人咧咧嘴;忍受不了这么一种不得其所的急转直下。

"那么你已有所耳闻了啰?"他说,"飞机着火了,尔后种种……"

"飞机?"千里眼心不在焉地答道,"是,刚想到飞机,他就是在像这样的大风天里飞行!就像一颗燃烧着的流星,就要粉身碎骨了。为什么他这么心急火燎地赶呢?"千里眼摇着头,"我不明白,我什么都不知道;他人昏迷着,不知道自己身上发生了什么。不过,就是从这烟熏得黑糊糊的飞机壁仓看,你能判断出这火焰烧得多猛。它烧得多透啊!这灰烬仍这般闪着光!"

诗人反感地哼了哼。不行,能肯定的是,我无法忍受这个病态的蠢货。是啊,这是魔鬼般的灰烬,当我们知道飞行员已被烧死;这里,这位带条纹的稻草人甚至都没说可怜的家伙。真的,当然:这飞来横祸,为什么非得在这样的风中飞行呢?

"奇怪,"千里眼低声喃喃道,"还从这么远的地方来!他这一路越过了大海。怪了,人最后待过的地方仍然紧跟着他。这片大海就紧跟着他呢。"

"怎见得?"

千里眼耸耸肩。"只是这海和这路程——他的生活一定有过很多种方式。你知道他哪里人吗?"

"你自己应当能判断吧?"诗人尖刻地说。

"你能怎么判断呢?——他昏迷着,什么都不知道。你读得了一本封闭的书吗?倒是办得到的,但挺难,很难。"

"读封闭的书,"诗人低声说,"我倾向认为,至少来说无异于浪费时间。"

"也许对你来说是这样,"千里眼寻思着,眯起眼往角落处斜视着。"是啊,对你来说,白费劲。你是一位诗人,是吧?好在你不必精确地进行思考,好在你无须尝试去读封闭的书。你的工作容易些。"

"什么意思?"诗人不服地质疑道。

"就是这样罢了,没别的。"千里眼说,"创作和感知是两件不相干的事。"

"那，就我们两人来说，你是感知的那个，是不？"

"这次猜得很不错嘛。"千里眼说，点头，仿佛要用他的鼻子为这次交谈断句。

诗人咧开嘴笑了起来。"我得说，我们俩谁都没打算了解谁，你不就这么想的吗？好吧，的确，我只是创作东西，我想象我喜欢的东西，不是吗？就只是一个偶然的念头——"

"我知道，"千里眼嚷道，打断诗人的话，"你也想到了那个突然掉下来的人。你也猜测到他身后的大海。我知道。不过，你无意中有这个想法，只是凭借某种推断，就是说绝大多数航空公司都与港口连接，你突然有了这个念头。这理由相当肤浅，阁下。从他很可能从海上来这个事实来看，并不得出他真的从海上来这一结论。典型的不合逻辑的推论①，阁下。从诸多可能性中得出结论，这哪儿成。因而，你可能知道，"他暴躁地大声嚷道，"这人身后真的有片大海。但我知道。"

"你肯定？"

"相当肯定。凭借印象分析。"

"你见过他？"

"没有。我不需要借助见到小提琴家本人来判断他正在演奏的曲子，对吧？"

诗人若有所思地摸了摸自己的后颈。"大海的印象——也许那是因为我喜欢大海。不过，我没有想到我自己见过的任何一处大海。我在想象一处大海，这海水像油一样的暖色调，一样的稠密，还闪着光泽，似乎它是油腻腻的。这海满是海草，像一片草坪。时不时，还有什么东西晃着亮光，光亮凝重得犹如水银。"

"它们是飞鱼。"千里眼把他自己所想到的说了出来。

"活见鬼，"诗人含糊地说，"你说得对，它们是飞鱼。"

---

① 原文为拉丁语。

第四章

很长一段时间过后,外科医生回来了。终于,他来了,心不在焉地低声说:"噢,你还在这里!"

千里眼忧郁的目光顺着鼻子盯着某个空处。"严重的脑震荡,"他说,"内伤明显。下颚骨折,颅内也骨折。面部和手部浅度或严重烧伤。*锁骨骨折*①。"

"正确,"外科医生若有所思地说。"他情况很糟。你怎么全知道,能问一下吗?"

"你刚刚就在想这事嘛。"千里眼说,略表歉意似的。

诗人皱起眉。你去耶利哥②活见鬼好了,魔术师,你以为这样就让我佩服吗?即使你逐字逐句重复人家的所思所想,也别想着我就会信你。

"那他究竟是谁?"诗人问,想换个话题。

"谁知道呢,"医生低声说,"他的所有证件全烧掉了。他们在他的口袋里找到一些法国的、英国的和美国的硬币,还有一枚荷兰的一角银币。他可能途经过鹿特丹,不过,这架飞机不是常规航空公司的飞机。"

"他没对你说什么吗?"

外科医生摇头。"什么都没有。完全昏迷。要是他真说出点什么,我肯定被吓一跳。"

这阵沉默变得沉重起来。千里眼起身下床,耷拉着头朝门口走。"一本封闭的书,嗯?"

---

① 原文为西班牙语。
② 巴勒斯坦约旦河西岸的一座城市,位于耶路撒冷以北,拥有三千多年历史。

诗人皱着眉望着他的背影，一直到他穿过廊道不见了。"你真的在想他说的那些吗，大夫？"

"怎么，当然是啊。他说的就是我刚刚口述过的诊断。我不喜欢这种读心术。从医学角度说，"他若有所思地说，"这是轻率之举。"话说到此，显然，他也就不再继续这个话题了。

"可那是骗人的！"诗人愤愤不平地冲口说，"一个人不可能知道另一个人在想什么！某种程度上，人可以依照逻辑推断出来——你回来时，我即刻就知道你在想……那个意外掉下来的人。我看出你在焦虑，有什么事拿不准，很严肃的样子。于是，我心想，等等，可能这意味着是内伤。"

"为什么？"

"根据推理——逻辑推断。我了解你，大夫。你不会漫无目的地思考问题；不过，你回来时，你的举动像是要解开自己白大褂的扣子，虽然你早就脱掉了。从这点看，显然，你脑海里仍与你的病人在一起。啊哈，我心里想，有事正折磨着他呢。也许是什么他看不到又触不着的问题——最有可能的就是内伤了。"

外科医生点头，心神不宁。

"但我看着你，"诗人继续说，"这就是一整套套路：观察，然后推断——这，起码说起来，是直接简单的活。不过你的那位魔术师，"诗人没好气地低声说，"就只盯着他自己的鼻子尖，对你说你正在想什么。我仔细观察他，他甚至都没正眼瞧过你。这……真让人难以接受。"

接着，又只听见风在隆隆作响。"就是现在，大夫，你在想着那个病人。他有些方面很特殊，是不？"

"他没有脸，"外科医生声音低沉地说，"人严重烧伤……没有脸，没有姓名，也没有意识。要是我能了解他多一点该多好啊！"

"或是这个问题：他为什么在这么大的风中飞行？他这么心急火燎是要去哪里？他在担心失去什么呢？是什么糊涂且急躁的动机催着他上路的？反正，他不怕死。我会付你飞行的酬劳，而且十倍付你，假如你带我飞到我要去的地方。要是这风从西边来,就更好了,起码我们会飞得更快——再就是,在他身上一无所获?"

外科医生摇摇头。"好吧,嗨,要是你放不下这事的话,那就去看他一眼吧。"他大声说,起身站起来。

坐在床边的慈善修女会①护士吃力地站起来。她双腿肥胖、浮肿,面庞扁平苍白,一副悲悯又疲惫的神情。隔壁床上的老人转开自己的脸;他的心思全在自己的病痛上,完全不打算去跨越病人和健康人之间的间隔。

"他仍没醒。"慈善修女会护士汇报说。她合掌于胸前,似乎,就应该像一位修女立正姿势站着的那样子,这位老阿玛宗②在汇报;只是她的眼睛焦虑地眨着,带着人的情感。诗人记起了那些猴子表情丰富的眼睛,随后,心感惭愧。是啊,不过,这双眼睛如此意想不到且不可思议地通人性啊!

接着,这就是他了,就是这位病人!揣着一颗震颤的心,诗人本来早有心理准备,想着自己看到这一幕时,没准会惊恐地飞跑开去,手捂着嘴,因感到害怕而啜泣。不过,看到的并非如此,所有一切都干干净净的,甚至舒适宜人,除了巧妙包扎好的一大团白绷带,其他什么都没有。真的,包扎得干净利落,十分专业;病人的双手用药棉、纱布和白棉布包裹住,就像一只白色的大爪子,平放在被罩上。只有药棉和绷带,他们又能怎么弄呢?就别说什么——

诗人皱着眉,倒吸了一口气。这具东西会呼吸;只是很微弱,两只褶皱的白爪子稍稍举起又轻轻落下,仿佛它还活着。绷带之间那道黑洞洞的裂缝,可能是他的嘴巴;还有在一小团棉絮冠里的黑窟窿——啊,天啊,不,天啊,不是瞎了的眼睛,不是人的眼睛,不,它们只是闭上的眼皮子;要是他在看的话,那太恐怖了!诗人朝绷着干净绷带的模型俯身过去;突然,闭着的眼皮子闪了一闪。诗人忙往

---

① 慈善修女会是由凯瑟琳·麦考利于1831年在爱尔兰都柏林创建的一所天主教妇女宗教机构,运行至今。

② 相传曾居住在黑海边的一族尚武善战的女战士中的一员。

后退,顿觉头晕恶心。"大夫,"他喘起气来,"大夫,他不会醒了吧?"

"不会,他不会,"外科医生体贴地说,这时,慈善修女会护士眨着眼睛,就像水滴滴落那般有规律。慈悲心下的恐慌缓和下来;这两人这般冷静。安静,安静,所有一切井然有序;像水滴滴落那样有条不紊,盖在这名昏迷人身上的白床单一起一伏着。一切井然有序,没有丝毫混乱,或是恐惧,虽然不再有任何灾难了,但没有人抚摸和握紧他的手;就连疼痛都定格在那了,成为这幕井然有序的一部分。隔壁床的病人均匀且漠然地呻吟着。

"可怜的家伙,"外科医生低声说,"他重度烧伤,形同受难的耶稣救世主。"慈善修女会护士在胸前画了个十字。诗人本想在绑着绷带的那颗头颅上方用手画一个十字,不过,不知怎的,他感到不太好意思这么做;他尴尬地瞥了医生一眼。外科医生招手示意。"我们走吧。"然后,踮着脚尖走了出去。这时,没什么可谈的;让这一切被秩序与安静覆盖着吧,不要搅扰这份没有打破的沉静;要安静,要安静,仿佛在远离什么奇特又特别值得敬畏的东西似的。

直到他们走到医院大门,从这儿开始升起生活的混沌与噪音,外科医生才若有所思地说:"我们对他知之甚少,这很不寻常。我们得登记他为×病人。"他挥挥手,"你最好别再想他了。"

第五章

　　他已经昏迷了两天,体温在升高,脉搏越来越弱。毫无疑问,这生命在逃往冥府;哎,天啊,真要命啊!我们该怎么修补这个我们一无所知的窟窿呢?哎,眼下,我们能做的就只是看着这具哑巴躯体,没有脸,没有姓名,连手掌也没有,不然,我们还能从中读出他过往生活的痕迹。要是他有个姓名,只要,起码他有那么个名字,他就不会这么——嗯,什么?——令人不安,也许吧,要么是其他类似的情形。是啊,可以说这就是个谜。

　　看来,这位慈善修女会护士已选择这位希望渺茫的病人作为她个人给予特别关注的对象了;她神情疲倦,坐在病床脚边的硬椅子上,床上方没有写病人的姓名,只写着他各种创伤的拉丁术语,这位修女呢,绝不让自己的眼睛从这个虚弱的、仍在微弱呼吸着的白色虫蛹身上游离开。"哎,"外科医生低声说,没有一点笑容,"一位沉默的病人,嗯?你看起来对他上心了。"

　　慈善修女会护士飞快地眨巴着眼,像是想为自己辩白。"可他多么孤独啊!甚至没有姓名——"仿佛姓名对于一个人来说就是某种支撑,"我夜里梦见他了,"她说,用手掌捂着眼睛,"要是他刚巧醒过来,想要说什么——我知道他想要说什么。"

　　外科医生正要说:护士,这个人甚至不会向我们道一声晚安,不过,他把这话搁心里了。反倒是,他轻轻拍了拍修女的肩膀。在医院这儿,人们不兴滥用表达感谢的话。这位年迈的修女摸出一方硬邦邦的大手帕,情绪激动地擤了一下鼻子。"这样的话,起码他还有个人。"她略微有几分含糊地解释道——看来她很是尽心尽力,坐姿比之前放松了些,更见耐心了。是啊,这样,起码他没那么孤独。

　　他没那么孤独,是啊;不过,对一个病人小题大做到这般田地,之前可曾有过？一天二十趟，外科医生会沿走廊走过去看一眼，似乎只不过顺道而已——老样子，护士？是，老样子。所有人都很在意这位六号床病人；医生，护士——某某是不是在这儿？——不过，只是一个借口，为的是他们能在这位无名氏的病床边，这位没有脸的人的旁边站上片刻。可怜的家伙，他们的眼神说着，而后踮着脚尖离开；慈善修女会护士略微有些摇晃起来，在她这个重要且安静的岗位上守着，几乎不被人察觉。

眼下，第三天了；病人一直都处于深度昏迷之中，不过，体温开始回升了，过了华氏一百零四度；他不甚安宁，手在被罩上摆弄着，还断断续续地咕哝着什么。他的肉身为了能活下来拼着命呢；意识和意志都不再能自卫，只有心脏仍跳动着，就像纺织工人手中陷在一团糟纱线中的梭子；这颗心脏轻松运转着，不走纱线地穿梭在生活的纹理当中。这台纺织机已不再编织，但仍运行着。

慈善修女会护士的眼睛决不离开这位昏迷者的病床；外科医生想对她说，好啦，护士，这么做没用啊，上帝也知道你坐在这儿无济于事，最好走吧，休息去吧。她的眼睛担忧地眨巴着，她确实有什么话就在嘴边了，但克制和疲惫让她没开口；接着，人们几乎都没怎么说话，只是在这张病床边低声交谈。"你过后来找我一下，护士。"外科医生说，一边继续自己的每日病房巡视。

沉闷着，形同一块木头，慈善修女会护士坐在外科医生的房间里，不知道该如何开始好，一直把脸转向另一边，内心情绪让她的面容泛起了些红斑。"怎么回事，护士？"外科医生问，想让老妇人轻松些，待她就如同她是个小女生，而后，她突然开口说道："我今天第二回梦见他了。"

终于，眼下话说出来了，医生没有放声大笑，或是说些让修女不明就里的话；相反，他饶有兴致地看着她，等着她继续往下说。

"不是我迷信梦，"她不自在地表示，"不过，要是两天夜里都做着一个延续的梦，这梦背后该有些什么吧。这倒是真的，有时我尝试解析自己做的梦，不过，这么做只是我寂寞的缘故；我并不指望有什么征兆。我的梦就没一个应验过，所以，并不是我迷信才对做的梦感兴趣。我知道梦自己会回来，会重复；不过，要是这梦一直延续着，像现实生活那样，那就不是一回事了。如果我做的这梦里有什么我本不该泄露的内容，愿圣母原谅我！比起牧师，我更习惯跟医生打交道，我要告诉你所有的一切，就当是一种告解吧。"

外科医生体谅地点了点头。

"我得全数告诉你，"护士继续着，"因为这梦关系到你的病人；不过，我说的会是我脑子里梳理出来的重点。我做这个梦时，大多数时候都是一直变动着的画面；有些很清晰，但其他的，则混乱、断断续续，时而一幅加一幅地叠加了起来，有时，又像是好几幅画面同时出现。时时地，就像似这个人真的在跟我说什么，而后又像我自己就在目睹所发生的事；这真是令人困惑和费解，甚至在梦里，我希望自己能醒过来，可又偏偏醒不过来。这梦很鲜活，很强烈，就连大白天里，也在继续；而后，那些画面不见了，我反倒能把这梦前前后后更好地理出头绪来。这梦不再是梦了。要是万物万事没有某种次序的话，万物万事也就只是梦罢了；次序是只在现实中出现的东西。这就是为什么这梦很是打动我，因为我发现这个梦比通常的梦更有次序；所以，眼下我只能告诉你，这梦的意义在我看来是什么。"

慈善修女会护士讲述的故事

"大前天夜里，他第一次出现在我跟前。他穿着带铜扣的白衬衫，皮制紧身裤，头戴白头盔；这头盔不像是军用的那种，我还是头一回见人这种装扮。他的脸跟流浪汉的脸一样蜡黄，双眼带着热病症状，有些像伤寒症病人的眼睛；他很可能发着烧，因为他的话闲扯得没着没落的。

"当你梦到某个人时，你听不见他在说话，也看不见他在动嘴唇；但你就是明白他在跟你说的话；我一直就没能弄明白为什么会是这样。我只是知道他朝我说了话，还说得很快，用的是外语，我根本听不懂的外语；我记得他数次称呼我'客下'，可我不懂这称呼是什么意思。他便焦躁起来，近乎绝望，因为我听不懂他的话，接着，他说了很久。而后，好像他顿时明白自己所在的地方在哪儿了，他开始说了起来——我得说，用我们的语言，不过，这只是因为我突然能听懂了的缘故。

"'修女，'他说，'我跪着恳请你，倘如你能的话，请帮我一个忙；因为你知道我身处怎样的处境。天啊。真是大不幸，真是大不幸！我甚至都不知道这事怎么发生的；就好像大地突然向我们发怒似的。要是我的指头能在这床被罩上写字的话，我愿意彻底地写清楚它；可你看到我什么样子，'他给我看他的双手，没有绑绷带；不过，我现在不知道为什么那双手看起来很是恐怖。'我写不了，我写不了，'他在呻吟，'看看这双手！我要告诉你所有的一切；不过，看在上帝的份上，帮帮我，就只帮我办好这一件事。我发狂地来回飞着，想要搞定所有事务；可是，突然间，大地剧烈地倾斜，朝我们袭了过来，我明白出事了；一束火焰突然蹿向我们，这是我之前从来没遇见过的，我目睹过许多事；见过一艘烧起来的船，人身上着火烧了起来，我见过一整座烧起来的山，不过，我不应当对你说这些；一切都不再重要，就只除了一件事。'

"'就只一件事，'他重复了一遍，'不过，现在，我明白这就是整个人生。啊，修女，他们没告诉你我遭遇了什么吗？我的头受伤了没？我什么都忘了。我只记得我的人生。我忘了自己一度做过的所有事；我记不起自己去过的任何一个地方，或是人名，我也不知道我自己叫什么；这所有一切都是附带的、次要的。倘若我只记起确实发生了什么的话，我一定是得了脑震荡。要是他们告诉你我的姓名的话，你大可以肯定的是那不是我的真实姓名；再就是，要是我开始胡言乱语说什么群岛和冒险的事的话，还请权当我精神错乱了；我不知道这些残留的东西属于什么，也不再能从这些东西中整理出个人经历。人的全部存在于有待他去达成的东西之中；余下的部分是由无法一眼尽览的点滴和片段组成。是啊，是啊，是啊，有时，你挖掘出过往的某件东西,而后思索起来;这便是我之为我了。只是我的情况比较难些,修女;发生了一些事,打碎了我的记忆;除了我仍然想做的这件事之外,对我来说,剩下的皆不完整。'"

第六章

慈善修女会护士讲述着她的故事，人微微摇摆着，两眼定定看着地板，像在背已熟记于心的东西。"奇怪，这个梦这般清晰又这般模糊，我不知道我们是在哪儿；他坐在一个木台阶上，台阶一路通向一间小茅屋——"她犹豫了片刻，"对，那间茅屋由几根木柱支着，那几根木柱就像桌子腿一样；他坐着，两腿叉开触到最底一层台阶，他往自己的掌心敲着烟斗里的烟灰。他的脸低垂，只能看见他的白色头盔；看起来就像他的头绑着绷带。

"'你知道，修女，'他说，'我不记得我的母亲。奇怪，虽然我从来都不认识她，但是，在心里，有些东西仍然像一个空白的盲点，一直都搁在那儿。所以，你看，我的记忆从来都不完整，因为我的记忆中就没有过母亲。'他一边说一边点着头。'这一点一直就像我人生地图上的一处空白；我从来就没有完完全全地了解自己，因为我从来都不认识我的母亲。'

"'至于我的父亲，'他继续说着，'我得说，我们父子彼此关系从来就不太好，或是说不亲密。其实，我跟他之间甚至存在某种无声而且无法调和的敌意。就是说，我的父亲为人极其正直；他在自己的企业中肩负重任，自认为自己的人生功德圆满，因为，在各个方面，他都尽了自己的责任。嗯，男人的责任就是要致力工作，要发家致富，要处在让自己同胞敬仰的巅峰之上；这些都是到死方休的丰功伟业。我父亲死的时候自负，平静，似乎对自己已完成的任务感到满足。对于我，他除了给予告诫，拿他自己树立榜样外，绝口不谈别的；十有八九，他认为人的生命就像业已完满的某样东西，就像人继承下来的一栋房屋，或是一位继任人接收的一处农场。他对他自己、他的原则和他的品行都评价很高，在他来说，他的人生仿佛就像一份值得世代传承下去的遗赠。也许,他用他的方式关心我,操心我的未来;不过,除了想要我复制他的经验之外,他想不出别的什么未来设计。因为这个缘故,我讨厌他。以致但凡他期望一个懂事乖巧的孩子该做的事,我都会尽全力捣蛋,还暗暗地试图抗拒;我人懒,固执,还坏。还是个小男生的时候,我就睡了家里的佣人——我仍记得她们的手很粗糙;私底下,我在父亲的房屋里肆意胡为,我想我常常动摇他老人家的信心;因为,对我来说,生活本身必须呈现为浪荡或狂野状,他对这样的我无可奈何。'

"'修女,我不想向你讲述一个少年人的生活。啊,是,这样的生活全在人的意料之中;除了啦啦那啦的种种以外,我无愧于心。我是个顽劣堕落的坏小子,这是真的,不过,身为一个年轻人,我跟别的人没什么两样;跟他们一样,我多半自命不凡。我爱的,我体验的,我想的,任何一切都是我的。只是后来,我意识到这些东西并没有多少是自己的,也不单单是自己的,事实上,这些其实是人自己必须历经的一般经验,一直以来,少年人都以为自己是第一个发现这些的人。在人的内心,童年的记忆要比青春期的记忆来得丰富;童年,到目前为止,就是一种完整且鲜活的现实,而青春期——天晓得它从哪儿来的那般自负和不切实际;这就是为什么青春期通常被人遗忘或失落的原因。不对,庆幸的是,并不是所有人都清楚自己是如何受哄骗的,自己有多愚蠢地被生活欺骗了。我没什么要记住的;当有什么回到我的记忆中时,我便觉得这些不再是我自己的了,也与我不相干了。'

"'当时,我没再与父亲生活在一起;他是某个与我无关且疏远,仿佛不存在的人了;站在他的棺材边时,想到我自己就来自这具腐烂变形的陌生躯体,我感到难受也难以忍受;压根不可能了,不可能了,我再也不可能跟这位去世的人沟通了,我的眼眶泛起泪水,只是因为我意识到我自己从此是孤单一人了。'

"'我也许已告诉过你,我从父亲那儿继承了一笔相当大的财产;不过,就是这种继承在我也是陌生怪异的,似乎这笔财产仍然承载着我父亲的某种尊严和责任感。他积累起自己的财富作为他仍活着的依托；他的钱就是用来作为他生命和身份的延续的。我真的不喜欢他的钱，我用钱来维持自己的懒惰和自我放纵，借此进行我的报复。我什么都不做，因为我完全没必要迫于生计去工作；不过，请告诉我，有哪一种现实生活不是坚如磐石，令人难以应付呢？我本可以沉湎于我率性而至的为所欲为之中；这十分令人讨厌。修女，还有，要想出怎么打发时间的法子来，这比陷入贫穷来得难啊。我一无是处，请你相信我，一个任性的人从生活中得到的都比不上一个乞丐。'

"他停顿了片刻，然后接着说：'正如你知道的，我当然没有任何理由哀叹自己的早年生活。纵使我现在提及它，也并不是想要饮不老泉的泉水。我惭愧自己年轻过，回望青春，我荒废了自己的生命。青春是我生命中最愚蠢、最没有意义的阶段；也就在即将临近青春终点时，我遇到了一件事，这件事的重要性后来也被我遗忘掉了。我称它是一次事件，虽然它丝毫不像一次冒险；我结识了一位女生，便想着要哄骗她；但确切地说，我爱上了她，不过，就是在青春期发生这样的事也并不特别。上帝知道，她不是我的初恋；甚至不是我感受最强烈的恋人。她们的名字，我统统都给忘了。'"

第七章

慈善修女会护士不安地摇摇头。"他全说了,好像有事要忏悔;显然,他什么都不打算瞒我。他一定是准备去死了;可对我来说,就只剩下祈愿上帝给予奇迹或是恩泽了,能接受这份在梦境中做的忏悔,而且是一份向一个微不足道的人所做忏悔,但愿有效;也许上帝也会记在心中,一个昏迷的人无法迫使自己进行应做且必要的忏悔以求完满赎罪。

"'我必须向你描述一下,'他之后说,'她长得什么样。奇怪:我再也想不出她的脸的模样了;她有一双灰色眼睛,声音有点难听,像男生的声音。她小时候也失去了母亲;跟她所崇拜的父亲一起住,她的父亲是一位健壮的老绅士,也是一位很优秀的工程师。为了让她的父亲高兴,也出于自愿,她学了工程,然后进了一家工厂。修女,亲爱的修女,我期望你能想见到她在那间机械车间里的情形,她置身在蒸汽锤、车床和光膀子的男人中间,这些男人捶打着炽热发光的金属。当时的她就是一个小女生,小精灵,勇敢的小家伙,机械技工们个个都爱慕她;她周旋在一个奇特的温婉世界里,因为她生活在男人中间。有一回,是,有一回,她带我进到这间车间里,我便爱上了她;在那些健硕、闪着汗珠子的男人的脊背当中,她是那么纤弱、那么炫目的甜美,带着她那微弱,有点儿难听的小声音,和她在火、铁和劳动等方面拥有的技术威望。你很可能会说,这车间是不适合女生的地方;愿上帝宽恕我的罪,就是在这个地方,在她检验自己的工作,细细察看,长长的眉头深锁起的那一刻,我第一次很渴望得到她,备受煎熬又可笑荒谬。或是还有一回,她和她非常了得的父亲站在一起,她父亲的手搭在她的肩上,就好像她是他引以为傲和传承他技艺的儿子。工友们都管她叫先生,我眼睛定定地看着她的玉肩,被

一种欲望折磨着,这种欲望差不多令我不知所措,仿佛这当中有什么东西很反常。'

"'她很快乐:以她的老父亲为傲,以自己为傲而感到快乐;她快乐,因为人们喜爱她,自己也在自食其力;她快乐,带着安宁祥和的满足感。她的眼睛流露着平和,她男生气的声音低沉,也不怎么爱说话;我爱她双手和指头上的蓝印渍。至于我自己,年轻,人也就虚荣,是个纨绔子弟,于是,我当然让自己显出一副自信的模样,不过,这个女生迷惑住了我。我想她有意要成为一个无性别的人,因而出于某种敌意,我下决心要让她像个女人般卑躬下来;我想,要是我引诱了她,我理当怎么着都赢了她一等。也许,在她面前,我对我自己、对我沉闷且琐碎的生活感到羞愧,于是,就因为这个缘故,我沾沾自喜地想象着一种男性征服的荣耀。你懂的,这就是现在的我领会到的当时的情形;可到后来,就只有爱,欲望,想向她俯首的可怕欲望,想迫使她因她爱我而哭泣的可怕欲望了。'

"他变得严肃起来,想了一会儿,'现在,修女,我要谈我不大好谈的一些事;不过,我打算什么都告诉你。这不是初恋,无论你怎么想,这份爱随即跟着来了,免不了而且近乎莫名其妙地来了;我想占有她,千方百计找法子让她往我这边来;与这位纯洁女生令我陌生且稚拙的诚信相对比,我那些所有世俗把戏显得多么愚蠢毛糙!多么轻浮!我每每想起这些时就心感惭愧。我意识到她占上风,高我之上,优秀于我,但我无法再回头了。人是奇怪的,修女。我这般满脑子要折磨人的馊主意,尽想着我如何使坏,撒谎,或是催眠,下药什么的,要不要点别的什么手段,我才能引诱羞辱到她,就像让一座教堂遭受辱没那般——听我说,修女,我对你什么都不隐瞒:我觉得自己就像一个恶魔似的。而且,一直以来我都在心里贬低她,而她却在爱着我。修女,她爱我,于是,有一天,她流露出她对我的爱意,单纯得如同一朵花儿从树上落下一般。这是多么不一样啊——噢,上帝啊,跟我的激情想象多么不一样啊。头一回,也是唯一一次,我笨拙得如同初恋的男生一样。'

"他边说边用双手捂住自己的脸,而后变得沉静与沉默起来。'是,我就是一头猪,'没过多久,他说,'后来发生在我身上的所有事,都是我应领受的。我俯身弯向她,闭上眼睛扯着谎,我尝试尽情享受我显见的胜利。我本希望看到泪水从她眼帘下涌出,看到她脸上蒙受羞耻与绝望的神情;但是,她的脸却沉静安详,像入睡中的人一样呼吸着。我心感沮丧,将她裹好,然后转向窗户,想要唤起我心里的骄傲恶魔。我转回去时,她睁大眼睛看着我,清澈的眼睛睁得大大的,而后,她边微笑边说:'嗨,现在我属于你啦!'"

"'我被吓住了——是,我被吓住了,感到震惊与耻辱。她的内心如此光亮、明净、透明,我不知道该将这称作什么。只是简简单单地——现在我属于你啦,一切皆好;在这儿,我们彼此爱了,便这样了,对此没什么了。多么轻松,多么明了啊!多么简单且绝妙的解决之道啊!是的,这就解决了,最是明确的确定,而且,最是彻底的完满;这位明理的小女生说得沉着而且直截了当。好了,现在我属于你啦。想想,她有多么骄傲,对自己有多么满意,因为她找到了这份神圣、这份光明和这一明确的生活真谛;她的眼睛仍睁得大大的,因为这一惊人的巨大发现,她变得极为平静,拿定了自己的某件终身大事。几秒钟之前因困惑与痛苦而消沉的同一张娇小面容,此刻突然表现出一种崭新且确定的神情——这神情,我得说,就是一个人找到了自我所表现出来的那种神情。是的,现在我知道我是什么了。我属于你啦,而且,所发生的事是有次序的,各种事情的次序也已经告成。当水收起涟漪,再次变得平滑时,你便能看见水底。'

"'修女,我任何事都不再瞒你。要是她用手抠进我的眼睛,要是她啜泣颤抖,要是她带着责备把她的事全给哭出来,你对我干了什么呀?你这卑鄙小人!要是这样的话,我本当只会感到旗开得胜的快感。但这次却是一种好坏参半的快感,一份骄傲,一种高姿态,还有悔改,我知道什么呀;我也许应当跪下去,发誓,吻她的手,她沾着铅丹和石墨芯的手。但是,这场胜利不是为我而设的;对我来说,我开始跌入其中的只有困惑与羞耻。我尝试结结巴巴说些表达爱意的话；她扬起眉头，似乎很吃惊。为何谈到这个，我们还需要吗？我属于你啦，这就意味了所有了，爱，默认，现实，是啊，这就意味了所有的一切。空谈些什么温情与感激的话，这么做既庸俗又不庄重。空话有什么好啊？事已发生，我是你的啦；若你还是觉得非得说的话，那就会像这其中有什么需要辩解的事似的。啊，修女，修女啊，你要知道这该是多么睿智和成熟啊！多么有尊严和纯洁啊！这不是就像我蓄意想要犯罪，而她却使之神圣一样吗？真是惭愧，我都不知道要说什么了；她饶有兴致地打量我的房间，仿佛她头一回来访似的，她自个儿还哼着一首小曲，她可是从不唱歌的呀。她确实没有这么说来着，但她只是有到了自己家的感觉，觉得她就属于这里。'

"'她笑了，在我身旁坐下，接着，她用微小、有些难听的声音说着话——无关现在，也无关将来，而是有关她自己，她的童年，一个女生历经过的情感爱恋；她在给我讲她的过去，她的过去全都应当属于我。我无法摆脱一种古怪的耻辱感和自卑感；我想要再拥抱她，但她径直抬起她的手——刚好护住她自己。不，她没有一丝窘迫地说，让我们等一等吧。一切都如此简单，如此注重事实。要是我属于你了，这可不是一句什么傻话，而是一件真事，一件持久且有效的真事。她吻我的嘴，似乎在说，别皱眉头，小东西，仿佛她就是我的母亲，仿佛她比我年长，比我更坚强，也比我更成熟——这几乎是难以招架的甜蜜，与此同时，愿上帝饶恕我，也如同一记闷棍令我羞辱难挡。'

"'后来，她离开了我——你知道，修女，最为沉重的脚步在走远。透过一个人走路的方式，可以反映出这个人的窘迫感、无把握感、盲动、自负、轻浮与虚荣心等等。留心你的身后，因为，当我们离开时，我们是不受保护的。我不知道她是怎么离开的。她站在门里，头稍稍低着，随后消失不见了。轻轻地，悄悄地。这很重要，因为这是我最后见她的情形。'

"'就在当天夜里，我像个混蛋般地逃跑了。'"

第八章

慈善修女会护士用她硬邦邦的手帕擤了一下鼻子,很大声,很气愤,然后接着说:"这是他告诉我的。他的行为令人憎恶,看起来他似乎很后悔。不过,我必须说,他不应当这般彻底地为这个女生开脱,照他所说,这个女生自愿献身于他。即使照他的描述,她温柔甜美,她也活该承受降临在她身上的这份惩罚,我们大可以说,某种程度上,人就是上帝的器具;不过,这并不能减轻他的罪恶感。

"'现在,'他接下来说,'当琢磨我这趟飞行的那些奇怪想法时,我从另一个角度考察这些想法在当时对我所作所为的影响。那时,我年轻,怀揣着多少有些冒险的模糊打算;此外,在我身上,我仍然有着自童年起就有的反叛心态,想要抗拒承担任何责任。在我身上,对任何会束缚我的东西怀有一种猛烈且焦虑的反感,还有着我自视为体现自己自由意志的这种懦弱。她的爱之深和牢靠让我害怕;虽然她在我之上,但我害怕自己会永远受到束缚。我觉得我必须在自己和她之间做出抉择,于是,我做出了针对自己的抉择。'

"'现在我懂得更多了,也从另一角度来领悟事物。而今,我明白她比我更充实;在她的内心,所有一切皆决定了,而在我的内心,一切尚未确定;她成熟,而我依旧是一个迷糊、青涩懵懂、不负责任的愣头青。我觉得,自己内心这种抗拒纠缠的反感,其实是畏惧她的优秀,畏惧她那份强大的确定性。属于某些人的特定品质不曾赋予过我,我说不出口:我也属于你啦,就像你现在看到我这样,恒定、彻底,而且决然。从我这儿,我给不了她一个男人的成熟。我可以跟你不带情感地过一遍整个事情,就像我们在说一张账单似的,不过,我可以这么来聊,因为,我们在这儿聊的是我的人生总账。借记,贷记。她给了我她自己;她说:好了,现在我属于你啦。而我呢——我拥有的一切是爱,是激情,是一份不确定的承诺,类似一张未签名的空白支票,'他轻声笑了,'因为我是个商人,修女,我想要妥善管理我的各种账目。我的这趟飞行,你知道的,是一个负债人的飞行。我欠着她我自己这个人。'

"在我来看(慈善修女会护士说),他咧开嘴在笑,仿佛在嘲弄我;我尝试要说什么,但,接下来,他咧嘴笑得更甚了,人也开始消逝。我很努力地让自己从睡梦中脱身出来,整个人被这场活生生的梦搅得心神不宁。我为他,也为那个女孩祷告;而且,我跟你说,整整这一天,这梦都黏在我脑海里。第二天夜里,我醒着躺了很久,但睡意一朝我袭来,他这个人就已在那儿了,好像早就在等着了。他还是坐在台阶上,头低着;看起来悲伤,不安。茅屋后面有一块地,长满了看似玉米的东西,或是沼泽地里的芦苇草,在风中成波浪状起伏。

"'那不是玉米,'他突然说,'是甘蔗。我似乎在群岛一带买卖甘蔗多年,用甘蔗酿造朗姆酒,*白兰地*①,那儿的人这么称呼这种酒,不过,问题不在这儿。在现实生活中,我就是一个老早离家出走闯世界的蛮小子。我之前用了不是很恰当的方式向你描述这些事,我对此很是生自己的气,在我来说,纠正留给你的不好印象是值当的。确实,比方说,我知道,在某种程度上,你谴责那个女生;依据我所告诉你的她的那些言行,你倾向看到人们面对肉体诱惑和罪恶的肉欲满足感时所表现出来的脆弱人性。倘若事情真是如此,那么,被我视作她的极大诚信与她对完美之爱的耐心把持,其实只不过是一个热恋中的男人所产生的错觉罢了;不过,后来,修女,这份完美之爱一定在我身上存在过,但我却不知晓;我的飞行本就是一次不折不扣的疯狂之举。这事本就令人费解,我的整个人生本就一直令人费解。我知道,这就是所谓的一种间接证明。你可以反驳说,生活是无意义的,是令人费解的,但我看出你并不这么认为。'

"'我还有一个直接证据,证明我向你所描述的是正确的。这证

---

① 原文为西班牙语。

据就是，那次奇怪飞行后我自己过的生活。一直到这趟飞行之时，我一定是非常懦弱地犯了什么事；我一定是违背了某项神秘指令，从那以后，某种诅咒就一直追踪着我。这么说吧，我并不是在指我不得不面对的麻烦事，而是从那时起，我事事既不稳定也不固定。我跟你说，修女，从那以后，我过着一种很糟糕的生活：一个不可饶恕的男人的生活。我用你的话来表述，因为我是一个太过世俗的人，我得说，我过得就像一位贪心的浪荡子、一条迷路的猎犬、一个阴险狡诈的无赖，天晓得的其他种种诸如此类，卑鄙，反复无常，你可以想见得到：全都因为在某一紧要时刻，我败得惨烈。突然遇上这么一种充实的生活时，我却太过空虚，太过脆弱，太过没经验，以致无以面对。是啊，我应当怎样形容好呢？我脑海里装着若干东西，这些东西意味着秩序与毅力、成就、价值以及某种彻底的永久和平。如果真正的现实是在当下并且暨此持续下去的某种东西的话，那么，我逃离了现实；这是一趟被诅咒的飞行，我再没有发现这样的现实了。你体会不到的，修女，所有罪恶有多么脆弱与短暂啊！罪恶必会自我更新不迭，但又徒劳无用；置身卑贱下作，人成就不了自我，那些亵渎者、杀人犯、好嫉者和浪子，都过着异常破碎的漂泊日子。啊呀，我拼凑不起我的全部生活；全是碎片、瓦砾和废屑，无法拼凑起来构成任何画面。徒劳啊，我徒劳地与我的小恶做着斗争；我的这些恶行断断续续又混乱无章，除了断落的线索和混沌不清之外，什么都没有，无头亦无尾。就是这般原委，就是这般原委。阿门，你把它称做亏心事。'

"'我可以给你看我的口袋；它们曾塞满过黄金。我可以袒露我的双肩；肩上留有鞭子鞭笞过的疤痕和穆拉托人①咬过的牙齿印。摸摸我这儿；我的肝因喝酒过度而硬化浮肿了。有一回，我染上了红热病②；还有一次，他们当我是个逃兵，提着枪追杀我。我大可以告诉你五十种生活，但全非真实；现在只有这些生活的疤痕还留着。这是

---

① 指黑人与白人的第一代混血儿，尤指黑人与白人混血种的后裔。
② 即骨痛热症，也称登革热，由登革热症病毒所引起的一种传染病。

我躺过的茅屋，当时我奄奄一息，像一只病猫遭人抛弃。我走过我不同的人生，但无法全部厘清。我想我一定是发着高烧时自己虚构出来的，这些东西只不过是丑陋可怕的梦罢了。二十来年，就只有这些混乱无序、毫无意义，而且转瞬即逝的梦而已。后来，他们送我到了这家医院，穿着白围裙的几名护士用冰给我降温。天啊，多么好啊，多么凉爽啊，药膏和白色围裙！还有这所有一切——你懂的，不知怎的好像我很重要起来；但死亡已逼近了我。'"

第九章

"我要说,上帝的手指①,"慈善修女会护士说。"生病是一种警示,教会明智地派上帝的仆人到病人的床边,在那个十字路口指明那条要走的道路。不过,今天,人们太害怕生病和死亡,也因为这份害怕吧,人们无法察觉到这种警示,当滚烫的痛苦之手写下这一警示时,他们读不懂其中的*灾难降临预兆*②。

"'而后死亡逼近了我,'他说,'他们让我熬过最糟的时日,但我四肢摊开躺着,无力得形同一只苍蝇。我不会说我怕死;我惊奇的是我能够死,我毕竟能去死,也就是说,经历这般严肃深远的生死体验;我面对着死亡,就像一项我担当不起的任务。我感到似乎我被要求去做某件事,这事对我来说太宏大,太重要,也太关键,而且,我想要尝试拒绝,说自己尚未准备好,但这似乎是无望的;我还感到某种巨大的不确定感和焦虑不安。奇怪,在这之前,我曾很多次面临死亡,上帝都知道我的一生积极主动,往往够危险的;不过,直到这时,戴维·琼斯③对我而言才不只是意味着什么风险或意外之事了,我才不会再去嘲笑他,或是藐视他了,现在,戴维·琼斯就像某种劫

---

① 上帝的手指,最早出现在《希伯来圣经》,意指上帝的指令意旨已写在了石碑上,后由摩西带到西奈山,一说指的是十诫;一说在《路加福音》中基督耶稣引用过。

② 原文为 Mene Tekel,传说中的巴比伦语;这里取用其寓意。Mene Tekel 取自《圣经》中但以理书第五章中神的启示语:"你国的日子被救算和耗尽;你被称在天平上,并发现亏欠;你的国要分裂给波斯和玛代。"当晚,巴比伦城被倾覆,伯沙撒王被杀。

③ 18世纪英国皇家海军开始用这个名字称呼海上的恶灵、圣徒或保护神,详细的来源不详。俗语戴维·琼斯的箱子,是水手使用的黑话,意思是大海的海底,死亡水手沉睡的地方。当水手在船上死亡,英国皇家海军会将他用布包起来,从船上丢到大海,沉入海底,让他从此长眠在"戴维·琼斯的箱子"中。

数，也像某种解决之道，无从解释但极为见效，还很肯定。有时，虚弱和冷漠占得上风，于是，我对戴维·琼斯说，啊，好，我会闭上眼睛，然后你来解决吧，但要快；我什么都不想知道。不过，在别的时候，我恼火自己幼稚的懦弱。不过，这没什么的，我对自己说，这并不太难，只是了结罢了。每一次冒险都有它的终点，这次也只会是又多了一次而已。不过，足够奇怪的是，无论多少次想到死亡，我都无法认为死亡是一种结束，一刀剪下去，像剪断一根线那样。于是，我尽量近距离地打量死亡，它对我而言似乎是某种浩瀚且持久的东西；我说不出是什么，仿佛是某种巨大的时间和空间，因为死亡是永恒持久的。我想要告诉你，正是这一亘古永恒令我很害怕；我对自己等同于死亡心感绝望，因为我之前从没有做过任何持久恒定的事情，也从来没有签过一份会绑定我任何一段时间的契约。我曾有过大把机会安定下来，无须费什么大气力就能过着体面的生活，但每一次，我内心满是暴戾和排山倒海的厌恶感。我需要变化，情绪善变，寻求冒险，我把这些看作自己的部分性格。而现在，现在，我被迫遇上这份永久的契约；我不由得冷汗湿身，吓得倒吸凉气。不，这不可能，这不是给我的，不是给我的，上苍的主啊，救救我吧，我还不想就此一劳永逸呢。啊，是啊，要是，比方说，你能体验死亡三个月、半年什么的话——那，给你我的手；但别叫我对你说：好了，现在我属于你啦。'

"'而且修女，这就像一道闪电，或是某种启示。我又看见那位女生了，她充满了确定与喜悦，在轻轻地说：好了，现在我属于你啦。接着，又一次。面对这份生活的勇气，我站着，感到羸弱屈辱，而另一方面，面对这一去死的决定，我可笑地心绪不宁。我也开始明白，生命如同死亡，有着它永恒的成分，以它自身的方式，和它自身的小手段，生命有着一直持续下去的意愿与勇气。而且，生命与死亡是相互成就和彼此融入的两部分。是的，就像这样：只有零碎、草率的生命被死亡吞噬，而完整且真实的生命获得满足。两部分整合起来融入了永恒。因为我疯狂，在我看起来就像本该组合在一起的两个半球，其中一个破裂了，坏了，就只是个瓦罐子，无论我如何努力尝试，它都无法与另一个半球合为一体，而另一个半球，非常完美光滑，它就是死亡。我不断跟自己说，我一定要进行修补，好让两个半球吻合起来：好了，现在我属于你啦。'

"'这之后，修女，我为自己虚构了一种生活。我说虚构，是因为其中很多东西无法化零为整地拼起来，也就不得不被扔掉，而另一方面，实在而且互补的东西缺失。对于我的青春，也会有很多该纠正的，但我并没有为之困扰；于是，一度最重要的，现在也仍然是最重要的，是在这种真实的现实中，在那种一度非真实的现实中，而且不知何故确实存在的，不是一种事实真相，而是一种意义价值——就像从一本书中撕下的一页——天啊，我是想说什么呀？——这都是发烧给闹的。是，最重要的事是在这种真实的现实中，诸事皆不同，非常不同，你明白吗？就是说，它们原本就应当不同，这是本质；还有这则真实故事，因为故事本该就是这样或那样的，是——是——'他牙齿在打战，但仍努力控制自己，'你知道，我跟你说过，'他打着战说，'正如我告诉过你，她躺着——然后，她说：好了，现在我属于你啦。这是神圣的真理，修女，但接下来的事，本该不同。现在，我明白了，因为死与生都进入了我，我本该说，你，是的。我应当说，好了，感谢上帝；你属于我啦，你会等，等，一直等到我带着我肉身承载着的生与死回来。你没看出我残缺得无法生活了吗？我已残缺到无法维持下去了，不能勇于决定，哪一处都不像你，不像你啊。我问你，你会如何与我这般的一堆糟粕相处呢？而我自己都不知道我会变成什么，我不知道我的首尾在哪儿。至于你，你是永恒的，你知道本该已知的所有一切，你知道你的归属；而我呢——'

"他说到这儿，一阵颤抖窜过他整个身体。'等一等，我也应当跟上，说：好了，现在我属于你啦。啊，修女，你理解吗，她知道的，她意识到了，即便我并没这么说。于是，她说：别，等下一次吧。这意味着我是要回来的，是不？请说说，你说说，这意味着她会一直等我，是不？而且，这就是为什么她甚至都没说一声再见，这就是为什么我没有看见她离开。我会回来，然后两个一半，像生与死一样，会彼此交融；好了，现在我属于你啦。没有正确且完整的现实，只有本该是现实的现实本身，'他深叹一口气，像一个得到极大解脱的人，'爱、死、生，在我身上的所有一切，必然，而且完全，会一并彼此融合在一起。给，你拥有了我，唯有此刻，我身处我真实的地方；唯一确定的事是归属。我自己，就在此刻我属于某个人的这一刻，我找到了我的整个自我。感谢上帝，感谢上帝，最终，我找到了。'

"'不，让我走，我不能等。我要回去。然后，她只就微笑着，好了，现在我属于你啦；我一定不会再畏惧，我不会敷衍她，我现在就来，现在就来，我知道她已在拽她的连衣裙的裙带和裙扣了。拽吧，快，你知道我就要回来了！你把这叫暴风雨吗？——出发，当我要见到了，我便知道是一场飓风，我见过龙卷风和海龙卷；这点风还不够强劲，卷不走我。你看见没？她飞扑入我怀中，她向前俯身飞起来了，当心，我们的头要撞到一起了，还有牙齿，小心，你在向我扑来，我也扑向你，你是多么热烈啊！你这般揽我入怀！'突然间，他开始狂热地胡言乱语起来。'为什么那位飞行员飞入真空区呢？修女，告诉他不是那儿，叫他往回飞！或是要不，去找她吧，然后告诉她，让她知道我就要回来了！你不是知道她在等我吗！看在上帝分上，请告诉她，我正在路上，只等飞行员找到降落的地方；我没法写信给她，我不知道她在哪儿——'他抬起眼，绝望且充满恐惧，'什么——你干什么——为什么你不告诉她？我必须到处飞，总是不停地转；而你就只冲我眨眼睛，你什么都不想说，因为——'突然他开始变化起来，他的头戴着一副绷带面具，全身可怕的战栗着；我意识到他在揶揄我，'我知道，你这个修女邪恶、嫉妒、讨人厌；那位女生激怒你了，因为她爱着，你被她激怒了。你不必嫉妒她的；好吧，跟你说实话，就是在这点上，我说了点谎。因为这个缘故，也许，你看到吗？我表现得这般胆小。所以，你是知道的，下次——'"

慈善修女会护士仍旧坐着，眼神静穆悲伤。"接着，他又是诅咒又是发誓，就好像撒旦上了他的身在说话。他口吐恶言秽语——愿上帝开恩怜悯我。"修女在自己胸前画了个十字,"最恐怖的是,这些话从一个没嘴没眼的虫蛹那里涌出。我吓得醒了过来。我知道我应当拿起我的念珠为他的灵魂祈愿;然而,我反而走近六号床去量他的体温。他躺着不省人事,华氏一百零四点五度,人因高烧在发着抖。"

第十章

现在,他只有华氏一百零一度,在昏睡中喃喃低语,绑着绷带的手在被罩上不安地晃动着。"护士,你知道他在说什么吗?"外科医生问。慈善修女会护士摇摇头,上下唇紧闭着。

"他说'是,什么下,'"隔壁床的小个子突然蹦出话说,"'是,什么下。'他在说,'是,什么下。'"

是,阁下,外科医生猜。好吧,那说的是英语啰。

"还说了'明天,'"这个小老头儿回忆着,"明天,或是明啥的①。"

老头儿嘶哑嚷道。"明啥明啥的。就像襁褓里的婴儿那样。"

不知怎的,这惹得他自个儿觉得很有趣,笑得都噎住了,直到他再次抖动起来,他们不得不让他安静点。

直到此时,有关这个人究竟是谁,没有任何新的信息。每天三次,诗人打来电话:"喂,你又知道些什么了吗?"

"不知道,我们什么都不知道。"再就是——"请告诉我他怎么样。"——"嗯,你对着电话失望耸肩也没用啊——他还活着呢。"

下午期间,他的体温进一步下降,不过,这位病人(至少,人们还能看出他的某些部位)看上去比之前更黄了,开始打起嗝来。这表明他的肝脏存在某种损伤——或是,看上去是不是像黄疸病?外科医生变得越发拿不准了,为了听取别的意见,他邀来一位著名的内脏专家。

专家为人很开朗,面色红润,是一位杰出的老者,很能说,他很是高兴,竟然没上前拥抱慈善修女会护士,难免让人有点纳闷,"是

---

① 原文为西班牙语。

啦,是啦,我们早先联手诊断过一些病人,而后,他们培养你当了外科医生,是吧?"

他们声音低沉,时不时还使用拉丁语,外科医生交待了一下病人的情况。专家透过自己的金边眼镜惊愕地看着这具裹着棉絮和绷带的躯体。"愿上帝保佑你,"他动容地惊呼道,然后坐在床边。慈善修女会护士默默移开被罩。专家嗅了嗅气味,抬起眼。"糖味?"

"你怎么知道?"外科医生低声说,"我已让人验过他的体液,当然啦……在抽不出血的情况下。除此以外,他们确实找到了糖。你凭气味察觉到的?"

"我很少弄错,"专家说。"还能辨识出丙酮味。哎呀,我们行医①百分之五十靠直觉啊。"

"我不太靠直觉,"外科医生表示,"我只是……当我第一次见到什么人时,我立即会有某种感觉:我不想给这位病人动手术,即便只是为生计,我也不想。他会出现状况,血栓,或是什么的。但因何而起——这,我不知道。"

专家的手和手指缓慢地按了一遍这位昏迷者的身体。"我想检查一下,"他遗憾地说,"但我们必须让他安安静静的,不打搅他。"他小心翼翼且很温柔地将他粉红色的耳朵凑近病人的胸口,眼镜推上了额头。接着一阵沉静,甚至听得见有只苍蝇在窗户那儿嗡嗡着。终于,专家直起身来。"他的心脏已有些损耗,"他低声说,"这大概能说明一些问题。他的右肺也不好。肝肿胀——"

"为什么他这么黄?"外科医生有点贸然地冲口问道。

"我也想弄明白,"专家若有所思地说,"体温还下降了很多,你说——给我看他的体液,护士。"护士默默递给他试管:里面有几滴褐色浓液。"我说呀,"专家说,扬起了眉毛,"你从哪儿收他来的?啊,那就是,他从天而降到了这儿,你都不知道他打哪儿来的啰。他们把他交给你时,他发过抖打过战吗?"

---

① 原文为拉丁语。

171

"有。"护士说。

看样子似乎专家在从一数到五。"五,顶多六天,"他低声说,"这简直不可能。他或许到这儿……从西印度群岛来……就是说,五到六天的时间里?"

"简直不可能,"外科医生说。"几乎不大可能。除非他从加那利群岛①过来,要不至少从那边绕道过来。"

"所以,不是不可能啰,"专家挖苦地说,"或者,他有可能在什么别的地方染上了阿马里尔热病②?"(他发阿马里尔一词的音时,仿佛在品味这个词的意味。)

"他可能在哪儿患上了什么?"外科医生问,没听清专家的意思。

"斑疹伤寒症③。黄热病。我这辈子就只碰见过一例病人,还是三十年前呢,在美洲。现在,他应该已进入平静期,在向黄疸阶段发展。"

外科医生好像并不信服。"听我说,"他没把握地问,"不会是威尔氏病④吧?"

"问得好,大夫,"专家说,"这有可能。你想让我们在几内亚猪⑤身上试验一把吗?这就是给我那位长发助理做的事啦;他对折腾

---

① 地处摩洛哥西南方大西洋,是西班牙的十七个自治区之一,也是欧盟最外延的特别领域之一。联合国教科文组织评定的世界遗产。

② 即黄热病,由黄热病毒引起,主要通过伊蚊叮咬传播的急性传染病。

③ 俗称黄热病。

④ 钩端螺旋体病(又译细螺旋体症)中的一种征兆阶段。钩端螺旋体病,简称钩体病,是一种人畜共通传染病,由钩端螺旋体类细菌引起的感染。患者可能无症状或表现轻度头痛、肌肉疼痛、发热到严重的肺出血或脑膜炎;如果此感染造成黄疸、肾衰竭或出血,则又称为威尔氏病;如果造成肺部大量出血,则称作严重肺出血征候群。

⑤ 学名豚鼠,又名天竺鼠、葵鼠、荷兰猪,在动物学的分类是哺乳纲啮齿目豚鼠科豚鼠属。这种动物既不是猪,也并非来自几内亚。其祖先来自南美洲的安第斯山脉。这种动物在大自然已经不复存在。南美土著的民间文化中,豚鼠占有重要地位,它们不仅是一种食物来源,也是一种药物来源和宗教仪式的祭品。在几内亚猪身上进行生物实验从17世纪就开始了,如今仍旧用于科学研究,主要针对脊髓损伤、少年糖尿病、肺结核、坏血症和怀孕并发症等人类常见疾病。

几内亚猪很痴迷。要是几内亚猪一直活着，还健康的话，那我就对了。再有，我应该说，"他谦虚地补充说，"我是正确的。"

"你怎么知道？"

专家用手臂做了个手势。"直觉，我的朋友。明——天，他的体温会上升，还会出现黑呕。无论如何，我会派那个小伙子助理到这里来，替我们做个血液涂片化验。"

外科医生尴尬地挠了挠头："再就是……跟我说说，这种红热病是什么病？"

"红热病？啊，红热病①。就是安的列斯群岛②热病。"

"就只发生在安的列斯群岛！"

"安的列斯群岛，西印度群岛，亚马逊地区。怎么？"

"就只，噢，"外科医生含糊地低声说，没什么把握地看着慈善修女会护士。"但黄热病也出现在非洲，是吗？"

"尼日利亚，以及诸如此类的地方，不过，那里不是源发地。每每有人提及黄热病，我就想到海地，或者巴拿马——就像这一类景观，棕榈树，诸如此类。"

"他怎么会带着这病来到远至这里的地方呢？"外科医生急切地想弄明白。"病发潜伏期持续五天，是吧？在五天里——那他一定一路都在飞啰。"

"是，他确实一路在飞，"专家说，仿佛现在这已无关紧要了，"他想必很心急火燎。鬼才知道为什么他这么个步调走法。"专家用手指快速地敲了敲床柱。"我想他不大可能告诉你是什么催着他这么个急法。他的心脏很糟糕，此外，他经历了很多。"

外科医生轻轻点点头，瞥了一眼支开慈善修女会护士。"我要给你看点儿东西，"他边说边掀开昏迷病人的紧身裤。就在半圆形的腹股沟处，有四道坚硬的白色伤疤，还有一处类似刮伤的长伤痕。"你

---

① 原文为法语。
② 地处南美、北美两大陆之间，包括西印度群岛的大部分，美洲加勒比海中的群岛。

感觉得到这些伤痕切入这肉里有多深吗?"他说,"我一直想弄明白是什么会造成这些伤疤——"

"嗯,还有呢?"

"要是他在热带地区待过的话,这有可能是一只爪子抓的——一只猫科动物的爪子。看,这些爪痕抓得好狠。虎爪应该更大;也许是美洲豹——这就意味着他来自美洲了。"

"如你所见,"专家说,获胜地朝自己的手帕里擤了一下鼻子。"你这不就有了一份不错的个人档案了。发生地①:西印度群岛。简历②:猎手和冒险家——"

"和水手。在他左手腕上,绷带下面,刻有一个船锚文身。从出身看,他来自所谓较优越的阶层;相对瘦长的脚——"

"从整个身形判断,有才学,我得说。既往病历③:酗酒者,他显然酗酒。肺部有老毛病,前不久复发过,可能是某种热病所致。而且,你看,跟红热病完全吻合。"专家眼里闪着喜悦,"还有热带印度痘④。啊,我的朋友,这都差不多把我带回到自己的青春岁月了。遥远的国度、红种印第安人、美洲豹、毒箭以及诸如此类!好一番来历啊!一位赴西印度群岛的环球旅行者——为什么这么说呢?我们想要凭借日常生活中的行李标签做判断的话,显然没有任何具体物件。他过着奇怪且不安宁的日子,从他的年龄看,他的心很疲惫不堪了;出于绝望,也由于糖尿病症引发的口渴,他酗酒——哎呀,我几乎能看见他那样的生活了。"老绅士若有所思地搔了搔自己的鼻尖,"后来,这趟奇怪、鲁莽的回程之旅,这么疯狂地想要追逐什么东西——接着,就在临近目标的某个地方,他死于黄热病,也就是,差不多就是他在那些地方游荡的最后一天,一只小得可怜的*埃及伊蚊*⑤喷射了他一口。"

---

①②③　原文为拉丁语。
④　即雅司病,热带性类梅毒。
⑤　广泛分布于全球热带地区,是城市型黄热病、登革热和登革出血热的重要媒介蚊虫,国际公认最危险蚊虫之一。

外科医生摇头。"他会死于脑震荡，还有内伤。把他留给我处理好了。"

"黄热病在我们这儿不那么常见，"专家提出异议，"别嫉妒他一死出名，就让他作为一个独特且突出的病例离开这个世界吧。裹着绷带的头，没有脸，也没有姓名，他不就像一张代表神秘的面具吗？"专家默默盖上这具昏迷的躯体，"可怜的家伙，等我们查看你体内时，你会告诉我们一些事的；不过，接下来，你的人生故事也将告终。"

第十一章

早上,他的体温上升,大约华氏一百零一度,那些绕着他嘴巴的绷带染得黑黑的,像被呕出的血染的。病人很黄,依据规律,而且,就如同人们所说的,他显然每况愈下。"啊,什么?"外科医生询问慈善修女会护士,"昨天晚上没什么事吧——你没再梦见他了吧?"

慈善修女会护士匆匆摇头。"没有了,我祷告了,见效了。"而后,她皱起眉头,又补充说,"而且,为了确保睡眠,我还服了三剂安眠药。"

接着,另一位护士出现,通告说那个住普通病房的病人,那个脖子长脓疮的病人发低烧了,还打嗝,而且他什么都不想说,越来越虚弱,喃喃低语着,有些心烦。外科医生急忙赶去千里眼的病房,动作快得他白大褂的后摆在身后舞动着。千里眼正闭眼躺着,瘦长的鼻子伤感地对着天花板。

"你怎么就发烧了呢?"外科医生大声说,"让我看看。"体温大概是华氏一百零一度。外科医生很生气,解开绷带,还好,伤口干净良好,周围也没出现炎症。总的说来,没呈现什么异常,只是他眼睛微黄,还打着嗝。外科医生沿走廊踱步,再又返回六号床那儿。病房里,著名专家正站着,弯腰朝×病人的床俯身下去,四名穿白大褂的年轻医生围着他,接着,他宣称:"阿马里尔热病。"口气仿佛在把玩这个疾病术语似的。"我的朋友,"他说,转向外科医生,"什么都做不了,你必须让我们的内脏专家用一下他,这么一例罕见、漂亮的病例!稍等等,整个院系的专业人员会来你这儿,跟所有学科的名人一起来;至少,你应当让他的病床上支起一顶华盖,配上饰有桂冠的一行题字'欢迎你们',或是类似的内容。"他用自己的手帕擤了一下鼻子,仿佛一声战斗号角。"要劳驾你的是,我们想要取一个他的血液小样。实习医生①会告诉我的助理要从这位病人取一个血液样本。"之后顺着级别一路传话,传到了正站在大专家左侧的助理那儿,这位高个长发的小伙子俯身朝昏迷病人的前手臂弯下腰去,用棉签在这只手臂上擦拭起来。

"你完事后,"外科医生低声对专家说,"我想跟你谈一下。"可是这位老医生对黄热病的热情没法这么快地消减,因而,当外科医生拉着他走进千里眼的病房时,老专家仍在大谈黄热病。"好了,"外科医生说,"现在告诉我,这位病人是怎么回事?"老绅士哼了一声,迅速被眼前的病人吸引住了,还毫不含糊地全力展开他静悄悄的专业触诊。呼气,屏气,深呼气,躺下,要是感觉疼的话,就告诉我,等等诸如此类的轻车熟路。终于,他停了下来,困惑地揉揉自己的鼻尖,疑虑重重地看着千里眼。"他是怎么回事?"他说,"没哪儿有毛病啊,这点很明显。很是神经质。"他不容置辩地说,"不过,这低烧背后的东西难倒我了。"

"可见,"外科医生大声责备千里眼,"嗨,我的伙计,告诉我们你这是想干什么。"

"我什么都没干啊,"千里眼极力否认,"就是说,我这可能跟那个病号有某些联系,你们不就是这么想的吗?"

"跟哪个病人?"

"从飞机上掉下来的那个人呀。他一直都在我脑海里……他又发烧了?"

"你见了他?"

"没有,我没见,"千里眼喃喃地说,"不过,我一直想到他……也就是说,我的注意力专注在他身上。你知道这是什么样的体验。弄得我很是疲惫不堪!"

"他是一位千里眼,你要知道,"外科医生赶紧说,"再有,你昨天没发烧。"

---

① 原文为拉丁语。

"我有发烧，"千里眼承认说，"不过……我往往不说罢了，我的体温后来下降了。人可以用自己的意志来控制它。"

外科医生疑惑地看着专家这位腹腔医学界的带头人，但是这位带头人揉着自己的胡须，沉思着。"还有哪儿疼？"专家突然问，"你没感到过任何疼痛吗？我是说那另一位病人感到的疼痛。"

"有啊，"千里眼很是胆怯且不情愿地说，"就是，这些疼痛是纯粹的精神疼痛，虽然它们位于我身体的某些特定部位。很难准确说出来，"他怯生生道着歉，"我应该把它们叫做精神上的痛苦。"

"哪儿疼？"专家顺着他的话问。

"这里。"千里眼指着说。

"啊哈，上腹部。对，"专家满意地低声说，"还有腹部膈膜这儿吗？"

"非常大的压力和一种好像我自己生病了的感觉。"

"很对，"专家感到高兴，"没别的了吗？"

"很难受的头痛，后脑勺这儿——还有我的后背。好像我被劈成了两半。"

"*筋疲力尽*①，"老医生欢呼起来，"伙计，这就是*筋疲力尽*。你无意间全说到要害了！这就是黄热病，跟书中的情形正好一模一样。"

千里眼害怕起来。"可是，那……你觉得我会患上这病吗？"

"根本不会，"专家咧嘴笑着说，"你不用担心，我们这里没有那种致病的蚊蚋。只是假设，"他向一脸疑惑神情的外科医生解释说，他显然觉得凭着这番话，事情也就令他完全满意地得以解决了。"假设而已。要是他的体液不含一丁点儿白蛋白和血液，我应当不会感到吃惊。和神经质患者在一起，"他说，"你对任何事都不必大惊小怪；他们懂得一些躲闪之术——转向灯光这边。"

"可是我的眼睛是这样的，"千里眼抱怨说，"我受不了这灯光。"

"好吧，伙计，"专家认可地说，"理想的临床表现，我的朋友。

---

① 原文为法语。

你就是一份完整的诊断宝物，而且，你能精确地观察东西。我是说观察你自己，你是一位不错的病人。你不会相信，有些人甚至无法说清是什么造成自己的疼痛。"

千里眼对这一通表扬显然受宠若惊。"还有这里，大夫，"他腼腆地指着说，"我感到一种很奇怪的焦虑。"

"上腹部，"专家说，表示赞同，仿佛他在测试一名用功的医科生，"好极了。"

"还有我的嘴巴里，"千里眼回忆，"有种感觉，好像整个都肿起来了。"

老绅士大获全胜地高呼起来。"所以你看，"他朝外科医生说，"这么一来，我们收集全了黄热病的所有症状。我的诊断越发得到了确定。此外，我觉得，"他动情地补充说，"时隔三十年啊，我就没遇见过一例黄热病……三十年是一段很长的时间。"

外科医生则不怎么高兴，皱起眉头看着千里眼，千里眼俯卧着在休息，神情疲惫不堪。"但是，这些体验对你没任何好处，"外科医生严厉地说教道，"我不会让你留在这里，得让你出院回家。你自己就能推断出整家医院的各种疾病。长话短说，收拾你的牙刷和——"他的大拇指指向门口。

千里眼阴沉地点头同意。"我受不了了，"他低声承认，"我想象不出为什么在精神上会这么消耗一个人。要是他……那个人，那个 x 病人，有意识的话，那所有一切也就能辨识得一清二楚且明确无疑了……就仿佛白纸黑字一般。但是，在如此完全昏迷不醒的状态下，"千里眼摇摇头，"真是一项艰辛、几乎无望的任务啊。什么都不明确，毫无头绪——"他瘦长的手指在空中做了个手势。"还有，他的那些热病之外，就连潜意识都这么的混沌、混乱——统统上下颠倒，支离破碎。与此同时，每个人都一度——现在也是满脑子想着他，每个人都想到他，你，各位护士，每一个人。"

千里眼的脸上流露出深刻且强烈的痛苦表情。"我必须离开这里，要不，我准会疯掉。"

专家饶有兴趣地听着，头偏向一边。"再有，"他不甚肯定地问，"你找到他的什么了吗？"千里眼站起身，手指颤抖着开始点一根烟，"任何事。"他吐出一口烟，松了一口气，"任何一件事当中，我发现往往有着各种空隙和不确定性。"他挥动着手，"要去弄明白，也就是去破解某个谜团。如果你想知道我是不是遇到了各种困难和不确定的事，那是啊；而后，我弄清了一些事。我知道你想要我告诉你，但你又不想问。"他闭上眼睛思忖了片刻，"我也想摆脱它。要是我可以从心里放开它，我就能远离它——就像你们说的那样，不管它。人永远摆脱不了他自己总是秘而不宣的秘密。"

第十二章

千里眼讲述的故事

千里眼在病床上坐起身,瘦膝盖屈起触到下巴,他穿着条纹睡衣裤,憔悴怪诞,入神地凝视着某处虚空,好像他在眯眼斜视着什么似的。"我最好向你们概述一下方法,然后提出一些见解,"他犹犹豫豫地开始了,"比方说,想象一个圆——一个黄铜丝的圆圈。"他在空中画了一个圆。"圆是一种看得见的物样。我们可以抽象地思考它,我们可以数学地定义它,不过,在心理上,圆是某种我们见到的东西。就算我蒙住你的眼睛,你可以触摸那根黄铜丝,然后你会说这是一个圆。你会有圆的知觉。还有这样的人,他们闭着眼睛,用耳朵就能辨别振动着的物体是由什么组成的。在我们这个例子中,倘若我们用一根木槌敲击这根黄铜线,这类人就能听出它是一个圆。再就是,如果一只智能蝇虫在这根黄铜丝上徘徊,这只蝇虫也会获得一种绝对明确的圆的知觉。你们一定知道这是多么微小的一步啊。一个处于完全黑暗中的人会有某处有一个圆的知觉,再从这些生理知觉转为心智判断。它不靠眼睛、耳朵,或触觉的辅助。一种相当准确的一个圆的知觉。我告诉你,像在这种消除各种感知的状况下,你对这个圆的知觉会远远强过对这个圆的制作材质的知觉;因为,这种心灵媒介是形式,而不是材质。此外,要是我说到知觉,我不是指某种直觉,或是猜测,而是指对某东西的一种意识,这种意识极其准确且透彻,我或许应该说非常明确的知觉意识;不过,要给这种知觉意识一种称谓,而且将它表述为知识的一部分,则很难,极为难。"

千里眼停顿了片刻。"为何呢?"他喃喃地说,"为什么,说真的,我要拿一个圆为例呢?你看,我先预测,然后才真的开始进行。

对一个本身封闭的圆的这种感觉。一条回归线的形状，与此同时，也是一种生命的形式。"他摇头。"不成，照这样，我们得不出任何结论。我明白，你们两人都质疑心灵感应。也有相当充分的理由。心灵感应是胡扯，我们无法远距离感知事物；我们必须探究它们，用数学来探究恒星，用分析来处理事物，还有显微镜；当排除掉感知和实体呈现时，我们可以通过专注来探究任何事物。我承认，也许可能有各种预兆、梦境、显灵和幻觉；我承认，原则上，我不想跟这类事有什么瓜葛。我拒绝这些，也排斥这些。我不幻想，我做解析；整个现实没有向我们自我揭示；必须要用艰辛的工作、凭借解析和专注的手段来获悉。你们承认大脑是解析的工具，但你们又自我防卫地拒绝这么一种观念，即：让事物更靠近我们的是一片镜片，虽然我们没有挪动位置，或是打开眼界。一片古怪的镜片，它具有依我们的关注度和意志力而变化的魅力。很奇特的这种接近，既不在空间里，也不在时间中发生，只是凭借感知强度，和内置于你的知识碎片，自我呈现出来。一种奇怪的意志，它把独立于你意志之外的东西带入你的意识之中。你构思出各种想法，它们不是从你那儿来的，不是你的，也不受你的任何影响。你的部分就只是这种专注力。当你看，当你听，你凭借着你的感官，在你的神经中枢中，感知你外界的事物和事件。同样，你可以拥有你的外界环境的各种思想与情感，你可以回忆各种你的外界的而且与你自身不相干的事物。这跟视力或听力一样自然而然，不过，你并不掌握这种运用与实践技巧。"

外科医生不自在地移了移身子，不过，显然千里眼并没注意到；他继续有滋有味地讲述着，捏了捏自己的鼻子，还有手，而且，秉持自己歌颂着的一种深刻且确信的信念，他沙哑地说着。"注意，"他说，将他的一根手指头放在鼻子上，"我说了，各种思想、回忆、映像、情感，这是一种天然且失准的心理状态，我使用这些误导性的想法，只是因为它们对你们而言很熟悉。在现实中，就着我这种方式去感知，我拥有一个圆的具体概念，但没有关于这个圆所用材质的概念；我有一种知觉，我有关于某个人的某种特定概念，但没有关于这个人的个体经验、映像和记忆等方面的具体概念。要明白，"他说，紧锁起眉头，力图想要清楚地表达自己，"有关一个与时间签约的人，一个承载所有一切于当下的人，有关他以往曾经的所有身份，以及有关他做过的种种事情，但不是作为一连串的事件，而是像——像——"他的手在空中，意指某种无所不包的东西，"这就好像你拍摄一部影片，一部记录一个人从他出生那一刻起直到眼下的生活影片，然后把所有画面一张张叠加起来，而后立马将它们全部放映出来。你们说，真是个大杂烩！是，因为现在与过去拼凑成一块，遮盖住所有一切，唯有这个生命的形式作为无法形容的东西留存了下来，还非常个人化；某种类似个人光环的东西，这其中，所有一切都包含在内。"他鼻子定定地，惨兮兮地一动不动。"万事万物，未来也在内，"他感叹道，"这人活不成了。"

外科医生哼了一声。他也知道这人活不成了。而且很肯定。

"我想尽可能客观地告诉你，"千里眼尝试着，"我们来假设，有个人来到这里，有着嗅觉天赋——真的有这样的人。首先，他会嗅察出一种同时存在而且不太好闻，还很混杂的气味；处于嗅觉专注之中，他解析这种气味；他会识别出这所医院的气味，外科手术的气味、烟草味、水的味道、早餐味、我们三人的体味，还有我们各自家里的味道；也许，他甚至可以闻出，这张病床，在我之前，有位老人动了肾脏手术后就死在这上面。"

外科医生皱起眉。"谁告诉过你的？"

"没人，不过，你不懂嗅觉敏感度。在一定程度的专注力下，是有可能将某个给定的同步印象解析为一种客观序列或时序的。如果你对某个特定个体的感知足够灵敏且完整的话，你可以借助充分的分析和逻辑推理能力，将你的这种感知拆解为展示其生活经历的一幅画卷。从他生活的浓缩形式中，你可以推断出其中的个别事件。要是我告诉你，这大致就是这么一种任务，就好像给你一长串数字的最终总和，没有别的，除了这个总和，而你必须把这个总和解析为它单个的组成成分，这样的话，你会认为这是完全无解的。是的，这很难，但并非无解；因为你必须认识到，在这个总和的内在特性中，从二加二得出的四，不同于四个一加起来得出的四，也不同于三加一得出的四。"

千里眼坐着，整个人蜷缩了起来，脊椎骨凸起，像竖立着的山脊一般。"糟透了，"他呻吟着说，"糟透了，这种昏迷不醒，还有热烧。想到这些，我愈是专注于他，我就变得愈发头晕，愈发精神错乱。也就是说，这不是我，我是清醒的，但我感受到了这种昏迷不醒和热烧的状况——在我体内。要明白，我必须在我自己体内找到这种感觉，否则——否则，这感觉就不会有，我也无法发觉——"他在战栗，脸色因煎熬而憔悴，看着他就令人难过。"让你熬过这恐怖的昏迷不醒，熬过这混乱的生理错乱，在这种错乱中，肉体的各种疼痛如同碎冰片漂浮着——与此同时，一直都有，一直都有着那种终极、明确、迫切，对这一生命整体形式心感破碎的情绪。"他用握紧的拳头压着自己的太阳穴，眼睛向外凝视着，悲叹道："噢，上帝，噢，上帝，这就像要疯掉了一般。"

专家清了清自己的喉咙，从口袋里摸出一盒麦芽奶糖。"给你，小伙计，来一块。"他低声说。这糖是一份特殊礼遇，只给过寥寥几个人，事实上，只给那些有着理想临床症状的重症病人。

第十三章

　　千里眼快活起来，吮吸着麦芽奶糖，舒服地安定下来，盘着腿，像个土耳其人，或裁缝。"我想换种说法描述给你们听，"他说，"不过，我要提醒你们，即便这样，也只是一幅画面。当你敲击调音叉发出 A 调音符，拉小提琴的 A 调弦，或是弹钢琴的 A 调键，也就发出了一个音符音，而且，每件物体都开始振动，即便这振动我们听不见，我们会判断这些物体能否在 A 调音高上振动。同样，我们发出回响，我们边听边唱；有乐感的人就是那些更懂得如何自我聆听的人。把生活看作某种类型的回响，一个人发出回响，他的思想、记忆和潜意识的自我都在回响；还有他的过往，同样，在此刻和其他任何时刻也都在振动着；这是一种非常复杂而且无限多重的声响，其中，人的过往也以一种恒久渐进的极弱音呈现，而且，它还给出基调音和小调音；为整个过往渲染着此刻的声响。要知道，同时在我们的内心，凭借来自外界的传输，相同的声波开始振动，以对应我们与某个人的某种关系下的速率而振动起来，这个人在把他人生的若干乐段传入空间——像我们每个人，我们每个人一样；这种共振，根据我们的调频、我们的敏感度和警觉度，以及这种特定关系的紧密度，或弱或强。这种共振可能相当弱，相当模糊，以致我们察觉不到；或者，这种共振可能相当深沉，相当强烈，以致我们除了它以外什么都听不见，除了传输到我们的这种振动外什么都听不见。不过，即便我们没察觉到这种响应，我们仍会意识到，它所引发的情感共鸣就在我们的各种同情与反感的情绪中，在我们本能地响应相对陌生的人时模糊且莫名的反应之中。"

　　千里眼明显感到高兴，起劲吮着自己的糖，咂着嘴唇，贪婪得就像吮着母乳的婴儿。"对，就像这样，"他着重补充说，仿佛在自言自语。"我们必须听自己的；必须完善我们自己的内在素养，从而辨识别的某个人在发送的无声但多元的信息。没有其他的第二视界，只有我们自己内观自省；所谓心灵感应并不是远在天边的感受，而是近至咫尺，在最短的距离，才是最难获取的——来自人自身的体会。想象一下，所有事情都发生在同一时间，你启动一架风琴的所有音管、音栓和踏板，风琴就会发出巨大声响，但在这种声响中，你能识别出这架风琴的音宽、音域、音强和精准度，却无法凭借任何一种分析来发现之前在这架风琴上演奏过的乐曲，因为（至少对于你的耳朵而言）风琴没有影响这种声音的记忆。这一最初的，这一难以言喻的共鸣，也就是我们回应别人生活频率时所拥有的共鸣，这种共鸣首先也是对活动范围、生活空间、实力和高尚与否这些方面的感受……对绝对明确和独特空间构成的感受，在这一空间构成中，这种生活在这一空间自身特殊的氛围下演变着，以及视角——"千里眼渐渐有些困惑起来。"你们看，我都混淆在一起了：风琴和视角、视觉和听觉。要表达这些东西非常难。我们的言辞是知觉的替代品，派生于看、听和触摸的感受体验；不触及这些感官感受的思想也无法用这些感受表达出来。谨请耐心听我说，各位先生。"

"没关系，"专家鼓励地说，"这种映像的混淆，还有这些感受的相互交换，是某种神经错乱的典型特征，类似于幻觉。继续说吧，这提供了一种很适当的临床状态。"

"这有特征，"千里眼继续说，"通过解析这一综合感知，你获得一种完全不同于经验所给予你的生活图景。经验将不同的单个片段合成为生活；分钟和小时构成一日，日子构成一年，时与日是构筑生活的基石。一个人由自己的经验、情感、品性、行动和表现组成。万事万物于我们都是由各种小碎片构成，这些小碎片一并提供我们类似一个整体的事物；不过，如果我们想以这样或那样的方式想象这个整体的话，我们只能用这些碎片中某一较大或较小的系列形成现在的意识，只是一个诸多情节的系列，只是一堆细节。让我们来说说你吧，"他突然话锋转向专家，"你是一个鳏夫，是吧？想一下你去世的妻子，你深爱的那个她,你和她一起恩爱和谐地生活了四分之一个世纪,我能列举浮现在你脑海中的她生活的某些部分:她的辞世;她的极力抗争;你很快被困在其中,心感无助,你在诅咒你的专业;她有用一根针切割书页的习惯,你虽反对但徒劳无用;你初次邂逅她的那一天;你们一起在海边某处拾贝壳的那天,很幸福的一天。"

"那是在里米尼①,"老先生轻声说,用手做了一个动作,"她是位好太太。"

"她是。不过,即便你努力回忆上好几个小时,脑海里仍是什么也想不起来,除了一个断断续续的系列,这个系列包含越来越多的情节,一两句只言片语,一两个小画面——就这些。你的想象就是这么看待某个最亲近你的人的整个一生。"

老专家取下自己的眼镜,小心擦拭着;外科医生努力用眼睛紧张地示意着千里眼。"嗨,不对路,不对路,快转向,谈点别的。"

"好的。"千里眼顺从地答应着,全速调整好思路,继续侃侃而谈,"经验提供不了我们别的印象;我们凭借我们的感官永远了解不了某个人的全部,或是某个完整的生命,只能了解那些不连续的碎片和片段,不过,谢天谢地,我们丢失了大部分的这些碎片和片段。虚荣,从虚荣中,你制作不出,也造就不出生活的全部。不过,要翻转过来,我是说,要翻转过来。试着开始,试着合乎逻辑地开始,在一种简明且完整的生命概念下开始,这种生命没有划分为过去和现在两部分。这极为重要,"他大声说着,狂热得几乎撕扯起自己的头发,"倘若你想象一条河流,一条完整的河流,不像地图上一条蜿蜒曲折的线条,而是简洁、完整,所有河水一直都在河流的两岸之间流淌,你的意象会包含这条流淌的河流和海洋,这世界上所有的海洋、云、雪和水蒸气,以及往生者的气息,还有空中的彩虹,所有这些,这个世界上所有的水的整个循环就是这条河流。这条河流多么美妙啊,"他入迷地抽噎起来,"它拥有多么至关重要的现实啊!去捕捉生命的

---

① 意大利东北部亚得里亚海岸的一处港口,度假胜地。

概念，生命的感知，一个人在其全部生命中的情感，还有生命的伟大，这是多么美妙且无法抗拒啊！不，不，不，"他挥动自己竖着的手指，"你不要把这种重要性分解成时与日，也不要将之撕成回忆的碎片；不过，你要把它解析为各种精要，解析为拱顶般的跨度阶段，解析为构成一个人生活秩序的续发事件；没有偶然，万物万事皆注定，令人敬畏，而且美好，所有因果在因与果的同时性中显现。没有品性，没有事件；只有模塑力，"他喘着气，"模塑力的相互作用，还有平衡，决定了人的空间。"

泡沫星子冒在他的嘴角边，千里眼十分兴奋，也越发憔悴，面目看起来吓人。"好了，好了，"专家低沉地吼出了声，掏出他的手表，"现在，我的小伙计，躺个五分钟，把嘴皮子闭上。闭上眼，然后深呼吸，深深地，慢慢地。"

第十四章

千里眼睁开眼睛,深呼吸。"我能再说些吗?这些事情真惹人烦。"他揉揉脸,"好吧,就说说从天上掉下来的那个人吧——我该叫他什么?"

"我们叫他×病人。"外科医生说。

千里眼坐直身。"×病人,好。要是你们想要我告诉你他叫什么?他究竟是谁?他从哪里来?我不得不先跟你们说,我不知道。这些都不是很要紧的细节。在他的大半生中,他不时变换职业。我感受到巨大的生活维度;这个人身上有着广阔的空间,广阔的海洋,不过,他不是一个旅行者。要明白,旅行者的生活空间是可以测量的;不过,这儿——这儿,缺少一个目标这样的东西:没有一个固定点,可以用来确定各种距离和方位的固定点。"

千里眼打住了话,沉默着,不大满意。"不,不,我应该换种方式开始。实际上,我应该从他还没到来的死亡这事起头,然后像一个纺纱线的人那样从后往回追溯。恺撒的一生从某个恺撒的出生之时开始,而不是从一个皱巴巴、啼哭着的婴儿开始。我们应该从这个人最后一口气开始,去弄明白他的生命形式是什么,弄明白涉及他经历过的每一件事的意义是什么。只有与死亡在一起,一个人的青春与出生才算完整。"他摇摇头,"不过,我没辙,没辙。我们的时间观念多么拙劣啊!"

"比方说,"他过了片刻又再开始,"倘若我告诉你他不认识他的母亲,这听上去像是一部编年史的开篇,不过,对我而言,它不是开篇,而是一段叙述的起头,甚至更早之前,这段叙述冗长而吃力。他昏迷地躺着,再也不知道任何事;不过,就是在这种无意识状态下,这种无知无感的底部——他的内心深深处是寂寞,在他的无意识之上没有任何人的影子投下。这内心寂寞从哪儿来，源自什么，这般持续不断地生长？你必须回到世事之开初，从他整个生命回溯到他孤独的根源。他是独子，但不认识自己的母亲。从来就没有一只他能握住的手，没有人对他说：'没关系，我来吻它，就不疼了。'很奇怪，这在他的生命中是如此缺失！这安慰他的声音：'没事，会过去的；不要哭，不要恼，继续玩好了。给，我的手，握紧了。'从没有像这样的一只手；也因此，从来，要明白，从来他都无法握住——"千里眼做了个无奈的举动，"他强健，但急躁。他没什么可抓住的。"

"寂寞，"千里眼接着说，"他寻求到寂寞，以致他与他周遭之间不该有如此的差异。他试着想融化自己内心的荒凉，这荒凉就像置于大海，或是异国他乡，处于无边寂寞之中的一块冰。他总是不得不放弃某些东西，好给出自己去往某个目的地的外在理由。无论何时何地，这种状况都跟着他，就这样继续着……"千里眼皱皱眉，"再就是，他的家人在哪里？为什么他父亲没有找个续弦？我们应该问问他这件事。我们必须试着找出造成他内心如此躁动和易怒的是什么原因。他与人处不来，还时时找茬与人发生冲突；他总是觉得他必须自卫，动不动就大动肝火。往回去，往回去，回到这么一个小孩子的时候，他没有母亲，对他父亲总是默默持有强烈的敌意。这对父子无法相互理解。为父的鳏夫试图采用两人间的权力关系与影响，再三施加自己的威慑力。但，他为人小气易怒，行事做派又迂腐过敏，以致事情做过了头；这个孩子难免变得顽固，对立情绪感也在他内心滋长成一种永久的道德纠结。就他的整个人生而言，他没能摆脱自己与社会、秩序、戒律、限制以及诸如此类之间的冲突；直至他死亡之时，他仍在继续与他的父亲抗争。"千里眼神情焦躁，拳头攥紧地谈论着，仿佛这无情的抗争就在他内心展开着，"奇怪，这两股相对立的力量——寂寞与敌意——在这个人的整个人生中是这么地相安无事。寂寞湮没这种冲突，这种冲突又冲淡这份寂寞；不论是寂寞还是冲突都未达成圆满；身处于自己所有的寂寞中，他却从未成为一名隐士，他也从未在他所有的遭遇与兴奋之事中取得过胜利；一直以来，这份孤独感笼罩着他。他忧郁,好口角,暴虐,困惑;你可能会说他反复无常,不过,这种反复无常是一种情绪平衡,即两股彼此对抗的力量之间的情绪平衡。

"把归为我称之寂寞的这方面内容叠加起来:做梦和渴望休息、放弃、漠不关心、缺乏意志力、懒惰消沉、盲目、被动迟钝、萎靡不振,是的,就这些。然后,现在,看冲突这方面:不满足感、进取心、狂热的创新精神、虚荣、固执加愚顽、任性、刻薄且粗暴,等等诸如此类。当你用品性造就一个人时,无论怎样,请将这两方面放在一起!一个人可能或懒惰,或有进取心,或者是,也许部分地兼而有之,彼此交替,是这样吧?如果你不停地描述一个人的品性,你就永远无法了解这个人。不是这些品性,而是这两股力量,彼此对抗的力量,翻腾且相互遏制,这个人自己,只活在当下,并没有意识到他表现出的这一些举动就是这些力量作用的结果,它们形同闪电般穿透他的整个生命,达到了生死劫的紧要关头。

"想象一下有个人从一地游荡到另一地,从一个岛到另一个岛,这些都是上帝授意与机缘引领而至的地方;他这么做是出于懒惰和散漫的缘故,盲目地为他模糊的梦想寻求着独处与庇护所。不过,他也可能出于急躁做出同样的事,就像一匹马厩里的公马一样顿足跳脚着;只是要在别的地方,尝试别的东西,然后又撂下它,疾速奔向另一个目标。这张地图和其他地图也许正好重合;不过,它们是两个不同的世界,两个不同的宇宙;一个人伐木,搭屋,创办种植园,这个人的世界不同于懒汉的世界;而这个懒汉在树冠丛中打哈欠,感受着他寂寞中的喜悦与怀旧。而我,一直在往回追溯×病人的足迹,发现了两个彼此不相似的世界;它们只是像梦中的片段一样出现。透过这个世界,透过忙着打造和定型的人的世界,另一个人的脸凝视着我,一张悲伤衰弱的脸,这张脸已发现万物万事之虚空;接着又透过这张脸,第一张脸冲到前面,其间,有个人喊叫着,抓紧建造着,争论筹划着,天晓得在为什么,鬼知道是什么,又图什么。这——这不是现实,"千里眼叹气,"这是一场噩梦,是圈套。一个人能经历一种现实，但，若是两种的话，他只能梦想；而且，在同一时点，徘徊在两个世界的这个他脚下没有根基，以致他坠入一处真空，这真空中没有任何东西可用来计量他的坠落；当一个人坠落时，星星也在坠落。听，"他突然大声说，"这个人不是很真实，他在一场梦里度过了自己大部分的人生。"

第十五章

千里眼沉默着,神情惊慌不安,眯着眼斜视着自己的指尖。

"他住哪儿?"外科医生问。

"热带地区,"千里眼含糊地说,"群岛一带。一种深褐色的感觉,比如烘焙咖啡、沥青、香草,或是黑奴肤色之类的东西。"

"他在哪儿出生?"

"这里,这里的某个地方,"千里眼模糊地说,"跟我们一样,在欧洲。"

"还有,他是什么人?"

"检验员,不对?朝人们发威喊话的人。"他皱起眉头,仿佛在思索,"不过,起先他是一名化学师。"

"在哪儿?"

"在一家糖厂。当然,"千里眼说,仿佛被人问及这么明显的问题让他不大舒服,"这家厂在维持中,是吧?两个相互不协调的世界。冬天,竞赛活动,忙乱,喧闹——夏天,沉寂,这家工厂闲置着,只在实验室里有个人在工作。或是在做梦。"他用手指在空中画了一个六边形。"当然,你们知道,化学公式怎么写的吧?像一个六边形的图形,六边形每个角相应的字母醒目地突出着。或是像线条,形成带叉的十字架——"

"那些是结构分子式,"专家解释说,"这叫做立体化学。那些对角线,你知道,代表这些结构分子式中的原子排列。"

千里眼差不多只用自己的鼻子在点头,"是的。想象着他的那些对角线构成的某种网状物。他观察着空中,想要看出它们如何组合与交错,如何对接甚至交叉到下一个。他潦草地把分子式写在纸上,当任何人打搅到他,他便火冒三丈。不是在冬天。冬天,这儿活跃、忙乱、躁动；而是在夏天——在像这样的一家厂家实验室里，顶着一轮炽热的太阳，闻着糖果味的甜味。在这儿，他坐着，嘴张着，死寂地呆呆盯着那些对角线；这些对角线看起来像一个蜂巢，其中一条对角线与另一条衔接起来组成单一的体系。不过，不是在一个平面上，而是在一个三或四维的空间里；当他试着把对角线画在一张平平的纸上时，这些对角线往往令他困惑。还有这炎热——就连有只苍蝇撞着窗玻璃的嗡嗡声都听得见。"

千里眼若有所思地眨着眼睛，头歪向一边。"这不是一时之事，而是数个星期，数个月——我不知道究竟多少年。他一直都在构建由分子式组成的化学空间。分子式日渐复杂，彼此衔接在一起。它们不再是确实已知的化合物，而是有可能存在和设想的化合物；虚设的而且是新的各种组合，将会填补化学空间中的完全空白；新的未知的同分异构体和聚合物高分子，"千里眼没什么把握地突然说，"聚合作用和多价，这些引导他探究到各种未知的原子组合。他梦想这些设想的组合和它们可能的属性。它们是药品，各种彩虹色，各种未知的气味，易燃物，很可能使这个世界因之改变的物质。他在一本又一本笔记本上写满原子化合物、酸类、多聚糖和盐化物的分子式，它们迄今尚未存在，不过，它们都将在化学分子式构建成形的世界里占得它们的位置。他干得越久，就越发深信有可能想象和设计出未知的分子化合物，就像门捷列夫发现未知的化学元素那样。与此同时，他心生愉悦，因为他在推翻和打破当前的科学观念——一直以来那份对立反叛的内在动机在起作用。他开始着手实验室实验，实验这种或那种设想中的化合物；不过，实验失败了，这个厂家的实验室做不了这些实验。他选择一个到两个在他看来似乎很显见的分子式，它们只需要付诸实施；他还出门寻找化学界的国际名家，想要将分子式展现给这样的人物看，想说服这么一位大祭司级的人物，这些分子式值得详尽的实验研究。"

千里眼耸耸自己瘦削的双肩。"当然，结果令人震惊。只寥寥数语，学术界的名家就把这位年轻化学师的设想消解成了碎片。荒谬，不可能。显然你没看某某人的成果，没读这或那篇文章。而后，临了，学术名家展现了一个罕有的善意之举；另外，你可以跟着我；我会替你找份工作，大概是修理电灯，或是看管过滤器皿什么的。要是你有耐烦心，等你学会了搞科研后……只是×病人没有耐心，也不想学什么搞科研；他结巴了几句，就离开了，从他的化学世界的废墟里逃走了，逃得相当诚惶诚恐，以致——一直逃到这些阴影的边缘，他才驻足。在这边缘地带，黑奴大大的牙齿温厚且无知地朝他闪耀着。"

千里眼举起手指，"明确地说：这位学界的中流砥柱做了这件正确且坦率的事，他捍卫科学，抵制了一位入侵者。他一贯乐于接受已被证实的事实，原则上，他推翻这么一个假设，就是从一开始便料到它会比其他任何东西造成更大的混乱和不确定性。他不得不碾碎×病人；在全部的生命中，你知道的各种事物，并不是随机地偶然发生的，而是受着必然性的操纵。"

很明显，外科医生担心起来，担心千里眼又转到谈论抽象事物上，于是，他急忙问："那他就不再当化学师了？"

"不当了，不再当化学师了。在他心里没有一个声音在对他说：'没关系，会过去的，继续吧。'他的每次翻船都是致命的，无法挽回的。就因为寥寥数语，他的化学大厦应声坍塌，那种与生俱来的寂寞与荒凉感在他内心强烈地井喷而出——明白了吧，在如此一堆废墟中，如此一堆可怕的瓦砾堆中，竟产生出一种满足感。他搁下自己的笔记本，再也不翻看了，后来，他甚至离开了糖厂，要让混乱更加混乱；他自己被这种虚荣与虚无感震惊到了，也因为他真的在这种崩溃中自在起来。他更是心感恐惧，于是，他逃之夭夭了。"

"他是个小年轻，"外科医生不以为然地说，"嗯，就没有谁——"
"有。"
"一个女孩，是吗？"
"是。"
"他喜欢她？"

"喜欢。"

一阵沉默。千里眼紧抱双膝，眼睛低垂，咬着牙痛苦地呼吸。"当然，我不必全都告诉你们，"他最后用虚弱的声音说，"我又不是编年史编者。这是肯定的，他的爱里有着寂寞和顽固，他也确实就像他毁掉所有一切那样毁掉了她——由于绝对的顽固，也因为他陷入了寂寞之中。何等的破坏啊！现在，他可以坐下来，看看所有一切是如何化为碎末粉尘的。小的时候，他曾经爬进杂物间；没人发现他在那里，他独自一人，于是，他的顽固融进他的寂寞。一直以来，都是一个样子的生活脚本。"他在空中画了个轮廓什么的，"顽固驱使他，而寂寞释放他。他总是喜欢静静地躺着，但叛逆意识又刺痛他。由于顽固，他本想安定下来，但寂寞叩问他有什么用，有什么用？于是，留给他的就只是游荡。"

千里眼抬起头，"也许他是一位全能天才型的化学家。也许他的想法本会颠覆这个世界。但是，你想象得到他这种教养的人会有耐心，一步一步，一个实验接一个实验地，付出糟糕的失误和失败这样的代价，科学地深挖并验证他自己的化学坐标体系吗？他就站在某一重大发现的临界点上，然而，本可以让他更进一步的科研苦差吓坏他了。他要崩溃了。这是他的内在命运，事实上，就像他试图逃离一项自己能力不济的任务一样。要是仍然做化学师的话，他也只会在各种试验和幻想中从一件事晃荡到另一件事上，没有一个目标，在对他而言太大的空间里迷失方向。他不得不在海与岛上游荡，这种游荡反映出他心灵的深深不安。你，"千里眼说，用指头戳戳专家，"你提到了交换看法。你必须认识到还存在一种命运转移，而且，有时，外在的事件代表了一个更深层次的主题，这个主题撰写在我们的内心深处。"

第十六章

千里眼伸手取出一支烟；外科医生举起酒精灯，替他点上。"非常感谢[1]。"千里眼含糊地说，深鞠了一躬；他没注意到外科医生正在观察他的瞳孔反应。"奇怪，"他说，嘴里溅出烟草碎末。"奇怪，一个人的周围事物是何等附着于他呀，也就是说，我们称之为外部世界的。外在事物与人的内在自我的相关度，远远强劲过其作为决定人的行动的动因总和。当然啦，"他犹豫地说，"就好像这些外在事物从这个人的内在自我流淌出来，或者，它们取决于他的生活；就仿佛这些周围事物只不过是……他内在命运的展开。是的，对，就像这样，倘若我们把一个人的生活作为一个整体，而不是一系列的情节的话。"

"让我们拿……×病人为例。他给人一种不同寻常的空间印象：他的内心里有很多大海，很多地方——懂吧，很辽阔，而且数得过来的有：大量的寂寞独处，启程离开，和大量的躁动不安，这种躁动不安在飞来飞去之中反映出来。一个心灵复杂的人活在一个复杂且奇怪的环境里。那间厂家实验室，被太阳炙烤着，在实验室里，他在他的对角线和想象愿景中徘徊着。这间实验室就是一个预兆，预示着他将要去游荡的那些炎热国度，带着焙烤的糖味儿。他在哪儿？我有一种相当明确的印象，特定而且带着味道的气味。炎热震颤在一片褐色田野上，深沉、恒久的嗡嗡声，爆裂的声响，刺耳的汩汩声，狂笑般的尖叫声，还有呕吐声。死气昏沉的国度，夹杂着狂热的兴奋冲动。再就是，总是有海，海，躁动不安又磷光闪闪；船只散发着气味：热烘

---

[1] 原文为西班牙语。

烘的木材味、焦油味和巧克力味。瓜德罗普岛①，海地，特立尼达和多巴哥②。"

"你说什么？"外科医生大声问。

"什么？"千里眼反问，心烦意乱着。

"你说到瓜德罗普岛，海地，特立尼达和多巴哥。"

"我吗？"千里眼大声说，"我哪里知道，我没有想到什么地名啊。"他皱起眉头，"奇了，我说了这些。人有时会说出方才意识到的某件事，这难道没在你身上发生过？一定是这样。古巴、牙买加、海地、波多黎各，"他一一列举起来，就像一个在校的小男生。"马提尼克③、巴巴多斯④、安的列斯群岛，还有巴——巴哈马群岛，"他缓了一口气，高兴地一路说着，"天啊，多少年了，我都没有想起过这些地名了，"他感到欣喜，"我曾经多么喜欢这些异国情调的词语啊。安的列斯群岛，羚羊，西班牙披头纱⑤——"突然，他打住了话，"西班牙披纱，西班牙披头纱，等等啦——西班牙淑女，古巴。他一定在古巴待过一段时间，"千里眼喘着气。"我感受到一种……西班牙气息，我不知道如何表达；好像是一段浪漫爱情。"

"刚才，你说了*非常感谢*⑥，"外科医生提醒说。

"说了吗？我几乎都没意识到。"千里眼若有所思往旁边瞥了一眼，"你们看，这也给予了空间……如此奇特的空间感。一边，是那些古老的西班牙家族，贵族阶层，绅士，自成一体的世界，传统兼具

---

① 位于小安的列斯群岛中部、东加勒比海上，法属海外殖民地。

② 位于西印度群岛西南部，距南美洲大陆委内瑞拉海岸仅11公里。其中，特立尼达岛是西印度群岛中的第六大岛。

③ 位于加勒比海，法国的一个海外大区。首府法兰西堡。

④ 位于加勒比海与大西洋边界上的独立的岛屿国家，西印度群岛最东端的岛屿，首都布里奇顿。巴巴多斯的名字来自于葡萄牙语，指遍地都是的野生的无花果树。

⑤ 西班牙披头纱，作为天主教弥撒头纱的一种，起源于16世纪末的西班牙，盛行于17世纪至18世纪，主要为黑白两色。现在西班牙的女性一般只有在复活节前的圣周、斗牛节、觐见教宗和婚礼上才会佩戴此头纱。

⑥ 原文为西班牙语。

体面，披纱加裙衬①；另一边，美国海军官员——这些世界是多么相互冲突啊。有那么多种族和乌合之众……往下一直到那些林间空地上的黑奴，他们用牙齿把活鸡撕咬成碎片，巫毒教②，巫毒教——交配中的青蛙鸣叫着，扑腾着；木磨坊榨着甘蔗，哗啦哗啦地作响，情欲挟持下蹬着腿的黑白混血儿尖声哄笑着；牙齿和光亮的肉体——好热，好热，"他低声抱怨，汗流浃背，以致他松垮的睡衣紧贴着他的后背，"一只飞蛾嗡嗡作响，扑入火中时发出爆裂声。此外，头顶之上的南十字星座，就像一个化学分子式，数以千计的星夜星座在天空中勾画出这个结构分子式，这个由各种未知但气味浓烈的化合物组成的分子式。"

"而且再一次，"千里眼晃动他竖起的手指，"不受其控制，同时却发生在他的身上：懒惰和肥大症——一种盲目的创造力，还有那种困顿嗜睡，两种热病，一团且熄且燃的火焰。在他那儿，在他那儿，所有的一切都在他那儿。再一次，那些青蛙因无尽的无聊而交配在一起，木磨坊按部就班地在运转，喧闹的各种动物，没挂帆的船队在摸黑折腾，寻找着无意义又费气力的满足感——还有非常明亮的星辰，置身寰宇之中的这个人像一只甲虫标本一般钉在了这片大地上；还有，又一次，船停泊抛锚，在港口泥泞的海水中慢吞吞地一摇二晃着，一种迫不及待的欲望，想要逃离这些青蛙，这间木磨坊；所有一切都应该有所不同的这种感觉，但这种感觉并不值当。这个世界的碎片，或是这颗灵魂的肿块；没有什么不同。都一样。"

"他嗜过酒，是不？"专家说，"一个酒鬼，他是吗？"

---

① 这里指克里诺林裙衬，裙衬即裙撑，是一种用马尾、棉布或亚麻布浆硬后做的硬质裙撑，类似此前的鲸骨裙衬。"克里诺林"一词源于拉丁语"crinis"（意思是"毛发"）和"lin"（即"麻"）的组合词。

② 巫毒教，又译"伏都教"，源于非洲西部，是一种糅合祖先崇拜、万物有灵论、通灵术的原始宗教，其教义吸收了基督教某些元素，如相信上帝和供奉耶稣，但具体的宗教活动有些类似萨满教的信仰魔法和巫术。流行于西起加纳东迄尼日利亚的西非诸国，信仰的民族有芳族、约努巴族等，也盛行于海地、加勒比海和美国的路易斯安那州。

"我们哪里知道，"千里眼含糊地说，"人是因为寂寞还是出于顽固而喝酒呢？他在释怀和消解他内心的什么：这块孤寂的冰块，还是一团少许暴烈、跳跃的火焰？你们没错，他早就垮掉了；他本可以是一位有权势的厚嘴唇绅士，而不是满腹朗姆酒地来回打滚，或是因热病导致口渴成这般嗜酒。为什么他不自备一个黄金球，把自己绑定在一个地方呢？财产使人安居且谨慎。他本可以很富有，而且怕死的。"

"还有吗？"沉默了片刻，外科医生问道。

千里眼咧嘴笑了。"你想听我虚构些东西，是吗？让他爱上一位克里奥尔①美女，让他经历生死一线的某些色情冒险，野生动物，还有龙卷风，活跃在生活中的种种趣事？对不起，"千里眼嗤笑，"只是有趣的事不在我的讲述中；我是从生活的整体来看生活，提供不了你多变的生活故事。"千里眼似乎很生气，好像自己乱了头绪，"我明白，"他低声说，"你们对他腿上的那块疤痕感兴趣。那块疤没什么，只是一次意外所致。他对打猎没有激情，也不寻求险境的刺激，"千里眼皱起眉，在一连串回忆中摇摆不定，"他撞见了一头别的人正在狩猎的野兽，"他临了突然大声说，很高兴自己的话就要说完了，"真的，他经历过很多；不过，这首先是因为他性急又不安分；就是说，他常遇上不会发生在那些性情中人身上的各种境况。后来，他变得懒了，也变得迟钝了，再就是，不经意间，财富开始紧抓住他不放，他内心的不安被某种昏昏欲睡而且不太对劲的倦缩感所取代。大多数时候，他躺在他的房间里，嘴热得半张着，耳听着蚊子撞击蚊帐的嗡嗡声；每次躺数小时，整日里，他张嘴呆望着天花板，和贴满图案壁纸的墙壁。墙壁覆盖着六边形图案的壁纸，像蜂巢一般，他忍受着这些图案，不想也不动。"

---

① 一般指欧洲白种人在殖民地移民的后裔。他们的语言，文化或种族是基于移民时代的欧洲移民和非欧洲人种间的互动而产生的。

第十七章

"奇怪,"千里眼惊呼,"他的生命愈发如此接近终点,人也在这种孤寂感中日渐变得很是顺从。显然在小时候,他曾被包围在贴满相同或类似图案的墙壁之中,就是在那时,他的内心就有一种寂寞感。倘若他当众哭起来的话,护士想必会走过去询问他怎么啦;而现在,却是一位年迈的女黑奴,她长长的乳房像光亮的鲽鱼般摆动着。

"他的整个人生或许只是置身在这些规则图形之中的一场梦;天知道一场梦会持续多久,也许一秒,也许一小时。所有的其他事,事实上,只不过是来侵扰一个孤独孩子内心所固有的寂寞罢了:他父亲的训斥,学校,青春,糖厂,还有他的游荡,天啊,这徒劳无功的游荡!有一只长着橙色和绿色斑点的巨大臭虫爬在图案墙纸上,它爬着,但并非以一条特定方向的直线,而是这一下那一下,这一下那一下,总要停上片刻,而后,再往别处爬去;他张着嘴呆望着这只臭虫好几个小时,太懒了,以致不起床,臭虫也任由它去。接着,是的,那只苍蝇头撞着蚊帐,仍听见它烦躁地嗡嗡作响。就是这些;不过,来自外界的种种,黑奴在叽里咕噜,磨坊噼里啪啦,棕榈树干燥得沙沙沙,捆扎甘蔗发出的沙沙沙,太阳酷热下的爆裂声,千种声响和杂音,所有的一切都无关紧要,只是如此多的幻想:他会半闭着眼,聆听着幻想流入虚无之中。

"在这种昏睡状态中,一篇论文或是一份期刊复印件的残篇落进他的手中,某家专业出版社的期刊,或是类似此类的刊物;他无趣地翻了几页,眼睛停在一个六边形上,六边形的各条线从各个角延伸出来,标注着原子符号。怎样来着,怎样来着,这类东西引起他的兴趣已是很久远的事了。不过,这墙壁上的图形变成了化学分子式,它们似乎对他咧嘴笑着,他再又拿起手里的这几张纸,紧锁眉头地研读起这个六边形，拼出那些字母，费力地试图读懂这份高深的文本。猛地，他坐起身，一跃而起，在屋子里跑来跑去，还拍打着自己的头。对，对，这肯定就是那个图形了，那个要紧的化学分子式，二十多年前的那个，是它，天啊，多么久啦，多么久啦！就是带着这个分子式，他去见了那位化学界的泰斗，然后，阁下，希望你会同意在你的实验室里——更上规模地——做一下这个未知化合物的实验。他扬起他又硬又粗的浓眉——眉毛真长啊；荒谬，不可能。显然你没听说过某某权威人士，没有读过这篇或那篇文章：多年前，我就用科学方式演示了粗苯组化合物产品的构成，等等。×病人在屋子里跑来跑去，激动地哼哼着。此外，在这里，白底黑字写着呢，某个美国人签的字，当然啦；还有各种意想不到的产业化可能性，他说——×病人停住定在那儿，似乎脚底生根生到地底下。而且，这只是一连串可能性中的一个环节，拱顶中的一块基石而已；这个分子式会与另一个分子式连接起来，就像蜂巢里符合几何定律的蜂房那样。不过，他们不知道这点，×病人暗笑，他们还没到这一步；不过，它已被写了下来，一切都确定好了，写在了那些记事本里，收好在一个盒子里，放在一间储藏室里。跟笔记本放在一块的，还有坏了的玩具，和母亲留下的衣物。也许白蚁已毁掉了所有一切。不对，那里面没有白蚁；所有东西都还是原样在那儿……"

千里眼坐在床上，身子开始晃动。"他坐在床上，前后摇晃，吃力地回忆那些分子式的样子，它们如何衔接在一起。不过，由于酗酒又懒散，加上飞行和孤寂，他的头脑不太对劲了；他用拳头捶打着那篇读过的论文，像是要逼迫论文就范，但是他能做什么呢？在头脑迟钝混乱的状况下，他能做什么呢？不是化学分子式，反而是南十字星座①、波江座②、半人马座③和长蛇座④溜进了他的脑海。他仍试图对这分子式完全撇开不理,但它像令人麻木且不快的负担一般重压在他心头;后来,突然间,这念头就来了——形同一道闪光;我要回家,去找那些笔记本。就好像所有一切都从他身上褪去消逝了一般,这是多么特别且巨大的释然啊!于是,他起床,打开窗户,放走了那只疯狂撞纱窗且死命嗡嗡叫着的苍蝇。他还放走了墙上那只不知所措、彷徨着的臭虫。"

千里眼头偏向一边,仿佛在品味着这幅画面。"奇怪,"他说,"用两种完全不同、同时又都正确的方式来讲述同一件事,是可能的。倘若×病人这急切地决定回去,你们会说,他也会说:就是如此,他们不会盗取他的精神财产。当意识到那些笔记本很可能有着某种价值时,他开始非常担心起他的那些笔记本了。当然,他有可能从中获得一笔数目可观的钱——就是这番事业的那一面也让×病人感兴趣,虽然他不再是一个年轻小伙了。不过,多半有着这么一种动机,也就是说,这是'我'的事业,这'我'字上的强烈口吻,我们凡人谁都避不开这个'我'字啊。我们如此本能且蛮横地捍卫着我们的拥有、我们的权利、我们的工作,就好像我们在捍卫我们自己的生命。"

"但在另一面,"千里眼说,头偏向另一侧的肩膀,像是想要取一个称心如意的视角,"这些都是直接或实际的动机,我得说,只不过是以最终达成某种行动或某个决定为托词。如果我们从他的生命整

---

① 南十字星座:也称十字架座,位于半人马座和苍蝇座之间,天空中88个星座中最小、最有特色的星座。在北回归线以南的地方可看到整个星座,因此被称为南十字,与北十字(天鹅座的中心部分)相区别。

② 波江座:现代88星座,也是托勒密48星座之一。包含中国古代星座:天苑、九州殊口、天园、九游、玉井和水委。

③ 半人马座:巨大的明亮星座,拥有两颗一等大星,即半人马座α星和半人马座β星。

④ 长蛇座:现代88星座中最大的一个,也是托勒密所列48星座之一。包含中国古代星座:柳宿、外厨、星宿、张宿、翼宿、青邱,阵车。

体这一视角去打量×病人，事情就不大同了。不只是他的精神财产方面处于危急关头，而且，某些方面变得更为重要，更为困难了；责任，他曾经有意让自己失败借以逃脱掉的责任。他粗暴对待他能力不济的这一任务，让它从自己的手中溜走；从那时起，他就过着一种异乎寻常的流浪生活，这种本非他自己的生活；人们也许会说他偏离了他的正轨。是的，人们也许把这叫做他的悲剧性错误，而且，这真的是一个错误，纵使他别无选择。后来，他回归了——或是，在他自己的内心引领下，他转身回归到那一条路上，也就是只因他没有耐心与毅力继续下去而导致他一度迷失的那条路。他在回归中，一个身体已被摧毁的人，患上了使人倦怠的溃疡，但他成熟了。而后，临了，他认识到可恶且无情的生活约束，因为他感觉到死亡就是他的责任。这个圆就要终结了，必然性也在履行中。"

"那他真的想回来了？"过了片刻，外科医生提示地问道。

"真的，不过，他先得处理这样的和那样的各种事务：卖掉财产和诸如此类的等等东西。这些外在的阻碍牵涉得越多，他的不耐烦就累积得越发剧烈；在拖延的时日里，他的急切仓促差不多变成了一种折磨；在要回来的狂怒下，他失控了，每一分钟对他而言就是使人不得安宁的纠缠；最后，他松开所有，撕毁一切，然后归心似箭地奔向他之前离开的地方。"

"搭船吗？"外科医生问。

"……我不知道。不过，即便一束光载着他，即便如此，对他而言也还是无法忍受的太过慢速；在这种失常的烦躁情绪下，他甚至把指甲掐进了自己的手掌心。当然，他的归程猛烈且无穷尽，形如头朝下的栽跟斗一般。"

"我查看了地图，"外科医生说。"他也许途经过佛罗里达，欧洲，或是途经过纳塔尔①，达喀尔②，欧洲。不过，他应该是找了一架准备起飞的飞机，这难道不是很偶然吗！"

"偶然？"千里眼含糊地说，"没有偶然这类东西。这是宿命，他就是要在如此狂怒的状况下出行。他像一颗流星一般在身后留下一道燃烧的拖痕。"

"那……为什么他机毁人亡了呢？"

"他快要到家了。"千里眼抬起眼，"懂吧，他必须机毁人亡。他只能做到这个份上。他已经回来了，这就足够了。"

---

① 夸祖鲁-纳塔尔省：南非共和国的一个省，西邻莱索托，北邻莫桑比克和斯威士兰，东向印度洋。

② 塞内加尔的首都，位于佛得角半岛，面朝大西洋海岸。塞内加尔最大的城市，位于非洲大陆最西端，区域性港口，是泛大西洋和欧洲贸易的一个启运点。

第十八章

能做什么呢,他的心脏衰弱时能做什么呢;心脏跳得更快了,越来越快,但他的血压在下降;这颗破裂的心要多久才会随着弱弱的一声嗝儿而停止跳动呢?×病人的结局。他床边的小花束,谁放的?

"他们说新出了一种治疗黄热病的血清,"这位著名专家说,"不过,我们这儿能从哪儿弄到它?嗯?再有,他会死于心脏衰竭,即便上帝在此也帮不了他。"

护士在自己胸前画了个十字。

"你的那位千里眼,"这位年老的领头人坐在病床边缘,继续说,"这是一个不错的神经质病例。不过,他描述孤独期与兴奋期如何相互连接的方式相当有意思。可以对应一个明智的人的抑郁与兴奋情绪周期性自然演替的变化方式。这充分解释了×病人的情况。"

"如同我们所知的那样。"外科医生说,耸了耸肩膀。

"有些方面当然啦,我的朋友。"专家说,"这具躯体就表明了很多。比如,他在那里待过很长时间,但是,他出生并不在那里;他患过当时流行的某种热带疾病,*因此*①他水土不服。我问你,他为什么逃到这么一些遭罪的地方呢?"

"不知道,"外科医生低声说,"我不是千里眼。"

"我也不是,但我是医生,"老先生颇有玩味地说。

"瞧这儿,他患过周期性神经官能症,双重性格,很容易受抑郁症发作的摆布。"

"这就是千里眼解释给你听的嘛。"外科医生咧嘴笑了。

"当然,不过,膝跳反射也表明了某些问题。嗯,我想要说什么

---

① 原文为希腊语。

来着？——对，像这么一个循环性精神病患很容易引发与他周围环境，或是与他职业的冲突，疲倦突袭他，他放开一切，而后逃跑。要是他的身体再虚弱些的话，他很有可能会消极待命；不过，这家伙的身体这么强壮——你注意到了，是吧？"

"当然。"

"他的反应一定异乎寻常的剧烈，几乎导致他完全失常。作为医生，我不该这么说，不过，许多人身体虚弱就类似明智与文雅的束缚；本能地，这些人给自己的反应上了闸刹，因为他们谨防自己崩溃。而这个人无需提防自己；再者，他不担心这么一种跳跃。至于西印度群岛，什么呢？"

"借着在海军服役。"外科医生提示说。

"这也说明了一种飘忽不定的性情，可不是嘛。就像真被你说中的那样，这是一位有教养的人的躯体；这位×病人生来并不是一位流浪汉；倘若他当过水手或是雇佣兵的话，则揭示出他人生中有着令人讨厌的裂缝。这曾是一种怎样的冲突啊？全都一个样；无论是这类还是那种，全都只取决于他的体质状况。"

专家俯身去看系在×病人手臂上的血压表。"不妙，"他叹道，"他越来越衰弱；撑不了多久了。"专家揉揉鼻子，不无遗憾地观察着这具动弹不得的躯体，他仍尚存呼吸，这呼吸微弱而且不稳定。"在那个地方，"专家说，"我想应该有相当不错的医生，殖民地公共机构里的那些医生；我想知道为什么他们会任由他遭受雅司病①的折磨。他一定是住在某个离医生太远的地方；也许在海地，或是某个地方，某位黑奴巫师给他在患处涂了些东西。他在那里过着未开化的生活。哎呀！"他用手帕擤了一下鼻子，小心地擦着，"人的生活故事，你会读到许多奇怪的事情。"老绅士若有所思地点着头，"再有，他

---

① 热带皮肤感染病症。疾病症状先是一块圆形的硬肿皮肤，2厘米至5厘米的直径。中心可破开而形成溃疡。通常，这类初始的皮肤损伤愈合后三至六个月期间，关节和骨骼会疼痛，被感染的骨头可能出现畸形，严重的会导致大面积皮肤坏死，留下疤痕。

酗酒，他一定是醉糊涂了。想想在这种气候下喝酒，在这种既热又闷的炎热下——甚至都不是想要活着的状态了，而是半昏迷状，玄虚的境况，游离在现实以外的情形——"

"我最感兴趣的是，"外科医生说，突然变得异常健谈起来，"为什么他要往回赶——为什么他这么心急火燎地要往回赶。首先，就是——就是他在这么一场暴风雨中飞行，仿佛他等不及似的。再就是，他带着黄热病回来。在这次机毁人亡前的四五天里，他一定在热带地区的某个地方，是这样吧？这说明他有过……我不知道；显然是从一架飞机转到另一架飞机——很怪。我一直想弄明白他该有着怎样强烈的意图以致如此心急火燎地往回赶。而后，砰的一声，在这次飞行中，他丧了命。"

专家抬起头。"听着……他横竖都是要死的。即便不是机毁人亡……他已非常迫近他的生命终点了。"

"怎么讲？"

"血糖，肝脏——特别是心脏。毫无一点办法可施。嗯，我的朋友，要回来并不是那么容易啊。太长的一趟旅程。"老先生欠欠身，"取下血压表吧，护士。还好，他回来了，眼下他就要到家了。他不再进一步游荡了，他知道这条路——这何尝不是真的啊，老兄？"

亲爱的大夫：

　　当你有空时，不妨阅读一下我附上的这几页纸。我想说明一下，纸上写的是有关这位天上掉下来的人的事，也就是你们在医院里称作×病人的这个人。你劝过我不要再去想他；我没听，于是就有了这几页纸。要是他床头上方的病患卡写有他的姓名，或是，倘若有谁知道他哪怕一星半点信息的话，我很可能也就不会想他的事了；但是，他这般无奈的无名无姓搅得我不得安宁。这点恰好表明，令我们头脑兴奋的那些缘由是多么偶然与凑巧啊。

　　从我想到他的那一刻起，这在文学语言中就意味着我已在虚构有关他的故事了，这个故事是我上千个尚未动笔也不会动笔的故事中的一个。为了可能的故事而去观察人与事，这不是一个好习惯。只要你对可能性打开你的头脑，你就迷失了；就像他们说的那样，你打开你的想象之门；什么都阻止不了你虚构任何东西，因为可能性的范畴是无穷无尽的，从每一张面孔与事件展开进入无限之中，伴着一种既愉悦又不安的自由。不过，当心，打住！只要你沿着这条线路开始，你便发现，即便是采用虚构小说的方式，你也必须依据决定行进，检验每一步是否适当。于是，虚构的思路就有了！眼下，我们得费脑筋决定可能性的孰小、孰大；我们得凭借我们对事实的了解与理性来辅助这一决定的做出，我们得与自己的想象并肩作战，看护好它，不让它放弃那条神秘的正确路径，那条被称作真理的路径。动动手指头汲取真理，多么荒唐的事啊！虚构出人物和故事，然后把这些人和事当作真的一般进行处理，多么胡扯啊！我想给你一则形而上的疯狂公理：所有的可能性中，现实才是唯一可能。来看看充满幻想的人的固执想法：借幻影的迂回追逐现实。倘若你认为我们不得不做的一切就是要制造错觉，那你就错了；我们的狂躁症更为可怕：我们试图获得现实本身。

简而言之，这三个整天（我睡的觉和做的梦也算上），我试图创作出某种生活的现实，我斗胆从头到尾虚构了这个现实。我应当不会像写我大多数尚未动笔的其他故事那样来写这个故事；而是要摆脱它。此外，你多多少少用白棉布和脱脂棉制造出了我的男主人公，因此，我是在把他归还给你，没去顾及你劝我吹吹彩虹泡泡就好的话了。这个故事可以很彩虹色；不过，人们说，生活太过严肃以致我们无法看见它明亮且变幻的色彩。

外科医生心存疑虑地数着这位诗人的手稿页数，这时，门轻轻打开；慈善修女会护士出现了，默默点头示意，显然指向六号床病人。外科医生放下手稿，跑起来。是啊，这时辰来了。一头长发的年轻助理正坐在×病人的床边（那些来自医疗楼的人也在这里夸夸其谈得没个谱），助理的十指握着×病人的手腕，外科医生看见这番情景，稍稍皱起了眉头。一位很年轻、好看的护士（她也不属于这个科室）——很可能是位新手；她的眼睛就只望向长发助理浓密的后颈头发。

外科医生想要说些不太中听的话，不过，这位助理，并没注意到外科医生，他抬起头。"我把不到他的脉了。拿检测屏来，护士。"

第十九章

诗人讲述的故事

"让我们先来回忆推动后面一系列事态进一步发展的事件;不管你喜不喜欢,倘若打算构思我们的故事,我们必须从这里开始。

"在一个炎热的暴风雨的日子,一架飞机坠毁了;飞行员被烧死,乘客严重受伤,昏迷不醒。你挥不去人们一同跑往那堆坠毁物的场景;他们异常兴奋,作为一场空难的目睹者,也伴着恐惧心生哀怜,他们应该做些什么,七嘴八舌地一条接着一条提建议;不过,受制于内心恐惧和过分拘谨,没人尽力施予援手来救助这位不省人事的受难者。直到警察到了,这一堆混乱的坠毁物才开始进行清理;警察朝人们喊话,然后,指挥这个人到这边,那个人到那边地清理现场;很自然,人们虽不大情愿,心下又暗自庆幸,带着紧迫感与欣慰之情地领命服从,这情形真是奇怪。人们急匆匆地去找消防员,找医生,打电话叫救护车,警察则在记录目击者的姓名,这群人烦躁不安地倒换着两只脚站着,恭恭敬敬地陷入沉默,因为这是一次正式场合下的亮相啊。我之前从没有目睹过这样一场灾难,而眼下,我被这场灾难填得满满的,成为其中的一位旁观者。我心情激动又紧张,沿着篱笆一路跑着,往现场赶,小心地避开一些庄稼地(因为我是一个乡下人),我感到难过,给出我的意见,表达自己的观点,认为极有可能这位飞行员没切断引擎,此外,这火应该用沙子扑灭等等;所有这些细节都是我虚构出来的,手法上不遗余力,姿态上不偏不倚,鉴于这些细节不适合这个或任何其他故事;我甚至无法向我认识的人夸口说我目睹了一次重大的意外事件。而你呢,连一丁点的幻想都没有;因此你说'可怜的家伙',还说这事已处理停当了(不去考虑你作为外科医生所做的事情)。这是多么恰当而简单的反应啊,而我呢,则为自己想象中残忍而痛苦的细节折腾辗转着。看见你们其他人对生活中各种变故的反应如此干脆和人性化,我总是心感惭愧,对我而言,各种生活变故只不过是各种题材,各种供我凭借自己执拗的聪颖才智撰写故事时加以围绕展开的题材。我确实不知道这其中是否有一种任性的游戏意味,或正好相反,有一种奇怪且冷酷的彻底性;(不过,回到我们的×病人)我用相当多的场景来构思这个人的致命坠落,恐怖而且怪诞,他出于羞愧和悔过的缘故,懊悔地退出所有外部环境中华而不实的部分,在我的故事里,我想试着将它描写成一位天使长①的坠落,他的翅膀受了伤。这对你而言更为简单;你说句'可怜的家伙',就仿佛是在给这场空难现场标注上了一个神圣标记。

"也许这一通阐述让你不得要领。幻想就其自身而言似乎无道德可言,而且冷血残酷,如同一个孩子。幻想沉浸于恐怖与荒谬之中。我以往常常让自己虚构的人物一路历经悲哀与耻辱,这样我可以对他们更加心生怜悯!我们就是这样,我们这些幻想的缔造者,为了给一个人的生命增添荣耀或价值,我们干预并引入多舛厄运,用艰难困苦使他负担超载。不过,归根结底,这种虚构就没有自带一份它自己的独特荣耀吗?为了展现自己没有过一种无聊且空虚的生活,一个人点点头而后说:'我经历过很多'。我看啊,大夫,让我们来分配各自的任务吧:出于你作为医生的本职,也出于你对这个人的爱,你消除他的痛苦,治愈他的虚弱;而我呢,出于我对他的爱,也出于我作为作家的本职,我会围绕他设置冲突与羞辱,不用抹上多少秘鲁香膏②就去戳动他的伤口。你敲打过这道已愈合完好的伤疤,而我呢,大感惊讶,会探究一番这道伤口的来历。到最后,也许会借着解释这伤口是如何造成的,我也减轻了自己的痛苦。

"我想要为文学喜欢从嘲弄与悲剧处理中获得其快感进行申辩。

---

① 《圣经》中被数次提及的圣天使米迦勒。
② 用秘鲁香蜡配制而成的一种药膏。

因为嘲弄与悲剧处理皆是在兜圈子,幻想通过这两种兜圈子的形式去展开发现,并沿着它们虚幻的线索创造出现实的幻象。现实本身既不悲情也不荒谬,对于悲情或荒谬而言,现实都太过严肃,也太过无穷无尽了。怜悯与欢笑只是我们跟随着与评论周围事件时的情感而产生的震动。你若千方百计引发这些震动,也就会使人产生这么一种印象,那就是,超越你之外某件真实的事件发生了,这件事越真实,情绪效应就越强烈。天啊,我们发明出多么棒的套路和窍门啊,我们这些幻想的专业人士,暨此,适当且冷酷无情地搅动起读者包裹严实的心灵!亲爱的大夫,在你诚实且负责的生活中,没有多少空间用于怜悯与欢笑。你不会兴奋地沉溺于一个浸泡在鲜血中的人所引发的惊悚恐惧之中,反而会擦拭去这些血迹,做着必要的处理。你不以嘲笑一个衣服上挂着汤汁的人为乐,相反,你建议他自个儿去弄干净,这么一来,人类喧闹的笑声被压抑住了,引人发笑的这件事情也没了结果。不过,我们创作你无法还原、也没法反对的故事,这些故事跟历史一样不能修复,也无法更改。把那书扔一边吧,或是让自身开始去感受为你设置的形同圈套的震动吧,进而,越过这些震动去寻找与它们对应的现实。

"这里,从以上解释可得出某些有关技巧的结论:如果我通过幻想的方式推进,我应该选择某件醒目且不同寻常的事件;就像一个屠夫鉴定一头野兽那样,我得看,作为一种感觉,它是不是饱满、有料。是的,在这里我们发生了一场空难,一场猛然间发生的可怕混乱,一看见这场混乱,你禁不住就停下来。上帝啊,这是多么无助的一片混乱啊!我们拿这些破烂机翼能制作什么呢?还有支撑杆,我们该如何把它组装起来,让它重新起飞呢?至少像纸风筝那样,风筝的线,我可以握在手里。对此,人们只能看着,吓得发抖,或是像一位体面人那样严肃而恭敬地说:'可怜的家伙。'

第二十章

"人们谈到幻想，就说它变幻莫测；也许，在某些例子中是这样（尽管如此，不过，这些例子在好的文章中找不见），但更为惯常的是，幻想推进巧妙与用心，就像一条狗用鼻子嗅着一股清新气味寻觅方向一般；这狗急切地喘着气，沿着这条线索狂奔，拽着我们到处走。你是一位猎人，知道奔跑在一条'之'字形路途上的猎犬不会到处乱跑，正相反，它怀着持久的浓厚兴趣紧寻着这个方向而去。我必须告诉你，精心构思的幻想不是在做飘忽的一场梦，而是一种活动，这种活动罕见地不间断，充满激情又果断决然；是的，这条狗暂停下来，伏下去，只是想确定那不是它的猎物。你往哪儿去，你这条心急的母狗；你在寻找什么，你的目标路线是什么？目标，好一个目标啊！我在寻找活着的东西，但不知道我会在哪儿撞上它。

"请相信我，写小说更类似狩猎，比方说，而不像依照已拟好的蓝图搭建一座大教堂。一直到最后那一刻，我们都不断地对我们撞见的东西感到惊喜；我们陷入意外的情况中，不过，只是因为我们愚蠢，且一根筋地循着那条针对某个活着的东西的线索一路追寻下去。我们在追逐一只白雄鹿，与此同时，几乎非常意外，我们发现了这个世界上从未发现的新地方。写作是一种冒险，我不应该再多说什么来礼赞这个职业。我们只要忠实于我们的线索，就不会误入歧途；即使我们的朝圣之旅通向水晶山①，沿着一颗陨落星辰的炽热轨迹，我们的方向没错，谢天谢地了，我们没走错道。（这里，我未谈及我们真的走失方向时的焦虑感；未提到我们真的在想要更进一步的尝试时却

---

① 或指位于非洲加蓬境内的一座低矮山脉；也可能指位于巴西东南部米纳斯吉拉斯州的一座山脉，具体不详。

悲惨而无望；也没在说我们不光彩的打道回府，身后跟着的是那条疲惫且惭愧的杂种，它没跑在前头。)

"费这么多口舌说到这儿：就让幻想这东西见鬼去吧，它一无是处。再就是，要是这条母狗的身体没因兴致高昂而颤抖的话，就是放到我们眼皮子底下，也引不起我们半点兴趣。我说呀，如果她还没在自己面前标出一条隐形的线索，要是她不耐烦而且没有垂着舌头顺着这条线索一路追到底的话，那就让她躺下休息好了。所谓才华这东西，绝大部分是兴趣与沉迷，有兴趣追逐某个活着的东西，比如，这广阔世界里走失的一头鹿。老兄啊，这个世界很宽阔，远远宽阔于我们的经历；这个世界是由一小部分的事实，和无数可能性的事件打造出来的。任何我们未知的事物都是这世间上的一种可能，每一事实都是一串念珠中的一粒珠子，这串念珠串着过去与未来可能发生的各种事情。这没用，要是我们追踪某个人，我们就必须进入这个推测的世界里，必须嗅出他可能的踪迹，过去与未来的踪迹；要是他以他隐形的存在形式出现在我们面前的话，我们就必须运用我们的幻想去追踪他。不论他是完全虚构的，或是完全真实的，对于我们而言，都绝对是无形的；一位爱丽尔①或一个卖磁带的叫卖小贩；这两者都是从纯粹的无限可能性素材中分离出来的，可能性就是存储万物万事的储存库，甚至是实际事物的储存库。称之为真实故事，或是真实的人，在我们来说只是一千种可能性中的一种，而且，有可能不是其中最连贯且最重要的一种可能。整个现实不过是意外翻开的一页纸，或是预言书中随意读到的一个词语罢了；除此之外，我们渴望知道得更多。

"我在试图告诉你，如果我们被幻想引领着走，那我们就在穿越一个临界阈值进入某种无限之中；一个世界的临界阈值不受我们的经验束缚，比我们的知识碎片要来得广阔，其中包含无穷无尽的事物，远远多过我们已知的东西。我跟你说，在寻找某种闪避着我们的东西

---

① 西方文学中常见的虚构人物名，在弥尔顿的《失乐园》和莎士比亚的《暴风雨》中都出现过这样的人物设置；具体词源尚不清楚，据说最早出现在《希伯来圣经》中，字面意为"上帝的狮子"，多用为女性名。

的过程中,要是我们不是那么盲目且一根筋地跌跌撞撞的话,我们应当是不敢踏进这些永无止境的地域的。要是这诱惑者的幽灵对我们耳语说:现在就创作些什么吧,任你喜欢的创作吧——我们应当感到难为情,面对这项无用且无感的任务,我们多半应当会因恐惧而缩回来;我们应当害怕在没有目标与方向感的情况下登船驶入黑暗的大海①。让我提这么一个问题:一个人,若不想被人当作傻瓜蛋或者胡编乱诌的骗子的话,他自己拥有什么权利呢?只有一个答案,这答案幸得明确且肯定:让他去,他必须这样;他不是出于任性这么做的,他被拽进去了,他匆忙追踪着某个东西,他的迂回路途是必然之径。不要问他,而是要问上帝,何为必然?

"我想知道为什么这个天上掉下来的人进入了我的脑海?为什么进入的不是爱丽尔,或是赫卡柏②?在我来说,要是赫卡柏该多么好啊!不过,这也许确会发生在我身上,也就是表明有一段时间,她对我来说相当重要。我应该跟她并肩战斗,直到她像天使祝福雅各布③那般祝福我;我也许受到恩泽惠予,在我身上发现了一位消沉老女巫的人生与痛苦。愿上帝与赫卡柏同在。没有给予她更多关注的,正是无聊的我,不过,正如我说的,我脑海里装着一个没飞完全程的人。我觉得这事儿得怪你,因为你用你出了名的沉着而冷静方式说:究竟为什么他要在这么大的风里飞行?是啊,究竟为什么呢?到底为什么呢?活见鬼,为什么他在这么大的暴风雨中飞行呢?进行这么一次无意义的飞行,他的动机该是多么地压倒一切且不容争辩啊!这难道不是令人沉思与迷惑的事吗?是啊,如果一个人送了命,只不过是一次单纯的意外;不过,如果他不顾一切飞行的话,就不只是一次单纯的意外了。显然,他非得飞;而后,在看起来只不过一件破玩具般的废

---

① 原文为拉丁语。
② 古希腊神话中的特洛伊王后,特洛伊君主普里阿摩斯之妻。
③ 雅各布,后来改名为以色列,字面意为"与天使搏斗者"。《圣经》里的一名族长,有关他的故事记载在《创世记》中。被视为以色列人的祖先。

墟上耸立起了一次事件的庞大建构,由一次单纯意外和必然性建构起来。必然和单纯意外,三足鼎中的两只足,鼎上坐着皮媞亚①;第三只足便是神秘。

"你让我见他,这人没有脸,也没有姓名,还昏迷着;这是生命的最后一份通行证,任何无法凭借这张通行证来证明其身份的人都是无名氏,透着严酷且令人生畏的意味。我们应给予他身份,对此,你是不是感到很磨人?我在你眼里看出来了:要弄清楚他是谁?他这么匆忙是想要去哪儿?也许我们或者可以证实他抵达了远至这里的地方,履行了这么一项作为人的职责。我不是像你一样的人。我不关心他在这个世界里的种种事情,而是沉湎于侦查的热情之中。眼下,任何人,任何事都阻碍不了我;再见了,我必须去寻找他。他这么不为人知,我要创作出他来,我要在他的各种可能性中搜寻到他。你问我这与我有什么关系?要是我自己知道就好了!我只知道我被这事迷住了。"

---

① 也译为皮提亚、皮提娅、琵西雅,古希腊的阿波罗神女祭司,服务于帕纳塞斯山上的德尔斐神庙。她以传达阿波罗神的神谕而闻名,传说她能够预见未来。

第二十一章

"我用了'侦查的热情'这个词，觉得很贴切；不过，这股热情纯粹是意外冒出来的，在这么一种小的境况下，我当感到惭愧。他们交给你这位伤者时，你说到，很显然他的所有证件都被烧毁了，口袋里除了一把零钱外什么也没有，有些法国、英国和美国的钱，还有一枚荷兰的十分银币。这集起来的零钱让我挺吃惊；你可能猜想这人真的在这些国家有事要办，留在他口袋里的是他没能花掉的零钱；不过，每每我自己出行，我总是用各种法子尝试把我即将离开的那个国家的零钱统统花掉，一来，我不再有机会兑换它们；二来，若花掉了，就不会碍事了。我感觉这人熟悉这些钱，应该在这些钱币流通的地区待过。与此同时，我心里想：安的列斯群岛、波多黎各、波尔图、马提尼克、巴巴多斯，还有库拉索——这些美国、英国、德国、和法国治下的殖民地，都在使用殖民所属国的钱币。

"当我尝试从心理学上解释这种从这把钱币跳跃到西印度群岛的心理转换时，我记起以下几点：

"一、一场狂风在吹，让我想到了欧洲风暴，和背风岛①，与刮飓风的加勒比地区等地方有关联。

二、我生自己的气，感到烦恼和愤怒，对自己的工作也如此。各种游荡的意象在我脑际出现，甚至还有想要出逃的欲望。怀念遥远的异国他乡；对我而言，通常是古巴，我的怀旧之岛。

三、一种压倒一切、甚至令人嫉妒的奇想，即这人从某地出发已飞了很久，眼前的事件和之前的动机自动连接了起来。

四、最后，这个事件本身——这次飞行事故，让人感到兴奋，甚

---

① 小安的列斯群岛中的北部岛群，因为与向风群岛相对而得名。

至愉快，与此同时，还想要给这件事增添一段浪漫的猜想。这是一个典型的例子，体现出人的灾难是多么强而有力地主导着我们的幻想进程。

"运用一切手法，这种推测（我现在认识到它非常表面）泛起在我心中，那就是这把钱币指向西印度群岛。就在这时，我对自己的见解兴奋不已，认为这人很明显地直接来自荷属安的列斯；这让我非常满足和激动。你带我去到×病人的床边时，我就倾向确定自己会看到一位来自安的列斯群岛的人，我对安的列斯群岛充满感情。我没告诉你我的种种发现，因为害怕你很可能会不以为然地嗤之以鼻，这是你难以相处的性情嘛。我真不希望你怀疑我刚热恋上的这个想法。这人死人般地深度昏迷，这些绷带给他的脸罩上了一面静默与无名氏的面具，裹在其中的他是一种非人的存在，而且极度神秘；不过，在我看来，关键的是，他是来自安的列斯群岛的人，是去过那里的人。这很肯定。从那刻起，他就是我的×案宗，我非得破解的案宗。我开始追踪他，这一路，我的朋友，漫长而曲折啊。

"是的，我完成了。现在，我明白我弄懂了什么是一种才华，和可能做出的诠释，严格来说，只是我自己带给自己快乐的幻想而已；因此，我这故事写不下去了。这也许表明，即便还没完成，这人是来自哈勒①的行商之人？或是一个普通的美国人，这个美国人试图让自己相信，像他这么有魄力的商人没时间为了天气转好而等上二十四小时。真是可悲啊！我可以随心所欲地创作，但唯一的前提是我自己得相信。除非我认定这事真的会是如此，否则这份信心一旦动摇，我的幻想于我就显得幼稚并且拙劣得糟透了。好吧，现在你被叫停了，你这愚蠢性急的母狗；徒劳无用地，你轻快跑过落叶，鼻子着地，假装你追寻着一条并不存在的线索，要不就是你很久前在某个可能的交叉口丢失了的线索。你仍假装你在追踪，狗类很看重声望嘛；你仍嗅着

---

① 德国东部城市，与莱比锡相邻。

每一个鼠洞,想要让我相信我们的猎物仍在活动。好吧,随它去,它不在这儿;你抬起你的狗眼望着我,仿佛在说:'这是我的错?你可是主人,请告诉我我该往哪儿走,告诉我你想要的!'于是,现在我必须寻找到这条线索,找到他朝这个方向而不是那个方向出发的理由,天啊,理由!动机!可能性!真是一团糟!就连这条狗也不再对我和她自己有信心,弄不懂我想要她做什么;这个?这里?或是别的什么?狗主人和狗空手而归。奇怪,在失败中,孤寂感这般强烈!

"我想告诉你:如果你想要知道一个故事由什么组成,那这个故事就得分拆散架。当故事完整且逼真时,你很可能陶醉于它并真诚发誓:这一切都是纯自然的,没有欺骗,先生。我只凭直觉撰写这个故事,自己也不明白图个什么;这全都是想象与直觉。直到故事散了架,你才会了解你是怎么协助她的,你有多巧妙且隐蔽地在推进自己的幻想。天啊,好一种聚集啊!不过,朝向每个方向的心智动机与意象性的建构都源自这一奇思妙想,这一点倒是真的;它是多么小的引擎啊!所有一切。几乎所有一切,以某种方式都计划与考察好了,只不过凭借计算与架设罢了。我想这个故事就像我在一场逼真的梦中自行产生的,而后,取而代之,这就是持续工程式思维活动的一种产物,这种思维活动进行检测与摒弃、结合与预测。一旦故事死了,而后被拆卸时,心智工作用到的所有操作导线、全部创造力、常规工作和精准度都显现了出来。我跟你说,一台坏机器同样可怕骇人,它就形同被分解的生命一样,是一道空虚的深渊。

"不过,我对无疾而终的作品感到遗憾,而这种遗憾并不等同于废墟故事中的哀伤。你不知道一个人的生命被埋在这堆废墟中了吗?为什么大做文章?你会说,这生命只是一部虚构作品,一个为消磨时光而创作的故事而已。啊,这很奇怪;这个生命只不过是创作出来的,这一点并不是很肯定;再者,当我看着它,我应该说这就是我自己的生命。这就是我。我就是这海,这人,这张嘴的暗影中送出的亲吻属于我;这人曾坐在普利茅斯的锄头崖①的灯塔边,因为我曾坐在锄头崖上的灯塔下;如果他在巴巴多斯或是巴布达待过,那么,感谢上苍,赞美归于上帝,毕竟我去过那里。这所有都是我;我没在虚构,我只是表达我是什么,我内心里装的是什么。再就是,如果我写到赫卡柏,或是巴比伦的妓女,那么,这故事就该是我自己;我应该就是那位老婆子,她呻吟着,扒拉着她皱巴巴的松弛奶子;我应该就是那个女人,那个女人被一个胡须油乎乎的亚述男人用他毛茸茸的手挑动起了情欲。是的,男人,女人,还有孩子,要清楚,这就是我;我就是没飞完全程的这个人。"

---

① 英国普利茅斯城一处海岸石崖。

第二十二章

"所以，这么开篇介绍足够了，现在我们可以沿着这些让我们的故事成形的路径漫游。我们所知的是，相关的数据只是一个没完成飞行的人，和他的坠落，正如所解释的那样，是单纯的偶然与必然引发的一幕惨剧。偶然与必然都是数据；由于我们所知的无法更深入一步，就让我们用偶然与必然来开始或是作为线索吧，我们打算依靠这些线索开头；我们必须尝试用两种基本元素来构建这一有限的生命，即单纯的偶然与必然，好使得这致命的坠落得以入情入理地发生。

"要承认，这个开头不提供任何小小的侥幸希望。单纯的偶然，即意味着自由与冒险；一种玩世不恭与不负责任的任性，一种可能性的萌芽和一张魔毯；这张魔毯没有重量，也不重复，可延展，收拢起来可成各种神秘的折叠，真是彩虹般的空灵！一张用来做任何事的魔毯，能让我们任意飞翔的翅膀；有什么比偶然更具有诗意呢？而偶然的反面就是必然，一处荫蔽的公园，一种恒力，不可改变的必然，这种必然就是秩序与体系，精美如柱廊，也明确如公理。

"现在，就像这样；是的，这是我想要的，也是我渴望的。为了让我去到某个地方的一个机会，这个犹豫不决的居家人定定地坐在桌边的椅子上，为了一次机会，一次危险而草率的机会，为了一个喘着气而且不怕死的人，这个不怕死的人让我手舞足蹈。我们在逐渐衰老，我的朋友，我们承认生活就像一种无聊的习惯。是啊，不过，其他呢？无条件的和确定无疑的这些方面呢？比方说，是不是我的生活有过一张必然的网？是不是有过这么一次，我会很确定且很自在地认为，我所做的每件事就意味着一项授意的完成？赞美归于上帝，我只是在执行我的任务。现在，听着，这个由必然和偶然操纵的人会是我自己；我应该就是在这迂回但必然之路上徘徊的这个人；我会以我能虚构的所有的艰难困苦为之付出代价；这样一个曲折的旅程绝非愉快之旅。

"好了，接下来，看在上帝的份上，我们开始吧；当我们不清楚接下来会发生什么时，就让必然与偶然来救我们的场吧。我们应当怎么开头呢？有关一个来自安的列斯的人的这个故事，我们开头该写些什么呢？我们从头说起吧：曾经有一个没有妈妈的小男孩。

"不好，这样的话，我们没法往下深入。×病人，你不知道吗？面容全无，姓名全无，身份全无，他是一位无名氏。要是我们给他一个家的话，我们就该认识他，可以这么说，要从他童年起就知道他；那他就不再是无名无姓了，也就失去他眼下最强烈、也最独有的特征了。要是他保持自己原样的话，那他就必须一直匿名到底；就让他作一个没有来源地，没有任何证件的人吧。就让我们紧随这一事实，从给定的内容推进；他从空中掉下，这当然是他很突出的特点。在我们的故事里，他也应该以某种方式从空中掉下来，这样，他便从鬼才知道的某个地方突然冒了出来，意外造就，彻底终结，全然无名无姓。

"于是，我们就有了这么一个人，他出现了；他出现的地方，是我们事先已给定的；这个地方就是古巴。也许来自安的列斯群岛的某个别的地方，其实，可以来自世界上任何一个地方，只要这地方够偏、够远就行。这个距离来自他的飞行中，不过，我们并不知道是来自哪里；只是因为我们对这个地方一无所知的缘故，这地方当是一个很遥远的地点，多少有些异国情调。你在他口袋里找到的钱币指向了安的列斯群岛；确实，还有另一个区域，在那里聚集着美、英、法和德国等国的殖民地；这个区域就是由菲律宾、安南、新加坡和苏门答腊各国划界出来的海岸线一带，我尚未发现可以排除这一可能的任何线索。我必须选择，显然从纯粹的个人动机出发，我选定了安的列斯群岛；我告诉你，这些群岛对我有着一种独特的魅力。主要是因为它们就是我逃逸的目的地；我可能永远到不了这些地方，不过，在我看来，它们比我没到过的国家更强烈地存在着。

"这些,嗯,就是我们故事的开头,然后,确定结局的*截止日*①也交由我们。这个结局,当然啦,就是这个人遭遇的空难,他没飞完行程;不过,这里出现了非常重要的一点:他是为了一项新项目飞往某个地方吗?我只知道,他在一场巨大的暴风雨中飞行,看得出来他极为匆忙。一般来说,我们能想见一个人在着手某项新事务,在追逐他不熟悉的东西时,常常会表现出某种犹豫不决,某种想要检查其工作进度的焦虑,而与此相反,一个即将归来的人会相当不耐烦;他期待着自己的目的地,会根本不在乎以何种方式前往。我想说,因为他即将归来,所以他这般匆忙,我接受这是最有可能的现实。不去管这飞行的人本可以自由飞往指南针上指向的任意地点这一事实,可供选择与想象的可能性和目的地是无限的;同时,反过来,一个即将归来的人只能飞往一个地方,为了追逐从开始就铺设好的一个客观目标,这个客观目标已决定下来,而且不可改变,这是所有可能性与目的地中唯一让人能想到的选择。回来的方式是已准确计划好的事情,因为这点,我们故事的结局就准备好了,我们也就可以从头说起了。

"这个故事的开头就跟偶然一样混乱含糊。它是在古巴的某个地方,在三角梅的树篱之中;有个人被人追赶着,左轮手枪砰砰作响,一条形似银河的路径上,一位无名氏倒下躺在地上,脖子淌着血。这伤口是被一把刀砍的,一把砍甘蔗的宽刃刀。"

外科医生读到这时,不以为然地哼了一声,然后将手稿撂在桌上。胡说八道。那脖子没伤疤;只是右胸口上有一道,不会是宽刃刀砍的,而是锐器所致。一道浅伤,只触到了肋骨处而已。

---

① 原文为葡萄牙语。

第二十三章

"是在古巴的某个地方,三角梅的树篱之间;有个人被追赶着,左轮手枪响着,一条形如银河的路径上,一位无名氏倒下了,躺在地上,脖子淌着血。伤口是被刀砍的,一把砍甘蔗的宽刃刀。大约十码开外,还有一个人也躺着,手脚摊开;这人死了。

"默默咒骂着,三个家伙朝那个被刀砍的人弯下腰去;不过,被刀砍的人自己已站起身来了,嘴里咕哝着:'什么——你们究竟想要什么!别推我,骑士!'他摸了摸脖子后边,张大嘴,惊异地望着自己满是血的手,然后望向那三个人。真要命,他醉醺醺的!

"'这驴脾气的主儿有啥事要搅和到这里头呢,'三人中的一个大声嚷着,怒冲冲地,还挠了挠头。'*狗屎*①!带他去屋里,伙计们!'

"他们架起他的胳膊和腿,提着他一路拽;根本不理会这人的后背还一直贴着地,就像一袋玉米在尘土中拖出一道路迹来了。他们抓着拽着这流浪汉沿着那条银河似的路径走。任他的屁股一路磕碰颠簸,这畜生!

"他们把他朝一扇门后面一扔,一个老婆子打了一束光照在他的脸上,求神拜佛起来。这屋子的老爷大人,要是我们按照他刺眼的蓝鼻子和恶狠狠的眉头判断的话,他自带着几分大人物的派头。这位老爷弯腰看了一个遍,询问那三个人为何弄了这么个畜生进来。

"挠头的那人起劲朝皱着眉的老爷眨巴着眼睛。'这样一来,他就跑不了了,大人。那位骑士离开这里时,我们听见外面响枪;跑去看,就发现了这个拉丁佬躺在了那儿,手里还有把左轮手枪。数英尺外躺着那位倒霉的先生,死了,愿上帝怜悯他!'

---

① 原文为西班牙语。

"其他两人听着,张着嘴,似乎想表示异议;于是,这位大人拿眼神询问这两人。'你们肯定以为他死了?'

"高个子在胸前画了个十字。'他就像个牛犊子似地死摊在那儿了,大人。后脑勺起码中了三枪。手上还有把刀……跟这厮撞上时,很有可能想用这刀自卫。这凶手还想跑来着,被我们逮住了。你们赞同我说的,是吧,伙计?嗯,后来,你们俩可真够蠢的!'

"直到这时,那两人才恍然大悟高个子是什么意思,于是,领会地咧嘴笑起来。'上帝在上,大人,就是这么回事,就像这样子,千真万确;枪杀了侠士后,这人企图逃之夭夭。手里还拿了把左轮手枪。'

"'我们得叫警察处置他,'高个子说,拿眼扫了一圈以求附和。

"这位老爷大人摸着自己泛青的下巴颏,阴沉地紧锁眉头,若有所思,'不行,佩德罗(或叫萨尔瓦多——名字我还没想好),不能叫警察。如果警察在找他的话——'他耸耸肩,'不过,我得有正当理由才能这么做。这么着会不公平。把他锁进一间屋里去,给他点喝的。'

"瘦高个抬起手。'大人,他整个人稀里糊涂的。'

"'给他点喝的,'老爷不耐烦地又说了一遍。'再就是,虽然你们知道这事,但不要多嘴他的事,明白吗?'

"'我们明白,大人,那,祝您晚安。给他往喉咙里灌些朗姆酒,他就自己找不到北了;这么个流浪汉在大人家附近想干什么,打探别人的生意吗?他不像是个黑白混血的杂种,不过,他们全都是一路货色。从他陷入的这团糟看,谁知道他是荷兰人,还是他妈的美国佬?灌,灌,还能再灌些,往上扒拉他一下,这么着,叫他最后丁点儿记忆不存。'

"这么一整,这人整个神志都晕了过去,被捣鼓得比热病还难受;接着,起先举灯的那个老婆子从一个无釉壶里取来了些水,把裹着昏迷人前额和面颊的绷带打湿(开头的昏迷情节跟结尾部分正好对应;这个圆就合上了)。老婆子是半个印第安人,墨西哥某个地方的人;她的一张干瘪的长脸,就像一匹母马的脸,哀伤的眼睛充满焦虑,但又慈祥地眨巴着。'可怜人啊!'她说,用散热的破布条包裹着这人沉沉的头。她蹲在地上,眨着眼,啪,啪,啪地,就像水滴落在砖地上。

"这人昏迷着,不省人事,持续了三十六个小时;他躺着,头裹着湿抹布,毫无自我意识。时不时,瘦高个走进来,踢一踢他。'嗨,给我起来,你他妈的死狗!我们夜里必须把他弄到某个地方去,大人,把他扔在那儿。愿主宽恕,让妖魔鬼怪随意处理他好了。'

"老爷大人摇头。'那就麻烦了。警察会找到他,一直等到他开口。不行,不行。等他醒来,我要亲自跟他谈谈,而后再看,而后再看。'

"终于,这人的手动弹了,想要擦拭额头;他脸上仍裹着抹布,当这些抹布滑落下来后,有些异样奇怪的东西仍留在他的脸上,擦不掉。这人坐起身,用力擦拭自己的前额。去叫老爷来,老爷有话跟他说。

"这位老爷,眉头浓密(从他整个相貌看,是位德高望重的绅士),审慎地打量着这个衣衫褴褛的人。不,他不可能是西班牙人,要不然他应当会认真打理自己的鞋子,比方说,即使他的衬衣只有一个衣袖,他的鞋子也会像橘子一般锃亮。

"'*你好吗*①?'这位老爷问道。

"'*非常感谢,先生*②。'

"'你是美国人?'

"'是,先生。也不是,先生。'

"'你叫什么?'

"这人擦了擦自己的前额,'我不知道,先生。'

"这位古巴老爷有些烦了,喘息着说,'那,你怎么来到这儿的?'

---

① 原文为意大利语。
② 原文为西班牙语。

"'不知道,先生。我醉了,是吧?'

"'他们在你身上找到了一把左轮手枪。'这位老爷质疑地说。

"这人摇头。'我不知道,什么都不知道。什么都不记得了——'他的脸紧拧在一起,神情惴惴不安;他站起身,吃力地走了几步。'没,我没醉;我只是……像是有根铁链箍着我的头。'他在口袋里找着什么;古巴老爷递给他一根烟。这人只点了点头,*谢谢*①;仿佛别人听得懂似的。不,这人可不是船上的鼠辈一类;随你怎么说,他身上带有各种绅士的做派。比如,他的手;他的手很脏,脏得令人为他感到耻辱,不过,当他拿着烟——简言之,就成了一位有身份的人②。古巴老爷眉头深锁。若是处置一名流浪汉,事情会简单得多,即便上法庭,法官会相信一名流浪汉么?

"这人贪婪地抽着烟,努力在想着什么。'我统统不记得了,'他说,咧着嘴笑,'很怪的感觉,我跟你说,头脑清醒着,但又空荡荡的。像是一间房间,刷得雪白,有个人就要搬进去住似的。'

"'或许你起码知道你过去是什么人吧?'古巴老爷暗示说。

"这人看着自己的手和衣服,'我不知道,先生;不过,从我看起来的这副样子——'他吐出一口烟,吐成了个零的形状。'我什么都不知道,先生,'他淡然地说,'什么都没有,脑子里什么都没有。也许过后,我会想起来——'

"这位古巴老爷凑近去,疑心重重地望着这个人。这个人呢,一脸漠然,还稍有些浮肿,带着有趣好玩的表情,和类似释然的情绪。"

---

①② 原文为西班牙语。

第二十四章

"你说得对;又一例失忆的病人,又一例患文字遗忘症的人,我们有相当多浪漫而动人的故事都因失忆而起。我同你一样,对这种我们早就熟悉的情节不以为然,只是我真的忍不住;如果我们的主人公需要保持无名无姓的状态,我们就必须去除他的身份,拿走他的资料,拆掉首字母组合,特别是,阁下,移除他的记忆,因为记忆是用来编织我们身份的东西。根除去你的记忆,你就是这个从天上掉下来的人了,这个不知来自何方,也不知自己要去何处的人了;你就是×病人。失忆的人就类似一个失去良知的人;即使头脑仍然保持清醒正常,但这个人似乎早已失去了现实的根基,人活在现实之外;没有记忆,你懂的,在我们而言也就没有现实。

"当然,作为医生,你倾向这么一个事实,那就是我们这位失忆病人是急性酒精中毒所致,也是那趟夜间惊险飞行导致的身体休克所致。他坠落到地上,重伤了头部,而后到了我们这里;从医学角度看,有关他是否受到精神创伤,我们不会有任何异议;这存在我们估计不到的偶然因素;不过,这次事件太过重大,不能只归咎为偶然因素,而且,要令我们满足,这件事必须发生得理所当然且符合逻辑。×病人遭受到精神创伤,于是丧失了,不得已丧失了他的记忆,这都源自他自身的各种原因;在他而言,这是唯一可能的方式,是唯一摆脱他自身的出口;这是类似逃入另一种生活的逃逸。实际的情况究竟怎样,你再往后看就会知道;在这个阶段,我只想提示你,这个事件有着更深层次的原因,比偶然更入情入理,而且正当。

"不过,这也是有可能的,那就是,就连逃脱个人自身的身份也是正常人的一种欲望和天性。失去自己的记忆,确实应该就像一切都从头来过一样;这就不再会是我们自己了,我的朋友,这就像是一种解脱。有时，也许你有过在某个异国他乡找到了自己的体验。在这个异国他乡，你无法用言语或金钱让他人懂你。你并没有失去你的身份，这点是真的，但你的身份失效了；你的教育、社会地位、姓名和其他构成日常的'我'的东西都没用了；你只是异国他乡街上的一个无名氏。也许你记得，在这种境况中，伴随着近乎梦一般蒙眬的莫名紧张，你对一切都感到焦虑；丧失了自我所有的附属物，你就只是一个人，一种存在，一种内在精神，只有眼睛和心脏，只有惊愕、无助和顺从。没有什么比自我迷失更田园牧歌式的了。×病人，自我迷失得如此彻底，他甚至不知道自己究竟是谁，他会是感到相当惊讶的一个人；生活之于他会像一种幻觉般度过，所有人都不认识他，所有事都是第一次遇见；同时，所有的一切看起来都似乎透过一面记忆的面纱，是他早就了解的一切，而且，这一切在他生命中的某个时段曾经出现过，然而这一切一度在哪里？我的上帝啊，在什么时候呢？他就仿佛在一场梦中，无论他做什么，想从永恒的现实溪流中打捞出现实的碎片来，却往往徒劳无功。真是奇怪，人倘若抹去了记忆，世界将变得多么虚无缥缈啊！

"有件事，我觉得需要解释一下，即×病人故事中的这位古巴老爷有一大特殊爱好。我想这位古巴人并没有把×病人当做一个有趣的心理病例留在他自家的屋子里；我宁愿相信他没打算不加考察地视这人为那场夜间谋杀案中无足轻重的一名旁观者。显然，在一开始，他就怀疑失忆是一种文雅的试探形式：倘若有人照看我的话，我的记忆可以一直模糊下去，我曾经是谁？现在是谁？我一概不知；不过，得当心，还要明白，阁下，我的记忆没回来。到了这一切的最终结局，大概他甚至认为×病人做过什么违法的事，他在有意隐瞒身份，或有意用就近的证据表明自己就是个傻子。于是，这位古巴人小心警觉地对付着这个人；不过，通过无数次测试后，古巴人确定这人毋庸置疑地是彻底丧失了记忆，甚至这之后，古巴人依然心存忧虑，担心万一这人会突然从梦中醒来，并开始说起什么来。所以，治好他比较好些。特别是日复一日，越来越明显，古巴人发现这个人是一位彬彬有礼、乐于助人的人。那就让这事就这样好了，要是我们的商业利益广泛进行扩张，从加拉加斯①扩展到坦皮科②，那么，谢天谢地，懂多门语言的能人就在手边可用；当你非得跟英国人、法国人、德国人打交道，跟初来乍到的那些美国乡巴佬打交道时，愿上帝诅咒他们，这些家伙一辈子都不会学西班牙语；还有那些从汉堡来的人，总是期望你用他们的某种语言与他们通信。古巴人一边在心底深思细想着这些事，一边嚼着一根如同香蕉一般粗的黑雪茄；他抽他自家产的雪茄；那些黑白混血儿用手掌在她们年轻浑圆的大腿上卷这些雪茄时，他亲自监着工；他依照这些女孩来挑选他的雪茄，更严格些说，是按照这些女孩的胫骨长度来挑选他抽的雪茄；女孩子的腿越长，人就长得越好看，雪茄也卷得越出色。后来，他发现，关在他屋子里的这个人不仅会说和写那些不同的语言，甚至还懂得如何骂人（各色可疑的人，这些人出入这位古巴大人的家太过频繁，再就是，当这些人不明白时，还需要告诉这些人他的看法，这位古巴大人对这一套厌烦透了）。他开始对这个人热情起来，还给了他一份岗位；从古巴人自己这方面来说，他们两人的关系有几分类似骗子间的契约，这契约倒也出自真心，也算近人情。为避免任何误读，这位古巴人是一位老殖民开拓者，贵族出身，卡马圭③人，人们因而叫他卡马圭诺。他在大草原上当过养牛倌。不过，当他弄明白，在当时的悲惨年代，做一个养牛场主和一家之主已不再能保障丰衣足食时，他一耸肩便跑去做生意了，走的是有名的海盗老套路，在群岛一带玩弄他们的各种花招伎俩。总之，这人④，他这么称呼我们的主人公，在他跟那些自讨苦吃要操他们自己的语言的人谈判时，就能派上用场，是的，还能给他撑门面，甚至在抢夺和弄沉那些人的船只之类的事情上，这个人也用得上。人必须要如同挑选种牛那样来挑选自己的手下，要慎重，还要有

---

① 委内瑞拉的首都。
② 墨西哥塔毛利帕斯州的重要经济城市，位于墨西哥湾畔。
③ 古巴第三大城市，卡马圭省的首府。
④ 原文为西班牙语。

点先知精神。这头公牛确实脚跛了点,不过,我敢打赌,先生,它能下种产出不错的牛崽子。这个人确实不知怎的有些古怪糊涂,但是,他看起来好像懂得相当多。于是,这位老海盗深叹一口气,去找他的老婆商量。他的老婆正坐在屋里面某个地方,双腿浮肿,她在玩纸牌算命呢,汗滴滑落在她皱巴巴的臃肿脸庞上,仿佛永恒的眼泪。从来没人见过她;只是时不时她在咒骂女黑奴时,人们才听得见她低沉的声音。

"应当说明的是,这位古巴人不只做糖、青椒、蜂蜜和其他群岛特产的生意,关键而且最重要的是,所有各种事物都由他自己处理。有时候,人们来找他,真的,样子甚是可疑,鬼知道这个世界上有着怎样稀奇古怪的种族啊。这个嘛,他说,要成立一家出口公司来经营多巴哥生产的姜、安戈斯图拉酒①、肉豆蔻、辣椒②;那个嘛,他说,有关在海地的一处沥青开采生意;那个呢,他说,要出口库巴维木③,一种跟装甲板一样坚硬的木材;从不腐烂的皮比里,产在圣玛丽亚④;或是软木,比阿尔及利亚橡木做的软木要轻巧。或者,开垦种植香草、可可、蔗糖的种植园。在各个地方,在那些劳工廉价的地方,或是批量生产蜀葵淀粉,侯购谍⑤果酱,桂皮膏。他们中有些人来群岛至少三个月了,知晓所有生意的门道,以及需要开设什么。那些经验更为老到的人,则与人商谈诸如进口劳工、测量土地、运营各自政府私下撑腰的有限公司等事项。老卡马圭诺半闭着眼听着,嚼着他的黑雪茄;他有一个热带类型的肝脏,这导致他生性多疑急躁。逐渐地,天神星罗棋布般撒落下的所有群岛上,都有了他染指的商业利益,他的蔗糖和可可种植园,他的干燥窑、磨坊、酿酒厂,他数平方英里的

---

① 一种含40%酒精的苦味酒。从安戈斯图树皮,丁香、苦橙等取汁酿制。
② 原文为西班牙语。
③ 原文为科萨语。科萨语是非洲南部科萨族所使用的语言,也是南非共和国的官方语言之一。
④ 佛得角的一座城市,由萨尔县负责管辖,位于向风群岛的萨尔岛南部。
⑤ 漆树科槟榔青属水果,原产于美洲热带地区。又名红酸枣。

森林。所有这些到手后,他的合伙人就逃了,要不就是因嗜酒或是患热病而萎靡不振了。他自己几乎足不出户,因为肝病和腰疼缠身,而遭受着折磨;不过,许多小海盗、盗贼,许多莫雷纳人①和不知羞耻的混血儿,出着汗喧闹着,狂喝豪饮着,还跟这烈焰世界里的所有妖魔鬼怪在他各地的种植园里私通奸淫。在这栋刷得雪白的凉爽的独立屋里,在庭院内,碧水汩汩流淌在托莱多②的彩陶之中,几乎听不见那挣扎的声音;有时,真的,某个人来了,一双发烧的眼睛,憔悴得如同一颗槐荚,哭诉着自己被毁掉了;不过,因此,有三位侍从,来自大草原的昔日牛仔,负责引这些人出去。当你骑马穿过一人高的草丛时,时代感是不同的;在某处山冈上,一棵舒展的老木棉树耸立着,在木棉树的树阴下,你可以眺望连绵不断的数英里开外的地方;山坡上布满一群群的黑色牛群。而现在,这些人为了区区几块油乎乎的美元嚷叫着,仿佛某件大事即将发生似的。他们完全跟那些把大草原变成蔗糖厂的人是一路货色,都是些流氓无赖。此外,不再养黑公牛了,只能引进瘤牛,一种驼背跛脚的牲畜;瘤牛价格更便宜。这位老古巴人扬起他的浓眉,似乎很震惊。人们喜欢这种假想,即你应当就这些大做文章。都是异域他乡的事,那又怎么样呢——"

---

① 非洲莱索托人对首领的称呼,也作为对白人的尊称。
② 西班牙中部的自治市,位于马德里西南约70公里。

第二十五章

"奇怪的是,这位老妇人的纸牌里怎么会出现这些:一堆堆的钱,还有某种厄运灾祸;这个人出生富贵,可是,后来出现了一个女人,是个烦恼,还有一封信。关于这个女人,挺奇怪的,要知道,在古巴老爷的这栋房子里,就只有老妇人自己和一些混血佣人。当然,不会是她们。再就是让一位当家太太①占卜和接触恶灵,这不成体统;于是,叫进来一位年老的女黑人。这位老女人懂得怎么捣鼓这些脏得出奇的纸牌、朗姆酒,和符咒。纸牌铺开后,这位老莫雷纳女人开始念咒语,语速快得惊人,老妇人很难听懂每句话中的关键词语,也就无法确定上天究竟授意了什么,除了再次出现一大笔钱、一次远途、一个女人,和一次可怕的厄运外,女黑人胡乱地指着地板说着这些。地板上什么都没有,除了一只小甲壳虫,披着金属色的甲壳,在一路缓慢地爬着;当这位黑人女先知悲哀地指向地板时,甲壳虫细腿一撑,似乎死掉了。

"尽管如此,也不过是一种警示;即使这位古巴老爷不在意,但显然,甚至他也被一种更为深层次的必然宿命触动了。首先,他从医院里搞到一个死人的个人证件;这个人得有个姓名和身份嘛,然后,给他取名叫乔治·凯特宁先生,这人想必不会反对。凯特宁是个好名字;这个姓可以是美国佬、德国人,或是别的什么国家的姓,总之显得这个人有条理,可信赖。要是叫他乔治·凯特宁,那就乔治·凯特宁好了。没人会问他从哪里来,他也不会让人觉得他昨天才来到群岛一带。人们叫他秘书②,并没有特别的意味;关键的是,他负责翻译和拟写信函。当他写下第一句话时,我就想象着他开始恢复记忆了

---

①② 原文为西班牙语。

吗？而后，他定定地看着他写下的东西；十有八九，这些东西在提醒他某些回忆不起来但又极为个人的东西；也许，是他丧失了但仍留存在他个人笔迹中的个性。从那时起，他只在打字机上写东西，同时被这位古巴人庞杂的商业利益逗得有点发乐。'逗得有点发乐'，很贴切的用词。无论是一项业务，蜜糖方面，还是烤烟地的收益，或是与特立尼达岛上的锡兰①苦力拟定的集体合同、圣多米尼哥②或马提尼克③的土地买卖、百慕大④的糖厂、太子港设立的经销代理处等等，在他看来，仿佛统统不是真的人、真的房产、真的货物、真的钱，而是某些东西，这些东西因距离遥远而显得很不真实且相当可笑；就仿佛有人告诉他可以在半人马星座上做按揭抵押，或是从大陵五Ａ星⑤上获取田产收益，或是在牧夫星座⑥抑或小熊星座的星星之间铺设窄轨铁路。从一种商业和人性的观点出发，想到有人在察看你的收益、投资，还有来自遥远星辰的按揭抵押，这肯定让人不舒服，此外，不止一次，每每这位凯特宁碰上某个新鲜的名称，就会相当莫名其妙地龇着牙，显得很愉悦，惹得老卡马圭诺扬起他恼怒的浓眉。要是有人这般不敬地对待你的财富，似乎它只不过一种幻影之类的东西，这当然惹人不快。不过，老海盗发觉，这也有比较好的一面。凯特宁无论写什么都绝不带个人情感；比方说，要停掉给一位种植园主的贷款，而这位种植园主还在玛丽亚·加兰特岛上没命地劳作；要遣散人员，或是把刀架在某人的喉咙上；有的时候，古巴老爷的话甚至还堵在嗓

---

① 今日的斯里兰卡。1796年英国东印度公司从荷兰手中夺得该岛的沿海地区，1802年交由英国政府管理，1815年英国废黜了锡兰国王，将锡兰全岛置于英国统治之下，1948年独立，1972年更改国名为斯里兰卡。
② 西班牙在美洲的第一个殖民地。
③ 位于加勒比海，法属殖民地。首府法兰西堡。
④ 法律文件中也作百慕大群岛或萨默斯群岛。位于北大西洋，英属殖民地。
⑤ 大陵五Ａ星是英仙座内一对食双星中较为明亮的那颗。大陵五的英文意指"恶魔之星"。
⑥ 牧夫星座是现代的88个星座之一，也是公元2世纪的天文学家托勒密叙述的48个星座之一。

子间，他哼哼着，犹豫着，似乎在等着些反对意见，而打字机就欢快地咔哒咔哒响了；这个人只抬起眯着的眼睛询问接下来写什么。卡马圭诺有过一位老文书，一位西班牙后裔；每当不得不写这类信函时，这位老文书常常勃然大怒，样子很是吓人，他会开始大嚷大叫，接着跑掉；而后，醉醺醺地回来，动手写信，一脸遭天谴的表情，咒骂他妈是最下作的妓女。而现在，一切进展顺利，见鬼般地顺利，只听见咔哒咔哒的响声。我猜想，老古巴人感到心神不宁，因为这进展像闪电般神速，他都不需要再做口授了；要是有个可怜的倒霉蛋来信说他的果园被利马霉菌吞噬掉了，他只须对这封信耸一耸肩膀就够了，凯特宁先生会写好回信，而后，这位种植园主便上吊自杀了。这么看起来，凯特宁先生似乎全无良知。保不定他的良知随记忆一同丧失了。

"不过，就如你能想象的，还有一点跟他的记忆相关。你知道的，这位凯特宁丧失了自己的记忆，因而所有的过往也都丧失了，不过，反过来，一个新人诞生了，这个'他'也随之展现出来。他逐字逐句地记下经他手处理的信函、账单和合同。我们一个月前写给某某人各种文件，在与这个人的协议备忘录里记下的某某事情等等，组成了一个齐全的活知识库。卡马圭诺嚼着他不停口的雪茄，若有所思地望着这位不可思议的凯特宁。时不时地，他从自己在屋内暗角深处的保险箱里取出各种旧合同副本和商务信函。读读这些，他说。凯特宁于是读了，并记住了。这位古巴人并不是非常重视类似条理的这些新奇想法；另外，他的许多收益都属于他选择不作记录的那类。有些与他平起平坐的老海盗，他们在一起时，只抽上一根雪茄，诸事握握手就成交了。不过，人在变老，也不知道自己的大限之时何时到来；带着些许不安，古巴人开始慢慢引导凯特宁进入他的生意，还向他吐露这类生意是什么，如何运营。我们大概会理所当然地认为，这其中不全是生意。卡马圭这个古老的国度，有着放养牛群的热带大草原，以及各个不同时代的高贵的古巴农场主；在往日的哈瓦那，那个社会的族群，谦和而体面，女士们穿有衬的裙子。你知道古巴社会是世界上最高贵、最独特的社会吗？只有主人和仆人，没有乌合之众。古老的古巴啊，凯特宁先生。接着，这位老绅士，忍住自己的风湿痛，演示在过去一名骑士是怎么向一位女士鞠躬，而这位女士又怎么很靠近地在骑士跟前跪下，双手托着自己的裙子还礼。还有各种舞蹈，恰空舞曲①，或是丹泽舞曲②——不是，不是这些隆隆声和高音声响；黑奴跟随这些舞曲跳舞，还有豹子，这是莫雷纳人的狂欢会，不过，一个古巴人，先生，并不甘心成为这种样子。直到美国佬把我们变成了黑奴，才这样的。卡马圭诺的眼神突然燃烧起来。就连那些黑白混血儿也不再是她们从前那样了！她们的臀部过去是那么小巧浑圆！如今，她们被美国佬的精血给糟蹋了，骨骼变得太粗糙，我的先生③，只适合叫嚷的宽脸庞。而今，她们说话粗声大气，而那时，她们只会柔声细语，是的，当她们高潮时，就只柔声叫唤一下。这位老绅士挥了挥手。总之，我们嚷得太多；这是美国佬带坏的。而之前，我们比较安静，也比较有尊严——

"凯特宁听着，眼睛半眯着，带着一丝稍有些惆怅的微笑。仿佛这种骑士风范的遥远往昔犹如一条溪水，正在流入他空荡荡的内在躯壳之中。"

---

① 起源于墨西哥等西班牙殖民地的舞曲音乐，16 世纪时传入西班牙，17 世纪时开始在欧洲盛行，多用于歌剧和键盘乐。

② 源于古巴的一种美洲音乐类型与舞蹈，亦在墨西哥和波多黎各地区广受人民喜爱。丹泽舞曲成形于英国、西班牙殖民统治时期，融合了古巴本土，以及英国、西班牙和非洲各地的音乐元素与舞蹈风格。

③ 原文为西班牙语。

第二十六章

"不过,另外,人们可以想见的,和凯特宁先生在一起时你不会有什么话说;看起来他似乎有意要避开人们,好像担心有人会认出他来,上前拍着他的肩膀:你好啊,某某先生?他喝醉的时候,一定是独自一人,喝得过了头。他偶尔光顾科罗拉多人去的沙龙,眼睛盯着溅污了的地板,地板上满是果核,还有废渣,他用对应自己当下情绪的一门语言自言自语着。我觉得,时不时地,他叽里咕噜出一句话,而后长时间地深入思考这句话,像在查看一艘被忘川①之水抛起的沉船;不过,他想必是醉得过了头,以致这句话的记忆无法自行脱离他的潜意识深处,他因而毫无任何解决方案,只是晃着他的头,半梦半醒着,低声咕哝连他自己都不知所云的话语。而周围,黑奴敲打的鼓声、铜锣声、铃铛声,还有一把吉他的琴声,让人出汗的狂野乐声中,飞流的瀑布里跃出一个赤裸的女孩,她尖叫着,猛拍自己闪亮的臀部;一把小号在嘶鸣,还有一把小提琴在柔和地如泣如诉,啊,就好像你在抚摸一个光滑的后背和双肩,这后背收缩而顺从地让你的手指甲嵌了进去。凯特宁先生的手指甲探进了自己的手掌心,他摇着头,却跟不上这些黑人音乐的节奏,真的跟不上,他的头都摇得要掉下来滚到地板上了。为什么这些玩音乐的黑人这么能跳啊,稍等,稍等,我还没够,可眼睛看不清了;稍等,我得闭上眼睛,我再睁开眼睛时,还望你们安安静静地坐着,我可跟你们说啊,难道你们就不能不玩了吗!凯特宁先生睁开眼睛;玩音乐的黑人跳跃着,还翻着眼白,吹小号的那个站起身,仿佛从黑暗中刚冒上来,与此同时,在地

---

① 希腊神话中阴间的五条河流之一。

板上的一角，一位安的列斯女混血儿①，棕色皮肤，穿着花裙子，正扭来扭去。这位橄榄色皮肤的古巴人用一条长方形红披巾兜住她的臀部，将她往自己怀里抱紧了，跳着舞。两人在一种猛烈而局促的节奏中你推我搡，古巴人张着嘴，女混血儿的眼眸泛着铅灰色，他们相互在拖拽，咻咻地叫喊着，龇牙咧嘴地像是想要互咬；而后又是一对；再有了第三对，全都是他们这些人，在桌子间扭来扭去，打着踉跄，尖声狂笑中嘶吼着，他们彼此攻击，闪动着汗珠儿，还有涂抹的发油；此外，最重要的，小号高声刺耳地吹响着，张扬着其中的性胜利姿态。

"我们看看凯特宁先生如何敲桌子打鼓，摇晃着自己的脑袋。天啊，这是在提示我什么，这是在提示我什么呢？肯定有过一回，就在我快要酩酊大醉的时候，是的，就是这样子，是的，不过，事情是怎么结束的呢？他徒劳地想要抓住某个躲闪着他的画面。黑白女混血儿的眼睛和牙齿闪着光，齿间有朵木槿花，她摇晃着自己的屁股；是的，我知道我会跟你走，不过，得想一想；姑娘，我记不起来了——有个年轻人向凯特宁先生靠过来，对他说了些什么。凯特宁先生的眼睛鼓了出来。*有吗*？②这位细脖子年轻人咧嘴笑了，自负地低声耳语，我可以带你去啊，先生，找个漂亮妞，漂漂亮亮的，混血的。他喋喋不休地说着，还吧嗒了一下舌头。而凯特宁先生，仿佛突然失去了控制；他一跃而起，朝年轻人的面门就是一记重拳，年轻人被打得往后飞了出去，跌倒在跳舞人群中的地板上。凯特宁先生吼着，用拳头捶自己的脑门儿。这会儿，我应该会记起来啊——他还是记不起来。接着发生了一场可怕的斗殴事件，然后，与几个美国人又是一场更可怕的纵欲寻欢，这些美国人把整个沙龙，连同这些女孩和玩音乐的人一并赶走，侵占了这块被征服的领地；他们对外称古巴人就是一帮混血杂种和黑鬼，倒替他们自己的头上戴上了纸玫瑰花，如此一

---

① 指原法属安的列斯群岛的黑白混血人种中的女性；男性称作安的列斯男性混血儿。专指欧洲白人与非裔，或加勒比海黑人混血的后代，通常有皮肤上的明显差异。

② 原文为意大利语。

来，在这块鲜花之地上,这家古巴沙龙更加光彩华丽了。

"接着,因此事而起,我们比方说,古巴民族主义者的反美示威游行爆发了。当地的学生参与其中,挥动着蓝白条幅的旗子,他们慷慨陈词猛烈抨击美利坚合众国。事情越闹越大,官方必须介入调查。老卡马圭诺暴躁地一边吐着雪茄烟雾,一边大声怒斥,一方面,他承认这种思潮鼓动下的年轻人需要某种宣泄来保持情绪高涨,他这是在说凯特宁先生和这些头脑发热的古巴青年人;不过,作为一位商人,他也赞同秩序法规这一套,再加上,身为卡马圭人,他支持跟这些外国人作最终的清算。他不愿意失去这位凯特宁,还有,他最担心的是,凯特宁的身份有可能在官方调查中被查出来;谁晓得这些警察会不会对那个头颅骨里带着三颗子弹的死人又感兴趣起来呢?那个死人已被划入北方来的无名暴徒之列了(对于当地人来说,正如众所周知的那样,他们要用一把刀来解决自己的事;撇开日工雇农,这些人早在新墨西哥就有了经验)。哎,*母牛崽子,胆小鬼,小子*①! 这样的事可曾在古巴发生过?每个人就自己操心自己的荣誉,不靠官方支撑,没有争执和斗殴,没有人热衷于捅刀子。古巴是多么公正啊!它给予人应得的财产、权益、租赁、和遗赠,但醉鬼之间的打架斗殴不在内。老绅士皱着眉,浓密的眉头出离愤怒,随口吐出一口褐色的痰,凯特宁先生呢,伤痕瘀青,没精打采,飞快地敲击着打字机。在海地的那个荷兰人又在催问提高贷款建糖厂的事了。

"凯特宁先生抬起布满血丝的眼睛,'上回,他写信说,安装工人差不多安装好了压榨机;这次,他在信上说,安装压榨机的场地还没搭顶棚。'

"古巴人咬着雪茄;他难道现在没别的担忧吗?

"'得有个人去看一看那座厂房。'凯特宁低声说,又开始咔哒咔哒起来。

"老古巴人默默地窃笑起来,'这主意好,凯特宁,你不想去那

---

① 原文为西班牙语。

儿吗？'

"这个人耸了耸肩，显然，他无所谓；不过，古巴人自己罩在烟雾里，默想着，不禁笑得前仰后合。

"'好极了，就你啦，你去海地。而且，这里的局势总会消停的，再说我们也需要有人照看我们在那里的事务。太子港有代理处，戈纳伊夫①的那些事，还有萨马纳②那儿的——不过，你对这些都了解。'老卡马圭诺很是得意自己的这个想法。我想要知道这个人在海地会干些什么；那儿可不像古巴，知道吗？多数情况下，他会因朗姆酒醉驾而撞死，只要那些女黑人没抖掉他的裤子；那儿的人变得非常木头呆脑，连东西都不偷。真的，我们需要一个能人；那儿有钱赚——古巴人愈发认真起来。海地不是古巴；在那里，美国佬还没能蚕食成功窃取到手呢，没人在那里能坚守住，没人，没人受得了那样的生活，除了黑人。同样，在那里，你可买可卖——加之，这个人没有过多的是非良心。他也许能在那儿待下去；当一个人没有是非良心时，他能承受得更多。

"'我去。'凯特宁淡然回答。

"卡马圭诺变得活泼起来；把个梨什么的往盐里蘸了蘸，然后，开始长篇累牍地交待他能想到的有关那儿的任何信息。'喝，凯特宁，祝你健康！再就是，可要留心那些女人，她们相当狂热地痴迷金发。我在找可以种甘蔗的土地，我下注在糖上。凯特宁，十多年了，我下赌注在甘蔗上，*祝你健康*③！还要当心那些巫师，那伙人甚至不是基督徒。对了，我们在戈纳伊夫要建一座仓库。我派你去，就把你当我儿子啊。凯特宁，还有，我提醒你，当心那些巫术，那些巫师。这些，你还得学会贿赂官员，这是最关键的。'老古巴人仿佛从他的雪茄中吸吮着某些暗智慧。'宁可上女黑人，也不要找黑白混血女，

---

① 海地共和国阿蒂博尼特省的首府，港口城市，南通太子港，北达海地角。
② 多米尼加共和国东北部的一个省，毗邻大西洋。
③ 原文为西班牙语。

你啊；女黑人至少是头野兽，而黑白混血女是魔鬼啊，魔鬼啊。我告诉你，要留心太子港的代理处。别忘了随身带上防虫咬的物品，凯特宁，要写信给我，告知事情进展，和在那儿跟女人的事儿呵。'"

第二十七章

"当然,我去了植物园的温室看了一圈,好让我自己了解了解热带植被。现在,我应该能很好地描述那些巴豆属①植被了,它们的叶子带红色和黄色条纹,美得让你觉得它们有毒;铁苋菜,叶子鲜红;红掌花烛属的柔软叶子垂在黑水塘上,散发出不讨人厌的衰败气息;黑椒灌木丛和凤梨②的植株上喷吐出令人惊叹的粉红或是天蓝花簇;露兜树站在其根的顶尖,齿状叶子锋利得像小锯子;更别提棕榈树了。在这些花草树木间,有个普普通通的人,他头向后仰,没在走道,跟大人国里来的格列弗一样摸不着自己的道。不过,如果我必须准确说出我想象的热带国家是什么样的话,我就得把所有这些搁一边去,然后像兰波③那样闯入相当含糊的地理数据之中。'我想起不可思议的佛罗里达,你看,那里的美洲豹的眼睛,和人的各种肤色跟鲜花杂糅在一起,还有彩虹像鞭绳那样拉伸开来;我看见发酵的沼泽,沼泽里的巨蛇被臭虫吃了,它从散发着恶臭的歪脖子树上掉落下来。我想向孩子们展示这些金色的国度……

"是的,类似这样的东西;不过,人们必须在太阳白热化的炙烤下猛力砍伐不断恶化的热带丛林,点火除草,用赤裸的爪子扑灭火花;种植土豆④,或是咖啡树,搭建茅棚,也只是这样才能向这些孩子展现这些金色的国度。在这些国度里,鲜花与各种气味混杂一起,

---

① 大戟科下的一个属,为灌木或乔木植物,少数为草本植物。该属共有约750种,分布于热带和亚热带地区。

② 原文为西班牙语。

③ 让·尼古拉·阿尔蒂尔·兰波(1854—1891):19世纪法国著名诗人,早期象征主义诗歌的代表人物,超现实主义诗歌的鼻祖。

④ 原文为西班牙语。

各种肤色的人种和商务代理人，老奸巨猾者，出口贸易，还有劳工，蝴蝶的蓝色光泽，水果供应的国际惯例……真是无穷尽又旺盛的共生群落！好一座热带林莽！你一定意识到我并不是在一座天堂里漫步，若是在天堂里，我应当会在棕榈树的树阴下休息，让大自然拥抱我，用紫色鲜花覆盖我，让茉莉花香环绕我。唉，唉，这事对于我没那么简单！我想要向深处窥视，看看里面炖着的酸料调味酱是什么鬼玩意儿。这调味酱混合着太阳、事态局势、各色人种和买卖，搅拌着荒芜与信贷、基本需求和文明等等；我的朋友，甚至魔鬼都不想搅动这炖锅里的勺子。我想看看哪个更凶猛，是让黑人弯躬屈从的这位新滑头呢，还是我们屈膝听命的经济学原理；我只知道，这两样事情放在一块，就使得热带丛林比恐龙藏身孵蛋的木贼丛听来还要奇特。有个问题，那只乌鸡，正在番薯的阴影下自顾自地抓挠，它是就要在市场上出售呢？还是会被活生生咬断鸡头，用以抚慰这条被人高香膜拜的至尊蛇呢？我想看看，这位新滑头窝在扶手椅里，如何笑着打电话，怎样神速搞定他的商业买卖。什么，阿姆斯特丹的交易清淡？好吧，我们就取消背风群岛上的种植园。这位新滑头被惹恼了，甩动着他的尾巴搅动这世界各处的海洋。

"接着，我去查看统计数据顺便透口气，看看这种热带调味酱熬得怎样了。以安的列斯为例，就有你想得到的所有变种；从古巴开始，在古巴，只有三分之一的人是科罗拉多人，其余三分之二是白人（这个国家与传统的典型奴隶制国家相反，有色人种与白人的人口比例是二比一），而后，最后到海地共和国收尾，在海地，深陷热带给人的绝望之中，仅有极少的白人痛苦地生活在吵嚷嚷的黑人当中。要增强这一对比效果，不能忘了来自叙利亚的放高利贷者，中国人，还有从印度、爪哇或是大洋洲贩卖过来的苦力。真是太妙的点子啦！进口的苦力比当地劳工要容易管控；就只等这位新滑头拓展到欧洲，到那时，工人会从一个国家被带到另一个国家；他们会更顺从听话，此外，除了工作和交配外，他们对什么都提不起兴趣。

"再就是,这热乎乎的调味酱完全用地上的盐①调味。每个殖民大国寄往那里由它选定的样品,尊贵地代表着白种人的意图要旨。走出去进入这个世界,教授当地的所有国家何为国家,何为商业;凡是脚跟所到之处,都开设办事处和商行。就以这些脾气暴戾、急躁、健康状况不佳的人向那些贫穷的野蛮人展示文明的祝福;而这些人则认为自己是在流亡,于是,掐算着自己的时日与钱财,巴望着能回到自己姑姨和堂表那里的时刻。必须得让这些人相信,国家的尊严以及繁荣,有赖于他们如狼似虎的勇猛,以免他们会在怀旧和懒惰中酗酒而亡,得让他们依旧一如既往地算着日子过活,带着对荣誉的困惑,扯着闲话,更换着出了汗的衬衫。像卡马圭诺这样的人,起码来说,毫不掩饰他代表着某种更高的利益;他是一个有诚信的海盗,所以,我们总是带着某种愉悦而想起他。

"于是,我们在我们的炖锅里把这一切全搅拌了;英国、美国、法国、德国的统治者、陆军中尉、商务代表和仓库管理员;漂亮的克里奥尔人,还有老殖民者,类似殖民贵族一类的人物;从此开始,我们可以欢快地逐级跳下人类的阶梯,从坚果色的肤色,到茶色,浅咖啡色,一路往下直到麻风病的白色。在我们的衣橱里,我们有古巴人的宽边帽和混血儿的橘黄色鞋子、约鲁巴人②光亮地赤身裸体,还有瓜德罗普岛上女孩子扎的杂色头巾,所有这一切从各地汇集起来,从整个世界扫荡和搬运过来;奇妙的扫荡,其中可能夹杂着翻找;西班牙、非洲、英国和法国的传统陷入一种过时的排他性状态,或是怪诞的交配变异之中。只有蜂鸟、蟾蜍、热带丛林,加上烟草,杂草当然不算以及疾病在那里是纯粹的。其余的东西则涌现在人类商业活动的渣滓堆上。

"于是,这些地方成为我的欲望群岛,这就是我想象它们的方式;正如你看见的,我没有捕捉彩虹色的蝴蝶,也没有假扮成梦想家

---

① 结合上下文,这里一语双关,也意指非常正派、诚实的普通人。
② 西非主要民族之一,大部分分布在尼日利亚西南部的萨赫勒草原与热带雨林地带。

飞进原生态的大自然之中,去朝拜戴着光环的赤裸太阳。绝非如此。要是我将这称作一种逃逸的话,那么,这就是一种逃入万物之中心的逃逸。在这个中心里,万事万物皆陷于冲突之中,不同年龄的人在不同文化的杂糅中交配。这里,狂欢与暴戾依旧;这里,人们痉挛地抽搐着,粗犷地追逐收益,形同通奸乱伦一般。由它去吧,这就是人类以其人性本色……和非人性本色的惊人幅度呈现在我们的面前。"

第二十八章

"'海地的那家糖厂,我想象它靠近一座黑人村庄,它在地图上叫做,比方说,双玛丽①庄;糖厂已建起一些厂房围墙,机器还没有到位,三百英亩干裂的黄土地上长着丛林杂草和第四茬宿根蔗,也就是第五道甘蔗了,那种产不出汁或糖的甘蔗了。'不久前,荷兰人已知趣地离开,于是,凯特宁先生让人清除干净蜈蚣后,便搬进了自己的棚屋。总的来说,他感到满足;棚屋后面就是热带丛林,板栗树、高领树②和魔树③之类构成的热带丛林,霸鹞鸟④在朝他鸣唱着。然后,到了傍晚。傍晚时,闪烁的甲壳虫一窝蜂窜出灌木丛,蝙蝠则沿Z字形掠过嗡嗡作响的干燥的甘蔗林。村庄那头传来声响,他能听见,是黑人们在击鼓跳舞,庆贺他们的新主人的到来。凯特宁先生宽慰地舒了一口气,在这儿,哎呵,你不需要有名字,至于记忆,你能用它来做什么,做什么呢?你因热而眨着眼睛,或是昏昏瞌睡,没心思沿着怀旧的小径适当地漫步。你在这儿,这就够了。持续的嗡嗡声一直响着。

"他本该给卡马圭诺写封信去,说说这边大致的情形,不过,他懒得动笔了。棚屋四周种着旋花属⑤植被和木槿,还有木薯和芭蕉,一派欣欣向荣;一条毛茸茸的毛毛虫爬在一根木梗上,一只蚂蚁在一片巨大的叶子上来回爬动,仿佛忙得不亦乐乎。有段时间,他观看几

---

① 原文为法语。
② 一种热带树种。
③ 一种橡树。
④ 一种带鲜黄、黑和白色斑纹的热带鸟。
⑤ 旋花科下的一个属,为直立或缠绕草本植物或亚灌木植物。该属共有约250种,分布于温带至亚热带地区。

只壁虎在糖厂的墙上竞相追逐,觉得很有意思;不过,后来,这几只壁虎变僵硬了,静静坐着,仿佛给钉子钉住了;但只要有一块石头投掷过去——它们就会闪电般地躲过!不过,稍等,我要让你们动起来。凯特宁先生用他的一根手指向一个躲在一堵墙后的黑人示意。这厮是当地的市长,带工的包工头,测量师,总之,是一位要员。'这是怎么回事?'凯特宁先生说。'你们这一帮盗贼,你们这些癞蛤蟆,赶紧动起来,动手建起这座厂子;带三十个人手到这儿来,你明白,明白吗①? 我要你赶紧动起来,你们这群懒汉!'是啊,接着,二十个黑人一窝蜂进驻工地,装模作样在建造什么似的;那几只壁虎减少了休息,凯特宁先生也在震颤的炎热中眨巴着眼睛。起码有人在干活;至少,在他看起来似乎自己在做着事;起码,他不用再对着一堵惨兮兮的半拉子墙发呆,墙上一只壁虎一动不动地坐着,仿佛被钉死在那儿了。事情终于有了进展,接着,好些天,好几个星期,好几个月过去了;还有好几个夜晚,还好,夜晚有棕榈酒,还能睡觉,夜里有星星,你大可以轻松度过这一宿。

"现在,他们在搭椽子;差不多是时候开始询问建造这座庞大建筑的目的了。围着这座建筑,几乎整个村庄都在折腾,老婆子、猪崽子、赤裸的孩童、母鸡、所有活的东西,起码有事在干着。不过,这不会是一座糖厂,里面没有机器。快,落在后面的人,快,难道你没看见在角落有只壁虎又停下来了,仿佛它不知道自己在寻找什么似的。这可能,比方说,是一座烘干棚;一座烘干棚总是方便做些事的。

"有时候,有位邻居骑着骡来看他,一位年轻的种植园主,人称皮埃尔,来自诺曼底的一位农家子。他就想着在这块地方赚上钱,然后回家娶老婆。他很憔悴,块头也大,遭受着浮肿和热病的折磨,死亡从他眼神里透出来。'你们英国人,'他常常说(他误以为凯特宁先生是大不列颠人),'懂得怎么发号施令;节省的人就永远不会学

---

① 原文为法语。

的。是啊,节省的人做不了老爷主子。这些黑人看见我用自己的一双爪子干活时——就没法再跟他们住一块了。你觉得我命令得动他们干活吗?他们当面取笑我,故意对我做各种事——还很懒,我的上帝啊!'——憎恨与厌恶令他颤抖起来——'今年,他们让七英亩的咖啡新苗全枯死掉了——我自己除不了地里的草,我哪里除得了啊?'——他气恼得不行,几乎都哭出来了——另外,我去了太子港,去见那些穿着白鞋子、自称商务代表的有身份的人,我跟他们说,我有咖啡、生姜,能提供肉豆蔻——'我们什么都不要。'你说说,凯特宁,要是他们什么都不要,那他们待在这里图个啥呢?他们不是无所事事吧?他们的做派就好像我压根儿不在他们跟前似的。不过后来,他们说:'你究竟想要什么?我们可以给你这么多和这么多。'——很荒谬的价格。他们也是法国人啊,凯特宁。但愿你明白那是怎么一回事——"

"皮埃尔沉闷地咽了一口口水,喉结上下滑动;他挠着周身被红螨咬得发痒的部位。'可这里就是地狱,'他吼着,'这些混血杂种——他们以为他们自己跟我一个样。我父亲是一位美国代理商,我不是黑鬼,这些闲散人自吹自擂着。而我呢,拼命做事——我在勒阿弗尔①港有个女孩,一个好女孩,她是一艘船上的打字员;先生,只要我能全卖掉手头的货,能挣个一千或两千法郎。'皮埃尔双手托着头,回忆起他老家的情形;他甚至没留意到凯尔宁先生从未反过来向他提起过自己的任何陈年往事,毕竟回忆是自私的。他抱怨出汗而且疲惫;有人建议他吃象虱②和腰果,他们说,这类东西可以去疲劳,提神健脑。从那以后,皮埃尔总在兜里装满这些东西,嘴里嚼个不停;他没意识到,除了上述功效,这些东西也是壮阳药,更何况他被思念他的女孩的欲望牵制着。另外,他怕那些女黑人,觉得她们身上带着病,十分厌恶她们,因为他心里憎恨黑人;难道他们没毁掉他的

---

① 法国北部诺曼底地区的第二大城市,位于塞纳河河口,濒临英吉利海峡,是法国仅次于马赛的第二大输出港。
② 一种生活在亚洲象、非洲象和疣猪表皮的寄生虫。

七英亩咖啡地吗?'说说,凯特宁,'他神态狂乱地低声说,'说说,你睡她们吗?我没法——'

"有一回,有十天了,他都没出现,凯特宁先生便去看他。皮埃尔患肺炎病倒了,病得都认不出他来了。'*我的爱人*①,'棚屋里的女黑人夸耀地说,一个面目可憎的女人,长满了疮痂。'*我是他老婆*②,嗯?从昨晚开始的。'她嘶哑地说,拍打着自己的大腿,两个奶子晃着。

"而后,没几天,皮埃尔就死了。

"奇怪的是,一个人死了,人们便开始对他感兴趣起来。两天后,几位有身份的人从太子港那边过来。接下来,皮埃尔的种植园会发生什么呢?他们也拜会了凯特宁先生。他们和他坐了下来,一边还用棕榈油和橄榄油软膏涂抹他们身上的痛疮,诅咒着这整个糟糕的地方。'要是那些黑鬼人渣不是懒得跟跳蚤一般的话,你还能在这里赚上钱;这里的劳工状况怎样?你在建什么,凯特宁先生?——蔗糖厂,还是什么?'凯特宁先生不屑地摇摇手。'糖?这儿?这个国家太干燥,先生。这里要种原棉,那会很不错。好了,就别费你们的心思了,这里会是一座烘棉花用的烘干棚。'

"几位有身份的人打住话头,利用这点时间自己涂药膏,拍死叮在小腿上的蚊子,小腿满是汗。'好吧,听我说,一座棉花烘干棚——好了,我们对棉花有兴趣。有位来自新奥尔良的种植园主,不过,现在那里的劳工太贵。在那里,那些讨厌的黑鬼居然建起了自己的工会,你相信吗?对了,这里有多少可以耕种的土地?'

"凯特宁先生向他们形容有三百英亩开垦了的土地;尽管如此,这一片主要还是一座热带丛林,不过,无论怎样,都一样,没人会来察看这里。另外,任何对棉花感兴趣的美国种植园主,他都不信任,再就是,总之,他们为什么只对棉花感兴趣呢?海地的棉花种植园协

---

①② 原文为法语。

会就要成立了,还会出售股份;见鬼的棉花,棉花没行情;而一座烘干棚加上土地,便足够向市场投放印制的股票,有了股票上市,商政联手企业造就的一项功绩就搞定了。股票票面的正面是一幅这样的画面:快乐的黑人配上这座新烘干棚,一派繁荣的背景。可怜的皮埃尔先生;他的咖啡树现在要被杂草永远地吞噬了。

"天晓得,我这是想要描述别的什么,赤素馨花①,石榴花,还有夺目的蝴蝶翅膀;真的,为什么我要与这堵糟糕的黄泥砖墙为伍呢?我还想去哪里?这里对我来说是一个挺好的热带国度!我大可以走进我自己的花园,享受开着花的风铃草,还有早晨的灌木的清新;但恰恰相反,我在正午炫目的强光下眨巴着眼睛,看着这座烘干棚的黄泥土墙,墙上黏着香蕉皮、粪便和腐烂的秸秆,而我难以抑制自己心中一种深深的满足感。现在,我们终于在这里了,眼下,我们可以把手肘放在膝上,偷偷懒。是啊,事情就是这个样子,这就是现实;这堵墙,长长的,脏兮兮土黄色,被太阳烘焙着。于是,赞美归于上帝,我们逃到了世界的另一边。

"在这世界的另一边,我们离开了凯特宁先生;他坐在他的棚屋前面,咀嚼着大李子,皱着眉头看着烘干棚墙上的那只纹丝不动的壁虎。从太子港来的一个大块头黑人到了,头上顶着一封信。信是老卡马圭诺亲笔写的,所以,*我的朋友*②,等等;简言之,老卡马圭诺正在摩拳擦掌,刚卖掉了双玛丽村庄附近的这块三百六十英亩的棉花地,包括一间配备全套设施的杜松子酒屋和烘干棚。反美游行的事还没消停,古巴人写到;各政治派系在攻击政府官员,说他们仍没有就这一事件展开调查。凯特宁先生想不想到戈纳伊夫四处看上一段时间?

"对于凯特宁来说,都一样;于是,他撂下半拉子的棚椽子立着,

---

① 木犀科、素馨属攀缘灌木。
② 原文为西班牙语。

就去戈纳伊夫一带看了一段时间,从戈纳伊夫又转去圣多明戈,他无所谓,而后,大概去了波多黎各,这之后,更是马不停蹄地从一个岛转到另一个岛,去了好多地方,多得仿佛令这些岛都不真实起来了。"

第二十九章

"我只是在说给你听×病人故事的梗概，其实，这都算不上梗概；我无法连贯起来讲述一年又一年发生在他身上的事。而且，他的生活不是由各种事件构成的；事件需要意志，或是什么的，至少，不是淡漠；不过，由于丧失了记忆，×病人毋庸置疑地就丧失了影响其行为的大多数动机。你无法想象我们的记忆是怎样一种意识力；我们透过以往经验的眼睛来观察世界，我们对各种事物做出如同相识熟人一样的反应，我们的注意力一旦被什么捕捉住，就会被这种东西所把持；记忆这只美妙而无形的手将我们与周围万物的大部分关系关联起来。一个没有记忆的人会成为一个全无关系的人；他会被冷漠包围，他听到的声响不会有任何提示的线索。

"但是，我们设想凯特宁先生一个地方接一个地方游荡，似乎在寻找什么。不要被此蒙骗了；他没兴趣寻找任何东西，要是由着他自己的话，他也许就会待在双玛丽村庄，靠着那堵裂开的墙，永远坐下去，盯着壁虎游走或是纹丝不动。他只不过是把这位古巴导师的商业利益当做自己的利益接管了；他被这些利益引诱着。凡有台阶，或树桩的地方，他会坐下来；认真感受一颗汗珠在他后背滑落的轨迹；他听着棕榈树，或是荚合欢树干枯的沙沙声，还饶有兴致地观察人们怎么偷懒。这一切就像一个万花筒，他转动万花筒让一切动作加快起来。于是，你们黑鬼，赶紧的，这么着把活给干起来，把这些活在我眼皮子底下干起来；把椰子装上船，把篮子顶上头，把装甘椒酒的酒桶滚起来；再快些，否则我叫你们吃不了兜着走。港口水面上漂的油和脏物闪着彩虹色，泛着彩虹圈；多么打动人的腐朽啊，真是闪着磷光的腐化啊！给我赶紧的，你们这些黑猪，到那片甘蔗地里去，让它掀起波浪，让它泛起涟漪，那片飒飒作响的田野，在黄褐色的废墟堆间，让它伴着赤裸的腰肢闪动起来。

"与此同时，有件怪事：不用担心这些，他做这一切只是为了用些事情来填补自己的懒惰和惯性。他很可能获得商业中所称的成功；人们畏惧他的冷漠眼神，他发号施令明确而具体，不容人辩解，他对卡马圭诺的汇报，是一种具有商业可信度的模式。他下达命令，仿佛生而就会，他督促人，采取的方式使得那些心底暗藏无可奈何的愤怒的人不得不屈从。他们若能看清他其实在享受自己对人发号施令的过程，在得意于他的权力和傲慢，那么，这一切本该让人更容易忍受些。天晓得啊，不过，恐惧和仇恨一遇到他冷漠的宽肩就有救了，这副宽肩仿佛总是随时准备着耸一耸肩似的，大不以为然的姿态。斗胆你来，要不就滚，这就不是我的事了。不过，在他相当深的内心深处，在所有一切之下的深处，一种有几分痛苦的惊讶感在搅动着，一种永恒的麻木感。也许我也扛过重物，或是划过船，擦伤过后背，也吃过脏兮兮、拌沙子的煎饼；也许我也是一位出着汗的店主，手里拿着文件东奔西跑，或者，我穿着白马裤，戴着一顶巴拿马草帽①，就像现在一样，我还照管人手，管着他们为某位古巴人辛苦劳作。所有这一切都同样遥远，同样不真实；这就仿佛从望远镜反过来的一端望出去那样——如此遥远，看起来如此荒谬可笑；这些人都那么拼命，这些苦力、打字员、店主和穿着白鞋、在球网后面打网球的有身份的人。

"或是，各种有身份的人来了：卡马圭诺的代理商，和商务代表，背负抵押的种植园主，各家糖厂的厂长，小个头且粗鲁的农民；你好，凯特宁先生，我太太希望有幸邀请您，嗯，凯特宁先生，喝杯鸡尾酒如何？很快，面对凯特宁先生冷漠的眼神，他们的舌头打起仗来；他们说，短期收成的作物行情不好，那些盗贼，混血杂种，诸如此类。凯特宁先生甚至都没等他们把话说完，就感到无聊厌烦了。你要这么、这么做，先生，交给我一份报告，我会亲自去看。这些人在

---

① 厄瓜多尔传统的宽边草帽。

他面前不停地倒腾着双脚,谦卑地渗着汗,哆嗦着,强烈憎恨着这位主子,他这人,都没有以古巴人的名义来一通冗长的训斥,就把刀子架上他们的脖子了。一直以来,凯特宁先生自己在探索这么一种奇怪而且不安稳的可能性。也许这就是我之前的,真实的自我吧。也许我就是一个拿鞭子的奴隶监工,一位种植园主,或是什么别的人,一个打理资产的人,也因此是一个管人的人;要是这些不在我身上存在的话,我怎么会像现在这样管理他们呢?如果我在别的人与事上进行尝试的话,也许结果会更剧烈;有时,当我攻击一个人时,也许会让我内心受伤,我会突然意识到我曾经就像这样。

"如果我们不注意外界事件,那么,他过着一种双重生活,无聊厌倦与纵情醉酒,此外再无别的什么,再无其他;只将无聊厌倦转为纵情醉酒,而后,又将纵情醉酒转为无聊厌倦。无聊厌倦,是最可怕的,也是最丑陋的单调无趣;无聊厌倦,就是几乎带着满足感地游荡在所有恶心、单调、陈腐与无奈的一切之上;无聊厌倦,就是不错过任何恶臭,和腐朽;就是按照臭虫的方式过活,舔尝腐化的甘汁,专钻天花板上的裂缝,过着空虚卑鄙的日子。纵情醉酒呢?无论是朗姆酒、无聊、情欲,还是酷热引发的纵情醉酒,只要这一切都搅和起来,让各种感官彼此碰撞,让一种被激怒的强烈情感主宰自己;让我们一干而尽,一干而尽地倾倒进我们的嘴里,也倾倒进我们的手里,我们就可以贪婪地喝下去,继而再把这果汁挤出来,直到它流过我们的下巴——胸脯和水果,清凉的树叶,和炽热的激情;当一切无限度时,我们空无一物,而且,所有运行着的一切运行于我们的内心——在我们的内心,这些棕榈树在摇晃,这些个臀部在摇摆。在我们的内心,太阳令人目眩,水永远在渗滴;不碍事的,给这个人腾出空来吧,这个人如此了不起,如此酩酊大醉,所有一切都在他身上背负着。这些星星,这些树梢的飒飒声,夜里敞开的这些门。纵情醉酒,或无聊厌倦,所描绘出来的这些是多么美妙的风景啊!死气沉沉的地貌无法摆脱干燥贫乏,无法摆脱腐烂的发酵、蝇虫、腥臭、粘垢,和变质,或者再现令人发晕的地貌,被各类太阳、性冲动、气味、火辣味、闷热的花,水和晕眩堆满。听着,借着无聊厌倦,或是纵情醉酒,一个体面的地狱与它所包含的一切能加以界定,这么浩瀚无边,以致就连天堂也囊括在内——拥有自身所有奇迹与辉煌的天堂,拥有自身所有快乐的天堂,然而,这里却是地狱的最底层,因为正是从这地狱的最底层产生出憎恶与厌倦。"

第三十章

"让我们采取随机方式：海地、波多黎各、巴布达岛①、瓜德罗普岛②、巴巴多斯、多巴哥、库拉索③、特立尼达和多巴哥，荷兰代理商、英国殖民地的上等人、来自美国的海军官员、多疑懒散的法国官僚，和到处可见在露台上闲聊的克里奥尔人、黑人、*有色人种的女孩子*④，许多野蛮人，更多不快乐的人，还有那些不择手段维护自身体面，反对饮酒、好色和乱性的人中的大多数。×病人，很可能，倾向坚持一度走过的路；尽管其间，大概有数个星期和数个月，他住在茅草棚——一间架在梁上像鸽子窝似的棚屋里以远离螃蟹和蜈蚣；这间棚屋建在一座森林边，起风时，林木嘎吱作响，或是一场闷热大雨后，烟雾缭绕：从这里，登上木阶梯，他先将脚板和鞋底上的砂子挑掉，而后拾阶而上，去看另一片数百英亩的原生态大自然，这片大自然即将欣欣向荣，长满厚厚的植被，果实累累。然后，这个以黑奴为主的国家会得到赐福，这些黑人于是不得不比以往更加卖力地劳作，而所得的回报依旧维持与以往一样的凄惨境况，在世界的某个别处，田地的肥美与收成都不再会带给农民收入。这就是万物之道，而在凯特宁先生而言，这一切都一样；要是甘蔗，那就甘蔗；让转轴装置响起来，还有蚊蚋的嗡嗡声，黑人们的粗话狂笑；而后，到最后，

---

① 加勒比海诸岛之一，又名"杜尔西纳岛"，西印度群岛中的岛国安提瓜和巴布达的主岛之一。

② 又译瓜地洛普，位于小安的列斯群岛中部、东加勒比海上，是法国的海外殖民属地，也是欧盟和欧元区的一部分。

③ 当地华人称古拉索，位于加勒比海南部。该岛原为荷属安的列斯群岛的一部分，2010年后改制为荷兰王国的自治国。

④ 原文为法语。

这一切会好好地过滤一遍，在打字机的打字声中理顺成文。不，不是打字机，而是青蛙、蝉，是树上用鸟喙啄啄作响的一只鸟。不，不是一只鸟，也不是秸秆的飒飒声，是一台打字机的打字声，凯特宁先生坐在地上，手指头在一台生锈的打字机上敲打。只是一封商务信函，写给古巴人的，没别的，不过，这台悲惨的打字机受潮和生锈得相当厉害——不知怎的，凯特宁感到释然。要做什么呢？我这封信没什么大不了的，好吧，我要打道回府。

"于是，他要回古巴，这些群岛上的甘蔗收益业务做得很不错；他即将搭乘一艘庞大的船回去，将香草、香果可可、肉豆蔻和橘子，还有安戈斯图娜苦酒①以及生姜装上船。一艘充满各种气味的船，就像一家经营殖民商品的店铺一样靠得住。这是一艘荷兰船，从一个港口到另一个港口喷着烟雾航行着，就像一位饶舌的大妈在每家店门里都歇一歇脚，还说个没完。不急，先生，手插在口袋里，然后看一眼。看什么？嗯，这水啦，这海啦，这太阳在天上划出的轨迹啦；或是看看岛屿和它们的蓝色影子，看看内衬金色的云彩，看看飞鱼，当它们在波光粼粼的水中扑腾时。或是，在傍晚看星星。接着，大腹便便的船长出现了，递上一根粗大的雪茄；他也说个没完。归根到底，哪怕只剩下凯特宁先生一人，也不算多糟。

"一直以来，海平面上频频发生暴风雨侵袭，在夜里，层层雨幕后面闪现着一道道宽宽的红色闪电；大海像彩虹般色彩斑斓，映衬着苍白泛蓝的水纹，水纹涌动分离，而后突然消逝；在汹涌的黑色海水之下，某种东西磷光闪动，时隐时现。凯特宁先生倚在船栏上，内心充满一种情绪，既不是无聊厌倦也不是纵情醉酒。是的，显而易见；仿佛他过去像这样出海航行过，感觉似乎快乐而自由。现在，他要把这种感觉存储在自己的内心，这样他就不会再次忘记了。带着渴望，他想要敞开自己的双臂。带着这种巨大的感受，这种对爱，自由，或

---

① 简称苦精，是特立尼达和多巴哥一种浓缩的苦酒，用水、酒精、龙胆草的根和各种蔬菜萃取物酿制。

是诸如此类的感受。

"卡马圭诺敞开双臂欢迎他。老海盗很懂,当一艘船载着战利品归来时,要如何表示感谢。他不再和凯特宁先生坐在办公室里了,而是坐在一间荫凉的房间里,一张铺着锦缎的桌子边,英格兰的玻璃杯,还有带着沉重的白银盖的壶,卡马圭诺为凯特宁斟上红酒,接着——显然出于尊重——他尝试同凯特宁说英语。这间房子有几扇细长的拱门和数根小圆柱,通往一处嵌有意大利锡镶陶器①的庭院;中庭有一眼泉水,潺潺流淌着,四周是棕榈树和种在彩陶盆里的桃金娘②,很像塞维利亚的某个地方。凯特宁先生现在是座上客。'我的房子属于你啦,'古巴人说,带着老派西班牙式的高贵,接着,询问凯特宁各段旅程和回程,仿佛这些旅程是一位贵族绅士只为闲情逸致而到各处漫游似的。凯特宁先生,当然,不太懂这些礼数套路,于是他径直谈生意上的事。那儿看起来如此这般,那个债务人不行,那里那样考虑可能有前景,也值得考察。卡马圭诺点头。'非常好,先生,我们以后再谈这事吧。'然后他挥了挥手。'好了,好了,时间充裕。'他比之前老了很多,也更见身份了,但比他过去蠢了;他的浓眉在额头上下扬着。'你的身体呢,亲爱的凯特宁先生,还健康吗?'他兴奋地咯咯笑,'还有,女人呢?你在那儿和女人搞有什么感受?'

"凯特宁先生吃了一惊。'谢谢,这方面还行吧。有关特立尼达和多巴哥岛上的那块地皮,那就是一块糟糕的沼泽地;不过,如果把水排干的话——'

"'真的吗?'古巴人喘息着说,'在海地,女黑人,每每——每每她们进行那些异教徒节庆时,就仿佛疯了似的,是真的吗?嗯?'

"'是真的,'凯特宁说。'绝对疯狂,先生。不过,最好的欧非混血女在瓜德罗普岛上。'

---

① 始于文艺复兴时代的意大利镀锡陶器,白底上饰以鲜艳的颜色,图案多描绘历史和传说中的故事场景。
② 主要产于澳洲和美洲的热带和亚热带地区,果实多为浆果或蒴果。

"卡马圭诺朝他俯下身来。'还有印度女人呢，这些印度女人长什么样？她们*很淫荡*①吗？她们真有，据说——某些秘密教门，真的吗？你见识的所有一切都必须说给我听，亲爱的凯特宁先生。'

"有个女孩，穿一条白色长裙，走进这间房间。古巴人站起身，不耐烦地扬起眉头，差不多都扬到发际线了。'这是我女儿，玛丽亚·多洛雷斯，玛丽；她上了所美国大学。'他似乎想代她致歉似的；因为西班牙女孩绝不会闯入一间有位外国绅士②的房间。不过，玛丽用美国方式与他握手。'你好，凯特宁先生？'她装作要比自身更骨感、更削瘦的样子，想让自己看起来像英国人那样；与此同时，她的皮肤混杂着浅橄榄色和沥青般的黑色，眉头连在一起，鼻下长有汗毛——是一位不错的、真真正正的古巴少女。

"'嗨，玛丽。'卡马圭诺说，想暗示她可以离开了；不过，玛丽是一个独立的美国女孩，她坐下来，盘起腿，然后，接连逼问凯特宁先生一个又一个的问题。这些群岛是什么样子？黑人的社会状况如何？他们怎么生活？他们的孩子长什么样？健康条件如何？凯特宁先生暗自被她的女学生劲头逗乐了，而卡马圭诺错愕地扬起他的浓眉，就像两条毛茸茸的大毛毛虫似的。而后，凯特宁先生就像一本教科书似的撒起谎来：美丽的岛屿，玛丽小姐，理想的天堂；大片的原始森林，蜂鸟③，富富④，香草在那儿自由生长，你只须去采摘就好了；至于黑人嘛，没什么可抱怨的，他们过得像孩子般快乐……

"这位美国女孩听着，抱着膝，她的眼睛一直就没离开这个男人，这个男人直接来自天堂。"

---

①②③　原文为西班牙语。
④　西非和中非人民的一种主食，通过在水中蒸煮富含淀粉的可食用根茎植物并研捣至适宜的稠度制成。

第三十一章

"傍晚,卡马圭诺先行离开了,胆囊的疼痛折磨着他;他一副真的很痛苦的神情,双眼痛得深陷了下去。凯特宁先生走了出去,走进花园,想要抽上一根雪茄;有股肉豆蔻、金合欢和假茉莉①的混合气息,大飞蛾仿佛喝醉了似的扑腾着。一位白衣女孩坐在一张马略尔卡陶制的椅子上,透过她半闭的唇散发出令人难耐的甜美气息。凯特宁先生走了条得体的弧线路径,好避开这位女孩,他懂得得体之礼。而后,忽然,他那根雪茄飞进了一处夹竹桃灌木丛中。'小姐②,'凯特宁说得飞快,几近仓促,'我自觉惭愧;对你撒谎了,那地方其实就像地狱,不要相信那些人所说的——人若到了那地方会仍然是个人。'

"'那,你会回去吗?'她低声问;夜色让这声音相当轻柔。

"'会。还能去哪儿呢?'坐在女孩给他腾出的地方,他说,'也许,你知道的,我……哪儿都没家。没哪好回去的,除了那地方。'他晃了晃自己的手,'对不起,搅了你对天堂的憧憬。不过,还好,也没那么糟糕。'他尝试想起些美好的东西,'有一次,我看见一只闪蝶③;离我三英尺远,它扑闪着蓝羽翼,那是一种美。闪蝶落在一只死老鼠身上,老鼠身上满是蛆。'

"女大学生认真坐直身。'凯特宁先生——'

"'我不是凯特宁先生。为什么,为什么我老是说谎呢,我什么都不是。我认为没有名字的人也就没有灵魂。这也是为什么我能在那

---

① 苦郎树类的一种,马鞭草科大青属。多生于海岸沙滩和潮汐能至的地方;因中文别名假茉莉、许树等,这里暂译为假茉莉。

② 原文为西班牙语。

③ 亚科闪蝶族里的一个属,只分布于热带地区。

里忍受下去了，*明白吗*①？'

"接着，突然间，这位女孩不是什么女大学生了，而是一位娇小的古巴女孩子，她同情地眨巴着她的长睫毛。*唉*②，跟他说什么呢，我能对他说些什么好呢？我最好跑回家去，他这人很奇怪；我在自己胸前画个十字，然后起身走——不行，美国女生不会这么做，美国女生会是他的伙伴；我们不是学了心理学吗。我能帮他找回他丧失的记忆，开导他说出他被压制的内心想法；不过，首先，我必须赢得他的信任——这位美国女生友好地握住他的手。'凯特宁先生——要不，我该称呼你什么？'

"'我不知道，我就是这个人吧。'

"她紧了紧他的手，试着给他一种引导。'你试试，试着想一想你的童年。你一定记得什么——起码记得你妈妈，对不。你在回忆，是吗？'

"'有一回，我……我发烧了。那是在巴布达。一位老黑人妇女把黑椒糊跟甜椒一起煮了给我喝。她把我的头枕在她的大腿上，替我捉虱子。她的手皱得跟猴子的手一样。我那时有过一种感觉，她就像我的母亲一般。'

"娇小的古巴女孩想要把自己的手从他的手里抽开。他的手很温暖；不过，这也许不对，人对这种事情真的非常拿不准，这是很可怕的。'那就是你记起你妈妈啦！'

"'没有，我不知道。我想我从来就没有过妈妈。'

"美国女生决意要帮他。'你一定要多尝试。回忆回忆你还是小男孩时发生过的事情。某类游戏啦、朋友啦、任何小的事情——'

"他困惑地摇摇头。'我想不起来。'

"'起码有什么事吧，'她敦促他说，'儿时的记忆总是非常深刻！'

---

① 原文为葡萄牙语。
② 原文为西班牙语。

"他努力照她说的方式去回忆。'每当我望着地平线,我总是感觉到地平线的那一头一定有着某种美好的东西。这想法很孩子气,对吗?'

"'你想到那地方时,有家的感觉吗?'

"'没有,在这里的群岛上有过家的感觉。不过,当时我觉得……好像我是个小男孩。'

"他握紧她的手,挪近了些。'听我说,我……偷过一个球。'

"'什么球?'

"'……一个小孩的球,'他含糊地低声说,'在西班牙港①,在那个港口。这个球滚到我的脚边……一个红绿双色球。我小时候肯定有过一个跟它一模一样的球。从那时起,我一直随身带着它——'

"泪水泛起在这位女孩的眼睛里。天啊,我多么愚蠢啊!'你瞧,凯……凯特宁先生,'她兴奋地低声说,'能想起来的,你能的。闭上你的眼睛,然后开始想,好吗?尝试尽可能地回忆——不过,你必须闭上眼睛,集中注意力。'

"他顺从地闭上眼睛,一动不动地坐着,就像他听从命令这么做似的。接着,一阵宁静,只听见一只飞蛾醉了似的嗡嗡作响,还有远处有个混血儿的尖声啼哭。

"'你在想吗?'

"'在想。'

"娇小的古巴女孩屏住自己的呼吸,朝凯特宁的面庞俯身过去。他人真奇怪!闭着眼睛的他看起来极其肃穆!他饱经沧桑,受尽苦痛。突然,他的脸松弛下来。

"'你想起什么了?'

"他深感释然,感慨地说:'这里真美!'

"她必须与一种非理性的冲动抗争着;而这股冲动仍从她那儿迸发了出来,虽然她不想说:'这里……这里不像地狱吗?'

---

① 特立尼达和多巴哥的首都,位于特立尼达岛西部帕里亚湾畔。

"'这里不像地狱,'他轻声说。他害怕挪动自己的手,或是睁开自己的眼睛。'对我来说这是头一回。你知道吗,我曾经不喜欢这些。'

"上帝知道哪个必须先明白过来,是美国女生,还是黑黝黝且娇小的古巴女孩;不过,女孩抽开自己的手,感到一股热浪扫过自己的脸庞。这天好黑啊,真好!

"'你……喜欢过什么人吗?'天啊,这天好黑!

"他耸了耸厚肩膀。

"'你禁不住想到的那个……'这是美国女生在说,因为娇小的古巴女孩明白自己不能跟陌生人这样说话。不过,就连这个美国女生也困惑了:在那,在那所美国女子学院,她们不是无话不谈的吗?而且,跟年轻男子,你任何事都可以公开谈论——天晓得,为什么现在却这么难。她用手背清凉着自己的面颊,咬着唇。

"'凯特宁先生?'

"'嗯。'

"'你一定爱过一个女人。你记得起来吗?'

"他沉默了,身子往前倾,靠在自己的膝盖上。这时,娇小的古巴女孩很焦虑地眨巴着她长长的眼睫毛。'从来没有,'他慢吞吞地说,'感受过我此刻所感受到的。我很明白这一点,也很确定。'

"小古巴女孩无法低声开口了,她的心跳得厉害,膝盖也抖个不停。这是怎么啦,圣明的主啊,这让你感动得快哭了。不过,这颗美国式的头脑理解这句话的意思,于是迅速将这种感觉压了下去。是的,就像这样,我也即刻意识到了,只要他说:'小姐,我向你撒了谎。'

"'我真高兴,'她说,牙齿还轻轻噜了一下,'那,'(哦,什么?)——'你喜欢待在这里。'(不喜欢,这不是那儿,不过,这儿几乎没什么两样。)'我很喜欢这个花园,每天傍晚都坐在这里——'(天啊,好蠢啊!)美国女生想要转个话题,'听我说,凯特宁先生。我会帮你回忆起来,你想吗?倘若你想不起来你是谁的话,那么,肯定很不好。'凯特宁先生被击中了似地跳了起来。'我是说,'美国女生想掩饰自己,'如果我能帮到你的话,我会很开心!请——'她的手指拽了拽他的衣袖。(就稍稍调一下情,而后我再离开!最好直接回家!)

"凯特宁起身。'请原谅。我会来陪你。'

"她站在他跟前,近到她用双手抱住他似的。'答应我,你会记起来的!'他笑了。就在那一刻,他在这女孩眼里看来非常不错,以致她幸福得几乎要哭出来了。

"她俯身探出窗户,感受芳香四溢的夜晚;上方的阳台上,有根雪茄的火星闪着亮光。

"'你好,凯特宁先生!'

"'嗯?'

"'你还没睡?'

"'没呢。'

"'我也没睡。'她愉快地交谈着,撑着光溜溜的手臂探身投入夜色中。抓住,轻轻摸摸,按按我的肩,我在这儿;感觉我的心跳得好厉害。

"不,我没在看,我不敢看;看着,我把我的雪茄扔进这片漆黑之中,你就不会看见我的牙齿颤动得有多厉害。该死,玛丽,不要好像我在轻抚你的肩膀那样轻抚你自己的肩膀。

"……我明白,我感觉到了。你的手滚烫,就像曾放在太阳底下似的。为什么我的手指颤抖得这么厉害?而我很平静,相当平静。我早知道这事会发生。我什么时候发觉?你不必事事都知道。我一走进屋子,你就站起身——个头很高,他甚至都不知道他自己是谁。

"阳台上的人叹了口气。

"噢,凯特宁先生,求求你,别傻了;不过,这就是很不错的你啊。人家可能用手握紧你,然后说:亲爱的小家伙,你是谁家的?我本该当下就吻你,或是诸如此类吧。母性的本能,我猜是。

"谢谢——很是彬彬有礼。

"别,你恐怕不信吧,我有点怕你。你这么神秘,还令人害怕——似乎戴着一副面具。尽管如此,但让人激动。你在花园开口对我说话时,我差点就跑掉;这是一场争斗。

"我请你原谅。我不是,真的——

"不过,我想要你来;你知道吗,这些西班牙习俗很愚蠢,不准我与你坐在一起吃晚餐。我们几乎非得偷着来见面……再就是,与此同时,这一切很奇怪;我心在跳,好像这是一种罪过之类的事似的。嗨,你还在那儿吗?

"在,我在这儿,在这儿。别看过来,要不我会跳下去的,玛利亚·多洛雷斯。

"她飞快地往双臂上披了一条丝绸披肩;此刻,她又是一位黑黝黝的古巴女孩了,甜美地眨巴着她的长睫毛,望着这一片夜的漆黑;她什么都没想,就只等着。

"你知道,男人在那儿很少遇到女白人吧?突然拥有这种美好又可怕的敬畏感,真是奇妙,这,你不会懂。一种想拜倒的渴望,甚至不敢抬起你的眼睛。啊,小姐,倘若你真把你的手帕递给我的话,哪有什么我不愿去做的事呢?我会屈膝跪下,乐于为您奉上我的生命。

"古巴女孩的眼睛闪着火花,慢慢地,慢慢地,她的披肩从一边肩头滑落下来,露出一只暗淡的细胳膊,不过,这好过以往——也许,一只蝙蝠在它Z字形的飞行中扇动到她了;她哆嗦了一下,双手交叉在胸前走了。

"接着,天已破晓,花园里,天上的鸟儿在窥视,依然睡意蒙眬;美国女生悄悄地、谨慎地偷溜到窗台,抬眼望向阳台。还在,雪茄的红色小火星子仍在那儿闪动着,这人站在那里一动不动,一只手抓着栏杆;女孩的心因幸福而感到疼了。这之后,她在自己的床边坐了良久,弯腰俯身在自己白皙圆润的腿上,狂喜地微笑起来。"

第三十二章

"我用其他任何方式都想不出来;第二天,她根本没见到他,似乎是有意为之;卡马圭诺拉着凯特宁去到办公室,而后又去某个地方吃晚饭。凯特宁含糊地汇报这,汇报那;现在,该是这位古巴人询问他生意上的事了,可到后面,卡马圭诺甚至将一件事跟另一件事混淆了起来,把巴布达跟特立尼达搞混了。虽然遭受着病痛的折磨,古巴人空洞的眼睛死死地盯着凯特宁,审视着他,还轻声笑了出来。再次,他们两人单独吃晚饭;古巴人疼痛得面容非常黄,不过他没想要起身,只是继续倒朗姆酒。喝,凯特宁,你这家伙,喝!海地那边的糖办得怎样?凯特宁的记忆不比之前了,他停顿在那,而后结结巴巴地说——好啊,喝,伙计!临了,凯特宁小心地站起身,以防跟跄不稳。'我要去花园里,先生。我头疼。'

"卡马圭诺眉毛一扬。'去花园里?你随意。'又是那种灿烂的手势,似乎这一切全都属于这位尊贵的客人了。

"'对了,凯特宁,你的记忆怎么样了?'

"'我的记忆,先生?'

"古巴人眼睛眯起来。'你还是说不出——你究竟是谁吗?'

"凯特宁迅速转回身。'我想,先生,我是众所周知的……凯特宁先生。'

"'对,'古巴佬低声说,若有所思地凝视着自己的雪茄,'真笨,你甚至不知道你是不是……比方说……结婚很久了,是吧?'他艰难地站起身,一只手压着身体一侧。'晚安,凯特宁先生,祝你睡个好觉。'

"凯特宁有些跟跄地走进花园。有位面色苍白但激动的女孩,裹着披风,正等着他;她身后的影子里站着那个墨西哥裔印度老妇人,眼神焦虑，但友善地眨巴着眼睛。噢，夫人①，凯特宁先生认出她来了，不过，这时，一切都在他眼前舞动起来：巨大的影子，开满花的粉色珊瑚藻泛滥着，很浓烈的气味，和裹着披风的这位女孩。她挽起他的手臂，拉着他走到花园较低的一处地方。'听我说，'她兴奋地叽喳说，'他们想要阻止我来这里！'她像一个美国女生那样非常生气，但她握紧的拳头是古巴人的方式。'我就要做我想做的事，'她狠狠地威胁说，但没打算真那样。这威胁的事，至少她没想要做，也没打算做：在最深的阴影处，木槿花影中，她的披肩应该落到地上了，她应该揽着这男人的脖子不放，男人绝望地摇晃踉跄着。女孩朝他仰起脸，嘴巴痛苦地张着，想要索吻。'小姐，印度人在那。'他低声告诫说，把她抱入怀里。她只是摇头；他把嘴唇凑过去，进入她湿漉漉的唇齿深处去吻她；她僵直在那，情难自控，两眼发呆。突然，她扑倒在他怀里，精疲力竭，手臂无力。他让她走；她摇晃着，手掩住脸，很无助，最终顺从了。他拾起她的披肩，披在她肩头。'玛丽，'他说，'你现在必须回家；我——我一定会回来。不是作为凯特宁先生，而是作为有资格迎娶你的人回来。你明白吗？'

"她站着，头低着。'带我走吧——现在，马上！'

"他把手放在她肩头。'回家去吧，跟你相比，上帝知道这对我来说有多难！'她顺从地被引着往回走，但愿她能感受到搭在她肩头那只沉甸甸且滚烫的手。

"一个高个子雇工从灌木丛中跨步出来。'快走，小姐，②'他嘶哑地发号施令。'快③！'

"她转过脸对着凯特宁，眼睛闪着光，天知道为什么她这样。'再见④，'她默默地说，把手递给他。

"'我会回来的，玛丽，'他迫切地低声说，抚摸着她的手指头。她迅速俯下身，用湿润的唇亲吻他的手背；他快尖叫出来了，因为恐惧和爱意。

---

①②③④ 原文为西班牙语。

"'走，走，小姐，①'雇工声音沙哑地说，然后后退一步，玛丽把那只手紧紧压在自己胸口，然后面向凯特宁。'再见。'她悄声说，用嘴亲吻他，脸上满是泪水。

"老印度女人拦腰带着她走。'好啦，好啦，小姐，回家去，回家去。②'

"她瞎子似的，任人牵着走了，身后的披肩拖到了地上。

"凯特宁一动不动地站着，就像一根黑柱子似的，把一方花边小手帕紧紧握在手里，手帕带有一股沁人的气味。'走吧，先生③。'那个雇工不无安慰地说。

"'卡马圭诺在哪?'

"'他正等你呢，先生。'雇工从裤子里摸出一盒火柴，替凯特宁点雪茄，'这边走，先生。'

"古巴人正坐在桌子旁，数着钱。凯特宁先生望了他片刻，而后咧嘴笑了。'给我的，是吗?'

"卡马圭诺抬眼。'给你的，凯特宁。'

"'薪水还是利润分成?'

"'都是。你可以加一块算。'

"凯特宁把这些钱塞进口袋。'不过，我想告诉你一声，卡马圭诺，'他尽量字字清晰地说，'为了她，我会回来的。'

"古巴人用手指敲着桌子。'遗憾的是，凯特宁的证件里表明他已婚。你还想干什么呢?'

"'凯特宁再也不会回来了。'男人缓缓地说。

"卡马圭诺饶有兴趣地眯眼看着他。'好啊，当然，个人证件又不贵；能买到的嘛，对吧? 区区几美元的事——'

"男人没等人请就自己坐下，还给自己斟了一杯酒，他现在比之前任何时候都更清醒。'我们假设一下，卡马圭诺。假设没有别的任何方式。不过，拥有一大笔财产就如同有好名声一样，你不是这么认

---

①②③　原文为西班牙语。

为的吗?'

"古巴佬摇头,'在我们古巴,好名声太重要了。'

"'有多重要呢?'

"古巴人笑了。'嗯,凯特宁——我还可以这样叫你吗?——你清楚我的家底有多厚。'

"凯特宁吹了一声口哨。'请指教,卡马圭诺。当然,我一辈子也挣不到你那么多。'

"'当然挣不到,'古巴人点着头,窃笑道。'那些好时光不再有了,以后也不会再有了。'

"凯特宁又给自己斟了一杯酒,陷入沉思。'这倒是真的,先生。不过,要是在未来一两年你的资产出现大幅缩水的话——赶上你应该会比较容易,是吧?'

"两人近距离地看着对方。现在,彼此的底牌晾在桌面上了。

"'我们假设一下,卡马圭诺,某个人对你的事务和合同都完全吃透了——依靠这一点,很多事都能做到的。'

"古巴人伸手去抓白兰地酒瓶子,毫不在乎他的肝脏了。'没有钱,'他说,'一事无成。'

"凯特宁指着他的口袋。'这就够启动的了,先生。'

"卡马圭诺大笑,露出他黄色的虎牙,眼睛已眯成邪恶且深邃的一个孔。'祝你大功告成,凯特宁。我给了你很多钱,对不?好啊,做什么都成。*祝你健康*[①]!'

"凯特宁起身。'我会回来的,卡马圭诺。'

"'*再见,我亲爱的先生*[②]。'卡马圭诺鞠了一个躬,按照旧时古巴的礼节,送贵客要送到门口。'晚安,先生,晚安。'

"高个子雇工砰的一声关上凯特宁身后的栏杆。'晚安,先生。'于是,在开着花的三角梅篱笆丛间,×病人走远了,走在繁星点点下犹如银河般闪烁的小径上。"

[①][②] 原文为西班牙语。

第三十三章

"现在他不再是一个漠然的人,不再睁着懒散的眼睛凝视这个千变万化的万花筒,这个由各类港口和种植园组成的万花筒;他是一个想要征服世界的男人,一个昂头挺胸的好斗小伙子;他的心在燃烧,他绷紧的肌肉活力十足。仿佛他重生了似的。这不就是爱情中无与伦比的性元素在起作用吗?我们不就是从我们所爱的女人的乳房和大腿那儿来的吗?她的子宫不就是因为渴望孕育我们而迫切需要我们吗?现在,你是我的,因为我在震颤中赋予你生命,幼小而动人。爱的达成不就像开启一个全新而完整的生命吗?你称之为幻觉;不过,幻觉的来源是否不及失望的来源那样深刻呢?

"因此,让我们继续跟着他走,先去海地:那里有一处沼泽地,据说下面沉积着黑沥青;但是,那片沼泽地气味太过浓烈,附近连一只鸟、一只蟾蜍都没有,甚至连黑人都无法忍受,无法待下去。凯特宁骑马到了这里——据说他从戈纳伊夫过来,但他必须把马留下来,自己只身跟着他的黑奴披荆斩棘,冒着被荆棘的割伤的风险,砍伐掉如剃刀般锋利的高高草丛。这些黑人逃跑了,他不得不又把他们逮回来,付给他们双倍的钱;尽管他给的报酬诱人,仍有两个人在路上争吵起来闹翻了,有一个被蛇咬了,还有一个,鬼才知道怎么回事。这另一个被绞痛弄得彻底不行了,最后咽了气,嘴角还残留着一道黄唾液;可能是中了某种毒,但这些黑人认为是*僵比奥斯*①在作怪,不想再往前走了。最终,他到了沼泽地,发现这地方并不是那么糟糕;蚊虫小咬云集,说明活的动物在这可以生存下来。这是一个可怕的地方,阴沉而且闭塞,在太阳强光的炙烤下,有些地方冒着脓似的黄色

---

① 猜测为当地黑人语言,某种鬼怪的名称,这里根据上下文内容做音译处理。

泡泡,气味难闻,令人难以忍受。凯特宁返回戈纳伊夫,买下这块地,跟某个贼头贼脑的黑白混血儿签了一份承建合同,负责为他修建一条通往这个'沥青湖'的路,他挺张扬地给那地方取了这个名字;之后,他动身离开,据说去了波多黎各。

"好了,现在,得到了这块沼泽地,他决定去找卡马圭诺,为了糖的事。之前。他写过信给这位古巴人,告知糖价会走低,但卡马圭诺不肯相信。对糖价乐观期待是错误的;让我告诉你,这会让这只老狐狸战栗。凯特宁认识那些乐意买卡马圭诺的土地、股份的人,或是那些有着各种盘算的人;他去找他们,问他们愿意出多少钱。好啦,我把这句话撂在这里,如果你们愿意付我这么这么这么多佣金的话,你们半价就能得手。这位古巴人的绝大部分身家都投在甘蔗上,他会迫不得已仓皇卖出以求脱身;但我们必须让他失望。接着,据说凯特宁匆忙赶往巴布达、巴斯特尔①、巴巴多斯、特立尼达和多巴哥;他发现古巴人已变得紧张起来了,开始出售资产以积攒现金。凯特宁全身心投入这场角斗,下巴翘起,衣袖卷起。且慢,诸位稍等;报给他四分之一的价,终止你们的合同,叫他巴结你好了;眼下就是比以往任何时候都要糟糕的一轮暴跌。你们可以用买废铁的价格买下一座蔗糖厂;用极少的钱买下一处种植园。蔗糖的价格也一路在跌,去年收成的三分之一仍积压在仓库;人们能用这些糖做什么?人们无法用它来换燃油,只能用来让大西洋变甜些罢了;这些糖会是一种不错的甜味剂,各位先生。

"这一切就像一场雪崩,人人都开始逃离糖业(他们真的逃脱了),卖空他们手中任何与糖业有关的东西。好了,现在,老卡马圭诺找到买家买他的蔗糖厂和种植园。确实,这个老家伙自保得还不错,不过,从他的出价中你能察觉到一丝恐慌;我想看他的浓眉如何上蹿下跳。是啊,因为这场角斗,会毁掉很多其他人,但这是不得已而为之;没人想到可怜的皮埃尔了吗?老种植园主个个愁眉苦脸地四

---

① 法国海外省瓜德罗普的首府,位于巴斯特尔岛西部,瓜德罗普第二大城市。

处走动，不明事态究竟；谁都不会出钱买他们的甘蔗了，他们的咖啡和香草，以极低的价格就卖了，香蕉被巴拿马病①绞杀尽了；他们甚至无法抛弃这些岛屿，没人有兴趣租用或购买这里的土地。而数年前，这里一度被称作黄金安的列斯。

"最后，卡马圭诺放弃了这场战役；他的嗅觉灵敏，并且不会坐以待毙，据说，他不计任何成本地抛售资产。

"这个人面兽心的家伙，他侥幸逃出了三分之一的财产，凯特宁先生满足地发出感慨与叹息；他之前商议好的佣金所剩无几了，因为像这么一种生活须得铺张招摇，并且他必须到处阔绰出手以帮助促成各项事项的达成。现在，沥青生意的拐点就要来了。谁都无法像种甘蔗或可可那样种出沥青来的。你们可以把钱投在沥青上。我也乐意把我的钱投在黑的沥青上，而不是白的糖上。

"于是，他下了蒸馏罐和油桶订单，买下一条完整的旧轻轨，然后返回海地。

"亲爱的医生，我又待在家时，愈发感到快乐了——百里香的味道、杜松果的味道，还有手中的石竹花；很奇怪，异国他乡让人这般焦虑不安。如果我不是生活在自己的故土上，我肯定会成为革命者；在这里（我意指在这些岛屿上），我感受到不公平，遇到种种恐怖的事情，人变得更坚强……而且，比人在家中，心中感受到更多的仇恨。如果我真打算撰写自己的故事，应该不会错过一个穿开襟衬衣的男人，他肩上斜挎着一把枪，这个愚忠者，这个复仇者，这个充满激情，对凯特宁而言所有是其对手的人，应该就是我自己。这样没用，我必须放弃；当我再次坐在家中，在一处开着花的岸边，我的指尖搓揉这份顺从天命的芬芳时，恐惧和仇恨会融化，我也会将这野花，这北方的花，放在一位穿开襟衬衫的混血儿的坟墓上，他在这片群岛的某个地方与经济规律作斗争的过程中倒下了。"

---

① 又名黄叶病，或萎蔫病，是出现在香蕉根部的植物病，又被称为"香蕉癌症"。

第三十四章

"后来，×病人的命运混乱起来。那个承揽修路的混血合同人撂下没修完的路，人就跑了，被一位各种舞都跳的舞星诱惑跑了。凯特宁先生开始自己修路，他赶得很急，为此花了很多钱。他叫不动这些黑人把石头搬上独轮推车，这些黑皮肤的长腿人把大石块顶在他们头上，仿佛这些石块是一篮篮的菠萝；这些独轮推车只适合给脚抽筋、尖声叫的少女搭上一程。噢，真该给她们脸上来一拳，这样她们才会明白生活不只供她们饶舌狂笑！在一队队劳工后面走着一群群的女孩，晚上，她们随着吉他和锣鼓声晃动臀部，凯特宁被绝望的烦躁折磨着。他甚至不敢随意催促这帮笨拙的人；这场经济危机也冲击了海地，随之产生很奇怪的结果，这些黑人前所未有地沉溺于盲目崇拜与迷信之中，每周，他们在森林里的空地上刺耳嘶叫，胡言乱语；他们形同鬼魅地回来，疲惫但粗野。凯特宁听着这些黑人的爪子拍打的声音，与此同时，他的左轮手枪从没离手，就连夜里也不离手。不远处，有两三个孩子走丢了，凯特宁小心翼翼，不去盘根问底；为了调查这起案子，从戈纳伊夫来了个黑人警察，赤着脚，戴着金肩章，他也小心地不去碰这一带丛林中的某处石坛，人们踏出来的小路都通向石坛。

"月复一月，随着时日的流逝，凯特宁的资金与健康也在逐渐消殒；他患了脓肿和热病，不过，他没有离去以求健康情况好转，这样至少这帮黑人不会解散。他用邪恶的眼神监管着他们，充满了憎恨，但他只能沙哑地发号施令。他住进沥青沼泽地旁边的一间棚屋，棚屋建在土堆上，便于他指挥修建轻轨铁路；但是，与此同时，人们偷走了存放在戈纳伊夫港口的铁轨，天知道能用这些铁轨做什么。整个地方散发出硫化氢的味道，在类似大面积腐化溃疡的黄脓液的作用下发着酵;沼泽地散发着热量,就像一个沸腾着的焦油壶,每一步踩下去,半凝固的沥青颤动着,咯吱作响。

"最后,这条路终于修到了沼泽地,于是凯特宁去往太子港寻求贷款,购买货车和油桶,雇佣司机和监工。他回来后,工地上一个活人都没了;据说,魔鬼在这片沼泽池的中央现身了,搅动起所有的淤泥,直到淤泥熬沸得像果酱一般。费了很大气力,凯特宁才召集到零星几个患癞皮病的黑人,他们个个病恹恹的,眼睛红肿,满身虫咬,接着,这些黑人开始挖沥青。放眼望去,这是一大片有光泽的优质黑沥青。货车的情形就更糟了;有个黑白混血儿从戈纳伊夫取蒸馏罐和桶时,毁掉了一辆;另一辆开进了沼泽里,没几天,整辆车沉下去没了顶;只剩一辆用来运沥青到码头。凯特宁负责操作蒸馏罐,查看这些沥青有没有熬好;他又黑又脏,像个锅炉工,在这地狱火焰边上,他因患疟疾而哆嗦着;在这地方,人人都患疟疾,也就不当一回事了。凯特宁舍不得把那条花边手帕拿在手里,怕弄脏了;他满脑子只想到一桶桶装满沥青的桶。是啊,眼下一切都在正常运转中,凯特宁的双眼快被热浪烤焦了,他用滚烫的指尖在空中勾勒着即将矗立在那里的一座座工厂。叫它海地沥青湖工厂,或者类似的名称吧。

"当然也有烦恼。那个运沥青桶到戈纳伊夫的混血儿,总是把车弄出毛病,还在人前露凶相。一辆破烂车,先生,加上一条破烂路。凯特宁赶走了这个混血儿,自己开车,载满油桶,嘎吱嘎吱地开到港口。他高兴地看着一个个油桶堆积了起来,数百桶,数百桶,再来个数百桶,真好!不过,那个被解雇的混血家伙可不是泛泛之辈,他已见过一点世面;凯特宁穿着一件开襟衬衣,在这片海地沥青工厂周围走动,主持有关劳工待遇和讨伐无耻外商的讨论,直到有一天,四个黑人矿工来找凯特宁,他们用肘彼此推搡着,而后支支吾吾地说——简言之,要么他必须把那个混血儿招回来,要么——

"凯特宁满脸通红。'要么怎样?'他问,同时打开自己左轮手枪上的保险栓。

"接着,一场罢工发生了。这是一场有组织的罢工,还有同类相残的仪式，不过，这就是当时的情形。只有几个人待在那里，病得太重，无法走路回家。凯特宁看似疯了，他操起一把镐头，走到没过膝盖的泥里，开始劈开大块大块的沥青。他拉着这些沥青往蒸馏罐走去，一路嘴里发出嘶嘶声，呼哧呼哧喘着气，与此同时，那几个病人张着嘴呆望着他，害怕得都不敢拿起手里的铲子。当拖出的沥青足够注满一台蒸馏罐时，凯特宁突然哭了起来。'皮埃尔，皮埃尔！'他抽泣着，拍打自己的头。后来，连这几个病秧子也跑了。

"连续两天时间，凯特宁坐在荒芜的沥青湖旁，看着挖过的坑如何缓缓地重新注满。成千上万吨的沥青，成百上千桶的沥青等待着买主。于是，凯特宁在那方花边手帕里包了一小块生沥青和一小点精炼的熟沥青，这点熟沥青如无烟煤般亮闪闪的，而后，他开着空货车嘎吱作响地南下前往太子港。在太子港，他死寂般地睡了四十八个小时。

"后来，他再次来到卡马圭诺这位古巴人的宅院的锻铁栏杆前，敲门；开门！开门！高个子雇工站在栏杆后面，但没有开门。'有事吗，先生？①'

"'我要见卡马圭诺，马上，'凯特宁喘着气说，'开门，伙计！'

"'不行，先生，②'老雇工低声说，'主人嘱咐过，不让你进。'

"'告诉他，'凯特宁喘息道，'告诉他，我有桩生意跟他谈，一桩大买卖。'他捣鼓着兜里的两小点沥青，发出嘎吱声。

"'告诉他——'

"'不行，先生。'

"凯特宁擦擦自己的额头。'您能否——捎封信——'

"'不行，先生。'

"一阵沉默。傍晚时分的空气中，弥漫着珊瑚藤的花香味。

"'晚安，先生。③'

---

①②③ 原文为西班牙语。

"而后,他又南下,在这一带群岛来来回回:波多黎各、巴布达、瓜德罗普岛、巴巴多斯、特立尼达,还有库拉索,见过形形色色的人:美国人、英国人、法国人、德国人、克里奥人和混血儿;每个地方,他都跟人有商务关系:脖子上曾被他架过刀子的人,或是和他联手捣垮蔗糖行情的人;起码这些人清楚他们有幸在跟谁共事。凯特宁从花边手帕里取出那两小块沥青给他们看。瞧,多棒的沥青啊,黝黑而且有光泽,如同你们的瞳孔一般。成千上万吨沥青,一整片湖都是,赚上数百万不成问题。所以,怎样,你们要跟我一起干吗?

"他们挠挠头发,唉声叹气。光景不好啊,凯特宁先生;说到这,眼下就连沥青的行情也不好啊;据说,人人都在解雇特立尼达那边的人员呢。看起来,好像这些人自从对糖业失去信心后,对任何事的信心也都被动摇了。不行,不行,先生,什么都做不了;就连一毫一分,我都不会再投到那些该死的岛屿上了(殖民地是多么伟大的发明啊!要去发现那些国度,但不是用来给人居住,而是用来压榨!这些土地必须用作商用用途)!

"凯特宁拖着步子搭船从一个港口跑到另一个港口。他白天睡觉,夜里一动不动地站在船头,人们甚至可以往他的身上系缆绳。这黛墨色的茫茫夜空,闪电划过,星光耀动;飒飒作响的海洋上磷光闪闪,盈盈耀眼,漆黑得犹如无烟煤;先生,成千上万吨的沥青,可以赚数百万。这艘船猛地晃动震颤起来,好像走不动了;也许有油腻而稠厚的东西搅进螺旋桨的叶片里,桨被卡住了;这天黑得如同沉重而漆黑的石脑油①;这艘黑色的船缓缓行驶在沥青湖上,沥青在船身后面糊般的聚拢。晚上好,先生。湖面上方是银河,类似那天夜里的小径,那条星光小径,穿行在紫三角梅间,还有紫霞藤②结的蓝色葡萄。真香,真香,有着一股浓烈的玫瑰香和茉莉香;凯特宁把有点折痕的花边手帕放在唇上,手帕上有股沥青味,还有某种非常遥远的东

---

① 俗称轻油、白电油,一种原油精炼的烃类液体中间物。
② 马鞭草科下的一个属,枝叶缠绕的植物。该属共约30种,分布于热带美洲。

西。我会回来，玛丽，我会回来！

"这之后，所有人都怀疑地摇头。我们什么都不能做，凯特宁先生，哪都贷不到款，做什么都没利润。在多米尼加，他们也不提炼沥青了；不过，如果你等上二十年的话，或许会不一样；这见鬼的光景不会永远持续下去。

"现在就只能做一件事，去找特立尼达湖泊沥青公司的那些有身份的绅士；在特立尼达，缆车仍在吱吱响，将装着一桶桶沥青的油桶直接从湖里装上船，不过，虽然缆车还在运转，但大都生锈了。那些绅士任凯特宁像位供应商那样站着，与此同时，凯特宁额头冒着汗，打开花边手帕里的两小块沥青；这些人甚至都没看上一眼。我们拿这能做什么……先生……先生，你说你叫凯特宁，是吧？我们这儿的沥青起码够用上五十年了，可以轻松应对全世界消耗量。这里投了这么大一笔钱——我们为什么要再去别处矿床开发呢？

"但我的沥青更好啊，里面不含那么多水分，也没那么多泥——而且那里还产厚厚的石脑油。

"他们嘲笑他。行情每况愈下啊，凯特宁……先生……先生。你就不能，比方说，用水把它给淹没，让它永远消失掉啊？要是那样的话，我们很可能会买下它，可能的——当然啰，要按海地当下的地价买。再见，凯特林先生。

"（再见，再见！最终，我从这事脱身了，感觉如释重负；在这个充满商业交易的世界里，我觉得不自在，对我来说，这个世界比起有短吻鳄出没的沼泽地还要让人奇怪，但这又如何呢？我发觉自己置身其中就像置身于一座森林一样。我迷失了自己；是啊，我们最终再次找回自我。你懂的，他也会再次找回自我。唯有不快乐的人才如此强烈地清醒过来；谢天谢地，现在我们到家了，我回来了；这个两手空空的人，他不代表任何别的，只代表一个活过的人。）

"那天傍晚，在西班牙港的一家接待混血儿的酒店内，×病人坐在一间客房里，客房里满是床虱，还有扰人的蚊蝇，隔着薄薄的墙壁，听得见有人说梦话和发牢骚，还有一个水手抱着女黑白混血儿；整座酒店回响着餐盘的碰撞声、醉酒的斗殴声、狂笑声和热乎乎的打鼾声，还有喘息声，像是有个人就要死了。

"×病人将一张印着海地沥青湖工厂抬头的纸张放进打字机，而后缓慢地打起字来：'亲爱的玛丽小姐。'

"不行，在打字机上这封信写不出来。凯特宁坐着，弓着背俯身在那纸张上，嘴咬着铅笔。要按照某种极为精炼的法规和习惯来写信是很难的，特别是当我们很长时间没有写信了，这会儿动笔，真是难啊。在打字机上打字会比较容易些，这么做无伤大雅，字起码不会在人眼前晃动。凯特宁像一位学者动手写自己的处女作那般费劲地写着。噢——噢——墙后的混血女人在喊叫着，另一边，有个人因做了噩梦，呼吸变得急促起来，仿佛他的大限已至。

"亲爱的，我最爱的人，我的唯一，这是我第一封也是最后一封信。我答应会回来，赚够了钱有头有脸地回到你身边；可现在我一无所有，身败名裂，我要走了。去哪？我还不知道。我这一生结束了，也不打算从头来过了。唯一可以肯定的是，凯特宁这人不复存在了，因而现在要记起他是谁也没什么用了。倘若我知道在这个世界有一个可以隐姓埋名生活的地方的话，我一定会去那里；然而，即便向人乞讨也必须有个名字。

"我唯一的爱，我仍称呼你我的爱，说你是我的，这何等疯狂啊！现在，你知道我不会回来了；不过，你也一定要明白，我依然像以前那样的爱着你，不，是爱得更深了，为此，我不得不忍受多爱你每一分的痛苦煎熬。

"凯特宁越发陷入沉思。谁知道她是不是仍在等我啊。我已经离开三年了；也许，她嫁给了一个脚蹬白皮鞋的美国富佬……唉，祝她幸福吧。

"我不知道，我是否真的信上帝，但我握紧我的手，并祈愿你会幸福。只要他没有把你与我的命运紧紧联系起来，那就肯定是一位睿智的上帝。再见吧，再见吧，我们不会再相见了。

"凯特宁不得不扑在纸上,因为他眼睛看不清,而后他飞快而潦草地签上自己的名字。就在那一刻,他整个人愣住了,仿佛有什么东西猛击了他的头。他没有签他的姓名乔治·凯特宁。他眼含泪水,看不清字,不加思考,无意识地签下那个被自己遗忘多年的真实名字。"

第三十五章

"他在酒店里待不下去了,趁着夜色出了门;他坐在港口旁的一堆枕木上,有个黑人警察看守着枕木;凯特宁胳膊肘撑在膝盖上,身子前倾,凝视着泛起涟漪的漆黑水面。此刻,他什么都清楚了,不必尝试回忆了;他暗暗清理了一番思绪,像洗一副扑克牌那样,而后,他翻开这张,再翻开那张,一张接一张。是,全在这儿,什么都没缺失。有种相当奇怪的感觉——这是一种解脱,还是令他痛苦难当呢?

"我们来说说家的事。一个没有母亲的家庭,几间大大的房间挂着厚厚的窗帘,还有黑色的豪华家具。父亲没时间照看孩子,他高大,古怪,而且严肃。还有一位怯懦又焦虑的姑妈。小心,宝贝,别往那儿坐,别把它往嘴里放,你不准跟脏兮兮的小孩一起玩。最珍贵的玩具是一个红绿双色球,还是从街上某个哭闹的小孩那儿偷来的,这个小孩是那些幸运孩子中的一个,他们可以到处跑,任鼻子脏脏的,还光着脚丫,做泥馅饼,或是坐在沙子里。这位前凯特宁笑了,他的眼睛闪着光。所以你看,姑妈,到头来我真就光着脚到处跑,人脏得像个挖煤工。我吃过一个女黑人用她的脏裙子擦过的佛手瓜,吃过泥泞的路上拾起的生番石榴。凯特宁似乎有一种报复够了的满足感。毕竟,我真的做了我喜欢做的事。

"现在,这个不安分的男孩,自然的野性被所谓的教育压制了。他开始明白他父亲的行当。这行当就是财富。这行当是数间工厂,迫使尽可能多的人尽可能卖命劳作,同时给他们少得可怜的工资。男孩望着工人们从工厂大门拥出,带着他们特有的酸臭味,心里有种这些人都憎恨他的感觉。父亲习惯大声喊叫着发号施令;天晓得,要赚到这么一笔财产要花费多少心思。你大概觉得这一切不值得这么劳神;但无论如何,财产不只是死的物质,它需要它的食物,这样才不会跨掉,而且,还必须正确喂养。你是我的儿子,有一天这笔财产会托付给你,不仅仅是拥有它,而是要让它增值;所以,要学会节省;如果将来某一天你必须让别人挥汗劳作,并做到收支平衡,请你务必努力去做。我养育你是为了让你过一种务实的生活;为了我的财产。这位前凯特宁咧嘴大笑。这就是一切的根源啊,来自我的父亲,所以我会使唤人,奴役人;是啊,至少是某种遗传。当时这个小男孩并不在意这些,他相当放荡懒散——也许只是出于怨恨,怨恨自己某种既定命运的未来。我们不是为了自己而生,而是要效命于财产;一个人不效命于自己的财产,就会给某个陌生人当奴隶——这就是生活法则。所以,我的儿子,你要子承父业。

"这位前凯特宁摇摇头,哑然失笑。没有,他当然没有子承父业。他就只是一个法定继承人,在等着接手财产的那一天。而且就只是故意为之——混迹不良社会,等等诸如此类的事。负债的确是愚蠢的,也不是什么体面的事。父亲焦躁得颤抖起来,质问究竟。这是什么意思?为什么你花了这些钱,还有这些呢?你这混蛋,你想过我为了挣钱有多卖命吗,难道我攒钱就是用来赔付你的各种劣迹恶行吗?接着,这个年轻人爆发了,带着满腔怨恨、不满和暴怒;他握紧拳头,朝父亲大发雷霆:'留着你的钱好了,全塞进你肚子里好了,我不要你的钱;我唾弃它,憎恶它;休想让我像你一样做金钱的奴隶!'父亲面色发紫,奇怪的是他居然没中风;他指着家门口,朝不肖子嘶哑地喝道:'滚!'接着,门砰的一声,这一切便结束了,这位不肖子离家出走了。

"这位前凯特宁摇着头。天啊,多么愚蠢的事啊!一个家庭中像这样的暴风雨来多几次的话,那么,这家人怕是中邪了。但是这一次,两个特别强硬而且固执的人彼此冲撞在一块,这个年轻人永远不会回来了,当父亲手下的法律顾问邀他去见父亲时,做儿子的根本就没去;临了,这位值得尊敬的法界友人发现这位浪荡子躺在床上,同一位在理论与实践上皆信奉无政府主义的女信徒睡在一起;因为这位年轻人懒得动一下,法律顾问不得不在这种令人震惊的情形下向年轻人说明他的使命。法律顾问拿捏得相当好;他一会儿带谴责意味地皱起眉头,一会儿又带着委婉而且温和的善意微笑,青春就该放荡不羁,尤其是这么一位前程似锦的继承人的青春。'你的父亲希望我告诉你,唯有等你变得理智起来,他才会见你,我年轻的朋友。'他语重心长地说,'我确信你会努力,你也会成功的,呵呵,对不对?'他说,头虔诚地偏向一边,'你父亲(他几乎要说成财产先生了)的财产现在总计为三千……三千五百万;年轻人,这么一大笔财产可不是开玩笑的事情。'在那一刻,法律顾问真的看起来极为严肃,接着他又兴奋起来。'你的父亲让我告诉你,通过我,他愿意给你一定限额的生活费,一直到你成年为止。'接着,他说了一个近乎寒酸的数额——就是在满腔怒火的情形下,老守财奴仍恪守自己的信条。'当然,倘若到了法定年龄之后,你仍不明白事理——'这位顾问意味深长地耸耸肩。'不过,我希望这对你而言会是生活中一所健康但艰难的学校。'

"'好吧,给我那些零花钱吧,'这位三千万身家的继承人说,'然后去告诉老家伙,我希望他真能长命百岁,一直等着我。'

"女无政府主义者热烈鼓掌。

"可敬的法律顾问朝女无政府主义者开玩笑式地晃了晃胖胖的手指。'你呀,你呀,不要冲昏了我们这位年轻人的头脑。让他自己享受吧,这没什么,但仅此而已,你明白吗?'

"女孩朝他吐了吐舌头;仁慈的法律顾问满脸堆笑,温和地按住这位浪荡子的手。'我亲爱的朋友,'他动情地说,'我们都期盼着你快快回来。'

"后来,这位浪荡子十八岁了;成年之后,他四处流浪,这是年轻人的生活方式。他也说不清楚欠了多少钱,又是欠谁的钱。他从巴黎到马赛、阿尔及尔、巴黎、布鲁塞尔、阿姆斯特丹、塞维利亚、马德里,然后,又回到巴黎。自从家庭破裂以后,父亲的内心失去了寄托,发了疯似的挣钱,最后成了悲惨的老守财奴。愿上帝保佑他,他的钱越挣越多!真到浪荡子法定年龄的那一天,这笔可怜兮兮的微薄津贴就停掉了。这位浪荡子勃然大怒:'你想我跪着爬回去吗?这辈子都休想!'——他尝试去工作;但奇怪的是,当他尝试过回到之前的潇洒生活时,一切又不一样了,他已被贴上了贫穷的标签。后来,他喜欢上一位有病还失业的女孩。他为她感到难过,想要帮她;他写信给自己父亲的那位法律顾问,跟这位顾问说,他出现了情况,短时间内需要一两千法郎。他收到了一小笔钱,仅够他搭乘一趟从巴黎出发的列车的三等车厢,外加一封信,信中表明,如果他愿意回家来工作的话,他的父亲就会原谅他,等等诸如此类的话。真的就是在那时,他咬紧牙关,不再趾高气扬,自言自语道:'我不想再挨饿了。'

"这位前凯特宁,坐在特立尼达西班牙港湾边的横梁上,变得越来越害怕起来。他大声说了出来,就像当年那样,不过,眼下的他摇着头。"

第三十六章

"这位前凯特宁此刻恍然明了,看得很清晰了:要是他确实真的而且实打实是贫穷的话,他肯定早就在某个地方安定下来了;他没缺少过机会。也许,在卡萨布兰卡当一名记账员,或是在马赛当一位从事珍珠母纽扣交易的商贾。不过,听我说,方才意识到,我实际上是有着三千万,四千万,五千万身家的继承人,或者,老家伙在这段时间赚了多少钱财就继承多少的继承人;在两百颗纽扣的买卖上,我会去跟一个暴躁粗俗的经销商耐着性子或是卑躬屈膝地争来争去吗?有时,他因自己荒唐的工作职位而心感惶恐,也就无法把工作真当一回事,但是,为了一两个法郎或比塞塔,对着一张汗淋淋且迫切的脸讨价还价,他又胜任不来;突然,他眼睛一亮,完全明了,自己只是在享受触怒别人的游戏过程,此外,时不时,他还用一种恶作剧的行为来发泄自己强烈的感情,这种刺激过后,他只能频繁地变换工作。这位前凯特宁带着某种滋味回想起这一切。我没跟你们说清楚,你们这群傻瓜,也许,甚至就在今天,你们一想起那个无耻的暴发户,那个傲慢无礼对待你们的人,就气得一脸愤懑与冰冷,然后呢——再见了,舔我的鞋子巴结我好了。

"不过,在对这一切沉思冥想中——毕竟,这一切是这般半虚幻,无论他做什么,都无法挥去一种感觉,就是在某种程度上,这一切都带有附带条件的,并没有真的发生,而且只是个概率问题,还是暂时的。唯一真实的是那种怨恨,那种任何时候都引领着他的怨恨,尤其是落魄的时候;甚至在最悲惨的时候,那些几百万他都唾手可得,可以轻松拿到,只要他愿意结束这一切。当他居无定所,没有工作,独自一人在街头溜达时,他会让这些钱在自己兜里叮当作响,他会带着敌意笑看所有那些躲闪一个形迹可疑的流浪汉的人,但愿他们知道他是谁!他兜里装着数百万,但他连一杯啤酒都不会给他们买。当你兜里装着五枚铜币,你就可以买一朵红玫瑰了。其实,这就是不断供嘲讽消遣的一次时机;他肯定忘不了第一次乞讨时心生的狂喜感;那是在巴塞罗那的兰布拉大道①上,在成群的麻雀中——那位老女士手上绕着一串念珠,看着这个龇牙咧嘴的小伙子,神情很是害怕,'看在上帝的份上,可怜可怜我,女士②'。

"这位前凯特宁擦擦自己的额头。不,若这一切是真的话,我怎么能承受得起!不过这一切,你懂的,是一种非真实的虚幻游戏。就好像我想看看我可以忍受多久,才会伸出自己的手,开始呼救。站在人行道的边上,饥渴地望着这些最是美丽曼妙的女人,这份颤动的痛苦——就只想说这么一句,你们会是我的,而眼下,当然,你们甚至不愿看我一眼,你们这些畜生。这种不可思议的愤怒,这种蔑视一切的解脱意味。是啊,当然,也蔑视被称作道德的东西;由于有着穷人的德行,和富人的德行,却没有任何道德规范针对那些不想发家致富的倒霉蛋。这些无赖从来不会让自己安定在某个地方,更别提组建家庭和遵循各种习俗,正是财产和依靠让人安定下来,因此,一个不介意悲惨生活,也不关心钱的人,就像一个断了线的气球,他被引领到上帝放逐但魔鬼都不待的鬼地方。是的,浪荡当然疯狂,它扰乱以财产为中心的秩序,类似于人失去稳定感。因此,要是你别无选择的话,你这傻瓜,那就四处跌跌撞撞地晃荡吧!——

"且慢,有些东西应当细究一番。是的,就是傻瓜的愚蠢。实际上,不——好吧,比方说糊涂。当时,我在一艘船上,那是在普利茅斯;晚上,我曾经和一个巴比坎街区③来的女孩坐在锄头崖上,看着那座条纹灯塔。那是一个相当单薄、娇小的英格兰女人——她十七岁。她握着我的手,尝试向一个堕落的大个子水手讲述生活的美好之

---

① 巴塞罗那市中心的一条繁盛的步行林荫道。
② 原文为西班牙语。
③ 英格兰德文郡普利茅斯老港区西部和北部地区。两或三个街道仍然保留了一些老渔港的建筑。

处。这位前凯特宁牙齿打着战。但是，这情形差不多就像……像……玛丽，玛丽·多洛雷斯，握着我的手，想带我找到我自己时那样！噢，天啊，生命中有着我们不理解的种种迹象。这位前水手目瞪口呆地凝视着漆黑的海水，但他看到锄头崖蓝色通透的天空，水面上红色绿色的浮标，还有远方，天啊，那美好沉静的远方。她握着我的手，飞快地轻声耳语道，'答应我，答应我，你会好好的——还有，在某个时候，你会在这里安家。'她在某个工厂上班。告诉她我唾手可得百万巨款，这会不会像是《一千零一夜》里的故事？话都已到了嘴边了，但他不知怎的，费了好大的劲又咽回去了。她偷偷而且笨拙地吻别他，而后他说，'我会回来的。'

"那艘船去了西印度群岛，他再也没回去过。

"就这样，现在他人在这，身体健康地到了，也就这些了——不，这不是全部，某种严厉且坚定的声音说道。你记得接下来发生了什么吗——嗯，接下来发生了什么；我从那艘船上逃走了，是在特立尼达那儿，就是在西班牙港那儿，是吧？——对，然后接下来是什么，这之后发生什么了？

"接着，我开始走下坡路；一个人一旦开始走下坡路，就根本不会停下来了。这下坡下得有多快？快说说——好吧，我在码头当码头工人，而后是一名手里拿着文件到处跑的理货员——再就没了？我在沥青湖是一名看守黑人的监工，甚至不准他们用手背擦汗——还有一些其他的事，对吧？是的，我在瓜德罗普岛和马坦萨斯①做服务生，负责给黑白混血儿上鸡尾酒和冰块。

"就没有比这些更糟糕的吗？

"这位前凯特宁用自己滚烫的手捂住脸，叹了一口气。稍安毋躁，这里有些话要说。这是报复，这是报复，他们让我堕落得如此卑下。让我说得明白些，我为自己卑微的身份感到欣喜若狂。你们这些畜生，你们这些畜生，你们拿去吧，拿去，把你们的数百万塞进自己

---

① 加勒比海国家古巴的城市，也是马坦萨斯省的首府，建城于1572年。

的肚子里去吧；你们所有人都看好啊，这个百万富翁的独子和继承人长什么模样！

"好的，让我们细究一番。

"好的，细究一番：他被一位黑白混血儿照看着；现在，你明白了。他狂热地爱着她，在那些醉鬼中为她拉客，满足他们最为倒错的性欲，而后，他在外面候着他的那份报酬。

"就是这么一回事——这位前凯特宁的头低垂到胸前。咖啡店里，一个美国人坐着，我讪讪地咧嘴笑：'先生，要我带你去找一个漂亮妞吗——很漂亮——'这个美国人脸通红，而后一跃而起，也许他无法忍受这么一种对白人的污辱吧；接着，他朝我脸上打了一巴掌，打在这边脸上——这位前凯特宁脸上有块红斑——美国人朝地上扔了一张皱巴巴的五元美钞，与此同时，我被店员推搡到街上。我回到店里，像条狗一样趴在地上，捡起那五美元。

"这位前凯特宁抬起他惊恐的眼睛。这件事永远都不会被遗忘吧？

"也许到最后，也会非常努力地想要忘记这些。

"是的，我喝得像头畜生，但仍无法忘记；我打着趔趄，也不知道要去哪儿，走哪条道——沿着这条银河般的小径，在开着花的三角梅之间走着。

"是的，是的，就是在那里，我听见左轮手枪的枪响，而后有人在跑，撞到我身上。而后，而后，到最后，我把这一切全忘了。"

第三十七章

"这位前凯特宁宽慰地松了一口气。是啊——现在全记起来了,做你想做的吧,这一切不会因你而变得更糟了。在这里,听我说,就是当我四脚着地像条狗趴着的时候,我也没有屈服,我的内心没有哭泣。眼下,受够了,我打算屈服了,我想要回家,请求原谅,我要回家去。我只是喝醉了,为自己的堕落哀号。这……其实……是某种形式的胜利。

"那你愿意屈服了。

"是的,现在我愿意屈服了,还挺高兴的,天啊,好高兴啊!要是他们想要朝我的脸啐口水,或是要我再趴在地上爬的话,我会遵从的。我清楚为什么。这一切都是为了她,为了古巴人的女儿。

"或者,为了打败老卡马圭诺。

"闭嘴,这是谎话。我确实是为了她。我不是告诉过她我会回来吗?我不是给过她我的承诺吗?

"你的承诺,拉皮条吧,拉皮条!

"是的,也许我就是一个皮条客;要是我知道我是谁就好了。你想什么呢,一个男人只有被打败过才会成为真正的男子汉。于是,他意识到这一切明确无误,是真实的,这一切是确确实实的现实。

"这是一场失败。

"是的,这是一场失败。还能让步认输,也算是极大的慰藉;把你的双手放在胸前,屈服吧——

"向什么屈服?

"向爱情。向爱情屈服,接受失败和屈辱——一个男人因此明白了爱情是什么。你不再是一位英雄,而是一个遭受羞辱与殴打的皮条客;你趴在地上就像个畜生,尽管如此,你仍会穿着最美的服装,将一枚戒指戴在自己的手指上。这是个奇迹。我知道,我知道她在等着我;现在我可以去她那儿。天啊,我极为高兴!

"高兴,真的假的?

"极为高兴,这让我激动极了——就感觉,感觉自己脸颊在烧。

"只是左脸颊。就是被打了一拳的部位在烧。

"不,这不是一拳。你不知道她曾经吻过我的这边脸颊吗?是的,吻过的,这边脸颊还被她的泪水打湿过,你不知道吗?所有一切都兑现了——仿佛之前遭受的痛苦都不算什么!但是,我所渴求的和我所经历的地狱般的工作——都是为了她。

"还有那一拳呢?

"——是的,那一拳也是为她受的。这份奇迹会发生。我要去她那儿:她会跟那时一样在花园里等着我——

"——然后,她会把她的手放在你的掌心。

"看在上帝的份上,不要提她的手!一旦有人提到手,我的手指和下巴就会颤抖起来了。她当时是怎么用手握住我的——我想起了她圆润的手指,别说了!别说了!

"你非常高兴吗?

"是的,不,稍等,这一切都会过去。见鬼,这些眼泪!一个男人怎么会如此荒谬地爱上某个人呢?要是她真在那儿等着我——在那台起重机那儿的话,我应该会害怕。天啊,有多远,什么时候我才会回到她那儿!如果我用手抱紧她,用胳膊搂紧她——天啊,有多么远啊!

"那你高兴吗?

"废话,你不知道我都要疯了吗!什么时候我才会见到她?首先,我必须回家,是不?我必须低下自己的头,请求原谅。我必须以我的姓氏和一个男人之名,再次漂洋过海。不,可这不可能。我应该无法忍受这一切,在现在这个时间,这是不可能的!

"你会首先去她那儿,然后告诉她?——

"不,我不能这样做,我不能,这样做是不对的。我告诉过她,只有当我有名望之后我才会去接她。我不能让她失望。我必须回家，先回家去，也只有到那时——我才有脸去敲那扇门。开门，我是来接她的。

"那位黑人警察一直看着这人在自言自语，在晃着胳膊，好长一段时间后，警察走近了一些。嘿，先生！

"这位前凯特宁抬头看了一眼。'你知道吗，'他说得飞快，'首先，我必须回家。我不知道我父亲是不是还活着，不过，要是他还活着的话，我会吻他的手，并愿他受到上天的保佑，然后说，父亲，您那个浪荡儿子，您那个乐意吃糟糠猪食的儿子，已经受到老天的惩罚，我不配做您的儿子。我父亲这个老吝啬鬼，会很受用，然后说：我的儿子曾经死了，现在又活过来了；他迷失过，然后找回了自我。兄弟啊，就是这么记录的，在《圣经》里。'

"'阿门，'这位警察说完，想要走开。

"'不过，稍等一下，这就是说，这个浪荡儿子会被原谅，是吧？他的浪荡会得到宽恕，他再也不用忍饥挨饿了。拿来最好的长袍，披在他身上，还将一枚戒指戴在他手上。'这位前凯特宁站起身，泪水从眼里流出来。'但我只能猜想我的父亲还活着，风烛残年地在等着我，想造就我成为同他一样的富人和吝啬鬼。你不知道他牺牲了什么——但是不，她还在等；我会回来的；玛丽，我会回来，但首先我必须回家。'

"'我带你回家，先生，'黑人警察说。'你要去哪？''那里，'他用手指着天空，指向地平线，地平线那儿，有无声的闪电掠过。

"我被这么一个想法给迷住了，就是他没乘船回来；乘船旅行太乏味，也太缓慢，船的速度不够快。我去了几家航空公司，询问是否可以乘飞机飞往特立尼达。看来好像有一条常规航线从欧洲飞往纳塔尔，还有一条从纳塔尔飞往帕拉①；不过，他们没法告诉我是否可再乘飞机从帕拉飞往特立尼达，或是飞往荷属安的列斯的其他地方。这是有可能的，我还假定×病人选择了这条更快的航线，这种假设没有其他理由。他必须选择这条航线，因为，到最后，我们已经知道他的头先着地，陷入火海，直到他旅程的终点，就像一颗流星以最可怕的速度划过天空。飞行的途中，他不耐烦的双眼紧盯着地平线；飞行员一动不动地坐着，像是睡着了。噢，要给他的后脑勺狠击一下，叫醒他，让他飞得再快些。接着，从一架飞机转到另一架飞机，人被发动机的轰鸣声震得耳聋目呆，就只意识到一件事，匆忙地赶着时间。在最后那站机场时，几乎能看得见家了，这趟呼啸而行的列车突然一个急停。他们飞不了，因为有场暴风雨。他大发雷霆，嘴唇上黏满吐沫星子。这也能叫暴风雨？你们这些狗东西，你们这些癞皮狗，你们知道飓风来的时候是什么样子吧！好吧，那就搭私人飞机好了，无论要花多少钱；接着，那股抽筋式且疯狂的烦躁劲又上来了，他拳头握紧，牙齿咬着花边手帕——然后就是结局了：旋转、火焰、无烟煤的气味，他渐渐失去了意识，就像被一片黑色的湖泊紧紧地包裹住了。

"亲爱的医生，我由衷地向你致敬，说说我对你的印象，你宽厚的肩膀俯在×病人死去的躯体上。我曾见过你在床边，尽管如此，我却无法很好地形象化地描述出你的样子。倘若我再次违背了现实，请不要反感。我本该安排那位不怎么友善的浓发小伙子在×病人的床边；小伙子握住病人的手腕，神情专注地低着他那颗自负且头发林立的脑袋。漂亮护士注视着他的金发，完全深陷进对这位年轻医生的爱恋之中了。啊，就让我的指尖穿过这些毛发，拽一拽，梳通它们，轻柔得犹如呼吸——这位年轻小伙子抬起头。'我摸不到他的脉搏了。快拿检测器来，护士！'"

---

① 巴西北部的一个州，首府贝伦。与帕拉州相邻的巴西州份有阿马帕州、马拉尼昂州。

第三十八章

外科医生看完手稿,机械地清理着书稿,以免错漏页。

老专家来见他。"挺可惜,你没去看一眼尸检。一个有意思的病人。这个人经历过很多——我应该让你看看他的心脏。"

"大吗?"

"很大。你知道他们已得到一些信息了吗?有份发自巴黎的电报。这是一架私人飞机。"

外科医生抬了抬眼睛。"嗯,还有呢?"

"我不知道他的姓名,姓名弄花了;不过,他登记的是一名古巴人。"

(蒋文惠　译)

平凡一生

序　言

"是吗？"波佩尔老先生惊呼，"那么，他现在已经死了？他是怎么死的？"

"动脉硬化。"医生表情严肃地说了一句。他本想再说一下死者的年龄，但是斜眼看了一眼那位老先生之后，还是保持了缄默。

波佩尔先生思索了一会儿。谢天谢地，就现在的情况而言，一切都还是井然有序的；他觉得没有什么证据能够直接指向什么。"所以他现在已经死了？"他心不在焉地重复着。"但是他还不到七十岁呀，他比我还年轻几岁呢。我认识他……我们以前还是同学呢。但是毕业之后我很多年没见过他，直到他来到布拉格，进了交通部，我们才重新联系上。我基本上每年能见他那么一两次。多么诚实的好人啊！"

医生说："他的确是个好人。"他慢慢地把一小枝玫瑰绑在一根棍子上。"我第一次见他是在这个花园里。他隔着栅栏跟我说：'打扰了，请问你那边开着花的是哪种海棠啊？'我说：'喔，那是垂丝海棠。'然后邀请他到我的花园里。你知道两个爱好园艺的人待在一起总是有说不完的话。有时，看到我不忙的时候他就会过来，我们只聊些花花草草。我不知道他是谁，做什么的，直到他派人来叫我。那时他的身体状况已经很不好了，但是他的小花园打理得确实不错。"

"听起来倒是很像他，"波佩尔先生说道，"自打我认识他起，他就是个平凡而勤恳的人，顶好的公务员。事实上，现今像他这么好的人已经不多了，你说是吧？"

医生突然说道："他写了下来。"

"他把什么写了下来？"

"他自己的人生。去年在我家里的时候，他发现了几本名人的传记，他说应该有人写一写平凡人的一生。当他的健康状况恶化的时候,他开始着手写自己的一生。在……在临终前,他把写的自传交给了我。可能是他没有别的人可以托付了吧。"医生犹豫了一会儿。"既然你是他的朋友,我觉得你或许可以看看。"

老波佩尔有些感动了。"那真是太好了,你知道我愿意为他做这些事……"很显然,对他来说,这就像是为亡者提供服务一样。"所以,我可怜的老伙计,他为自己写了自传!"

"我这就去给你拿。"医生一边说,一边小心翼翼地从一棵玫瑰底下拔出一根细根。"看,这根枝很可能会长成欧石南。我们要一直关注,拔掉其他的玫瑰,野生的那些。"医生站起身来,心不在焉地说。"噢,我答应让你看他的手稿的。"然而在离开之前,他又环视了一下他的花园,似乎有些不情愿。

所以,他已经死了,这位老先生沉思着。当一个十分平凡的人知道如何去做一件事的时候,这件事一定也十分平凡。但是可以确信的是,他并不想走——或许正因如此他才为自己写了传记,因为他喜欢自己的人生。谁能想到呢:一个普普通通的人,砰的一下,就死了。

"喏,这就是。"医生说道。这是一摞整洁的、仔细地用带子捆好的手稿,就像一沓完整的契约。波佩尔先生颤抖着双手接过手稿,翻开了前面的几页。"写得可真漂亮啊,"他近乎虔诚地低声说道,"你能够从中看出一个老官员的痕迹;在他那个年代,先生,还没有打字机呢,所有的文稿都要手写。在那个时候,能写一手漂亮的好字是非常重要的。"

医生嘟囔道:"后面写得就没有那么好看了。那时他一直在赶时间,涂抹掉了很多,连笔迹都不是很顺畅了。"

波佩尔先生感觉,阅读一位亡者的手记很是奇怪,就好像是去触摸一个死人的手,就连笔迹里都有一些死亡的味道。我不应该把它带回家去读。我就不该说我想读。

波佩尔先生不确定地问道:"它值得一读吗?"

医生只是耸了耸肩。

第一章

三天前，我跪在小花园的一丛矾根草旁，想要为花除草。突然我感到一阵晕眩，不过这是很正常的，我经常会有这种感觉。或许正是这种晕眩使我的目之所及更加地绚烂：白色的绣线菊掩在矾根草的红叶后，一切都是那么的美丽，近乎有些神秘，甚至让我有些得意忘形。两码以外的石头上站着一只小鸟，它的头转向一边，用一只眼睛看着我，好像在问：你是谁？我甚至不敢呼吸。我怕自己会把它吓跑。我能够感觉到自己剧烈的心跳。但是突然间，它来了。我不知该如何描述，但那是一种强烈而十分确定的，死亡的感觉。

真的，除此之外，我再也找不到其他的表达方式。我觉得自己在为活下去而努力挣扎，但是现在唯一能够确定的却是一种巨大的焦虑感。当这种感觉逐渐消逝的时候，我仍旧跪在地上，然而我的手里却满是腐烂的树叶。它如海浪般涌过，留给我的哀伤却不是那么地难过。我感觉到自己的腿在以一种奇怪的频率颤抖着。于是我小心翼翼地坐下，闭着眼，对自己说：好吧，就是现在了，死亡就在这里了。然而我并不害怕，只是有点惊讶，我知道每个人都会有归土的那一天。然后我鼓起勇气睁开眼睛，转动着我的头。天啊，多么美丽的花园啊，在此之前，我从未、从未觉得它有如此美丽；我别无所求，只要像现在一样坐着，看着天空的光影变幻，看着花园里盛开的绣线菊，看着一只黑鸫费尽心思地去捉一只蚯蚓。很久以前，昨天，我便下定决心，要在下一个春天到来的时候铲除那两簇得了霉病的燕草，再种上新的花草。但现在看来这个心愿很有可能无法实现了。来年的时候，这些植物会像得了麻风病一样变得丑陋不堪。我感到很遗憾。事实上，我对很多事情都感到遗憾。无论如何，我都为自己不得不离开而感到一丝丝难过。

我有些担心，或许我该提前告诉我的管家一声。管家是位很好的女士，虽然她一激动就像一只咯咯叫的母鸡，也会因为恐惧而到处乱跑；她一哭起来整张脸都会肿，也会弄掉她手里的所有东西。但是这也没什么大惊小怪的，解决问题的方法越温和效果就会越好。我松了一口气，心里想，我必须把自己的东西都整理好。感谢上帝，在接下来的几天里我还有事情可以做。像我这样的一个鳏夫和已经退休的人，要把现存的东西整理好，并不需要做太多的工作，不是吗？很有可能我将无法再栽种燕草，也无法在冬天把伏牛花枝干上的腐木砍掉。但是我的抽屉将会十分整洁，不会有任何迹象表明我还有什么工作没有完成。

我把那个时刻的细节记下来，就是为了提醒自己，那种冲动究竟是如何以及为何冒了出来，从而让我把自己的东西整理清楚。我甚至有种感觉，感觉自己之前曾有过类似的经历，而且不止一次。在我的职业生涯中，无论何时我的工作被调动，我都会整理好办公桌，不会留下任何未完成的、杂乱无章的东西。最后一次，也就是我退休之前，对于所有东西，我都整理、检查了十几次，一页页地翻看文件、一次次地归置物品。我还是忧心忡忡，害怕有什么东西放在了错误的位置，或者还有什么事情没有完成。在工作了这么多年之后，我的放手是为了后面的休息；但是我的心情却十分地沉重，以至于在后面很长的一段时间里，我依旧担心自己是否把什么东西放错了位置随后忘了，又或是忘记了去核对什么。

这种经历我有过很多次，所以在这最后一次，我毫无畏惧，因为自己在做跟之前类似的事情。我不再害怕，而死亡所带来的惊讶情绪也因为对工作的熟悉和亲密而慢慢演化成了释然。在我看来，人们把死亡说成跟睡觉或休息类似，不过是用自己所熟悉的事物给它找一种伪装。他们希望遇到那些过世的老友，从而让自己不再惧怕踏入那片未知之地；也或许他们说出自己最后的心愿、立下遗嘱，也只是因为有了这些，死亡就变成了一个重要的经济事件。因此，死亡没有什么好怕的。我们面临的这一切跟我们平日里所熟悉的事情非常相似。我所要做的就是把自己的东西归置好，不多，也不少。感谢上帝，这对我来说并不是什么难事。

两天以来，我一直都在整理自己的文件；现在它们都整整齐齐地用带子绑着擩在了一起。这里有我一生的证件，从我小学得的第一个第一名开始。上帝啊，我骄傲地拿回家了多少个第一啊。我清楚地记得当我把这些荣誉带回家的时候，我的父亲会用他胖胖的大手轻轻地拍着我的头，有些激动地说：加油，我的宝贝！我的洗礼证、房产证、结婚证、任命书，一切都按顺序排好了，没有任何遗漏。奇怪的是我并没有按阿拉伯数字或字母顺序归档。我的亡妻写给我的所有信件，数量不是很多，因为我们很少分开，而且分开的时间很短。还有一些信是朋友们寄来的。就这么多了。在我的抽屉里只有那么整理好的几捆。唯一没做的事就是找一张纸，写上我的请愿书：A B，退休政府官员，请求被调往另一个世界。参见文档 A 至 Z。

我忙于整理文件的那两天，世界安静而近乎珍贵，除了心脏的疼痛，我感觉好受多了——或许是因为安静的作用。一间背阴而凉爽的房间，窗外是叽叽喳喳的鸟叫，面前的桌子上是些令人感动的旧文件：书法学校的获奖证书，妻子少女时期的笔迹，还有些硬邦邦的官方文件——我希望能有更多的东西让自己翻阅和整理，但我的生活十分简单，而我又喜欢井井有条的生活，从来不保留没用的文件。上帝啊，再没有东西可以收拾了。多么简单而平凡的一生啊。

没有什么可收拾的了，但是在我的心里——我该怎么说呢？——还升腾着一种对秩序的狂热。没必要再给钟上紧发条了，几分钟之前刚刚上过；也没有必要再次打开我的抽屉看看是否落下了什么东西。我在想我曾经工作过的那些办公室：有没有什么东西我明明没做完就打包了呢？不一会儿，我又想起了那只小鸟，用一只眼睛盯着我，似乎问：哦，你是谁？好吧，一切都收拾停妥，就像是要去旅行，只差拦一辆出租车了。突然间，你又感觉到了一种孤独，你不知道接下来去做什么。你满是狐疑地环顾四周，害怕自己落下了什么。没错，就是这种感觉，心神不宁。我在寻找可以收拾的什么东西，却实在没什么可收拾的了，只有那种害怕自己落下什么重要事情而带来的不安。多么愚蠢的事情啊，但是它却慢慢膨胀为一种焦虑，就像是压在心脏的一种生理性的沮丧。的确，接下来没什么东西需要整理了，但是然后呢？于是，我突然想到：我可以把我的一生整理一下，就这么办。说做就做，我要把它写下来，然后整理、归档、打包。

起初我差点因为自己的这个想法而笑出声来：看在上帝的份上，我问你，这有什么意义吗？写出来又该如何处置？我写了给谁看？如此平凡的生活，又有什么可写的呢？但是我明白，那时我就已经决定要写了，我的推脱只是出于一种谦虚或者什么东西。当我还是孩子的时候，我们附近住着一位老妇人。如果有什么需要，我的母亲就会让我到她那里去拿。这个人面目丑陋，深居简出，你从来看不到她走在街上或者跟别人交谈。孩子们都有些怕她，因为她从来都是那么的孤单和孤独。有一次，母亲对我说："现在你绝对不能进去。一位牧师正在陪着她，听她的忏悔。"我实在无法想象，一个如此孤独的老妇人会忏悔些什么。我记得自己把鼻子紧紧地贴着她的窗户玻璃上，看她如何忏悔。牧师在她的家里待了很久，没完没了，因而显得格外神秘。之后，当我走进她家的时候，她双眼紧闭，躺在床上，面容平静，甚至还有一丝喜悦。这让我觉得很是不安。我冒出一句话："您需要什么吗？"她只是摇了摇头。现在我知道了，她那时也把她的人生整理好了，其中也包括弥留之际的最后一道圣礼。

第二章

　　确实如此。为什么就不能有一本记录平凡生活的传记呢？首先，这是关于我个人生活的记述。如果有人能听的话，或许我就没有必要把它一一写下来了。一些久远的回忆会时不时地出现在你的谈话里，即便只是关于你的母亲过去经常做些什么饭菜。每当我提到类似的事情，我的女管家都会一脸同情地点点头，就好像在说：对，没错，你经历了很多苦难；我明白，但我的生活也很艰难。你无法跟她谈论这样一些寻常事。她的性情太过忧郁，她企图在所有事物中寻找感性的东西。而其他人，一听到别人的陈年往事便会心不在焉、一脸不耐烦的样子，继而打断谈话说：好吧，我们那时候，在我年轻的时候，是这样这样的。我还有一种感觉，就是人们都有些吹嘘自己的往事。他们坚称自己在年少的时候得过白喉病，或者经历过什么大风暴，仿佛这一切都是他们个人成就的一部分。或许每个人都有这样的一种需求，去寻找人生中那些非凡的、重要的、甚至是戏剧性的事情。因此他喜欢让人们去关注他所经历的每一个事件，并且希望通过这些来提高人们对他的兴趣以及崇拜感。

　　在我的生活中，从没有什么非凡或者戏剧性的事情。如果有什么是需要我牢记的，那仅仅是安静平淡，如机械般翻动的岁岁年年，直到我现在面对的生命的最后阶段，而且，我希望它也能够与之前一样平淡朴实。我不得不承认，当我回首，我几乎为身后那条笔直而清晰的道路而感到快乐。它有它的美丽，就像现实中平坦而笔直的道路一样，走在上面，你不可能走歪。对于这样一条笔直而舒适的道路，我甚至感到骄傲。回眸一瞥，我就能径直看到自己的童年，再次享受它的与众不同。多么美好、平凡而平淡的生活啊！从来没有冒险，没有挣扎，没有超凡奇特的事情，也没有悲痛的经历。看着它，会给你一种欢愉，更为甚者，就像是在看一台运行平稳的机器。它停下来的时候无声无息，不会发出任何吱嘎的声音。它听天由命，默默地停了下来。因此，我的生命也该如此。

我的一生都在阅读。我所读过的那些传奇的冒险经历、我所遇见的那些悲惨而又怪异的人物，数量之多，不胜枚举。仿佛除了这些与众不同、超出寻常、独一无二的情况和机遇，再没有什么值得讨论和记录的事情。但现实生活却没有这样奇特的冒险，有的只是习惯法则。不同寻常、奇特非凡的只有轮子运转时发出的吱嘎声。事实上，难道我们不应该为普通而平凡的生活庆祝吗？难道生命中缺少了惊险刺激、悲伤呜咽，没有经历过生命威胁的就不叫生活了吗？相反，我们的一生完成了诸多的工作，遵守了从生到死的所有习俗。总体而言，这就是幸福的生活。我并不为过去在学究气的田园生活中寻找到的那些琐碎而常规的幸福而感到羞愧。

我想起了在我出生的那个小镇上举办的葬礼。前排是穿着白色罩衣，手拿十字架的教士；之后是乐师，锃亮的军号、法式号角、单簧管和低音大圆号，葬礼队伍中最为漂亮的一部分；之后是身着白短衣、头戴盖帽的助理牧师；后面跟着抬棺材的六个人，以及身着黑色衣服、主持葬礼的牧师。所有人都一脸严肃，庄重肃穆，看上去竟有些像木偶。他们的上空回荡着葬礼进行曲，还有军号的喧嚣声、单簧管的嘶鸣声和大号的深沉哀怨。这些声响直冲云霄，灌满了街道、城市。所有人都停止了工作，走到房前，弯腰向行进的葬礼队伍致敬。是谁死了？是某个国王或是公爵？人们如此庄严肃穆地运送他的遗体，他是英雄吗？不，他是个食品杂货商。上帝给了他永恒的荣耀。他只是一个虔诚的、正直的人，而现在，他最后的时刻已经到了。或许他只是一个车匠，一个毛皮商。现在他们已经完成了自己的工作。这将是他们最后的旅程。我，一个少年，希望能够成为队伍前面的那个教士，或者，不，我更愿意成为棺材里的那个人。当然，这与抬着放有国王遗体的棺材一样荣耀。整个世界都低下了头，向由这样一位正直的邻居所带来的胜利行进而致以敬意。鸣钟敲响他的赞歌，军号发出胜利的呜咽，而你情愿在这神圣的、伟大的、被称为人的伟大事物面前，弯下你的双膝。

第三章

我的父亲是个木匠。小时最深的记忆就是在临近作坊的院子里，我坐在温暖的木屑堆里，玩着削下来的拳曲的木屑片。父亲的助手弗兰克经常对着我笑，然后拿着个刨刀冲我走过来，边走边对我说：过来，让我把你的脑袋削下来。我那时肯定是哭了，因为我的母亲跑过来把我抱在了怀里。我的整个童年，都被木匠作坊里独有的那种欢快而有些吵闹的喧嚣所环绕：厚木板发出的砰砰声、刨刀穿过树瘤的嗖嗖声、木屑相互摩擦发出的沙沙声，以及锯子锯开木头的嘶嘶声；空气中是木头、胶水和清漆的味道；工人们把衬衫的袖子挽起来；胖胖的父亲用他那胖胖的大手握着木工专用的铅笔，在厚木板上做着记号。他的衬衫紧紧地贴在宽阔的后背上，而他整个人都扑在了他的作品上。那会是个什么东西呢？怎么，一个橱柜啊，难道你看不出来，这里接上一块木板，这些凹槽密合起来，就是一个橱柜。父亲用专业的大拇指滑过成品的侧边，然后是另一面。非常好，光滑得就像一面镜子。又或者是一口棺材，但那项工作没有那么精细，只是把一些木板钉在一起，然后在上面粘上装饰。现在，伙计们，给它刷上漆，然后打磨一下，使它看起来闪闪发亮。父亲不会用手去检查一口棺材，除非是那些质量上乘的、重量赶得上豪华钢琴的橡木棺材。

在一摞高高的木板上面坐着一个小家伙。喔，不，其他的小孩不能坐那么高，他们没有那么多的木板可以玩，也没有像丝绸般闪闪发亮的木屑片。比方说，一个玻璃工人的孩子，就没有什么可玩的，你总不能去玩玻璃吧。妈妈通常会说：放下那些东西，你会把手划破的。再比如一个油漆工的孩子，也没什么可玩的，除非你想拿刷子把墙刷得乱七八糟；但是清漆就好多了，它更黏。但那算什么，我们有蓝颜色，油漆工的孩子吹嘘道，我们有全世界所有的颜色。木匠的孩子可不愿意落后。什么是颜色？不过是纸袋子里的粉末儿而已。没错，油漆工一边工作一边唱歌，但是木匠的工作会更干净一些。旁边的院子里住着一个陶器师，但是他没有孩子，做陶器也是一个不错的工作。当轮子转起来的时候，不可思议的事情就发生了。潮湿的陶土在陶器师的手里变成了形状各异的罐子。它们在他的院子里排成一排，身体依旧有些软。当陶器师不注意的时候，就会有个小孩把自己的手印留在上面。相反，切割石头就没有那么有趣了。你盯着石匠足足一个小时，只看到他轻击带着木把手的凿子，但是你看不到任何实质性的东西，你依旧不知道他是如何用那块石头做出一个带着破碎棕榈叶的跪着的小天使的。

那个小家伙就这么高高地坐在一摞木板上。木板摞得跟老李子树的树梢那么高。你可以用两只手抓住李子树，不一会儿就坐在了它分叉的树枝上。这里更高，高得甚至有点令人晕眩。现在，这个孩子已经不属于木匠的院子。他拥有了一个自己的世界，和那个世界的联系只靠一根树枝。这是一件让人有些兴奋的事情。爸爸和妈妈不能来这里，甚至连工人弗兰克都无法接近。小男孩第一次尝到了孤单的甘甜。其实他还有其他的个人世界，比如长短木板之间隔出来的那个小小洞穴，里面有天花板和墙壁，闻起来还有松香和木头热热的味道。没有人会把自己挤进那里去，但是对于小小的他，对于他的神秘世界来说，那个空间已经足够了。他用一些小木棍插在地上当篱笆，用木屑填满缝隙，在篱笆里面撒上一把五颜六色的豆子。这些是母鸡，那个最大的豆子，带花纹的那个，是公鸡。当然，木匠的院子后面的确也有真的围栏，里面也有真的咯咯叫的母鸡，还有一只单腿独立、用冒火的眼神环视四周的真正的金色公鸡，但这都不是重点。一个孩子蹲伏在他的小小幻觉前，洒下木屑，用低低的声音叫道：咕，咕，咕！这是他的农场，而你们大人要假装什么都看不到。如果看了，你们会毁了它的迷人之处。

然而大人们毕竟是有他们的长处的。比如说，当正午的钟声从教堂的塔楼里传来的时候，工人们便会停下手里的工作，从切割到一半的木板里抽出锯子,坐在一摞木板上吃午餐。小家伙会爬到弗兰克那宽厚的背上,跨坐在他汗淋淋的脖子上。这是小家伙的特权,也是他一天中最值得自豪的时刻。打起架来,弗兰克可是个危险人物。有一次他还咬了别人的耳朵,但是小家伙并不知道这些。他崇拜弗兰克,因为他的强壮,也因为自己能够在午餐时骑到他的脖子上称王。还有一个工人,人们叫他马蒂纳克先生。他生性安静、身材消瘦,有一双漂亮的大眼睛,胡子很长,一直垂了下来。小男孩不能和他一起玩,因为大人们说他有肺病。小孩子还不知道肺病是什么,但是他总觉得有点尴尬,或者是害怕,尤其是当马蒂纳克先生用那双好看的眼睛友好地看着他的时候。

当然,也会有机会去往别人的世界。妈妈说:"孩子,去面包店替我买些面包回来。"面包师是个胖胖的男人,身上沾满了面粉。有时人们能够透过面包店的窗户看见他绕着一个大面盆跑来跑去,搅拌着、揉捏着面团。谁能想到他这样一个高大的胖男人会这样围着面团打转,拖鞋还不停地拍打着脚后跟。小孩子捧着一根还冒热气的面包回家,就像捧着什么圣物一样,赤裸的双脚踩在温暖的泥土路上,鼻子痴迷地闻着面包散发出来的迷人香气。或者是被打发到肉店里买肉。恐怖的、血淋淋的肉从钩子上垂下来。屠夫和他的妻子满脸放光。他们用刀麻利地把肉和粉红色的骨头分开,又把肉放在秤上。奇怪的是他们居然不会切到自己的手指头!但是在杂货店就不一样了。那里充满了姜和姜饼以及其他类似的东西的味道。杂货店老板娘说起话来声音很低,也很温柔。她会把香料分成很小的分量。为了给你找点事儿,他们还会给你两个核桃,通常一个是坏的,有点缩水,然而都无所谓,只要它有个壳——起码你能踩上一脚,听到"砰"的一声。

我记得这些人,而他们早已过世很久了。我真希望能跟以前一样再见他们一面。每个人都有自己的世界,在里面有着他们自己神秘的工作,而每一件作品也可以视作是一个世界:不同的制作材料,不同的制作流程。星期天是奇怪的,因为那时大人们都不会穿工作服,也不会把袖子撸起来。他们都穿着黑色的衣服,所有人看起来都几乎一样。不知怎的,我感觉他们看起来怪怪的,也很陌生。有时候父亲会让我拿着壶去打啤酒,而当店主把酒壶里灌满泡沫的时候,我会偷偷地往角落里看:桌子边坐着屠夫、面包师、理发师,有时警官也会加入。他很胖,衣服的扣子解开着,坐在那儿大声地说着什么,他的枪就抵着墙边放着。我奇怪于他们离开自己的院子和店铺的样子。在我看来,这有些不合情理,不合规矩。现在我知道了,那些其实是我看到他们彼此封闭的世界相互交集而产生的困惑和神秘感。也或许正因如此,我才感觉他们是大吵大嚷,因为他们是在打乱一些秩序。

每个人都有每个人的世界,一个关于自己的作品的世界。他们中的一些成了禁忌,比如马蒂纳克先生,再比如那个在教区街道上大喊大叫的傻瓜,还有那个离群索居的石匠,因为他还是一个沉默寡言的巫师。在大人们那些彼此迥异的世界里,孩子保留着他自己小小的天地。他有他的树,他用木条做的小栅栏,他在木板中间发现的小空间。这些都是他内心最深处的快乐的神秘场所,而他从来不会跟任何人分享。他蹲在地上,屏住呼吸——而现在的一切都归于一阵巨大的、惬意的咆哮中:木板的撞击、潮湿的瓷器的骚动、石匠家里传来的敲打、焊锅匠那里瓶瓶罐罐的撞击。铁砧在铁匠铺里叮当作响;有人在敲打镰刀;不知道哪里传来了婴儿的啼哭;孩子们在远处大声喊着;母鸡欢快地咯咯叫着;妈妈站在门阶上呼喊:"你在哪儿呢?"你觉得那只是个小村落,但那也是整个的生活。就像是一条大河,你跳上自己的小船,不声不响地,让它摇晃着带你离开,直到你猛然回头,感到的几乎是害怕。要躲开所有的人——哪怕是远走高飞。

第四章

  寻常孩子的世界就完全不一样了。一个孤独的孩子在他的游戏中会忘却自我，忘却周围的一切，而他的这种遗忘是超越时间的。其他孩子经常玩的那些游戏会需要更大的圈子，而他们的世界也往往由季节规则所主导。男孩们再无聊也不会在夏天玩弹珠。当春天不再结霜的时候，你才开始玩弹珠，这是一条严谨的、毋庸置疑的法则，就像它会支配雪莲花开放、母亲到了复活节就做蛋糕一样。而在那之后你才可以玩抓人游戏或者是捉迷藏。到了学校放假，玩大冒险和恶作剧的时间就来了：去田野里抓蚂蚱，或者偷偷去河里洗个澡。任何有自尊的家伙是不会急着在夏天去搭篝火的。那要等到秋天来临、风筝漫天的时候。复活节、暑假、圣诞节、集市、村里的守夜，还有宴会，这都是些重要的日子，也是时间的重要分水岭。孩子们在一年里都有例行需要完成的事情，这种惯例是由四季所支配的。一个孤独的孩子与永恒为伴，而一群孩子则跟着时间玩耍。

  在那群孩子中，木匠的小儿子并不显眼，甚至有些被忽视。其他的孩子笑话他，说他是妈妈的心肝儿，而这正是他所害怕的。在复活节的时候，他不是也有马蒂纳克先生为他做的拨浪鼓吗？他不是也能给他们提供做剑所需要的木棍吗？而且想有多少积木就有多少。油漆工的儿子就不同了。有一次，他把自己的脸上涂满了天蓝色的颜料，之后人们就对他刮目相看了。在木匠家的院子里，你可以坐在木板上，认真地、静悄悄地摇来摇去。难道这不是一种脱离世俗、满足你所有欲望的方式和行动吗？就让油漆工家的孩子把脸都涂成蓝色吧，但是我绝对不会邀请他来荡秋千。

  游戏就是游戏，一件严肃的、关乎荣誉的事情。体育竞技中从来没有平等之说，要么屈服，要么超越。老实说，我没有超越过别人。

在这群孩子里，我既不是最强壮的，也不是最勇敢的，而我也为此承受着痛苦。庆幸的是，我们当地的警察看到我父亲的时候会用手碰碰帽子，而他见到油漆工和装修工却不这样。当父亲穿上黑色的外套去参加教区委员会的会议时，我会抓着他那胖胖的手指，努力想要像他一样迈着大步。那些男孩子们，难道你们看不出来吗？我的父亲是多么绅士啊——在耶稣复活节那天，父亲甚至还举着副牧师顶棚的一个杆子，而在他生日的那天傍晚，我们这里的乐师还来为他演奏。父亲站在台阶上，这一次没有穿工袍，而是彬彬有礼地感谢大家对他的祝福。而我，被这骄傲折磨得甜蜜而陶醉，四下打量着，看我的朋友们聚精会神地听着。这世间最高的荣耀让我不由得打战。我紧紧地抓住父亲，好让他们明白我是属于他的。第二天，孩子们都不再承认我的荣耀。我再一次变回了那个在任何事情上都不拔尖儿的孩子，也没有人会听我的，除非我邀请他们到我家的院子里荡秋千，而我又故意不邀请。我情愿自己不荡。出于悲伤和愤恨，我下决心一定要在学校里出人头地。

学校，又是一个不同的世界。在这里，孩子们不再依据自己的父亲相互区分，而是根据他们的名字。他们不再因为这个是玻璃工的孩子那个是制鞋匠的孩子而不同，而是因为这个叫阿达麦克而那个叫贝莱。对于木匠的小儿子来说，这着实令他震惊。很长时间以来，他都无法适应这种方式。那之前，他一直属于他的家庭，属于木匠作坊、那所房子，还有那群男孩。现在，他战战兢兢地独自坐在四十个小孩中间，大多数人他都不认识，他们之前也没有什么交集。如果爸爸、妈妈，或者至少学徒弗兰克，哪怕是悲伤的马蒂纳克先生能和他坐在一起，事情就会有所不同了。他会搂着他们的脖子。他也不会失去与原先世界的连贯性。他会感觉到它就在身后，保护着他。那时候他真想号啕大哭，却又害怕其他人会嘲笑他。他从来没有融入那个班级中。其他的孩子不一会儿就成为朋友，在规则底下做着小动作。这对他们来说如此简单。他们家里没有木匠的作坊，没有铺满木屑的小栅栏，也没有强壮的弗兰克，或者是马蒂纳克先生。那些孩子没有让他们感到极其孤独的东西。工匠家的小男孩坐在挤满人的教室里，浑身不自在，心情沉重。老师弯下腰来，满意地说："你真是个乖巧安静的好孩子。"孩子的脸一下变得通红，眼里充满了从未有过的幸福的泪水。从那之后，在学校里，他就变成了一个乖巧安静的小男孩，当然，这也让他与其他孩子的距离更远了。

但是对孩子的生活来说，校园仍然意味着另一段新奇而更伟大的经历：在那里，他第一次感受到了僧侣般的生活。当然，在这之前，他也有很多规矩需要遵守。母亲所发出的命令，但是母亲是我们自己的，母亲还会为我们做饭，也会亲吻和抚摸我们。有时候父亲会大发脾气，但其他的时候你还可以爬到他的膝盖上，或者是握着他胖胖的手指。其他的成年人有时也会呵斥、诅咒，然而你也不用过分担心，可以躲得远远的。但是老师就不一样了。他在这里就是为了命令和训诫。你不能逃跑，也无法躲到某个地方。你只会感到羞愧，并为自己的耻辱而感到恐惧。你永远不会爬到他的膝盖上，握着他那洗得干干净净的手指。他永远都高高在上，无法接近，也无法触碰。而助理牧师，比老师更为过分。当他拍你脑袋的时候，这不仅仅只是拍你，而是将你单独挑选了出来，代表着你高人一等。而在无比骄傲和满怀感激的情况下还能控制住自己的眼泪，这确实是件不容易的事情。到那时为止，小男孩拥有一个自己的世界，而他的周围也是一个个封闭的、神秘的小圈子。面包师的、石匠的，还有其他人的。现如今，整个世界被分成了两个明显不同的阶层：在高层面的世界里，有老师、助理牧师，以及与他们交谈的人，有药剂师、医生、检察官，还有地方法官；然后是普通的世界，里面有父亲们和他们的孩子。父亲们都生活在作坊或者商铺里，只会偶尔到门前的台阶上站站，就好像他们必须一直守着房子似的。那些高层世界里的人会在广场的中央会面，他们会深深鞠躬，一起站一会儿或者相互陪伴着走一段路。在广场上的酒吧里，有一张桌子是专门为他们准备的，上面铺着白色的桌布，而其他的桌布不是红的就是蓝的，这让那张桌子看起来像是个圣餐台。现在我才明白,那块桌布的白也不是那样地惹人喜爱。那个助理牧师不过是个性情温和却令人讨厌的胖家伙,而那个老师则是一个有着红鼻头的乡村单身汉。然而对我而言,他就是高贵的象征,几乎可以说是超人。这是世界对尊严和权力的第一次宣言。

我是一个安静、勤奋、爱学习的好孩子,并经常被当作榜样给别人看。但是私下里我却极其崇拜油漆工的孩子,一个能当刽子手的淘气鬼。他的恶作剧能把老师气疯,还咬过助理牧师的手指头。他们对他甚至都产生了恐惧,却又无能为力。如果他们使劲地打骂他一顿,那个家伙会当着他们的面大笑起来。不管发生什么,他感觉哭会伤害他那野蛮的尊严。

谁知道呢?可能我命中注定就不会成为他的朋友。如果他愿意跟我好,我情愿做出——我也不好说,能做出多少让步。有一次,赛旦自己知道到底发生了什么,一根横梁压在了他的手指头上,其他的孩子开始哇哇大哭,但是他没有,只是脸色苍白,紧咬着牙齿。他回家的时候我看到了他,用一只手握着那只流血的手,竟像是举着一个战利品。一群孩子围着他,大叫道:"一根横梁砸了他!"我因为恐惧和对他的同情,都有些魂不附体,两腿颤抖,觉得很难受。吓坏了的我冒出一句:"你受伤了吗?"他一脸骄傲,用一种愤怒而嘲笑的眼神看着我,从牙缝里挤出几个字:"不关你的事。"被他拒绝后,我愣愣地站在那里:你给我等着,我会证明我能承受些什么!我走进作坊,把左手伸进用来固定厚木板的台虎钳里。我拧紧了螺丝,你等着瞧!眼泪喷涌而出,现在台虎钳对我的伤害跟横梁对他的伤害是一样的了。我会证明给他看!我把台虎钳拧得更紧,更紧。我感觉不到任何的疼痛,而是狂喜。他们在作坊里发现我的时候,我已经昏死了过去,面色苍白,手指夹在台虎钳里。直到今天,我左手手指的最后关节还是僵硬的。现在,这只手已经粗糙干瘪,就像是火鸡的爪子,然而回忆依旧写在上面——是什么呢?是幼稚的报复性仇恨,还是那充满激情的友谊?

第五章

　　那时，铁路修到了我们的小镇。建铁路花了很长的时间，但是现在它已经离我们很近了。在木匠的院子里，你可以听到他们炸石头的声音。大人对我们这些孩子有严格的规定，不准我们到那里去，一方面是因为他们会使用炸药，另一方面，那里有一些很奇怪的人。大人们经常说，连魔鬼都不会相信那帮乌合之众。父亲第一次带我去铁轨旁边时，说他是为了让我看看铁路是怎么建成的。我紧紧地握着他的手指头，心里很是害怕"那些人"。他们都住在小木屋里，屋子中间的晾衣绳上挂着破烂的内衣裤。最大的那个木屋是餐厅，一个面目可憎的胖女人坐在里面，嘴里总是骂骂咧咧的。铁轨上，赤裸着上身的男人们手拿铁镐在挖土。他们冲我父亲大喊了些什么，但是父亲没有回应。那边，一个男人手里拿着一面红旗。父亲说："看，那儿就是他们点火的地方。"我更加紧张地握住他的手，父亲安慰我说："不要怕，我在这里。"我幸福地叹了口气，意识到自己的父亲是多么强壮而有力，只要他在身边，任何事都不能伤害到我。

　　有一次，在我们作坊的栅栏外面，一个衣衫褴褛的小女孩停了下来。她把鼻子挤进围栏里，嘟嘟囔囔地说着什么。弗兰克问："你说什么？"那个小女孩生气地吐出舌头，继续很快地说着。之后弗兰克就把我父亲叫了过来。父亲倚着栅栏说："你想要干什么？"小女孩说得更快了。父亲严肃地说道："我不明白你在说些什么，有谁知道你是哪个国家的？在这儿等会儿！"父亲喊来了母亲，母亲吃惊地说道："看这孩子的眼睛。"她有双大而乌黑的眼睛，睫毛长长的。"她多漂亮啊！"母亲问道，"你是饿了么？"小女孩什么也不说，只是用那双漂亮的眼睛看着母亲。母亲给她拿来了黄油和一片面包，但小女孩只是摇了摇头。"或许她是意大利人？或者马尔扎人？"父亲不确定地说,"或者是个罗马尼亚人。谁知道她想要什么呢。"之后他便回去工作了。他离开后,马蒂纳克先生从口袋里掏出一便士给了她,一句话也没有说。

  第二天,当我从学校回来的时候,她就坐在我家的围栏上。弗兰克大笑着说:"她是在等你呢!"这让我感觉非常气愤。我对她一点儿兴趣都没有,尽管她时不时地从口袋还是哪里掏出一枚闪闪发光的便士盯着看,似乎是在故意吸引我的注意。我把一根木板横在一摞厚木板上,做了一个跷跷板。我坐在这头,任凭另一头翘在空中。我才不管它呢。我背对着世界坐着,皱着眉头,有些懊恼。突然,跷跷板神秘地晃动了起来,我并没有转身,但是一种无限的、近乎痛苦的快乐笼罩着我。它把我高高地翘到最顶端,让我因为幸福而有些晕眩。我向后倾斜,使这边的跷跷板落到地上,而另一边也有节奏地轻轻回应我。一个小女孩坐在那里。她什么也不说,只是安静而快乐地玩着跷跷板。另一端是那个安静而快乐的男孩。他们谁也没看谁,只是身心默契地坐在跷跷板上。因为他们爱着彼此,至少那个男孩是爱女孩的,尽管他还无法给内心充盈的情感冠以那个名字。它是美好的,也是折磨人的。因此他们只是翘上翘下,一个字也没说,就像是举行一个仪式,让它尽可能地慢下来,从而享受更大的荣耀。

  她个子比我高,年龄也比我大,乌黑的头发就像一只黑猫。我不知道她的名字,也不知道她是从哪儿来的。我给她看我用木棒插的小栅栏,但是她看都不看一眼,或许她并不知道那些豆子就是母鸡。我真的很伤心,从那天开始,我那封闭的小天地就再也没有给我带来任何快乐。相反,她一把抓住邻居家的小猫紧紧抱在怀里。小猫被吓坏了,两眼直盯着她。她知道怎样用一条普通的带子编出一颗漂亮的星星。男孩无法保持持久不衰的爱意,因为爱情对他们来说太沉重,也太折磨人了,有时他们还必须把它弱化为友谊。其他的男孩都嘲笑我,说我怎么跟一个女孩做朋友。这对男孩子来说是有失尊严的。而我勇敢地承受着,这也让我与他们之间的沟壑越来越大。有一次她抓伤了马具商的儿子。那本是小孩子们之间普通的打闹,但是油漆工的儿子掺和了进来，不屑地嘘声说道："别理她，不过是个女孩子嘛！"然后还像学徒那样吐了口痰。如果那时他喊我一下，我就会跟他走，而不是留下来陪着那个黑黑的小鬼。然而他转过身，带着他的那帮人去争取其他的胜利了。我的心里满是嫉妒和受伤。"你不用担心，"我威胁道，"如果他们回来复仇，我就给他们点颜色看看。"但不管怎么说，她还是不明白我在说什么，只是朝着他们吐舌头，就像她在保护我一样。

接下来就是假期，有时我们会整天地待在一起，直到暮色降临，马蒂纳克先生牵着她的手送她到河那边的小木屋去。有时她也不会来，而我就会在绝望中无所事事。我会带着一本书爬到那位于木板之间的秘密空间去假装读书。我能听到远处传来的男孩们的喊叫声，而那里已经再也没有我的容身之地。我还能听到石块爆炸的声音。马蒂纳克弯腰蹲下，假装在数木板的个数，嘴里却满是怜悯地嘟囔道："她今天怎么没来呢？"我佯装没有听到，只是疯狂地读着，然而我能感受到自己的内心近乎滴血。马蒂纳克明白这一切。有一次，我实在忍不住了，就决定出门去找她。那是一次恐怖的冒险。我必须穿过小桥到河对岸，而那一天却格外地恐怖和无聊。我向那个简陋的小木屋走去，心里怦怦直跳，一切恍若梦境一般。耳朵里传来那个餐厅胖女人的声音。一个穿着衬衫和裙子的女人在外面洗衣服，她打着大大的呵欠，就跟屠夫家的那条大狗一样。皮肤黝黑的小女孩就坐在木屋前的一个箱子上，手里缝着一些破旧的衣服。她忽闪着长长的睫毛，因为全神贯注，舌头尖儿都伸了出来。

她不动声响地让我在她身边坐下，开始快速而兴奋地用她的语言说起话来。我从来没有感觉自己会离家这么远，就好像我已经身处另外一个世界，而且永远回不了家了。这种感觉有点儿绝望，又充满着英雄气概。她用她瘦弱的、赤裸的手臂绕住我的脖子，然后温声细语地对着我的耳朵说话，让我觉得有点潮湿，也有点儿痒。或许她是在用她那奇怪的语言告诉我她喜欢我，而我开心得简直可以死掉了。她把我领进她住的小屋。太阳把屋子烤得让人窒息，里面散发着狗窝的味道。一件男式外套挂在一根钉子上,地上满是破烂,用几个箱子代替了家具。屋子里很暗,她紧紧地盯着我,如此靠近又如此美丽,不知为何,我竟然快要哭出来,是因为爱,因为无助,抑或是因为恐惧。她坐在一个箱子上,下巴垫着膝盖,开始轻声哼一首歌。她那大大的眼睛一动不动地盯着我,就像是在表演一个魔法。风把门砰的一声关上了,四周突然暗了下来。周围非常恐怖,而我的心都跳到了嗓子眼儿。我不知道接下来会发生什么。一束灯光在黑暗中摇曳。门打开了,她逆光站着向外看。周围依旧是一片寂静。随后,又传来一声石头炸开的声音,而她跟着重复道:"砰。"突然她又雀跃起来,跟我演示她能用绳子做出多少东西。谁知道她为何突然表现得像一个母亲、一个小保姆一样,她甚至像对待婴儿一样对待我,想要牵着我的手送我回家。我挣扎着脱开身,开始最大声音地吹口哨,好让她知道我并不是个孩子。我甚至在桥上停下来,冲着水里吐了口痰。我做的这一切只是为了向她表明我已经是一个大人了,我不害怕任何事情。回到家后,大人们问我去了哪里,我撒了个谎。尽管跟其他孩子一样,我之前也经常撒谎,但是我感觉这次的谎更大,也更为沉重,因此我说谎的时候过于冲动,也过于匆忙。我真不知道有没有被他们识破。

  第二天,她又来找我,就像什么都没发生过一样。她撅着嘴唇想要吹口哨,我教她,并允许她吹得比我好,毕竟友谊是重要的。另一方面,对我来说,这样使我去她的小木屋就更加方便了。我们远远地对着彼此吹口哨,这极大地增进了我们的友谊。我们一起爬到山坡上。在那里,我们能看到挖土机的工作。她像蛇一样躺在石头上晒太阳,而我看着小镇里的那些屋顶,还有教堂上那个洋葱一样的圆顶。它们离我多远啊!那个涂了焦油的屋顶就是木匠的铺子;父亲用嘴吹着木板,在上面量着什么;马蒂纳克先生咳嗽着;母亲站在门前的台阶上摇头,那个捣蛋鬼又跑到哪儿去了?我在这里,你们不知道的地方,你们都看不到我。在这个阳光普照的山坡上,到处盛开着毛蕊花和蓝蓟。而在河的另一边,是一幅完全不同的景象:铁镐喧嚣、炸药呼响。这是一个非常隐蔽的地方：在这里你能看到一切，但是没人能看得到你。山下有已经建好的铁轨，工人们用卡车把石头和土运走。有个人跳上了车厢，随后火车独自在铁道上走了起来。我也喜欢这些，想要在头上围一个用红手帕做成的头巾，然后住在小木屋里，马蒂纳克先生可以给我做一个。那个黑皮肤的小女孩紧紧地盯着我。我无法跟她交流，这让我感觉很傻。我试着用自编的神秘语言跟她说话："扎吾如啊，提吾瑞，耐吾如卡吾，坡如为吾瑞姆。"而她连这个也听不懂。我们唯一能做的事情就是冲着对方吐舌头，极尽所能地做鬼脸，以此来表达我们内心的和谐，或者是一起扔石头。刚刚我们就在一起吐舌头。她的舌头很细、很灵活，像是一条红色的小蛇。舌头是个奇怪的东西，凑近了看，就像是由许多粉红色的小肿块组成的。我们能听到山下传来的人们的喊叫声。我们盯着对方的眼睛，看谁坚持的时间最长。奇怪的是，她的眼睛虽然是黑的，但是近距离却能看到一点绿色和金色，瞳孔里还有个小小的脑袋，那就是我。突然间，她的眼睛在恐慌中睁得很大。她跳起来，尖叫着跑下了山坡。

山下的铁轨上，一小群人正乱哄哄地朝餐厅走去，他们的铁镐散落在身后。

晚上，人们绘声绘色地描述，说"那些人"中的一个在打斗中捅死了一个领班。他们说，警察已经把他带走了，罪犯的手上带着铁链，他的孩子跟在身后追着跑。

马蒂纳克转过身来，用他那双大而好看的眼睛看着我，说："噢，谁知道是他们中间的哪一个呢？"他耸了耸肩，嘟囔着，"像这种人，哪里都会有。"

我再也没有见过她。在伤心和孤独中，我藏着木板中间，读我能拿到的所有书籍。邻居们都对父亲说："你的儿子多有出息啊！"而这时，父亲会跟天下所有谦逊的父母一样，回应道："真希望他能有点儿出息！"

第六章

我爱我的父亲，因为他体格强壮，生活简单。摸着他会给我一种靠着一面墙，或是斜倚着一根大柱子的感觉。我感觉他比任何人都强壮；他身上散发着廉价烟草的味道，还有啤酒味和汗味，而他那有力的身体会带给我安全感，让我感到可以依赖、充满力量。有时他也会发脾气，而那时他确实让人害怕，吼声如同暴风雨中的雷鸣一般，而当我带着一丝恐惧爬到他的膝上的时候，那感觉也会变得更加甜美。他沉默寡言，即使说话也从不谈论自己。一直以来我都有一种感觉，就是如果他愿意的话，他一定会讲一些自己做过的丰功伟绩，而我就会把手放在他那充满力量的、毛茸茸的胸膛上，感受它的回音。他深深地沉浸在自己的工作中，生活十分节俭，因为他会用自己完成的工作去衡量金钱。我还记得有时到了周日，他会从抽屉里拿出存折，仔细地看，就像是心满意足地打量一摞堆放整齐的上等木料。亲爱的孩子，这些都是劳动和汗水啊。浪费钱财就是毁掉已经完成的工作，是一种罪孽。那爸爸，你省下来的钱要用来做什么呢？为了养老。父亲可能会这样回答，但是事实并非如此，人们也只是这样说说。钱是为了显示你的工作，显示勤劳与克己的人生美德。在这里，你自己就可以看到一生工作的结果。这里，用模棱两可却又恰当的方式记载着我的工作和我的所有积蓄，而且看上去也十分节约。时间流逝，当父亲年事已高，母亲已经在墓地的一块大理石墓碑下睡了好长时间（造墓碑花了不少钱，父亲每每说起，以表忠诚），而我也有了一个不错的职位，父亲依旧会迈着他那有些浮肿的双腿，步履蹒跚地走到木匠的院子。在那里他几乎无事可做，只是收拾着，计算着，而到了周日，他会独自坐在以前那个小窝般的家里，取出存折，看着他这诚实正直的一生所挣来的数字。

母亲的生活就没有这么简单，她要更加地多愁善感，内心充满了对我的爱。曾经，她痉挛般地把我紧紧抱在怀里，叹着气说：我唯一的宝贝，我愿意为你做任何事情！后来，当我长成一个小伙子，她对我的爱在某种程度上让我感到尴尬。当母亲深情地亲吻我时，我会因为害怕伙伴看到而感到难为情。在我年纪很小的时候，她对我的这种强烈的爱把我放到了征服者，或者是被征服者的地位。我也深深地爱着她。当我哭泣的时候，她把我抱在怀里，那感觉就像自己快要被融化了。我喜欢伏在她柔软的脖子上哭泣，而那里会被我的眼泪和口水弄湿。我大口地喘着粗气，直到所有的一切都融化在幸福的、昏昏欲睡的嘟囔中。妈妈！妈妈！总之，母亲身上夹杂着一种异常敏感的、享受我的痛苦的欲望。直到我五岁的时候，心里才开始对这种女性表达方式感到厌烦。当母亲想要把我搂在怀里时，我会把头扭向一边，并好奇她能从这里能得到些什么。相比而言，父亲就好得多，他身上带着烟草和力量的味道。

由于母亲太过多愁善感，在某种程度上，她总是能把一切事情都变得更为戏剧化：一场不起眼的家庭纠纷，最后却以红肿的眼睛和死一般的沉寂收场。父亲砰的一下关上门，跑去工作，而厨房里是恐怖的漫天死寂。一直以来她都认为我是个身体虚弱的孩子，什么不幸的事可能会发生在我身上，或者说，我可能会因此而丧命。（她的第一个孩子，也就是我那不曾谋面的哥哥，就夭折了。）因此她总会急匆匆地冲出来，看看我在哪儿，在干什么。后来，当她再那样看我时，我就会像男人一样皱起眉头，一脸不高兴地回答她。然而她总是不停地问："你还好吗？有没有肚子痛？"一开始，我感到很高兴：当你生病躺在床上，母亲会把你紧紧地搂在胸前，而你会感到自己是多么的重要。亲爱的宝贝，你可不能死啊！曾经，她拉着我的手，带我去一个神秘的地方祭拜，祈祷我能够身体健康。她给圣母玛利亚祭奠了一个蜡制半身像，说那是因为我的肺不好。我感到很羞愧，因为她为我祭奠的是一个女人的半身，这损害了我男子汉的尊严。总之，那是一次奇怪的朝拜：母亲或者静静地为我祈祷，或者双眼含泪地呆坐在那里叹气。我脑子里一片模糊，感到很痛苦，认为所有这一切都不是为了我。然后她给我买了一个小面包。当然，这种面包要比家里的好太多。尽管如此，我还是不喜欢这样的祭拜。这一生，我总有一种感觉，就是母亲所做的一切只是与疾病和痛苦有关。甚至直到现在，我还是喜欢父亲，喜欢他身上的烟草味和男子汉气概。父亲就像是根顶梁柱。

我没有必要去过度地渲染童年时代家的美丽。跟千千万万的家庭一样，它非常普通，但也算得上不错：我敬仰我的父亲，也爱着我的母亲，我的生活都是在那片土地上度过的。他们依照自己的形象将我塑造成了一个举止得体的人。我并不像父亲一样强壮，也不像母亲一样爱心泛滥，但至少我勤奋、正直、机敏，并且在一定程度上还野心勃勃——这种品质当然来源于母亲活泼的性格。总的来说，让我曾经最受伤害的可能都来源于母亲。但现在你看，我一切都很好，那甚至带给我一些好处。我时刻准备着经历苦难，又怀揣着男人的梦想。比如现在，我回顾过去就如同照一面镜子，这一点绝对不是来源于我的父亲。父亲是绝对客观的。他没有时间去考虑任何其他的事情，而只是关注现在，埋头于现在的工作。回忆与展望只属于那些喜欢梦想并专注自我的人，而这些是母亲给予我的品质。现在，当我回顾过去，寻找我的哪些品质来源于父亲，哪些来自母亲时，我发现他们其实一直都陪伴我左右。因为这个，我的家庭也永远不会分开。甚至到了今天，我还是那个小孩子，在父亲工作、数钱的时候拥有自己的神秘世界，而母亲带着担忧与关爱，在后面紧紧地跟着我。

第七章

我学得很快，同时由于孤独和自恃清高，我把自己沉浸在书本里。最后父亲决定让我继续读书。此外，从最开始我就模糊地知道，父亲对于绅士有着特殊的尊敬，而物质和社会关系的进步对于一个正直的人，以及他的后代而言，是最为神圣和明确的任务。我注意到，那些最有能力的孩子（就其职业生涯而言）大多来自工薪阶层，他们仅仅是通过谦虚和否认自我，从而为寻求更好的生活奠定基础。父辈的劳动推着我们一路向前。那时候，我不知道自己应该成为什么样的人，但明白自己不会成为那些高高在上的角色，如在我们的小广场上荡了一个晚上的走钢丝绳的人，或是曾经在我家栅栏外面逗留的龙骑兵。他用德语跟我的母亲要东西。母亲给了他一杯水。他敬礼致谢，马也腾跃了起来。母亲的脸一下子红得像朵玫瑰。我本应喜欢成为一名骑兵，或是一名乘务员，在火车即将开动的时候关上车门，然后极其优雅地迈步上车。但是你并不知道人们是如何当上骑兵或者列车员的。一天，父亲突然用充满敬畏的声音宣布，他决定在假期之后送我去上学。母亲哭了。老师告诉我如果成为一个有知识的人是多么的美好，而牧师也开始跟我打招呼："学生，你好。"我的脸，带着一点点骄傲，变得通红。这是如此的光荣。在我的意识中，玩耍早已变得有失尊严。我手捧着书，在痛苦和孤独中养成了一种带有青春气息的严肃感。

奇怪的是，在中学里接下来的八年时间，竟让我感觉与自己毫不相干，至少与我在家里的童年相比是这样。一个拥有完整生活的孩子，并不会把他的童年、眼下的生活当作一个暂时的过渡。只有在家的时候他是一个重要的人，有一个依照所有权可以摆放自己东西的空间。有一天，他们突然把一个乡下孩子送进了城里的学校。可以说，八年里他的身边围绕着各种各样的陌生人。他不再像待在家里那样。他成了一个外人，并且永远不会有归属感。在这些陌生人中，他能感受到自己是多么无足轻重。周围的人也不时地提醒他，他是多么一无是处。学校和周围不寻常的环境，在他心里营造出了一种羞耻的渺小感、无能感和自卑感。这种感觉，他试图用拼命读书来克服，后来还会通过对权威和学校教条的反抗来消除。学校只是不停地给他灌输一种概念：现在的努力只是为后面发生的事情做准备；第一年无非是在为第二年做准备；当他上到四年级的时候，如果他足够专注和好学的话，他只是为五年级做好了准备。同样的，这漫长的八年也不过是为了一个毕业证书做准备。直到你毕业的时候，我的孩子，真正的学习才算开始。老师们在课上不停地说教：我是在帮助你们为将来的人生做准备。就好像在他们面前挣扎扭动的这一切都称不上生活。中学时期灌输给我们的根深蒂固的想法就是：在拿到毕业证之前，你的生活就根本算不上生活。因此，在我们毕业离开的时候，感受更多的是终于能重获自由，而不是因为要向少年时代挥手告别而产生的沮丧。

或许正因如此，我们对学校的回忆只是一些碎片，互不关联，然而在那些年，我们的感知力又是多么的敏锐啊。我至今还清楚地记得那些老师，那些滑稽、几近癫狂的老学究，以及那些徒劳无功地试图驯服调皮捣蛋鬼们的好老师。当然还有一些高尚的学者，在他们的身边，连孩子都能模糊地感受到，重要的不是做什么准备，而是在于知识本身，而这个时候，他们恰恰是在为自己能有所成就、出人头地而奋斗。我也能清楚地记起那些同学们、那些备受摧残的身体，还有被称作虔诚的学校①的老旧教学楼里的那些走廊。回忆的思绪千丝万缕，犹如梦境般真实，但是在学校里的那段时间，那八年，作为一个整体，却奇怪地没有一张清晰的脸，也几乎没有什么感觉。它们是流逝的青春，而我们不耐烦地想要把它快快地过完。

---

① 原文为拉丁语。

而且在那些岁月里，男孩敏锐而急切地欣赏着一切不属于学校的东西，任何不是"为生活做准备"，而是生活本身的东西：不管它是友谊，还是所谓的初恋、麻烦、阅读、宗教危机，或者玩伴之间的嬉戏玩耍。这都是他全身心投入的事情，一切他现在能拥有的、而不是等到拿了毕业证之后才有的东西，也不是学校里某人说的"在你完成的时候"才能做的事情。在我看来，大多数带着可悲的故作深沉去生活的年轻人，内心的冲突以及愚蠢的想法都是青春期时一切还悬而未决的结果。我们没有得到严肃地对待，而这似乎成了一种报复。在反抗那种长期的不真实感的过程中，我们又渴望用某种方式去体验一些正面的东西。正因如此，它才成了这个样子，也正因如此，在青春期时，愚蠢的叛逆感、悲剧感和严肃感会奇怪地结合到一起，如此地令人迷惑，却又让人感到痛苦。在生命的进程中，一个孩子并非逐渐地、不为人知地就变成了一个大人。极其完整而旺盛的男性成熟气质会突然出现在孩子的生命里。它与原有的部分不相符合、互不协调。它们在男孩身上相互碰撞、毫无章法、毫无逻辑、几近疯狂。幸运的是，我们这些长辈已经学会了宽容地对待这种状态。我们会安慰他们，让他们明白那些能极其严肃地对待生活的人终究会不断成熟。

（说起年少时的幸福，那感觉是多么的淳朴啊！我们肯定会想起自己健康的牙齿和好的胃口。即使有什么事让我们心痛，那又有什么关系呢！如果我们现在拥有的生命跟我们那时一样的话，我知道我们都会立马改变，不管是谁。我知道那个时候正是我最沮丧的时候，也是最渴望和最孤独的时候。但是我知道，如果我想去改变，我就应该尽最大的努力把我那被限制的青春给抢回来——如果我的灵魂依旧会无止无休、令人绝望地受伤，那这一切还有什么意义呢？）

第八章

  我所经历的一切跟每个男孩子都一样，只是大多数可能会更加严重、更加不同寻常。重要的是我年少时的大部分叛逆都被无休止的想家给消磨掉了。一个孤独的乡下孩子生活在一个陌生的、在某种程度上有些优越的生活环境里。父亲很节俭，他在一户裁缝家里为我找了个住处，跟他们总是闷闷不乐的一家住一起。我第一次感觉到自己不过是一个微不足道的穷学生，注定要紧衣缩食、自恃清高。作为一个腼腆的乡下孩子，我能感觉出裁缝跟城里那些鲁莽的老师们一样，都把我看作是个穷酸书生。他们在那儿感觉是那么自如，他们知道那么多，又有那么多共同点！因为找不到任何途径与他们亲近，我痛下决心要在学校里出人头地。我变成了一个书虫，埋头在课本中找寻人生的意义。带着复仇的快感和胜利的喜悦，我在一门门课上拿到了最高的荣誉，其中也伴随着同学们对我的憎恶。在我孤独地勤奋苦读时，他们则评论着令人作呕的理想。我变得越来越冷酷，在裁缝家干燥而封闭的环境中，用拳头顶着眉，认真研读课文。空气中弥漫着厨房里飘来的味道。他那爱叹气的妻子总会做一些乏味且永远飘着酸臭味的饭菜。我因为学习而变得越来越无趣，无论走到哪儿，嘴里都不停地嘟囔着课文。然而当我在课堂上说出问题的答案，在一片愤怒和不悦的安静中坐下时，心中的窃喜与胜利感也是无以言表的。我甚至不用转身就能感受到他们用一种憎恶的眼神看着我。就是这种小小的追求带我走过了青春时的危机与变化。我用心学习松德岛以及希腊语不规则动词，也由此躲过了青春期所有的麻烦。这是父亲对我生命的影响，如同他大口喘着气弯腰工作，神情专注、满怀热情。他会用大拇指滑过做完的成品。很好，没有缝隙。现在已经是黄昏时分，你没办法再看书了，透过敞开的窗户，你可以听到军营里部队撤回的声音。

一个小男孩站在窗边,眼神炙热、内心悲痛,充满一种凄美而绝望的忧郁。为什么?无以名状。它太过宽泛和深邃,冒犯、羞辱、挫败和失望犹如密密麻麻的针尖,刺激着这个腼腆的男孩,时刻想要摧毁他。对,这是我母亲性格的体现,被痛苦和爱所控制。那个专注于工作的是我的父亲,另一个多愁善感、温柔无比的是我的母亲。怎样才能将这两种性格理清楚并且装进一个男孩狭小的内心里呢?

我曾经也有一个伙伴,我非常珍视和他的友情。他是个乡下男孩,比我大,嘴唇上有个豁口,没有什么才华,但为人和善。他的母亲为了回报上帝治好了他父亲的病,许诺将他奉献给上帝,因此他来学习是为了以后当教士。在学校,当他被提问回答问题时,总会上演一出别人帮他,而他惊慌害怕的悲剧。他就像被风吹着的树叶一般,抖个不停,结结巴巴说不出一个字来。我想帮他,最后决定自己教他。他听我讲课的时候,总是张大了嘴巴,用一双漂亮、可爱的眼睛看着我。当老师检查他的功课时,我也经历着一场极度痛苦、无法形容的折磨。全班同学都在提示、帮助他,甚至他们会求助于我,用手指戳我:你,怎么回事?他坐下后,满脸通红,整个人都崩溃了。我走到他面前,满眼泪水地去安慰他。瞧,你比以前进步了,你几乎都能回答上来了,别着急,你会好起来的!在学校上课的时候,我会把答案写在纸条上团成团儿传给他。他坐在教室另一端的角落里。我的纸条从一个人手里传到另一个人手里,没有人会打开,大家都知道这个纸条是写给他的。青少年通常会冷酷无情,但也很有侠士风度。通过我们共同的努力,他读到了三年级。之后他就不可避免地辍学回家了。那个男孩可能是我一生最爱的人。之后每每读到故事里关于少年时期友谊里的性动机问题,我就会想起那段友谊。哦,上帝!简直是胡说八道!我们几乎都没有不合时宜地拉过手。我们心里唯一的想法就是我们是知心朋友,我们能看到相同的东西,并为此而感到幸福。我当时的感觉就是,我是为了他才去努力学习的,只有这样我才能帮助他。只有在那段时间我是真正喜欢学习的,而这些知识也有了积极和美好的意义。直到今天,我还能听到自己那急切的哀求声:"看这儿，跟我读：显花植物分为单子叶植物、双子叶植物和无子叶植物。""显花植物分为……"我的大朋友用一种已经成熟的男人嗓音含含糊糊地读着，而他的眼睛盯着我，如同狗的一样，纯洁清澈，充满真诚。

不久之后，我又有了一次爱的体验。她十四我十五。她是我一个同学的妹妹。我的这个同学拉丁语和希腊语的考试都没有通过，是个十足的无赖，一无是处。一天，一个衣着寒酸、神色忧郁、有些喝醉的男人在学校的走廊里等我。他摘下帽子，说自己是一个官员，如此等等，而他的声音一直打战。他说看到我如此优秀，是否可以辅导他的孩子学习拉丁语和希腊语。他结结巴巴地说："我请不起家教，先生，但是如果你能仁慈地帮助我们的话——"他叫我"先生"，这就够了。我怎么还会有别的要求呢？我满怀热情地接受了新任务，努力去教那个容易发脾气的淘气鬼。这是一个奇怪的家庭，父亲永远都是要么在办公要么在喝酒，而母亲总是与家人一起缝缝补补或做一些别的事情。他们住在一条狭窄的、臭名远扬的街道里。一到晚上，身材肥胖、容貌衰老的妇女就会站到房子前面，像鸭子一样四处张望。那个小混混和他的妹妹有时候在家，有时候不在。他妹妹收拾得干干净净，有些害羞，长着一张长脸。因为近视，她的眼球向外突出，但即便如此，她也是永远弯腰做着刺绣或是针线活。辅导功课的进程异常的慢，那个小混混丝毫没有想要学习的想法，而与此同时，我却神魂颠倒地爱上了那个时常安静地坐在凳子上、眼睛紧挨着刺绣的羞涩女孩，并为此备受煎熬。她会突然抬起头，然后又好像受到了惊吓一般，颤抖着微笑向我道歉。慢慢地，小混混不再跟着我朗读课文。他大方地允许我替他做作业，而他却自顾自地玩儿去了。我埋头趴在他的笔记本上，只有上帝知道它给我添了多少的麻烦。不管我什么时候抬起头，她都会赶紧低下头去，脸红到了发根。每当我说话，她的眼睛会因为激动而惊恐万分，嘴角颤抖着，露出一个痛苦而羞怯的笑容。我们之间没有什么可说的，那实在是太尴尬了。挂在墙上的时钟一秒一秒地走着，是那种索索的声音，而不是敲击。有时我自己都不知道是如何感觉到她那突然加快的呼吸,针线穿过刺绣的速度也会加快。随后我的心跳也会加快。我甚至都不敢抬头,只能随意地翻着小混混的笔记本。这样起码还有事可做。我对自己的窘迫感到无比羞愧,而我也常常下定决心,明天一定要和她说点什么,说点儿能让她也开口跟我说话的东西。我设想了几百种场景,也设想了她的回答。比如:让我看看你的刺绣,你绣的是什么以及一些类似的话。但是每当我在那里,想要开口说话的时候,心跳就会加快,口干舌燥,说不出一个字。她抬起头,眼睛里充满恐慌。我弓着背,趴在笔记本上,用男人的声音低声自语,说里面的错误百出。但所有的时间,无论是在回家的路上、在家里,还是在学校,我脑子里一直想着那件事,就是我要和她说些什么,以及我该怎么去做。我会抚摸着她的头发;我会拿当家教挣的钱买一枚戒指;我会把她从那间房子里解救出来;我应该坐在她的旁边,胳膊环着她的脖子。除此之外,我不知道还应该做些什么。我想得越多,心跳得就越快,而我就会更为无助地陷入到对窘迫的惊恐中。而那个小混混故意把我们单独留在一起,意图简直太明显了。你到时叫我。他命令道,然后就跑出了屋子。就是现在,对,现在我要吻她,现在我要吻她。我要走到她的面前,亲吻她。现在我要站起来,走到她的面前。然而突然,在一阵迷惑和恐慌中,我意识到自己真的站了起来,向她走去。而她也站起身来,拿着刺绣的双手颤抖着,因为惊恐而半张着嘴。我们的额头碰到了一起,再也没有别的动作。她转过身,开始啜泣:"我是那么的喜欢你,我是那么的喜欢你!"我也很想哭。我几乎失去了控制。上帝啊,我现在该怎么做呢?"有人来了。"我突然愚蠢地蹦出来这样一句话。她停止了啜泣,而美好的时刻也就此结束了。我回到桌子旁,满脸通红、窘迫难堪地开始收拾笔记本。她把刺绣捧在眼前,膝盖不停地颤抖。我结结巴巴地说道:"哦,我该走了。"她的嘴角浮出一个谦卑羞涩的笑容。

第二天,小混混很内行地撇嘴跟我说:"你以为我不知道你对我妹妹做了什么?"他眨了眨眼,好像什么都知道。青春是一个很奇怪的阶段,没有妥协,也没有结果。从那以后,我再也没去过她家。

第九章

　　毕竟，生命的历程是被"习惯"和"机会"两种力量推着一路向前的。当我拿到毕业证的时候（曾因为太过简单而有些失望），我不确定自己应该去做什么，然而因为我曾教过别人两次（每次经历都让我感觉自己高大而重要），去教别人就成了我面前唯一可以勉强称得上习惯的东西，因此我决定去学习哲学。父亲对我想当老师的想法十分高兴：毕竟那是一种职业，而且可以享受养老保险。那时我已经长成一个个子高大、表情严肃的小伙子。我可以跟助理牧师、律师及其他的大人物坐在铺了白桌布的桌子旁，而我自己也是信心满满。现在，生活终于在我眼前了。突然我又意识到那些大人物是多么的狭隘、局限和乡土气。我感觉自己应该去完成更伟大的事情。如同有着什么大计划的人，我好奇地四处打量，但是在踏入未知之前，能确定的，只有那些带着一些惶恐的不确定。

　　我一生中最痛苦的时刻，便是拿着行李在布拉格迈下火车的时候。我一下子就蒙了：现在要干什么，我要去哪里？当我无助地站在那里，脚边放着行李箱子，我感觉似乎所有的人都扭头看着我、嘲笑我。我挡了搬运工的路，人们不停地推着我。出租车司机对着我喊："先生，你想去哪里？"我惊恐地一把抓起行李，在街道之间游荡。"嘿！别提着行李站在马路上！"一位警察对我大喊。我立刻往旁边的小巷走去，精神茫然、漫无目的，双手轮换着提着行李。哦，我到底要去哪里呢？我没有答案，因此我开始奔跑，因为一旦停下，事情会变得更糟。最后，我的手因为用力过久和疼痛而变得麻木，行李也从手上滑了下来。那是一条安静的街道，道路两旁绿草茵茵，跟家乡的广场上一样。在我的正前方，大门上钉着一个告示：房间出租，限单身男士。我如释重负地叹了一口气：哦，看吧，最终还是让我找到了。

我从一位寡言少语的老妇人那里租到了房子。屋子里只有一张床和一个沙发,还弥漫着阴沉沉的味道,不过这又有什么关系呢?至少我是安全的。我因为兴奋而浑身发热,什么也不想吃,但是为了面子,我假装出去吃东西。我在街道间穿梭,提心吊胆、谨小慎微,害怕自己会有失体面。那天夜里,这种紧张和兴奋伴着我睡下,并使我一夜多梦。天蒙蒙亮的时候,我醒了,床边坐着一个胖乎乎的年轻人。他浑身散发着烟草的味道,嘴里吟诵着几句韵文。"把你吓着了,是吧?"他说完又继续吟诵。我以为自己还在梦里,于是重新闭上了眼睛。"天啊,这是个疯子吧。"年轻人说完就开始脱衣服。我从床上坐起来,而他坐在床边开始脱鞋子。"看来我又要跟一个呆子住在一起了。"他悲伤地说,"在你之前的那个,我是费了多大的力气才让他安静下来,而你却又睡得像根木头。"他痛苦地抱怨着。我非常高兴,因为终于有人跟我说话了,于是我问:"你刚才念的是什么韵文?"而他一下子暴怒了。"韵文!你跟我说那是韵文!你个傻瓜!听着!"他结结巴巴地说着,"要是你想带着这种愚蠢的高蹈派主义来和我相处的话,那就请求上帝保佑你吧。你根本就不了解诗歌。"他一只手提着鞋子坐在床边,眼神有些迷离,开始充满激情地用低沉的声音吟诗。我陶醉得有些颤抖。这一切对我来说都是如此地新奇和陌生。诗人把鞋扔到门上,表示他已经读完了,然后站起身来。"悲哀啊。"他叹了口气。"悲哀。"他吹灭了油灯,然后重重地躺在沙发上,我仍然能听到他在念叨着什么。过了一小会儿,他在黑暗中问道:"哎,这句后面是什么来着?温柔的主啊,温顺的、温和的——这你也不知道?当你跟我似的都跟猪一样笨的时候,你也会想念它的。等着,你会知道自己是如何思念它的——"

上午了他还在睡,眼睛肿胀、头发蓬乱。当他醒来,睡眼惺忪地上下打量我,说:"来学哲学的?为什么啊?不会吧,你喜欢哲学,真是搞笑!"尽管如此,他还是挺照顾我的,带我去看大学。这里是这个,那里是那个,你好自为之吧。我既困惑又着迷。那么,这就是布拉格了。这里的人是这个样子的，很可能事情就是这样，而我也应该入乡随俗。几天后，我习惯了大学里讲课的日程。我在笔记本上胡乱地写着所学的哲学阐释，这些阐释当时我还看不懂。到了晚上，我就跟那个醉醺醺的诗人辩论诗歌、女人，以及作为整体的生命。这些和那些都让我这个农村孩子晕头转向，给我某种眩晕的感觉，但并不让我难受。除此之外，还有很多要看的事物。总之，一下子有太多的事物冲进了我的脑中，直到把里面搅和得一片混乱与动荡。如果没有那个胖胖的醉鬼诗人，说着那些煽动性的言论，或许我应该会再次爬进我那稳定而孤独的苦学中。他常常肯定地说，一切都是垃圾，然后把问题置之脑后。唯独诗歌能部分地逃过他那目空一切的蔑视。很快我就被他对人生琐事那种玩世不恭的优越所感染，他成功地帮助我驾驭了大量的新观感以及难懂的事物。我可以带着自豪与满足回想自己曾嘲笑过多少事物。难道这没有给我一种凌驾于我批判过的所有事物之上的极好的感觉么？难道它没有把我从对生活的浪漫而痛苦的幻想中解脱出来吗？尽管我拥有了荣耀的自由和公众认可的成熟，生活却一直没有到来。年轻人渴望一切目之所及的事物，如果无法拥有，他就会恼怒，所以就向世界报复、向人们报复，并搜寻一切他能够批判的事物。然后，他试图检验自己的焦虑。一夜夜的游荡开始了，他游走在生活的边缘，无休无止地辩论。他还急于尝试爱的经历，似乎这才是男性最为荣耀的战利品。

或许是另一回事。或许是野性与废话在那被束缚的八年中不断积累，而现在，它们不得不爆发。或许这就像长胡子和胸腺萎缩一样，只是青春的一部分。经历一下显然是必要的、合乎自然规律的。但从生命总体来衡量，这却是一段奇怪的、混乱的时期，是时间的巨大浪费，尽管当时会给我们一种类似愉悦的东西，而我们也已经成功地亵渎了生命感。我不再是大学里的大学生了。我也会写诗，很糟糕的那种诗，糟糕到即使在杂志上发表了，人们还是对它们一无所知。我很高兴没有留着它们，甚至在我的记忆里也没有它们丝毫的痕迹。

当然这一切都化为了乌有。我的父亲来找我，我们狠狠地吵了一架。如果事情是这个样子,他当然不会愚蠢到给他的儿子汇钱任其挥霍。我挺起胸膛,丝毫没有意识到我是在向他挑衅。我说我会证明自己能养活自己。我向铁道部递交了实习生的申请,出乎意料的是,我被录用了。

第十章

我被派到了布拉格弗朗茨·约瑟夫车站的运输部。有着一扇窗户的办公室,窗户对着黑暗的站台,而屋子里还不得不整天开着灯。这是一个糟透得令人绝望的洞穴,在那儿,我清点着过境费和一些类似的东西。等待某人或是要去某个地方的人们从窗前一闪而过。这儿有着出发与到达的紧张气氛,几乎还有些感伤,而在窗户后面,我胡乱画下这些愚蠢的、乏味至极的人物画像。不过不用担心,这里有它重要的意义。我可以时不时地带着漠然的表情到站台上松松腿,因为要知道,我在那里很舒服自在。否则,这间办公室就是一个无边无际的、阴暗的庞大空洞,唯一让我深深满足的就是我已经是一个能够自食其力的男人了。是的,我在灯下弓着背,就像过去做数学题时那样。但那时仅是在为生活做准备,而现在则是生活本身。这可是有很大不同的,先生。我开始看不起那些和我一起浪费过去一年时间的家伙们了。他们是不成熟的、要靠他人养活的家伙,而我已经成为一个男人,已经自食其力了。总之我躲避他们,我宁愿走进一个安静、体面的酒吧,在那儿,沉稳的中年男子们提出他们的忧虑、解释对问题的看法。先生们,在这儿的我并不仅仅是你们看到的那样。我是一个成熟的成年人,通过做一份乏味无聊的工作来自力更生。

但是,我用来养活自己的工作却真的让我讨厌。一整天里,唯一的亮光源自一盏嘶嘶作响的煤气灯,这简直令人无法忍受。试用员,哦不,绅士们,我已经了解生活是什么样了。那为什么我要做这份工作?是这样的,就像家的感觉,或者类似的什么。当我还是个孩子的时候,他们在我家附近建了一条铁路,那时我就想做一个列车员,或者是那个带走松动的石头并卸掉的人。你知道的,这是一个男孩儿的理想。所以我才会写一些通知和类似的东西。没有人注意到我,每一个成熟的男人都会有自己的忧虑。我只是害怕回家，疲惫会让我不得不躺倒在床上，那么我将再次发热，可笑的汗水将会湿透我的全身。这源于那个漆黑的办公室。没有人会知道我生病了，一个实习生不能生病，否则他就会被解雇。而对夜里发生在他身上的事他必须保守秘密。好处是，我已经有了足够的经验去梦想什么了，至少吧。可是多么沉重的梦啊：所有事情跑到了一起、乱七八糟，太恐怖了。这是一个如此真实而严肃的生活，先生们，而我已经被它给牢牢拴住了。一个男人总是必须浪费掉自己的生命才会懂得生命的价值。

我的那段人生有点像一出持续的独角戏。独角戏是一件可怕的事情，有点像自我毁灭，像什么东西正在锯开将我们束缚到生命上的脚镣。持续着一出独角戏的人不仅孤独，也被遗弃或迷失。只有上帝知道我的内心有种怎样的顽强：在办公室里，从疾病正在毁灭我的事实中，我体会到了一种野性的快乐，而且，那种到站与离去的焦虑和匆忙，总是那么快速，那么混乱。一个车站，尤其是一个大车站，总是拥挤不堪，有点儿像溃脓的神经节——鬼才知道为什么有这么多的乌合之众，小偷、皮条客、娼妓，还有同性恋们。也许是因为来去的人们已经脱离了他们的习惯路线，变成了——打个比方，一个可以滋养各种各样的恶行的良好的生长地。我满足地嗅着那种微弱的、腐烂的气味，这与我发烧的心境、那种毁灭和消亡的复仇感相称。此外，你知道，还有另一种胜利的满足感。在一年多以前，我从同一个站台出来，一个受到惊吓的乡巴佬拎着一个木头箱子，不知道要去哪里。而现在，我正穿过铁轨，带着一脸的漠然与冷淡去发通知。那时我已经走了多远了？我把我的那些愚蠢与害羞的时光都丢在了哪里？多远啊，几乎在尽头！

一天，我在文件上方咳嗽，把一个血块咳进了手帕里，正当我惊讶地看着血块时，一块更大的、更可怕的血块涌了上来。他们围着我，害怕、无助。一位老职员用一条毛巾擦着我汗淋淋的额头。在我看来，自己就像家里的马蒂纳克先生，这种事在他工作的时候时常发生，然后他就坐在一堆木板上，异常的苍白、满头大汗，手掌捂着面部。我常常远远地看着他,极其迷惑与害怕——现在的我有一种同样强烈的恐惧感、距离感。那位老职员戴着眼镜,像一只缓慢的黑甲虫,带我回家,将我扶到床上。他甚至还来看望我,因为他看我很害怕。过了几天,我起来了,但是只有上帝知道我身上发生了什么:我对活下去有了强烈的欲望,即使这个欲望像那位老职员一样安静、缓慢。这个欲望就是当煤气灯安静地、固执地嘶嘶响的时候,我能坐在桌边翻阅文件。

上级部门中有个人非常通情达理。他们没有对我的健康状况大肆声张,只是把我调到了山里的一个小火车站。

第十一章

　　从某方面来讲，这是世界的尽头。火车轨道就在这里终止。车站稍微过去一些就是缓冲区，最后一段生锈的轨铁淹没在荠菜和发草丛中。你没法走得更远。越过青山，河水在峡谷转弯处低声作响。呀，那条河就像是一个口袋的底部，尽头了，再过去什么也没有。我想，铁路修到那里，只是为了运走锯木厂的木板，以及用链条绑在一起的笔直的长树干。这里除了车站和锯木厂，还有一个酒馆、几间木屋——德国人很喜欢原木，以及像管风琴一样在风中低吟的森林。

　　站长的脾气暴躁得像一头海象，他怀疑地打量我。谁知道他们为什么会将这位年轻人从布拉格调到这儿来，很可能是为了惩罚他。我必须提防他发脾气。一列两节车厢的客车一天来两趟，从车厢下来一群拿着锯和斧头的男人，满脸胡须、黄褐色头发的脑袋上戴着绿色帽子。当信号铃不再哔哔哔、哔哔哔地响时，你就走出来，到站台上为一天中的大事帮忙。站长背着手，和列车长聊天；司机去喝啤酒；司炉工看起来正在用一块脏布擦拭火车头。这里再次安静下来，只有稍远处木板被装进货车时发出的梆梆声。

　　在狭小而昏暗的办公室里，电报机发出滴滴的声音，那是锯木厂的某位绅士在说他要过来。到了晚上，一辆小型出租马车会等在车站前，胡子拉碴的赶车人体贴地用鞭子尖儿赶走马肩膀蓬松处的苍蝇。他时不时地轻声喊着，而马就会左右交替着动动腿，继而又是一片寂静。这时，一辆小火车拖着两节车厢、喷着汽驶过来，站长会向这位锯木厂的工业巨头敬礼致意，带着些敬意、也带着些亲密。这位巨头会乘坐这辆马车，说话时声音洪亮、引人注目，而其他普通人交流时则只用鼻音嘀嘀咕咕。这就是一天的结束，除了去酒馆，没有哪里可去。酒馆里摆着一张桌子，铺着白色桌布，是为车站的绅士们、锯木厂的绅士们、也为森林管理处的绅士们准备的。抑或沿着铁轨散会儿步,一直走到越来越多的草和荠菜丛生处,坐在一堆木板上,呼吸着清洌的空气。高高的木板堆上面坐着一个小家伙——不,木板堆看着不再那么高了,而这个小家伙也变成一个穿着紧身官员衬衣的绅士,头戴一顶官员帽,苍白得引人注目的脸上留着引人注目的小胡子。鬼才知道为什么他们派他到这儿来,世界上最后一站的这位站长想。我声明,先生,他们派他来是为了:坐到木板堆上,就像他曾经在家里时那样。你不得不走很长的路才能再次回到家。你必须学很多、犯很多错,你必须付出部分生命才发现自己再次坐在了散发着木头和松香味道的木板堆上。这对你的肺好,他们说。天已然黑了,星星在天空中探出头来。家里也有星星,但是城里没有。有多少?多得几乎不可置信。这时候你想,知道一个人经历了多少又是多么重要呢。但是,有如此众多的星星!这里还真是世界上的最后一站:轨道的尽头淹没在草丛和荠菜丛里,之后便是宇宙,就在缓冲区的后面。你或许会说那是树林与河水在喃喃细语,然而那是宇宙。星星像赤杨叶那样沙沙作响,高山上的清风在世间吹送:上帝啊,让它充满您的肺部吧,这对您有好处!

或者带上鱼竿去钓鳟鱼,坐在急速流淌的河水旁,看着像是在钓鱼的样子,而实际上我们只是在看着河水,看河水流走得有多快。河水中总是泛着同样的涟漪,而又总是有新的,总是同样的、新的,永不停息。天哪,有多少东西随那急速的河水而去!仿佛你的体内有什么正在自我分离,有什么正在从你身上游走,被河水带去。它带走的是人体内的什么东西呢?而每次它总会带走他内心一部分的混乱与悲伤,留下的却又总会够下次带走。即便是那孤独,有多少已经流走,而仍无休止。这位年轻人俯身水面,孤独地叹息。这很好,体内有个声音说,深深地叹息对肺部好。于是这位鳟鱼垂钓者大量地、深深地叹息。

但是,这么说吧:他没有轻易地屈服,没有这么着就融入世界上的最后一站。首先他必须让他们知道他来自布拉格,而且他可不只是某个张三或李四。有点神秘感对他来说是有好处的，他在森林实习生以及林子里红鼻子留胡须的人们面前摆架子，仿佛他是一个有背景的人物。但是看看他的嘴唇周围，生活已经刻蚀出多么深、多么具有讽刺性的线条。他们无法明白。他们太健康了。他们吹嘘着各自的冒险经历，与采树莓女孩们的，或者在村庄舞会上的。他们还会整个礼拜天的下午沉浸在九柱戏游戏中。随着时间的推移，这位苍白得引人注目的年轻人发现他有些喜欢安静地看球的滚动、游戏柱的倒下，总是相同而总是有新的一次，就像河面上的涟漪。长满草和荠菜的轨道。木板堆被运走又堆起新的一堆。总是相同又总是新的。绅士们，我钓到了五条鳟鱼。在哪里？就在车站后面，这些鱼多棒啊。有时候我会惊骇：这就是生活？是的，这就是生活：一天两列小火车，一段淹没在草丛中的铁轨，而宇宙的后面就像一堵墙。

坐在木板堆上的这个引人注目的年轻人，满意地俯身捡小石子去砸信号工的母鸡。所以，现在，高兴起来吧，你这个傻瓜。现在的我已经头脑清醒。

第十二章

  现在,我明白了,所有的那种喧嚣与碰撞只是一个十字路口。我曾想,当它们在体内震战,我会飞成碎片,然而现在的我已经跑在正常的漫漫人生轨道上了。当人生向正常轨道上转轨时,某些东西会在体内自我调整:向上攀升直至达到可能成为这样或者成为那样的一种不确定的可能性,但是现在,人生将由一种更高的有效性而不是个人愿望来决断。因而内心会有些自我的踌躇不前、动荡不安,却并不知道他的这些震战,只是命运之轮在急速驶入正确轨道时的嘎嘎作响。
  现在我明白了我的人生从童年开始,就在多么精准与连贯地铺展开来。没有,几乎没有什么是出于纯粹的偶然,而是由一条必然之链相连。可以说我的命运在孩童时期就由修建铁路决定了,古老小镇的小世界突然与距离有了关联,小镇被穿上了千里靴。从那时起小镇发生了天翻地覆的变化,众多工厂拔地而起,还有金钱与痛苦——总之,这是小镇历史性的重生。对此,虽然当时我不明白,却还是被那些闯入儿童封闭世界的、男人干的嘈杂新事物深深吸引着。吸引我的还有那群粗鲁的恶棍们、整个世界的渣滓们、炸药的爆破声以及炸得到处都是洞的斜坡。我想,那个孩子当时对一个奇怪小女孩的极度迷恋,基本上是这种深深吸引的表现。这在我的内心潜意识里必然地存在着。要不然,为什么我的第一个工作会贸然决定申请铁路上的岗位呢?
  上学的那些年,我知道,是另一条轨道。难道是我不够想家而迷失了么?然而相反,在完成学业的过程中,我找到了满足感和确定感。追随课程与作业这个设定好的路线,倒省得自己费心了。这是某种秩序,是的,这是一条我可以沿着跑的固定轨道。很显然,我天生适合做官员。这给我一种感觉:我正在全心全意地干好工作,我的人生一定是由责任感指挥着。因而在我去布拉格的路上遭遇了如此的灾难，我跑离了这条本可以引导我的笔直而可靠的轨道。突然间，我不再受课程表或者翌日一早必须完成的作业支配。因为没有哪个政府机构接管我，我将自己交给了那个胖胖的醉鬼诗人的狂乱管理。天哪，这一切是多么简单，当时我还想着自己正在经历的是多么的了不起。我甚至写诗，就像那个年代的其他学生那样，想着我终于找到了自我。当时我申请铁路上的岗位，那是出于赌气，做给父亲看的。事实上，无意识地、盲目地，我已经感觉到了脚下那条属于我自己的坚实轨道。

还有一件事，似乎只是一个小细节，也许是我把事情看得过于严重了：我的偏离轨道开始于那一刻，那个我拎着箱子站在站台上，无助、痛苦、困窘、羞愧得快要哭出来的时刻。很长一段时间里，我都为那次的挫败感到耻辱。谁又知道：也许我成为铁道上的一名年轻绅士，而后又成为铁道上更加重要的人物，也是为了给自己抹去或者挽回那个痛苦的、蒙羞的时刻。

这些解释，当然了，都是回忆时做出的。但有时，我常常会有一种强烈而奇怪的感觉：那个特殊的时刻，对应着发生在我生活中很久以前的某件事，感觉似乎之前经历过的某件事正在做个了结。也许是当我坐在嘶嘶的煤气灯下，俯身于某个公告：天哪，这难道不正像幼时的我流着汗、咬着笔，忙着学校的练习题，痛苦地认识到作业必须完成而备受鞭策。或者是我一生都不曾丢失的认真学习的小学生的感觉，一定保证做完了所有的功课。在我意识到这与发生在很久之前的事情有着遥遥的、不可思议的清晰关联时，这些时刻，就像某种神秘而伟大事情的启示，撼动了我，感觉怪怪的。而在这些时刻，生活展现给我的是一个定了型的巨大整体，由看不见的千丝万缕联系着，但这些联系我们能够理解的却寥寥无几。在世界上的最后一个车站，当我坐在木板堆上，我又想起了父亲的木匠作坊。生平第一次，带着些惊奇、带着些顺从，我开始去过一种美丽而简单的生活。

第十三章

我在适当的时候调进了一个更加重要的车站。不得不说，这个车站不大，但是在主干线上。大型特快列车一天经过这里六次，当然了，并不停。站长是一个德国人，脾气非常好，一整天都在抽他的陶土烟斗。但是当特快列车的信号铃响起，他就将烟斗放在一个角落里，整理一下自己，去站台向国际交往致以应有的敬意。这个车站非常整洁，每个窗台都有矮牵牛，到处都是一篮篮的半边莲和旱金莲。花园里种满了丁香花、茉莉花和玫瑰花，而在仓库和信号房的旁边，满是花坛、盛开的万寿菊、勿忘我以及金鱼草。每样东西都必须是亮闪闪的——窗户、灯、涂了绿漆的水泵——要不然这位老绅士会非常生气。"这都是些什么，"他抱怨道，"国际特快经过这里，而你们让这样的脏东西留在这里！"这个脏东西可能是一小片废纸，但这也是不能忍受的，因为一个伟大的时刻即将到来：从那边，轨道拐弯处的后面，传来一声低沉的轰鸣，一列强劲的特快列车挺着高高的胸膛露了出来。这位老绅士向前跨了三步，火车从他身边隆隆而过。火车司机挥手致意，列车员站在特快的台阶上敬礼，这位老绅士立正，脚后跟并拢，鞋擦得明亮照人，庄重地将手抬至红色帽子处。（身后五步，那个苍白得引人注目的官员戴顶高帽，穿着被座位磨得发光的裤子，略带随意地敬礼。那就是我。）之后，老绅士睁大眼睛，用专业的眼光看着蓝色的天空、洁净的窗户、盛开的矮牵牛、耙过的沙子、他那锃光瓦亮的鞋、闪闪发光的铁轨，连铁轨都仿佛是他特地精心擦拭过的。他满意地摸摸鼻子，嗯，一切都还不错。然后又去点燃他的烟斗。这个仪式一天六次，总是同样的排场、同样的庄重。整个铁路系统都知道这位老绅士和他的模范车站，也很期待这个过节似的愉快又严肃的游戏。每个周日的下午,会在有顶棚的站台上举行假日科尔索①。当地人盛装打扮,衣服笔挺,在挂满莲花篮的顶棚下礼貌而安静地散步,而这位老绅士会背着手来回走动,视察着铁路,就像饭店大厨查看一切是否就绪。这是他的车站、他的家。如果奇迹会发生,酬谢与荣耀授予正直的人,那么总有一天,一班国际特快(十二月十七日这班)将会在这里停下,德皇将会从里面走出来,将两指抬至帽子处,说:"你把这里管理得很好,站长先生。你的车站经常引起我的注意。"

他喜欢他的车站,喜欢与铁路有关的一切事物,不过他还是最喜欢火车头。他知道火车头所有的编号和优点。那边那个爬坡不甚好,但是,先生,瞧她拖了多长的车厢啊!而这辆,看,这长度,天哪,这锅炉那可真是专门为你造的呢!他谈论它们时带着些欣赏与礼貌,仿佛它们是群小姑娘。是啊,确实,你会嘲笑这个短粗的三六一号,她的烟囱矮墩墩的,但是想想她的年龄吧,年轻人!对特快列车的车头,他绝对是佩服得五体投地。那短而壮实的烟囱、那深深的胸膛,还有那些轮子,我的朋友,她就是个美人!他的生活,在这样一个从他身边闪电般飞驰而过的美人那里,几乎是一种悲哀。可是,为了她,他擦亮双鞋;为了她,他用矮牵牛装饰窗台,确保到处没有一丝污点。天哪,快乐人生的处方是多么地简单啊:出于爱去做我们不得不做的事情。

天知道,在那个车站,是什么样的奇迹将这样一帮好心的家伙们聚在了一起。电报员,一个腼腆害羞的年轻人,他收集邮票,却为此感到非常的难为情。他总是迅速地将邮票藏进抽屉里,脸会红到发根。我们都假装一丁点儿也不知道,而且不管什么邮票,只要我们能弄到手,我们都会偷偷掉在他的桌上、他的报纸里、他正在读的书页里。火车邮递员允许我们拿走这些邮票。很有可能是他们从经手的国外信件上拆下来的。因为这违反规则,这位老绅士表现得好像丝毫没

---

① 在意大利及一些地中海国家的一种社交性散步活动。

有起疑心，而我们这项秘密事业中的违规部分则落到了我的肩上。我完成任务后，老绅士会带着极大的热情帮我们对那个胆小的电报员进行恶作剧。那个不开心的年轻人会在一件旧衣服的口袋里发现来自波斯的邮票，或者在他包裹午餐的皱巴巴的报纸里找到来自刚果的邮票，在灯下发现一张印有龙的中国邮票，还有从他的手帕里抖出一张来自玻利维亚的蓝色邮票。他总是害怕地涨红了脸，眼睛里充满了激动而又惊讶的泪水。他斜着眼看向我们，但是我们没有反应，一点反应都没有。我们没有一点暗示，显出可能是我们中的谁搜集到的邮票。这群快乐的成年人在游戏。

搬运工永远在抱怨，一天十次在站台上挥洒汗滴，责骂车站里那些积习难改、没有秩序、制造混乱的代表分子。如果有可能，他不会让任何人进入站台。但是你拿那些挎着篮子、背着袋子的老妇人有什么办法呢？搬运工总是表现出很可怕的样子，但是从没有人害怕过他。他的生活总是疲惫、受人打扰，只有当国际特快咔嗒咔嗒地快速经过时，他才停止抱怨，挺起胸膛。就是为了让你们知道，保持这里正常是我的工作。

照看灯火的老人是个忧郁而又热诚的读书人。他转动着的漂亮眼睛就像家里马蒂纳克先生的，或者像学校里我的那个已故密友的。总之，他让我想起了他们。因而我常常时不时地去木头灯房里看他。坐在窄长凳上，没有闲言碎语，我被径直带入了漫长而无序的冥思中，例如，为什么女人是那样的，或者死后会怎样。我常常以无奈的叹息回答。毕竟，谁又知道呢，不过，即便是这样也令我稍感宽慰和平静。我告诉你，一个穷人必须接受世上的事物，也要接受死后世界的事物，不管它们是这个样子或是那个样子的。

看管仓库的人大概有九个孩子，他的孩子们大都也在仓库里。当有人进来，他们就像老鼠一样迅速地躲到箱子后面。这是不允许的，但是对于这样神佑的父权你又能怎样呢？中午，孩子们常常按大小坐到仓库边上，一个比一个漂亮，吃果酱点心，显然只是为了有一个从一只耳朵到另一只耳朵的果酱胡子。我不记得他们的父亲长什么样、是个什么样的人了,我只记得他那有着深深褶皱的宽松裤子,似乎在表达他所有的父爱。还有好多:所有的他们都是这么的认真负责、富有同情心——很显然,碰到这么多的好心人是我生活"普通性"的一部分。

有一次,我站在一列已经准备好的火车后面,在车的另一边,一位信号工正在和灯房管理员一起走着,他们没有注意到我,而且正在聊我。

"一个好小伙子。"信号工说。

"多么好心的一个人。"迟缓的灯房管理员含糊地说。

那么好啦。现在我明白了,我已经感觉像在家一样舒适自在。远离人们,在脑子里好好想想,我还真是一个快乐又简单的人。

第十四章

像这样的一个车站就是一个属于它自己的世界。它与火车线上所有车站的联系,远比与围墙外世界的联系要多得多。但是车站前的那片地方,就是黄色的邮车待的地方,还有一点点属于我们。但如果你进城就会感觉像去了国外,在那里,我们不再在自己的地盘上,而且我们几乎没有任何共同之处。看看这则告示,"闲人免进",告示板的后面仅仅是留给我们的。我们允许你们来到站台、登上火车,你们其他人就应该很高兴了。在一个城市的入口,你不能贴一则"闲人免进"的告示,那里没法给你这样的特权和封闭的区域。我们就像一片小岛悬浮于铁轨上,在它的上面,越来越多的其他大小岛屿连成了一串。所有的这一切都是我们的,用围墙、岔口遮断器、告示及禁律与外面的世界断绝联系。

因而你会观察到,在我们自己的专属区上,我们与其他人的走路方式会不一样。我们会显得更加重要,带着一种漠不关心,与你混乱而匆匆的脚步形成极大反差。如果你问我们事情,我们稍微低下头,仿佛惊诧于一个来自不同环境的生物居然在和我们说话。是的,我们说,六十二号火车晚点七分钟。你想知道站长正在和从行李车厢探出头的列车长讨论什么吗?你想知道为什么站长有时候背着手站在站台上,却突然转过身、迈着快速而坚定的大步走开,进入他的办公室吗?每一个封闭的世界都会显得有些神秘。在一定程度上它也意识到了这一点,并且非常满意地接受了。

当我回想那个时候,我仿佛是从上方俯瞰那个车站的。车站就像一个干净的小玩具,那个木块是仓库,那个是灯房,这些是火车站大棚及铁路工人的房子,而中间这里是玩具铁路线,那些小箱子,你知道的,是火车和车厢。咻咻咻,咻咻咻,沿着玩具路线,小火车头们跑走了。那个矮胖的小人儿是站长，他刚从办公室走出来，站在那些微型路线旁边。那另一个小人儿，戴着尖帽子，正在外面放松着双腿的，就是我。那个蓝色的是个搬运工，那个穿着束腰外衣的是灯房管理员。他们都很好、很开心，他们站在外面很容易辨认。咻咻咻，咻咻咻，小心，特快列车过来了。我以前在哪里有过这种经历呢？那不正像我还是小家伙时，在爸爸的作坊么？我将木片插到地上做成栅栏，用干净的锯末铺满围场，放一些彩色的豆子在里面。这些是母鸡，那个最大的豆子，那个有斑点的是公鸡。这个小家伙弯着腰，看着他的围场，看着他的小世界。他专注地屏住呼吸，低声道：咯，咯，咯！不过这个小家伙不会带其他人去他的围场。大人们，每个人都有自己的游戏，制作东西、管理家务、管理一个小镇的游戏。但是现在，当我们长大，变得认真起来，我们大家一起玩游戏，车站的游戏。因而我们装饰车站，这样车站就更加、更加是我们的玩具了，因而，是的，所有的事物组合到一起，哪怕是这样一个用围墙和禁令形成的封闭世界。每一个封闭的世界都变成了某种游戏。因而我们打造了专属区，仅属于我们，小心翼翼保护起来，在这里，将我们的娱乐活动和业余爱好奉献于我们最喜欢的游戏。

　　游戏是件严肃的事情，它有着自己的规则和限制。游戏就是全身心地投入、专注于某件事，仅仅专注此事。所以，让这件我们专注的事与其他任何事情分离开来，用它的规则来分离，远离周围的世界。所以，我想，一个游戏就应该是微型的。如果东西被做成小小的，它就远离了其他东西，在更大、更深的程度上，成为它自己的世界、我们的世界，在这里我们会忘掉还有另外一个世界。那么，现在我们已经成功地将我们自己与其他世界相分离。现在我们处于分离我们的魔法圈中，这里有一个孩子的世界，学校，浪荡无羁的诗人的聚会，有世界上的最后一个车站，那个到处都用鲜花装饰、铺了沙子的整洁车站等等，直到最后，有一个退休老人的小花园——最后一个专注的安静游戏。珊瑚草的红穗，绣线菊引人注目的圆锥花序，两步远处石头上站着一只鸟雀，小小的脑袋歪向一侧，正用一只眼睛看着：哦，你是谁?

那个围场由木片插在地上做成。在里面,玩具轨道分开又聚在一起,小方块做仓库和信号房;玩具信号灯,岔道,涂了颜色的灯,还有泵;小盒子做车厢和冒着烟的火车头;那个正在抱怨的蓝色小人在站台挥洒汗水,还有戴红帽的胖绅士;那个小人儿,正在外面放松着双腿,那是我。盛开的矮牵牛后面的窗户上有个少女娃娃,少女是老绅士的女儿。这个小人儿向她致敬,少女迅速点点头,仅此而已。晚上,少女出来,坐到绿色的长凳上,上面垂着盛开的丁香和茉莉。那个戴着尖帽的男人站在她旁边,正在外面放松着双腿。天越来越黑了,红绿灯在铁路上闪烁,铁路员工在亮着灯的站台上晃动,从轨道转弯处传来一声嘶哑的汽笛声,那已经是夜班的特快列车了。车匆匆驶过,所有的窗户灯火通明。这个戴着尖帽的人甚至都没有转头看一眼,对他来说这儿有更加重要的东西。但是这种东西像距离与冒险一样,穿越了两个年轻人,很奇妙、很兴奋。这位苍白少女的双眼甚至在黑暗中亮了起来。是的,她必须要回家了。她将颤抖的手指递给戴尖帽的人,手指微微发湿。那位灯房老管理员从灯房里走出来,含混地说了句什么,似乎是:总之,谁知道呢?站台上,戴尖帽的人正站着,抬头看向一扇窗户。有什么好奇怪的呢,她可是这片岛上唯一的女孩,在这个封闭区域里唯一的年轻女人,这已经足以使她成为危险的极品。她年轻、整洁,显得优美;她的父亲是多么好的一个人;她的母亲高贵,几乎有贵族气派,散发着糖果和香草的气息。少女是德国人,这倒使她有一些异国情调。我的老天,即使这个之前也曾发生过。那个时候,那个孩子说着听不懂的语言——那么,整个人生真的就像是由一整块构成的么?

之后,那两个人挨着坐在长凳上,谈论的几乎都是他们自己。茉莉已经不再开花,但是秋天的大丽花正在盛开。所有人都假装在后面看不到他们两个,那位老绅士则避免走到这个方向,灯房管理员在不得不经过时,老远就咳嗽几声:注意,我来了。哦!你们这些善良的人啊,为什么这么大惊小怪!好像忙着和上司的女儿谈恋爱是件什么稀罕事！这种事情确实是会发生的啊，这种事已经进入普通人的现实生活中了。不过这种事情，去努力赢得公主的芳心，似乎只存在于孩子们的童话故事里。一切都是那么的清晰明了，但是就连这个也是诗歌题材中的内容——兴奋的谈情却不敢拼搏，仿佛是难以获得的事物正处于危险之中。这位少女也正忙于此事，但是对于她来说，已经在内心深处制定好游戏规则。首先只给出她那不安的手指尖，透过矮牵牛往外看，然后什么也不做。接下来事情发展到另一位病得非常、非常、非常之严重；如若是这样，她就能慈母般地握着他的手，热切而焦急地叮嘱他：你必须照顾好自己，可不能病倒，我多么想来照顾你啊！至此，已经有了一座可以从一边向另一边大量传递兴奋、慷慨以及亲密感情的桥梁。现在光有桥还是不够的，还必须手握着手以便能够进行无语的交流。等一下，这在以前的什么时候发生过呢？我经历这种被溺爱时的开心以及疼痛时的同情是在什么时候呢？哦，那是当妈妈抱起她那号啕大哭的孩子时：你，我的小天使，你，我世上的唯一！如果我现在病倒，不会再有那个没有脖子，长得像黑甲虫的年长职员过来照顾我。我应该是脸色苍白、发着烧，一位少女将会悄悄溜进来，眼泪汪汪，我会假装正在睡觉，而她，俯身看着我，突然啜泣起来：你，我的唯一，你可不能死！是的，就像我的妈妈。成为一位妈妈、围绕着另一位编织情感，对这个小姑娘来说也是不错的。她的眼睛充满了泪水，想着如果他生病了，我应该怎样把他照顾好！她没有意识到她多么想通过这样将他占为己有，她多么努力地想让他听从她。她想让他成为她的，让他不能保护自己，成为她那可怕的爱的牺牲品。

我们说爱，但爱是所有感情的全部，我们甚至无法区分所有的感情。例如，不只需要留下深刻印象，还需要被忘记。听着，姑娘，我是一个强壮而黑暗的家伙，就像生活那样强大而可怕。你是如此的天真、纯洁，你不知道什么是爱。一个漆黑的夜晚，黑暗笼罩着一切，这个男人坐在长凳上开始袒露心声。他是在吹嘘还是在卑微地拜倒在这位天使般纯洁的少女面前？而他正握着她的双手。我不知道，但是这些话必须都说出来。哪个是爱？那个挥霍者，在布拉格的那种可耻的生活、妓女们、女服务员们，或者此类经历。少女甚至都没说一个字，她将手从对方手中抽出，一动不动地坐着。天知道她现在是什么样的心情。我说完了，我的灵魂干净了，得到了救赎。你会对我说些什么呢？你这个纯洁的小姑娘，你会怎么回答我呢？她什么也没说，只是仿佛遭到针刺，快速地痉挛一样揿了一下我的手，跑开了。第二天，窗台上矮牵牛的后面没有了少女。一切都失去了，我就是一个肮脏的野蛮人。又一个同样漆黑的夜晚，那个坐在茉莉花下面凳子上的白衣人就是这个少女，戴着尖帽的这位甚至不敢坐到她的旁边。他低声地哀求，她将头转向一边，可能她的眼睛刚刚哭过，在身边给他让了个位置。她的手仿佛没有了生命，你没办法让她说出一个字。哦，天哪，该怎么办呢？求求你了，求求你了，你就不能忘掉我昨天说的话吗？突然她转向我，我们的额头撞在了一起（就跟那个眼睛充满惊恐的姑娘撞在一起一样），但是不管怎样，我看到了她那薄薄的、紧闭着的嘴唇。有人在站台上走动，但是现在，他们在不在都是一样的。少女抓着我的手，放到她那小小的、软软的胸部，几乎是在拼命地按压——现在你拥有我吧，就在这里，还有，如果必须这样的话，那就这样吧！没有其他女人，这里只有我。我不想你想其他的女人。我已经因为爱和后悔而无法自拔。姑娘，上帝不允许我接受这样的牺牲。亲吻她那流着泪的双眼、涂抹她的泪水就已经足够了。我庄严地表示自己已经深深地被感动。少女为他的彬彬有礼所震撼，并为此感激涕零。光是出于狂热的感激与信任，她就能将自己奉献出更多。全能的上帝啊，事情不能这么发展下去。她也知道，但是在她来看，事情的发展顺序已经安排好。她明智地抓起我的手说：我们什么时候结婚？

那个晚上她甚至都没说她该回家了。为什么呢，我们现在很安静、很理智。从那一刻起，在我们的情感里有了一种井然而美丽的秩序。我理所当然地陪着她走到家门口，我们仍然磨蹭着，一点也不着急分别。发着牢骚的搬运工消失在另一扇门里。只剩下我们两个人了,一切都是我们的了:车站、铁轨、红绿灯、一列列睡着的车厢。少女再也不会藏在矮牵牛的后面了。她会出现在那里,而这时,戴着尖帽的那位就会从办公室走到站台上,冲着窗户眨眨眼,让自己看上去开心与可靠,从而去做被叫作责任的事情。

但是回头吧,回头吧。爱可不好玩,一点都不好玩。爱是伟大、沉重的,即使是最开心的爱也很可怕,会在过度估计中支离破碎。没有痛苦就不叫爱,让我们为爱而死吧,让我们在痛苦中测量它的巨大,因为快乐是探测不到底的。我们无限地快乐,我们拼命地紧握双手,你拯救我吧,我爱得太深了。好在我们的上空有星星,好在有足够的空间盛得下像爱一样大的事物。我们谈话,只是为了不让沉默借着事物的巨大摧毁我们。晚安,晚安,要将永久分离成时间的碎片是多么的困难啊!我们将不再睡觉,我们将心情沉重,我们的喉咙将会因吵着要爱情而疼痛。如果是白天就好了,上帝,只有在白天,我才可以在窗户旁迎接她!

第十五章

婚后不久我就转到了一个大的车站。也许这位老绅士帮了一点儿忙,他已经很乐意、几乎是发自肺腑地把我当成了自己的孩子。现在你是我们的了,就这么定了。他的夫人就冷淡多了。她出身于一个古老的公务员世家,显然她想让女儿嫁到更高的阶层。她失望地哭了一会儿,但她是个浪漫的性情中人,就同意了这门亲事,因为这是多么伟大的爱情啊。

我去的那个车站像工厂一样阴暗、吵闹,是个重要的铁路汇合点,也是一个繁重的货物运输站。轨道、仓库、机车库长达几英里,煤灰和煤烟有一指厚,覆盖着整个地方。一群群冒烟的机车、一个古老而拥挤的车站,一天要发生好几次拥堵,还必须有人迅速地进行处理,就像是解开一个打了结的电缆,你的手指被擦得鲜血直流。紧张生气的官员、满腹牢骚的工作人员,这一切有点儿像地狱。进入车站就像是矿工下到正在裂缝的矿井里,随时都会有崩塌的危险,但这是男人的工作。至少在这里他感觉自己是个男人。他大声叫嚷着,做出决定,承担着自己的责任。

回到家里,将上身擦洗干净,因为干净的水而开心地叫喊。我的妻子已经拿着毛巾微笑着等着了。这不再是那个苍白、引人注目的年轻人,而是一个健壮的工人,疲惫、多毛,他的胸膛就像个案板。每次她习惯性地拍一下他那湿漉漉的背,就像在拍一头温顺的大型动物。那么,现在我们洗干净了,我们可不能弄脏了干净的妻子。还有,我们必须擦干净脸,保证脸上没有什么铁轨上的东西,然后高雅、稳重地亲吻我们的娇妻。那么,现在给我讲讲工作的事情吧。嗯,有一些困难,这样或那样的,整个车站都应该扒掉,或者至少后面的那些仓库应该扒掉,这样就有地方建六条新轨道,管理起来就更容易了。我今天说了如此这般的事情,但她只是看了我一眼。你来说点儿啥吧,你都几乎两月没来了。她理解地点点头,她是唯一一个可以无话不谈的人。那么你今天都干什么了,亲爱的?她笑了,男人的问题多么愚蠢啊!女人干什么?这事、那事,然后就等待她们男人。我知道,我亲爱的,家务事是看不出来的,所有的琐碎事,这里缝几针,那里去买晚饭用的原料,但正是所有这些家务事才成就了一个家。如果我吻你的手指,我的嘴唇就能告诉我你今天做针线活了。她是多么好啊,给我端上晚餐。晚餐是简朴的,真的,德国式的,但是她呢,她的头一半在阴影里,只有双手可爱、体贴地在灯的金色光环里移动着。如果我吻她的前臂,她会缩回去,也许她会涨红了脸,因为这不得体。所以我只是斜着眼看她那女性美丽的双手,对晚餐低声赞美。

我们想以后再要孩子。她经常说,那个地方烟雾太重了,对孩子的肺部不好。多久以前她还是一个不谙世事、伤感无助的少女呢?而现在她是一个多么通情达理、娴静的妻子啊,知道该做些什么。即使是夫妻间的恩爱,她也会带着用美丽的裸臂给我送上晚餐时的那种娴静与关爱。她不知在哪里听到或者读到过肺结核病人性欲很强,所以就常常紧张地观察我任何过度激情的信号。有时候她皱着眉头说:你不能这么经常这样。但这不是真的!她开心地笑着在我耳边说:明天你就不能专注你的工作了,这对身体不好。睡吧,别乱想了。我假装睡着了,而她在黑暗里睁着眼睛,想着我的健康、我的工作。有时候,我不知道该怎么表达,有时候我非常地希望她不要只考虑我。这不只是为了我,亲爱的,也是为了你。只要你在我耳边悄悄说,我的唯一,我今天是多么想你啊!接下来她睡着了,又换作是我醒着。我一直在想,和她在一起我感觉是多么美好与安全啊,我从来没有过这么可靠的朋友。

这是一段美好而锻炼人的时光。我有自己需要负责的繁重工作,可以证明我的价值。我还有自己的家庭,又一个封闭的世界,仅属于我们两个人的。我们,不再代表这个车站,不代表一起工作的人,只代表我们两个,妻子和我。我们的餐桌,我们的灯,我们的晚餐,我们的床:这个"我们的"就像一盏令人愉悦的灯,照亮着我们的家具,使它们看起来与众不同,甚至比其他所有的都更好、更珍贵。看,亲爱的,这样的窗帘在我们屋里会很好看,你不觉得吗?一开始,得到对方对我们来说就足够了,这是世界上唯一重要的事情。当我们得到对方的身体与灵魂,我们为我们共同的世界添置东西。当又有一件东西成为我们的,我们非常的快乐,又计划着某天再置办一件加入已经属于我们的。爱就是这样一路前行的。突然我们在财产上找到了空前无比的快乐。我喜欢去俭省,去节约,暂不考虑某些东西。不过这是为了我们,这是我的责任。在办公室,我也越来越忙,我全力向上爬。其他人狐疑地看着我,几乎带着敌意。他们邪恶、不和气,但那又有什么关系呢?那时候,他可是有着家庭,有着通情达理的妻子,有着属于他自己的充满信任与理解的幸福世界。照顾好自己,管他们呢。你坐在家里金色的灯环下,看着妻子那白皙的、赏心悦目的双手,准备开始讲办公室里那些嫉妒、邪恶、没有能力的家伙。要知道,他们想要挡我的道。我的妻子欣赏地点头同意,跟她你可以谈论任何事情,而她也会理解。她知道这都是为了我们。在这里,一个男人感觉强大、感觉良好。要是她能偶尔在晚上在半梦半醒中恍惚耳语:亲爱的,我今天一直多么的想念你啊,那该多好!

第十六章

接下来，我调去了一个舒适的好车站。我当站长还太过年轻，不过，不是我的上司们非常器重我么？或许我的岳父也帮了点忙，但我不是太清楚。现在我是自己的领导了。我有了自己的车站，当我和妻子搬到那儿，我感到深深的、郑重的满足，我觉得：我们进展得很好。现在，按照上帝的意愿，我们可以安顿下来生活了。

这是个不错的车站，仅是客车的汇合点。村庄优美，草地铺满山谷，磨坊咔咔响，大片的树林中间还有狩猎小屋。傍晚会有干草气息从草地传来。庄园的马车在两边种着栗树的大道上咔嗒作响。到了秋天，绅士们会去打猎。女士们穿着花呢裙装，绅士们带上斑点猎狗，背上打猎装备，而枪支就放在防水箱里。一个公爵，两个伯爵，到处都会有一个某皇室带来的客人。车站的前面满是待客的套着白色马匹的四轮马车、马夫、男仆，以及站得笔直、一动不动的赶车夫。到了冬天还会有骨瘦如柴的护林人，他们留着狐狸尾巴一样的大胡子，还有来自庄园的有势力的代理商，他们时不时会风风光光地去城里畅饮一番。总而言之，这是一个一切都按部就班的车站，没有老绅士那里用鲜花装饰的民主的节日气氛，但这是一个值得尊敬的安静的车站。在这里，特快列车会安静地停下，走下来一两个戴着后面有鹿尾巴帽子的绅士。在这里，甚至列车员都带着敬意安静地关闭车厢门。在这里，老绅士那幼稚而艳丽的花坛会显得不合时宜。这个车站就像城堡里的庭院，有另外一种灵魂，因此就必须有严格的秩序，到处都是干净的沙子，而没有生活内部的喧嚣。

在我付出大量的劳动和修改后才让车站成为了我自己的作品。在这之前它是井然有序的，但没有特色。可以说，它不会激起你任何特别的情感。但是四周有美丽的古树，也弥漫着芳草的清香。而我决定将它打造成一个整洁、安静的车站,就像一个小教堂、一个城堡里肃穆的庭院。面前有几百个小问题,例如如何安排服务,如何改变事情的顺序,哪里安置空车厢,等等这些事情。我没有像老绅士那样用花让车站变得漂亮,而是用体系,一种美丽的顺序,一种流畅而安静的循环。所有的事物如果能在它应有的位置上就会美丽,不过只有一个这样的位置,却不是每个人都能发现。突然间,车站仿佛变成了一个更大、更自由的空间,事物有了更加清晰的轮廓,获得了某种类似于贵族般的感觉。是的,现在的车站正是我想要的。我不费一砖一瓦建起了我自己的车站,仅仅是用它原有的东西。老绅士过来看,他扬起眉毛,摸摸鼻子,似乎很吃惊。"嗯,这里看起来非常的不错。"他低声说,还怀疑地瞟瞟我,就好像在那一刻,他不确定他的花盆是否是正确的选择。

　　是的,现在它真的是我的车站了,而且我生平第一次有了真正属于我的感觉,这种强烈而美好的、属于自己的感觉。我的妻子感觉到我正在远离她,我正在做的事情仅仅是为了我自己。但她通情达理,并笑着支持我。好吧,继续干吧,这是你的工作,为了你,我会守护属于我们的。你是对的,亲爱的,也许我是有一点偏离曾经属于我们的东西,我自己感觉到了,也许这就是在我有空时百般体贴你的原因,但是你瞧我有多忙!她总是待我很好,带有母亲般的仁慈。继续干吧,不过我明白,对于你们男人来说,不可能会有什么两样,你们沉迷于工作,就像——就像孩子们玩游戏时那样,不是么?是的,像个孩子在玩游戏。我们都知道,不用说出来,讨论这个话题是没有必要的。虚荣啊,属于我们的某些东西已经牺牲掉了,仅仅为了属于我的。我的工作,我的抱负,我的车站。她甚至都没有叹息,只是偶尔合拢双手放在腿上,善良而又紧张地看着我。"你……"她犹豫着——"也许你不应该这么卖力地工作,你当然没有必要。"我微微皱眉。把这里变成模范车站都要做些什么你知道吗?有时候你会说:你是个不错的男人,工作做得很好。不是总说照顾好自己之类的话吗?这种时候,我常常会到外面散步,只是为了再次确认一切都在有序进行,我的付出也是值得的，而在再次享受我的工作之前只是需要花些时间。

不过不要紧，这的确是个模范车站。人们几乎都会踮着脚尖走路，就像在一个城堡里。一切都如此地整齐、明朗。戴绿色帽子的贵族们也许在想，我这么做是为了他们，他们常常和我握手，好像我是这里的老板，他们对它非常、非常之满意；女士们，穿着花呢裙装，也高兴地、感激地冲我挥手；当戴着官帽的绅士经过时，甚至斑点猎狗都礼貌地摇着尾巴。啊，你们这些人啊，不要欺骗自己了。要知道，我做这些都是为了我自己。这些来自皇室的愚蠢旅客和我又有什么关系呢？如果有必要的话，我会致敬，挺直身子，仅此而已。你们真的知道什么是铁路、车站、秩序以及运行流畅的运输么？那位老绅士有所了解，他的称赞意味着什么，而这就像在以前，爸爸用手在家具上抚摸。还不错。你们没有人能欣赏得了我的车站是什么，我放了什么进去。即使我的妻子也不理解。她想让我成为她自己的，因而她说，照顾好自己。她正在自我牺牲，这是毫无疑问的。她能够将自己奉献给男人，但是不能发现重要的事情。现在，她想，如果有了孩子，我的男人就不会如此地陷入工作，他会更多地待在家里。不过，你瞧，像个诅咒，我们一直没有孩子。我知道这在你的心中有多沉重，这也是你总追着我跑的原因，从而让我不会工作过度。你东奔西跑给我送吃的，就像我是个樵夫。我日益发福。我高大、健壮，但仍然没有孩子。后来，你呆坐着，眼睛干涩，针线活落到了腿上——就像我的母亲，但是母亲眼睛的边缘总是湿湿的。这就像我们中间的一道间隙。你抽搐般地压向我，但是现在没用了，间隙还在。之后你躺在床上，无法入眠，我也一样，但是我们不说话，以免彼此会提到缺少了什么。我知道，我亲爱的，这很难受。我有我的工作、我的车站，这对我来说就足够了，但是对你却不够。

那位戴着官帽的绅士在站台来回走动，微微伸展双臂：那么，我能做什么呢？——至少这个车站确实是我的，车站干净，处于极好的秩序中，像个完美的、运作中的机器，在平滑的齿轮里静静的转动。我能做什么呢？最后，一个男人在工作时更有了家的感觉。

第十七章

　　喏，一切事情都随时间而变。毕竟时间是生活中最强大的力量。我的妻子习惯了、接受了我们的命运，不再期望要孩子了，不过她转而找到了人生的另一个使命。仿佛她对自己说过：我的丈夫有他的工作，我有我的丈夫。他维护一片世界的秩序，而我来维护他。她找出许多出于某种原因我不知道的事情，将它们看作是我的习惯和权利。这个我的男人喜欢吃，那个他不喜欢；他喜欢餐桌铺成这样，不喜欢铺成那样；他喜欢把水和毛巾准备好放这儿，他的拖鞋应该放那儿；他喜欢像这样的枕头，像这样的睡衣而不是其他样式的。我的男人喜欢所有的东西都在手边预备好，他习惯于他自己的一套，等等等等。当我回到家里，立刻被我自己的一成不变的习惯顺序包围了。是她想出来的，但是我必须完成，以满足她认为这是我想要的。我自己也不知道是怎么落入为我准备好的这套习惯中的。无意识地，我感觉非常的重要和尊贵，因为一切都以我自己为中心。如果我的拖鞋哪怕偏离通常的位置一英寸，我都会吃惊地扬起眉毛。我意识到我的妻子正通过我的习惯抓住我，更加通过习惯来掌控我。我开心地顺从于这个习惯，部分是出于舒服，部分是因为这真的满足了我的自尊。最有可能的是我也正在变老，因为我开始感觉到我在习惯里安定了下来，如鱼得水。

　　一楼的窗户后面种满了白色矮牵牛，我的妻子很高兴能够支配这样的事。每天都是固定的、几乎神圣的惯例。我心里熟知每天所有细小的、令人愉悦的声响：我妻子正悄悄地起床，正在穿晨衣，正蹑手蹑脚往厨房里走。接下来咖啡机开始响，连指令都是很小的声音，有人双手用刷子将我的衣服刷好放在我的椅背上；我常常顺从地假装仍在睡，直到梳洗一新的妻子进来，拉开百叶窗。如果我睁开眼睛太早的话，她就伤心起来，会说："我吵醒你了么？"就这样，日子一天又一天，一年又一年。这，被称为"我的秩序"，然而，是她制定了这个秩序，是她眼巴巴地照管着。她是那儿的女主人，但所有的事情都为我而做：一种夫妻间的诚实分工。我戴着官员帽到了楼下，绕着车站从一个道岔组走到另一个道岔组，这是我的家。我感觉非常像一个重要的、严格的统治者，因为，当他们看到我的时候，异常的细心与热情。就这么看看就是我的主要工作。然后我就习惯了和留胡须的森林管理员握手，他们都经验丰富，知道秩序意味着什么。戴绿色帽子的贵族们也开始觉得与站长握手是他们的责任。现在他就像助理牧师或是当地的医生一样属于这个地方了，因而和他谈论某人的健康或者天气就是很好的说话方式。到了晚上我就会经常说这样的话："某某伯爵在这儿呢，他看起来很不好。"我的妻子常常点点头，评说是因为他年龄大了。"年龄，"我常常反驳，带着一个将近五十岁的男人被冒犯的神情，"但是他才仅仅六十岁。"她常常笑笑，看着我，好像在说：什么呀，你，你是正处于青年时期，这要归因于一种安静的生活。然后一片沉默，灯嗡嗡响，我看报纸，我的妻子看一本德文小说。我知道是那种关于伟大而单纯的爱的故事。她仍然热爱看这类东西，这对她没什么用，生活中可是不一样的。夫妻之间的爱非常的不同，它是一种秩序的一部分，对身体是健康的。

我正在写这个，而她，可怜的人儿，已经进了坟墓很长时间了。现在我仍然想起她，上帝知道，一天有多少次。但是在她死之前的几个月，我想她的次数最少。那时她病得很厉害，我宁愿避免去想她。奇怪的是，我很少想起我们的爱情，想起头几年的婚姻生活，想起最多的却只是在我们的车站那段安静而有规律的时光。现在，我有一个好管家，她尽全力去照顾我。但即使在我寻找一块手帕或者在床底下够一只拖鞋的时候，那种熟悉的感觉就会一拥而来。天哪，在那些事情的秩序中包含着多少爱与关心啊！现在我感觉自己简直像个孤儿，有块东西涌到了嗓子眼儿里。

第十八章

后来，战争爆发了。我的车站是个运输军队与物资的非常重要的小站点，因而他们在这儿安排了一名军队指挥官，一个醉醺醺的、半疯癫的上尉。只要他清醒，从一大早就开始吼叫。他扰乱我的安排，还拔出军刀对着工头。我请求总部如果可能的话，给派一位不像他这么没理性的。但这并没有什么用，我所能做的就是耸耸肩罢了。我的模范车站慢慢消失了，看着令人痛心。战争造成的垃圾与混乱充斥着车站：火车运送伤病员的味道，堆挤的运输工具，令人厌恶的乱七八糟的尘土与污垢。从前线疏散过来的家庭以及他们的物品堆挤在站台上、候车室里、长凳上。肮脏的地板上，士兵们睡得像死人一样。嘶哑、生气的宪兵始终在巡逻，保持警惕，寻找逃兵，或者寻找那些包里有几个土豆的可怜家伙，人们不停地哭喊，暴躁地相互争吵，或者像羊一样被推搡到别处，而在混乱的中心，一列长长的、载着伤员的火车寂静得可怕，使得一切都变得黯然失色。从某处你还能听到那个醉醺醺的上尉正倚着一节车厢呕吐。

上帝，我开始变得多么憎恨这一切啊！战争、铁路、我的车站——一切事物。我厌恶车厢里肮脏的气味与消毒水的味道，厌恶打破的窗户和墙上的乱涂乱画。我厌恶没用地乱跑与等待，还有永远被封锁的铁路、肥胖的萨马利亚人，总之厌恶一切和战争有关的东西。我厌恶得疯狂、无助。我在车厢之间爬行，憎恨恐惧得几乎快要哭了。耶稣基督啊，我真的是忍受不了了，没有人能够忍受。在家里我不能谈论这些，因为我的妻子，眼睛闪着光芒，充满热情，相信德皇能够胜利。和我们一起去车站的还有穷人家的孩子们。他们从经过的火车上捡煤块，而这在战争期间随处可见。一天，一个小家伙掉了下去，煤车就从他的腿上压了过去。我听到他那恐惧的尖叫声，看到正在流血的肉里那压碎的骨头。当我把这事告诉妻子,她脸色变得苍白,突然竭力地叫喊:"这是上帝的惩罚!"从那一刻起,我就不告诉她任何有关战争的事情。好了,你难道看不出来我有多累、脑袋有多大么?

有一天来了一个男人。一开始我没能认出他来。他向我做了自我介绍,我们发现彼此曾一起上过中学。他那时是布拉格的重要人士。我必须把心里话说出来,这些话我不能和车站的任何人讲。"朋友,我们要输掉这场战争了。"我在他的耳边轻声嘀咕着说,"让我告诉你吧,我们掌握着这里的情况。"他听我讲了一会儿,就神秘地悄声说他想要和我谈些事情。那天晚上,在车站的后面,我们达成了共识,这几乎太玄乎了。他说他和其他几个捷克人和另一边有联系,他们想要定期地掌握有关军队运输、供给状况等事情的情报。"我来为你们做这事。"我脱口而出。这让我非常害怕,但同时那种令我窒息、令我痉挛的憎恨也极大地减轻了。我知道这是叛国罪,可能会被处绞刑,但是我会让你得到这里的情报,就这么定了。

这段时间怪怪的。我好像不是我自己了,而是一个有洞察力的人。我有一种感觉,不是我自己,而是内心某种强大而陌生的什么在制定计划,做出暗示,考虑一切。我几乎可以说:这不是我,这是另一个人。很快,一切都安排好了,这是一件令人愉快的事情,就好像一切都在等待着有人来开这个头,毕竟,我们捷克人民必须要做点什么。我手背在身后,在宪兵和打着嗝的指挥官眼皮子底下,从列车长、邮递员、列车员那里接收报告,都是关于军需品还有枪支正运往哪里、正在调动哪个部队类似的事情。整个运输网都装进了我的脑子里,而我微闭着眼睛,在站台上来回走动,将运输网拼在一起。有一个是制动员,五个孩子的父亲,一个忧郁、安静的人。我总是将信息给他来传递出去,他复述给他布拉格的兄弟,是一个图书装订工,以后怎么传递,我就不知道了。在所有人的眼皮子底下做这样的工作,同时还要让事情组织得严密,真的很让人激动。我们的计划可能随时都会失败,我们每一个人,老人、孩子们的父亲,都将为此性命不保。朋友们,那将会是粉身碎骨!这我们知道,当我们爬进老婆的羽绒被时,它就在我们的心里。但是女人了解男人些什么呢?谢天谢地,我们的思想在脸上是看不见的。例如,是什么原因造成了一个车站内的轨道堵塞?突然,每个人都在呼喊,变得生气。花了两三天的时间,轨道才被疏通。或者在战争时期润滑油质量很差。如果轴箱发热装置停止运转,又是谁的错呢?我们的车站里满是废弃的车厢、不用的机车。生气、发电报也没有用,什么事情也做不了,我们没办法将车站更快地疏通好。屏住呼吸,我们听到了一切正在如何跌落成碎片。

老绅士的车站发生了一起事故,线路上有一处堵塞,一列为前线送牛的火车冲了进去。事情不大,只有几头牛受了伤。这些牛必须现场宰杀掉,但是老绅士太热爱这些轨道了,结果扭到了头部,很快就死了。晚上,我的妻子在我肩上哭泣,我轻抚着她,非常伤心。你瞧,我是不能告诉你我的想法,告诉你我正在做的事情的。我们曾经在一起生活得如此美好,而现在我们彼此的距离却远得糟糕。人们怎么就能变得如此疏远呢!

第十九章

　　战争的结束,也是君主国的结束。然而我的妻子擤着鼻子哭泣(这是她家的传统,要对德国皇帝效忠)。我接到了来自布拉格的召唤,前去加入新的铁路部,将我的丰富经验应用到为新政府组建铁路的任务中。由于"经验丰富",我接受了。况且,我的车站在战争期间遭受过重创,对我来说,要离开它并不难。

　　那么,这是一个普通生活的最后段落了。从二十岁起我就与铁路打交道并且乐在其中。在那里我组建了我的世界,成立了我的家,而主要的是产生了一种深深的满足感:我正在做的事情是我能干并且干得好的。现在,我被召唤,去再次运用所有这些经验。那么,瞧,经验并不是无用的。我对铁路了解得如此透彻,从炸石头、修建轨道,从世界上最后一站以及灯房管理员的木头棚屋,到大车站的混乱与喧嚣。我遇到过的车站有像玻璃宫殿那样的,还有在田野里、散发着甘菊和蓍草气息的小车站。红绿灯、火车头的蒸汽锅炉、信号灯、道岔点、车轮在道岔处的轻击声,没有什么是无用的,所有这些加起来铸就了一套丰富的经验。我了解铁路,而这个了解本身就是我,它是我的生命。现在,我经历过的所有事情,它们一起都在我的经验里。我又可以运用这些经验了,全部运用,就好像我再重新活一次,一点儿不落。在我的办公室里,我感觉,不能说高兴,因为有太多的混乱,但却是在我的地盘上。这只是一种普通的却完整的生活。当我回顾人生,我发现在发生的所有事件中呈现出来了某种秩序,或者……

第二十章

三个星期我一个字都没写。心脏病再次发作，当时我正坐在桌前，话写了一半（应该是某种定律，又或是某种目标？我不能再说下去了）。于是，他们为我找来了医生。医生基本上没说什么，我的动脉发生了变化。你必须认真对待这个事，主要得休息，先生，休息。所以我躺在这儿、思考——我不知道这是否算是真正的休息，但是我没有别的事情可做。现在我又感觉身体没事了，因此想完成我开了头的事情。没有剩下多少了，我从不剩下任何没完成的事。正当我要写一个大谎言时，钢笔从手中滑落下来，我活该的心脏病发作了。当然了，我没有必要去欺骗任何人。

是的，我过去喜欢铁路。但是当它们被战争弄得一团糟，当我做出计划去破坏它们，我就没办法再喜欢了，特别是当我去了铁道部。那种被称为铁路重建的文件以及多半是没有意义的工作让我恶心、厌恶。一方面，我对下面、上面各种各样的问题心知肚明，这让我作为官员良心上极其不舒服；另一方面，我开始感觉到一些事情更加不可避免，铁路运输的悲剧，让马车与马车夫等来了好运。虚荣啊，铁路的伟大日子结束了。总之，这样的工作一点儿也不适合我，它给我的唯一快乐是我是一个相当重要的官场人物、有某种头衔、还可以滥用权势：因为，到了最后，这是生活中正当的、唯一的目标：尽可能高地往上爬、享受荣誉和地位。是的，这才是全部的真相。

当我读刚刚写的文稿时，我感觉非常的不安。这怎么可能是，全部的真相么？

哦，是的，全部真相，我们称之为人生目标。坐在那间办公室里没有一点乐趣，唯有的感觉就是我爬到了高处某个位置的快感，以及对那些爬得更高、更有能力，或者在政治上更加圆滑的人的羡慕嫉妒恨。这就是一个普通人生的全部故事。

等一下，等一下，这不是一个完整的故事。（有两个声音在争辩，我能够十分清晰地识别它们。正在说的这个声音好像在为什么辩护。）我一生中肯定没有——追求某种事业，以及这类事情！

你真的没有么？

我没有。我太普通了，没有野心。我从来没有想要超过别人，我视工作为生命，去干我的工作。

为什么呢？

因为我想把工作做好。快速前后动动我的大拇指，看它是否灵活。那才是真正的普通生活。

哈，这就是为什么到了最后，我们坐在那间办公室里，为任何事情工作得都不比为我们的位置工作得多。

这——这是别的事情，事实上，和之前发生的事情没有关系。当他变老，一个男人就会改变的。

或者说在老年的时候露出了马脚，是这样么？

一派胡言。很显然，很久以前我一定是在让自己处于领先位置或者其他。

好吧，那么，那个小家伙又是谁呢？他因无法打败其他人甚是烦恼？谁那么极端而痛苦地讨厌油漆工的儿子，因为人家更强壮、更勇敢——你还记得吗？

等等，事情并不完全是这个样子的，不过那个小家伙大部分时候显然是一个人在玩。他发现了他自己的小世界、他的木棍小围场以及他木板中的角落，这些对他来说就足够了，在那里他忘记了一切事情。难道我能忘记这些？

那他为什么一个人玩呢？

因为世界就在他心中。他的整个人生都一直在打造他封闭的小世界，盛放他的孤独、他每天的幸福的角落。他的木棍围场、他的小车站、他的家：你当然可以看得出世界总是在他心中！

你的意思是，需要将他的生活围起来？

是的，这迫使他拥有一个自己的世界。

那么你知道他为什么建木棍围场么？因为在别的小朋友中间他不能出人头地。那是怨恨，那是一个小男孩的逃避，这个小男孩不够强壮、没有足够的勇气让自己和其他人竞争。出于伤心和软弱，他打造了自己的世界。他感到在开放的大千世界里，他永远不会成为他想成为的那种强大而勇敢的人。一个有野心的小懦夫，就是这样。好好读读你写的关于他的那部分！

根本没有这类事！

有，还有不少呢。只是你将之刻意地藏进字里行间来隐瞒自己。例如，那个在小学用功的好学生：他是如何不能融入班级，他是怎样地紧张与胆小。他学习好是因为他孤独，因为他想要出众。当老师或者助理牧师表扬他的时候，那个模范的小男孩是多么的傲气十足！当时，从未体会过的幸福眼泪涌入他的眼睛里，后来，再也没有了眼泪，但是当他获悉他的那些任命时，他的胸中又是如何的膨胀呢。你记得你是带着多么难以名状的快乐将你优异的成绩单带回家的么？

那是因为这些成绩单能让我的父亲那么的开心。

那么，接下来，让我们看一看你的父亲。他是那么的高大、强壮，是他们中最强壮的，不是么？但是他"非常尊敬绅士"，更确切地说，他卑微地向他们致敬，如此地卑微，甚至让他的小儿子脸红。他总是满怀渴望地叮咛，但愿某一天，孩子，你会成为人物，那是生活中唯一重要的事，成为某个人物。你必须辛苦劳动，存钱，变得富有，这样别人就会尊敬你，这样你就会成为重要的人。确实如此，这个小家伙在家里有个榜样，那就是他的父亲，完全就是那样。

别提我的父亲！父亲，他是个非常另类的榜样，他强壮、拼了命地工作。

是啊，礼拜天会去看银行存折——我们已经扯了这么远了啊。某一天这个小家伙会坐在办公室里，用达到的位置来衡量自己。现在我可怜的父亲会为我感到高兴了，现在我比律师还有那些其他大人物们的地位还要高了。最后,这个小家伙活到了他成为某个人物的那一天,最后他已经发现了自己,发现"重大的新体会"已经成真,这也是他在儿时就发现的:有两个世界,一个高等的世界,里面是绅士,而另一个是普通人的卑微世界。终于,我成为像绅士一样的人物,但与此同时,看起来在我的上面还有更了不起的绅士们坐在更高贵的桌前,这样一来我又是一个普通的小人物,这对于我来说注定是超越不了的。虚荣啊:这是个失败,可恶的、最终的失败。

第二十一章

好像你总是能够辨别两个争吵的声音,好像是两个人在向相反的方向扯拉我的过去,每个人都想占有最大的那部分。

在中学的那些年是怎么样的——你记得么?

记得,如果你喜欢,那就留给你了。总之它们没什么价值,那种不成熟以及那种自卑的痛苦感觉,一个乡下学生所有的辛苦学习——不用客气,你可以留着!

好吧,好吧,你不必讲了:好像那种努力获奖不算什么,第一次上课的那种喜悦,总是按时完成作业,总是知道答案,至少在某方面是比别人强的,比那些生龙活虎的、更加勇敢的人要强,这些不是真的么?对于那些学业有成的人来说,要晚上熬夜,抱着脑袋,死记硬背——可是这花了整整八年啊!

不满八年,别这么说,还有别的事情呢,更深处的东西。

比如呢?

比如和那个学习困难的小朋友的友谊。

哦,他啊。我知道,那个笨拙、愚蠢的男孩。去感受高人一等的绝好机会,并得到大家的公认。那不是友谊,朋友,那是一种燃烧着的、热烈的感激之情:世上的某个人卑微地承认了你的能力。

不,不是那样的!那么对那个害羞、近视的女孩的爱又是什么呢?

什么都不是,蠢事一桩,青春期而已!

那可不只是青春期!

再说了,也缺乏勇气。其他人,我的朋友,他们和姑娘们更亲近,你非常嫉妒他们的勇气。那么,你,除了缩在一个角落里建自己的木棍围场、自己的封闭世界,你还能干点什么呢?就因为在开放的世界里你不可能会赢，难道你不知道么。不管是在男孩子中间或是女孩子中间，对你来说总是一样的情形，总是那个受挫的孩子。他有着自己的天地，在专心地低语：咯咯，咯咯，咯咯！

住嘴！

那么，好吧，务必解释一下在布拉格的那年，在布拉格那没用的、荒唐的一年，我和那群诗人一起游荡懒散，写诗歌、藐视一切的一年。

……我不知道。那一年有些格格不入。我也不清楚。

等一下，我可以做出一些解释。现在我们有一个勤奋的年轻人，他完成了学业，他想着，现在这个世界属于他了。在家里他可以表现得像个人物，并且感觉自我非常重要，形象高大。但是他一来到城里，哦，我的老天，他狠狠地跌撞了进去，进入了自卑和窘困的恐慌之中，我不知道还有别的什么。如果当时他有时间在自己的周围建一个田园诗般的木棍围场，他就会将自己解救出来。

只是，很不幸，那个诗人接收了我。

没错。但是一定记住这是怎么回事。很显然这也是一个封闭的角落，那些小酒馆，那个五人左右的小圈子——朋友，这个角落小得糟糕，比一个木工的作坊都小。嘲弄一切，那至少是有能力的幻觉。

写诗么？

那些诗很差劲。他写诗是为了能够站住脚尖儿。那只是一个受了伤的、未得到满足的自己我意识的面具。他应该去好好学习，应该一切好好的，他会成功地通过考试，会感觉像一个小上帝。

但是那样我就进不到铁路部了。我必须以某种方式从大学溜走以便在铁路上找个职位。显然我必须进入铁路，不是么？

没那个必要。

你说什么，太可笑了，那我还能干别的什么？

任何事情。一个忙于工作的人到哪儿都可以扎根。

那么，为什么我要在铁路上寻找职位呢？

我不知道，或许是偶然。

那么，我来告诉你：来自影响。因为铁路的修建是我童年时期的最大事件。

当我在中学的时候，我晚上最喜欢散步的地方就是站在跨越车站的桥上，向下看着红绿灯，看着铁轨和火车头。

我知道。在那个桥上，一个丑恶的老妓女常常去散步，她总是在经过的时候蹭着你。

那个，当然了，好像不应该说。

当然不应该，这并不是好事。

我以名誉担保：那是我注定的命运。我喜欢铁路，就是这样。这就是为什么我加入他们。

或者是因为某人在布拉格的车站有过一个如此令人羞辱的经历，你记得么？我亲爱的朋友，一个被激怒的自我意识是个可怕的力量，尤其是，你要知道，对有着某种动力和野心的人。

不，不是这样的！我知道，我知道是来自对事物的爱。要不然，我能这么快乐地工作么？

……我不知道什么是快乐。

我说，你到底是谁？

我是那个忙于工作的人，你知道的。

不管怎么样，你必须承认，至少我在工作中找到了自我，找到了真正的生活。

这里面也有可说的呢。

那么你是知道的喽。

只是没有那么简单，我的朋友。在这之前出现了什么呢？诗和女人，一种无边无际烂醉的生活，是不是这样？所有的一切，狂欢、诗歌、狂野、狂妄自大、对未知事物做出的反应，还有某种巨大的、无拘无束的东西（鬼知道是什么）在我们内心肆意沸腾的、酒醉的感觉。一定要记住。

我知道。

这就是原因，这就是来龙去脉，你知道的。

等等，来龙去脉？

这很清楚，不是么？当然了，你感觉你的诗没什么价值，你也不可能在这方面成功。你没有足够的诗学才华。在喝酒、蔑视、女人或者任何方面你都比不上你的同伴们。他们更强大、胆子更大，而你，你企图去模仿他们。我知道诗歌让你付出多少努力，你这个笨蛋——你尽力尝试，确实，但那只是发自一种野心：所以我是一个诽谤诗人，和所有与诽谤诗人相配的事物相伴。你的内心总是有一个清醒、懦弱、谨慎的小声音：小心，这可不是你能驾驭得了的。接着，你虚荣的小自尊开始刺痛，然后你成为大人物的渴望受到阻止。这是失败，我的朋友。这之后，你所能做的就是寻找出路拯救自己。好的，感谢上帝，你在铁路上找到了一个小位置。这个清醒的诗人非常开心，他能够不再去想他那无可否认的、短暂而又足够浪荡无羁地过去了。

那不是事实！进入铁路，那是我的内在需要。

的确如此。那个失败也是一种内在需要，那个逃走也是一种内在需要。原来的那个诗人是多么的高兴，他终于成为一个真正的、成熟的男人。带着多么强烈的优越感和同情心，他突然间看不起以往的同伴们。看那些不成熟的傻瓜们，他们还没有认识到什么是彻底的、严肃认真的人生。他甚至不与他们交际，开始同年长的朋友们进入小酒馆。在那里，沉稳的父亲辈朋友们倾诉着他们的担忧，展露着他们的智慧。突然间他企图达到那一小群谨慎的人们的地位。当然了，他假装心甘情愿地不再当诗人，不再有任何的狂妄自大，只是偶尔用痛苦与辛酸的退出来炫耀一下。但是后来，即使这已经成为过去，他仍然在发泄着自己的痛苦。自那时起，他再也没看过一篇诗文。他鄙视诗歌，几乎憎恨诗歌，因为他认为诗歌是不值得一个成熟、现实、真正的男人看的东西。

憎恨,这是个很重的词。

那么,可以说是反感诗歌。因为诗歌让他想到了自己的失败。

现在,你处于生命的尽头。从那时起才是一个真正的、谦逊的、彻底的生活。

除了在世界上的最后一站。

那是康复期,与他的肺部有关。别管这个了,一个男人不会成长得那么快的。但是,后来在老绅士的火车站,我确实跑步进入了我真正的生活轨道。

听着,你为什么对站长的女儿献殷勤呢?

因为我爱上了她。

我知道。但是我(另一个我——知道吧?)向她献殷勤是因为她是站长的女儿。这叫作通过婚姻达到职场成功,不是么?与女继承人结婚,或者上司的女儿,我们知道的。"向公主献点殷勤",不是么?通过这种方式无形中增加你的价值。

你在胡说!我从来没有这么想过,甚至连梦都没做过!

但是我想过,我不能睁着眼说瞎话。这位老绅士很受欢迎,能够帮助到他的女婿,和他家联姻倒是很不错的。

那不是事实!你不知道,朋友,我有多喜欢她。她是个完美的妻子,善良、善解人意、钟情,和任何其他人结婚我都不会更幸福。

是的,不过,一个善解人意的妻子,她热切关心丈夫的发展——是的,热切关心。她完全理解他的野心与勤奋,你必须准许她这么做。她在能帮的时候帮了一把。你对你第一次的小晋升写得多么容易与幼稚:"也许这位老绅士帮了一点儿忙,"第二次又是:"或许我岳父帮了点儿忙,我不是太清楚。"但是我很清楚,我亲爱的朋友,这位老绅士知道你对他的期望是什么。

也许是吧,他是个非常好的人,他关心我就像关心他的亲生儿子。但是我和妻子之间没有这类的事情,只有爱,只有信任,只有一种强烈的、美好的忠诚。不,别把我的婚姻搅和进来!

那又有什么关系呢,这是一桩美好的婚姻。现在是两个人了,为此努力爬得更高一点儿。他一结婚就发现自己"对财产有着前所未有的喜悦",他很高兴找到一个冠冕堂皇的理由:"这是为了我们。"不是么?很快地,"在办公室,他也越来越忙"。他竭尽全力努力向上,对一些人,他不惜一切代价去超越;对另一些人,他的上级,他又热心地去迎合。——为什么不呢?——所做的一切都是"为了我们",而这十分合情合理。这就是他感到那么幸福的原因,他能够顺从自己的天性而不用感到羞耻。婚姻是个很好的精神疗养院。

我的妻子——也是这样的么?

……她是个好妻子。

最后,你要说的是我的那个车站,我的那件艺术品,我将它培育成模范车站——好吧,为什么?因为是我的事业?去赢得上流人士的喜爱?如果不是因为战争,我很有可能在那儿待到我死去。

部分是为了贵族们。

哪个贵族?

那些戴着绿色帽子的伯爵。你在他们面前打起精神,让他们知道你是什么样子的。就好像这个站长并不是在等待他们,然后侧着眼去看那些绅士是否会注意这个优秀的车站!瞧,他们注意到了,甚至某某公爵、某某伯爵都屈尊与他握手。你知道,这让他有些愉悦,虽然这个站长自己装作一点儿也不在乎的样子。是啊,确实,有伯爵,上帝才知道还有其他什么人,毕竟,他们都属于高层世界,你甚至都无法让他们和你共处一室。而这个,对不起,不是恩惠,而是通过自己的工作与成绩,才让他走了这么远。现在他的工作已经超出了他妻子的能力范围。她无法再帮助他了,她不再是必需的。他让她感觉到了这一点,因而在家里他们的关系开始变得冷淡。

不是这样的!

为什么不是?前面已经写出来了,只需读读。"我有了真正属于我的感觉,这种强烈而美好的、属于自己的感觉……我的妻子感觉到我正在远离她……虚荣啊,属于我们的某些东西已经牺牲掉了,仅仅为了属于我的。"还有,"这就像一道间隙躺在我们中间"。现在这个男人跟随他自己的爱好,已经将自己分离开来。他只觉得因为妻子仍然企图将他据为己有而让他讨厌。幸运的是,她是个善解人意的女人,没有大吵大闹,只是用干涩的眼睛不断哭泣来平息。后来,"她习惯了、服从了我们的命运",也就是说,她屈服了,开始伺候起丈夫。

那是她自己情愿的!

我知道,但是她还能做什么呢?要么他们不得不分开或相互憎恨,就像有些结了婚的人那样相互背地里、疯狂地憎恨;要么接受他的游戏规则,同意他是主人,一切都围着他转。当他们再也没有共同的纽带,她便试图通过属于他的东西来拥有他:他的舒适、他的习惯和需要。现在,仅是他自己了,除了他没有任何东西。他的家、生活规则和夫妻之爱都只为他的舒适服务、以他为重。他是车站的主人,也是家的主人——这是一个封闭的小世界,真的,但是这个世界是他的,这个世界尊敬他。毕竟,那是他生活中最幸福的部分。这样,当某一天他回想起已故的妻子,也就恰好"强有力地、完美地"迎合了他的骄傲。

那么后来呢?

战争期间?

是的。那也源自我的野心么?

这不太好说。很有可能,你可以指望德皇的失败,但是这太冒险了。这不适合我。当然了,这也不适合你的故事。

为什么不呢?

你看,那个过着田园诗般生活的站长根本不是英雄,这不是他的人生轨道。但是我要告诉你为什么你的故事不得不写出来。

只是因为那个战争情节。也许某人会读到并发现,看,这里有个站长，他做了这样的事。他为了祖国甚至冒着生命的危险。只有一点儿，只有半点儿，然而让别人注意到某人的功绩还真是不太容易。——难道不是因为这个原因才写的回忆录么？

那是谎言，谎言！我写的是一个普通人的回忆录！

那么那个英雄事迹？——

那也只是普通人生的一部分。

确实。只可惜那不是定论。我亲爱的朋友，在办公室里坐着的不再是一个英雄。是我坐在那儿，我的朋友。只是一个卖力工作的、虚荣的、卑屈的人坐在那儿，他想要达到某个高度。只是一个小人物想要变得更强大罢了。

别提那个，即使在那儿他也是一名对得起良心的好员工。

胡说。他千方百计做的只是为了赢得尊重，爬得更高。他整个人生只考虑自己，除了自己什么都不考虑。耶稣基督啊，为了这个我付出了多少实实在在的辛苦！模范小学生、模范官员——有多少苦水要咽啊！真的，这已经花费了我整个的人生，我为它牺牲了一切，到最后，看到那些聪明的家伙们仍然高我一步——为什么啊？只因为他们更强大、更勇敢！他们甚至不需要在工作中磨破裤子，他们不需要流汗。看看他们已经升到多高的位置了。当他们进入办公室你还必须礼貌地站起来！那这是为什么？甚至在小学他们就把我作为其他人的榜样，后来，又带着大家来看我的车站，这是为什么呢？这个世界适合更强者、更勇敢者，而我失败了。你知道这是一个普通人生的最终制高点：我可以看到我的失败。因为一个人必须站得更高才能看得到失败。

那么现在你是在复仇了。

是的，我是在复仇。现在我明白了，一切都是徒然，一切都那么渺小，可怜，令人蒙羞。至于你，你可就不一样了，你养尊处优，你可以玩玩小花小草，弄弄花园，摆摆你的木棍栅栏。你可以因为那些游戏而忘记自己，但是我不能，我不能。我是那个失败者，这是我的普通人生。是的，我正在复仇，难道我没有理由么？难道我不是在羞辱中认输么？天啊，他们真的把我问倒了！当然了，我知道存在严重的违法行为——在供给等过程中。但那是别人的事情，是那些胆子更大的人——我都知道，但是我保持了沉默。我已经抓住你们的把柄了，我的同僚们，如果有需要的话这些事情就会曝光！后来发生了一起举报，他们来审问我，我倒要问你：无可指责的模范官员！当然了，他们不得不承认——但是我退休了。失败啊，朋友，那么我就不应该惩罚自己了！当然了，也正因如此，我才开始写这些回忆录。

仅仅是因为这个么？

是的。这样人们就会说我不应该受到指责。那就应该一五一十地写出来，而不总是仅仅写：一个普通的人生，一个田园诗般的生活这类的废话。这才是唯一重要的事情。那个可恶的、不公平的失败。这不是一个幸福的人生，它很糟糕，你没看到很糟糕么？

第二十二章

我不能再这么写下去了,我必须停止。这搅得我心烦意乱——当那两个声音争吵不休,我的心脏也开始不规则地剧烈跳动,接着我感到胸部一阵压迫性的刺痛。医生来了,他量了我的血压,皱着眉头。"你在忙什么呢?"他抱怨道,"你的血压正在上升。你必须保持平静,绝对的平静。"我试着停笔,就那么躺着。但是这时,那些对话的片段又在我脑中跳跃,它们再次针对一些琐事争吵,我必须劝诫自己:保持安静,你们两个,不要吵了。这个和那个都是真的,就是这样。但是在人们的生活中,甚至在最普通人的生活中,难道不都有足以解释行为的各种动机么?这十分简单啊:一个男人可以自私地、顽固地想他自己的利益,过后便忘了,忘了他自己,对他来说什么都不存在了,只有他正在做的工作。

停,不是这么简单:这两个原因可是截然不同的,不是么?这才是问题的关键,这才是问题的关键!

什么是关键?

它们哪一个才是真正的原因?

好吧,够了,这对我的健康没什么好处。我已经习惯了照顾自己,从在火车站我开始吐血的那个时候起,我就对自己说,要当心。几乎在整个人生中,我总会观察我的手帕,看有没有带出一丁点儿血丝。在世界上的最后一站我开始这么做。从那时起,那种对健康持续的担忧就和我形影不离了,就好像这是生活中最重要的原则。

生活中最重要的原则,如果真是这样呢?当我回首我的整个人生——在那个车站,当红色的血液从我体内喷出,那对我来说真的是最大的冲击。我痛苦地坐在那里,感觉异常的虚弱、难受。那个吓坏了的职员用湿毛巾擦我的额头。太恐怖了。是的，那是我生活中感受最深、最令人惊骇的一次经历：那种可怕的震惊与恐怖，还有随后那种极度想要活下去的渴望，即使它是最不重要、最卑微的生命，生平第一次我对活着有了意识、有了可以压倒一切的渴望。事实上，在那个时刻，我的人生完全改变了，我似乎变成了另一个人。在那之前，我只是在混日子，或者几乎毫无目的地过活。但是，突然我非常感激我还活着。我开始以不同的眼光看自己，看周围的一切。对我来说，坐在木板堆上，盯着生锈的轨道淹没在荠菜和草丛中，或者花几个小时观察小河中的涟漪，看它们总是一样又总有新的出现，这就足够了。同时对自己上百遍地重复：深呼吸，这对健康有益。然后我开始喜欢所有这些小的、平常的事物以及安静的生活过程。我还会来点儿浪荡不羁、玩世不恭的吹嘘，还会嘲笑许多事物，但在那个时候我还不太确定我会持续活下去。这依然是一个绝望的玩笑，疯狂而让人心寒。我开始默默地、满足地紧抓着生命不放，去享受美好的、常见的事物，照顾好自己。就这样，事实上，我人生中田园诗般的生活开始了：在康复期。那是个重要的、决定性的十字路口。

但它甚至不是个十字路口。现在我能够看得更清楚了，现在我看得十分清楚。我应该从我的童年时期重新开始，从我的妈妈那儿开始，她每时每刻都会冲到门口看看我有没有发生什么意外；从马蒂纳克开始，我必须离他不要太近，因为他们说他有肺结核，因而我也害怕他。妈妈无法摆脱我处于危险之中、我是个体弱多病的孩子的念头。她，可怜的母亲，情绪如此地感伤、激动。在我生病的时候，她紧紧地搂着我，好像要保护我。夜里她害怕地弯身看着我。她常常跪在地上，为我的健康大声祈祷。生病，是一件重要而肃穆的事情，所有的事情都以这个小家伙为中心，甚至连作坊里的锯和斧头都好像变成了哑巴。爸爸只被允许小声小气地说话。她所有的爱只灌输给了我一个念头，我是个容易受伤的孩子，比其他孩子更加容易受伤，必须要特殊保护。所以我不去尝试任何孩子们玩的恶作剧。在我印象中，我绝对不能疯狂乱跑，绝对不能跳到河里，绝对不能打架，因为我虚弱、容易受伤。我本应该会为此吹嘘一番，因为在我自己看来，我比其他孩子在某方面更好、更珍贵，但是男孩们在这上面和男人们太像了，他们喜欢长得强壮、勇敢。那么，这就是我的妈妈。是妈妈让我有了谨小慎微地对待生活、不相信自己、感觉身体比别人差的思想，而我就这样长大了；是妈妈因疾病而给予我的爱让我有了一种倾向：把自己看作是需要无休止照顾和溺爱的对象，这种倾向在第一次真正触碰疾病的时候就给了我机会，让我几乎是高兴地依偎上了它。于是，是的，于是我发现体内那个谨慎的、过分担心自己身体健康的我，极度留意着要检查唾液，测量脉搏，喜爱一种安全的人生秩序，坚持事物的舒适、美好状态。而这，我不敢说是我的整个人生，却是人生中一个重要的、持续的组成部分。现在我意识到了这一点。

父亲则不同，他强壮、结实，像根支柱，在这方面他给我留下了深刻的印象。如果愿意，他能够对抗世界上的任何人。当然了，在那个时候，我不能完全理解他的过分节约——实际上是吝啬。我第一次意识到这一点是当马蒂纳克先生给了那个小女孩一便士的时候，而他只是个工人，但是父亲没有。他装作没有注意到这一点。当时一种奇怪而可怕的、像轻蔑一样的东西动摇了这个小男孩。现在我明白了，他，可怜的人，并不是那么强大，明白了他真的害怕人生。节约是一种未雨绸缪的美德，是对有保障的生活的渴望，是对未来、对风险、对机会的害怕。贪财与某种臆想症十分相像。一定好好学习，我的孩子，他常常说，声音严肃、有些颤抖，你将会进入办公室上班，你会做到的。这大概是我们对人生期望的极限：确定与安全，没有不好的事情会发生在我们的身上。如果我的父亲，他像树一样高大、强壮，都有这种感觉，他那虚弱、被溺爱的儿子又怎么会感觉到自己勇敢呢？我发现这些在童年时期就已经彻底地为我铺设好了。在身体上第一次造成的震惊就足够了，这个男人，由于恐惧爬入心头，发觉了对生命的那种未雨绸缪的担忧，并用它制定了生活规则。

上帝知道这刺入我的内心要远比我意识到的深，而它也一定如同本能一样引导着我的人生，如此地盲目，而又如此地肯定。现在，我想起了我已故的妻子：我竟然能够找到她，这是多么奇怪啊，一个女人，她生下来几乎就是为了照顾别人。也许是源于这个事实：她多愁善感，同时又非常通情达理。照顾一个人是一种多么通情达理、清醒又现实的爱的形式。难道她不是在得知我从鬼门关走了一遭、苍白的脸背后有着深层的原因之后就热烈地爱上了我么？此时慈善、爱情、母性瞬间在她的体内爆发，所有的感情迫不及待地开始成熟，它们交织在了一起：一种吓坏了的小姑娘的、女性的同情和一种母亲的热情的、性爱的幻想，还有一种十分现实的、迫切的担忧。我应该多吃一些、长胖一些。谈论爱情与长胖是同等的重要与美好。在夜晚的笼罩下，她颤抖着压着我的手，含着泪小声说：求你了，求你了，你必须吃得足够多。一定答应我你会照顾好自己！即使在今天我也笑不出来，它有着自己的甜蜜、甚至感伤的诗意……我们两个的。我感觉到仅是为了她，为了她高兴，我的身体日益好起来了，感觉到我很优秀、很高尚，我为健康拼搏来让她高兴。而她则认为是她在救我，又恢复了我的生命。难道我不是命中注定就应该是她的么？上帝啊，我知道：我被分派到那个特别的车站肯定只是个偶然，但是这很奇怪，也有点儿令人惊奇，我的人生秩序实现得多么不可避免、深藏不露！在这之前，我不得不隐藏我那过分担心健康的苦恼，并为此感到难为情，仿佛这是我的弱点。现在，不需要再隐藏了，现在它是两个人之间一件共同的、非常重要的私事。现在它是我们的爱和亲密的一部分。它不再是缺陷或者精神错乱，而是某种积极的、重要的东西，赋予生活以意义和秩序。

我在想我们的婚姻，它出现得多么安静和不言而喻。从妻子担负起关心我的健康责任的那第一刻起，仿佛她就说过：这是女人的职责，你不用担心了，交给我吧。是的，事情就像那样。我可以装作我自己什么责任都没有，那是她的职责。她是多么的一丝不苟、注意卫生。好吧，让她干吧，如果她喜欢这样。而与此同时我则安静地陶醉于、沉溺于为自己准备好的、为自己的健康做出了那么多的安全感中。在我擦洗干净之前，她会拿着毛巾等着我，让我擦干湿漉漉的背——这看起来，你知道的，是如此令人愉悦的夫妻关系，但这是一种日常的健康检查。我们从来不对彼此多说，但是我们都明白，我总是斜着眼看她，怎么样？她常常笑着点点头，没问题。她适度而有节制的爱也是职责的一部分：她为我制定了明确的规定，这样我就不用出于害怕被迫为自己制定了。别这么兴奋，她常常说，几乎像个妈妈，还有好好睡觉，别有黑眼圈，类似这样的事情。有时候我很生气，但是在我的内心深处很感激她，因为我不得不承认这样的事对我的健康是好的。我再也不用那么不安地监视自己的身体状况了，她亲自担负起这个责任，却也滋养了我的抱负——甚至这个似乎也是健康的，提升对生活的兴趣，好像一个男性没有抱负就不能呼吸。告诉我你一整天都在干什么。那么是你更加享受你的工作了。或者让我们为未来制定计划吧。乐观对健康也是有益的，是形成好的生活模式的要素。所有这些显然都是如此地不言而喻，夫妻间的、私密的。现在我的看法不同了，现在没有人为我承担那可怕的、无能为力的恐惧。不要害怕，你在家里呢，你有一切你需要的东西，你被保护着、是安全的。

后来，在我的车站，我感觉非常的健康。我猜想这就是我不再那么需要她的原因，而这里面有着那种疏远的感觉。她感觉到了，试图将我占为己有，因而她不停地唠叨：你应该更加关心你自己，诸如此类。现在，她甚至想要为我生孩子，因为当爸爸是件好事。不过，生不出孩子。到了最后，她没有别的事情可做，就开始霸道地照管起我的舒适和我的日常来。她创造出一大套规则。我应该吃好，我应该睡好，所有东西都放在正确的地方。生活变成了一种习惯，从某方面来看是安全的、根深蒂固的。培养某人的习惯也是对某人的一种关爱。再一次，她担负起这个责任：她照管着我的习惯，我，只是放任地、好脾气地接受这些习惯。我，只是因为你的原因，老婆，因为你这么好心地把习惯规定好。谢天谢地，当有人这么好地照顾你，你就不需要成为一个利己主义者了。你男性的诚实意识告诉你，你没有在关心你自己的舒适,而只是在关心你的工作。然后在你最后的日子里,你就会说:我仅为我的工作而活,我有一个好妻子,这是个普通而美好的人生。

所以现在我们有了第三个声音,在我的体内吵着要说话。
哪儿有第三个?
嗯,第一个是那个普通的、开心的男人;第二个是那个忙于工作想要往上爬的男人;那个总是担心自己健康的,他是第三个。请原谅,朋友,这是三个人生,而且每一个都不一样,绝对地、截然地、在原则上不一样。
听着,把它们合在一起不就是一种平淡而简单的生活了。
我不明白。那个忙于工作的从来不快乐,那个总担心自己健康的要往上爬却不够顽强,而一个快乐的男人不可能总担心自己的健康,这些是很显然的。别胡说了,这是三种不同的人。
可是只有一个人生。
就是这样。如果它们是三种独立的人生,就简单了。那么每一个人生都是完整的,按着顺序,每一个都有着自己的定律和意义。不过就像你已经了解到的,它就像是三个人生交织在一起,一会儿是这个人生,一会儿又是那个人生。
不,等等,不是那样!当事情交织在一起就像是在发烧。我知道,我常常做噩梦——上帝啊,我梦里的一切是多么的一团糟,它们交织在一起!不过当然了,这在很早以前就结束了,现在我已经康复,不再做噩梦了,还做么,我还做噩梦么?
啊哈,又成为担心自己健康的人了。朋友,那个人已经失去它了!
失去什么了?
所有。我想问你一个总是担心健康的人什么时候会死。
别问了!

第二十三章

已经三天了,我什么都没写:发生了一件事,在这件事情上,到了第三天我还在摇头。这不是一个伟大而严肃的事件——这样的事情在我的生活中也从来没发生过。相反的,似乎是将我涉身于一种尴尬的处境里,我觉得在里面我的样子太可笑了。几天前,我的管家说有个年轻的绅士想要和我说话。我很生气。我和他有什么好说的?你应该告诉他我不在家,或者别的什么。好吧,现在让他进来吧。

是个年轻人,我一向不喜欢的类型,身材过高,充满自信,还有长长的头发——总之很前卫。他将长发甩到后面,大声说了什么名字,当然了,我立刻就忘记了。我感到难为情,没刮胡子,没穿衬衣,穿着绒拖鞋,穿着便袍坐在这儿,皱巴巴的像个小布袋。所以我尽可能粗暴地问他找我干什么。

他解释得有点儿急促,说他正在写一篇论文。主题是九十年代诗歌学院的崛起。这是一个非常令人感兴趣的时期,他简洁地向我保证。(他有一双发红的大手,他的胳膊像原木;我绝对没法喜欢。)他说他正在收集材料,因而自己找上了门来。

我怀疑地看着他:我亲爱的年轻人,你一定是弄错了或者什么,你的材料和我有什么关系?

他说,在那个时期的两个评论上他找到了一些诗,署的是我的名字,这个名字在文学历史中已经被遗忘。他以获胜的口气说:这是我的发现,先生!他一直在寻找这个被遗忘的作者,某天一个老诗人告诉他,说记得这个作者成了铁路官员。他就跟着这条线索,直到在铁道部找到了我的地址。突然,他单刀直入:请问,是您么?

好吧,那么,现在事情被挖出来了!我非常想吃惊地扬起眉毛,说他一定是搞错了。什么,我?诗人!不过,不,我不会再说谎了。

我耸耸肩，含糊着说了这不值得一提类似的话，很久以前，先生，我就放弃了。

年轻人满脸笑容，胜利地晃着他脑后的长发。"它们太棒了。"他高声道。问我能否告诉他我是否还为其他的诗评写了诗？之后这些年我都在哪儿发表了我的诗歌？

我摇摇头。再没写过诗，先生，一句也没写过。很抱歉，先生，我帮不了你。

他激动得说不出话来，用手指摩挲着领口，好像他正被人勒着，额头上的汗闪闪发光。"太壮观了，"他冲我喊，"就像是亚瑟·兰波！诗人骤然放出的光芒就像流星！没有人遇见它！先生，这是个发现，一个伟大的发现。"他高喊，发红的大手穿过他的头发。

我很恼火。总的来说我不喜欢吵闹的年轻人，欠规矩，不踏实。"胡说，先生，"我冷淡地说，"这些诗很烂，毫无价值，还是没有人知道的好。"

他同情地对我笑笑，几乎是高高在上，好像他正在将我放在正确的位置上。"哦，不，先生，"他反对道，"这是个文学历史问题。我情愿称之为捷克·兰波。在我看来，这是九十年代最让人感兴趣的现象了。并不是它能产生哪种诗派，"他说着，专业地眨了眨眼睛，"在发展方面，它意义不大，没有留下任何深刻的影响。但是作为个人表现，它非常令人吃惊，带有如此的个性与热情。"例如，那首诗开头是这样的："当鼓在上面滚动，来那椰子树旁——"他转动着充满热情的眼睛。"你当然记得下文了！"

这触动了我，就像一个痛苦的、令人不舒服的回忆。"所以啊，你看，"我低声说，"我的一生从来没有见过椰子树。那就是胡说八道！"

他几乎发脾气了。"但是，这没关系，"他结巴地说，"即使你没见过任何椰子树！你完全弄错了诗学的思想！"

"那么，"我说，"鼓能在椰子树上滚动么？"

他几乎被我的接连发问弄得不愉快了。"但它们是椰果啊，"他脱口而出，被刺激得像是某人被迫解释一件很明显的事情。"就像是椰果在风中轻击。当鼓在上面滚动，来那椰子树旁——你能听得到么？那三声就是敲击声，然后融进了音乐——鼓在滚动。然后，这些诗句突然间就美丽起来。"他安静下来，有些困窘，将长发向后甩甩。他看起来像是把这些诗句当作自己最珍贵的财产。但是很快，他就将我带入了他的魅力之中——年轻就是有雅量。"不，严肃地说，"他说，"这些是惊人的诗句。奇怪、强劲、惊人的新事物——当然是那个时期的。"他带着优越感清醒地补充道，"格式上没什么，但是那种画面，先生！对你来说，先生，玩弄经典格式，"他开始有些急切，"但你是从内部的推动力上来违反格式的。格式上无缺点、规整、普通的诗句，但是承载了十足的想象。"他攥紧红色的拳头，似乎想要再现这种想象。"你看起来想要嘲笑这种规整、正确的格式。这么普通的诗句，但是在里面它却闪烁着磷光——就像腐尸什么的。或者它发出强烈的光芒让你觉得它要迸发。就像一个危险的游戏，是那种普通的形式，而里面是地狱。事实上，里面有一种冲突，一种可怕的内在张力，或者说我该怎么描述呢——你听得明白吗？那种想象想要溜走，但是却被压制在某种非常普通而封闭的东西里面。这就是为什么它在那些笨蛋面前溜走了，因为乍看上去它是这么中规中矩的诗句，但是如果他们注意到了，在诗的内部压力下，节律的停顿是怎样地改变——"突然他不再那么自信满满，说了这么多，他都流汗了，可怜巴巴地看着我。"我不知道我是否表达清楚了，先生。"他结巴着说，脸涨得通红。不过我的脸更红，我极度的惭愧，冲他眨了眨眼，我想，是有点难过。

"不过，毕竟，"我胡乱说道，脑子一片混乱，"那些诗句不好……所以我放弃了，总之——"

他摇着头。"不是这样的。"他一直就那么盯着我的眼睛说，"你……你注定是要放弃的。如果……你继续创新，你将不得不打破格式，碾碎它——我强烈地感觉到了这一点。"他松了口气，因为对年轻人来说谈论他们自己总是更容易些。"对我来说这曾是很棒的体验,那八首诗,那时候我告诉我女朋友……毕竟那不重要。"他疑惑地小声说,两只手穿进头发,"我不是个诗人,但是……我能想象出诗人是什么样的。只有年轻人才能写出那样的诗……并且一生只有一次。如果写得多了,那种冲突将会以某种方式沉淀下来。事实上,这是一个诗人最惊人的命运:如此强烈地去表达自己一次,用如此热情洋溢的言辞,然后终结。事实上,我想象中的你十分不一样。"他出其不意地说道。

我渴望听到更多关于那些诗的言论:只要这个笨蛋能再背一首!但是我不好意思请求他,为避免尴尬,我开始愚蠢地依照惯例询问这个年轻人从哪儿来,之类的事情。他如坐针毡,很显然意识到我正在像对待一个学生一样和他谈话。好吧,好吧,你可以皱眉头,我肯定不会问你那些诗里面都有什么,问这或者问那。好像你自己不能开始一样。谈话中我的停顿是不是太长而有些尴尬?

最后,他站了起来,松了口气,再次看到他那多么不必要的身高。"嗯,我得马上告辞了。"他急促地说,寻找他的帽子。好吧,马上。我知道年轻人不会只是来或走。外面一个姑娘正在等他,他们挽着胳膊,急匆匆回城。为什么年轻人总是急匆匆呢?我甚至都没能告诉他有时间再来:这么鲁莽,我甚至都不知道他是谁——

这就是事情的全部。

第二十四章

那就是事情的全部。现在如果你愿意,你可以把头摇断。好吧,你看,诗人,谁会想到这个呢?这让一个年轻人说出来,并没有任何意义,管他干吗。年轻人就是夸张,只要一张口就必须夸大其词。你应该去大学图书馆,自己查查。但是医生说要休息,休息。好吧,那么,待在家,摇头吧。虚荣啊,你一首诗都记不起来,过去的已不再。它怎么能消失得这么彻底呢?"当鼓在上面滚动,来那椰子树旁——"从中你无法得知更多,只能摇头——万能的上帝啊,朋友,你是从哪儿想到椰子树的,椰子树和你又有什么关系?谁知道呢,也许在里面,就在里面,藏有诗呢。突然间椰子树,我们也可以说麦布女王,就和某人扯上了关系。也许它们是糟糕的诗作,这个年轻人就是个蠢蛋,但是事实上是存在椰子树的,而且天知道还存在什么。"一种十足的想象。"那个年轻人说。所以一定存在一堆堆的事物,多么奇怪的事物啊,闪着磷光和光芒。那些诗词好或不好都没关系,但是知道里面存在什么却有关系,因为那些事物是我自己。曾经有一段生活,里面存在椰子树和奇怪的事物,闪着磷光和光芒。你现在知道了,朋友,现在看你该拿它怎么办。你想要整理你的人生,好吧,那么藏到存在那些椰子树的某个地方,藏到抽屉底部某个地方,在那里它不会碍眼,在那里你就不会看到它,不是么?

所以你看,所以你看,现在这么做已经行不通了。你没法用手将它们挥去。废话!它们是糟糕的诗,我很高兴我记不得其他任何诗句了。有椰子树和鼓在滚动,这也没用,天知道还有什么。即使你挥动双手,高喊那些诗句也没用,你也无法挥去那些椰子树,你无法将那些发着微光或者光辉的东西从你的生活中带走。你知道它们闪着光,那个年轻人也知道,不是么。那个年轻人不是笨蛋,即使他对诗歌艺术懂得比较少。我知道,我真的非常清楚诗歌是什么。那个胖诗人也知道,虽然他写不出来,这就是为什么他那么疯狂地嘲笑。但是我知道,现在,朋友,摇断你的脑袋吧,你是在你内心的哪个地方发现的这首诗?没有人看得懂,甚至那个胖诗人也看不懂。他眼神贪婪地读了我的诗,便吼道:你这个该死的畜生,你从哪儿弄来的这首诗?然后就走了,为诗的光芒喝得烂醉,叫喊着:看这个傻瓜,他是个诗人!这样的笨蛋,他能写出什么诗来!有一次他彻底失去了理智,拿着菜刀来找我:现在告诉我,你的诗是怎么写出来的!它怎么就写出来了!诗不是写出来的,诗仅仅是诗,诗是如此的简单,不言而喻,就像夜晚或白天。诗不是灵感,诗只是如此普遍的现实。事物就是这样。它是任何你在想的东西,也许是椰子树,或者是一个天使正在拍打它的翅膀,而你,你仅仅是赋予了它们名字,就像亚当在伊甸园。诗十分地简单,就是太多了。有不计其数的事物,它们有前有后,有无数的生命,在里面有着诗的全部,这就是有关诗的一切,谁又知道那是一首诗呢。看他,仿佛他在施魔法,这个家伙:他碰巧想到了椰子树,而它们就在这儿,在风中摇摆,棕色的椰果在晃动,而这同样不言而喻,就像在看一盏燃烧的灯。仿佛施了魔法:他用了那里本来存在的东西,他玩弄发着磷光和光辉的东西,原因十分简单,那就是它们就在那儿,它们在他内心,或者外部某处,都是一样的。而这绝对地简单、不言而喻,但是仅仅在一个条件下:那就是你处于被称为诗人的特殊世界里。一旦你离开这个世界,这个世界会瞬间全部消失。魔鬼带走了这个世界,没有了椰子树,没有发出光芒的东西,没有磷光。"当鼓在上面滚动,来那椰子树旁——"天哪,这诗怎么样?真是胡说八道!从来没有椰子树,或者鼓,而且没有任何发出光芒的东西。用你的手将它们挥走吧——天哪,简直是废话!

你看,就是这样:现在你很遗憾魔鬼带走了这个世界。你甚至再也想不起来除了那些椰子树,还存在什么,你再也想不出来还会有别的什么可能会存在,想不出来还有其他什么你可能曾在内心里见过,而现在你再也看不到了。你那个时候看到了它们因为你是个诗人,你看到奇怪的、可怕的事物：正在腐烂的臭尸，一个熊熊燃烧的火炉，天知道还有什么。你可能还看到了一个有信仰的天使，或者一个正在燃烧的树<u>丛</u>，里面传出一个声音。在那个时候这是可能的，因为你是个诗人，你看到了你内心的东西，你可以给它命名。那时候你能看出哪些事物现在已经终结，不再有椰子树，你听不到椰果在敲击。谁知道呢，朋友，谁知道即使在今天，如果你还是个诗人，你在内心能发现些什么呢。可怕的事物，或者天使般的事物，朋友，这些事物来自上帝，不计其数、无以言表的事物，你对它们一无所知。如果可怕的诗的恩赐再次降落到你身上，多少事物，多少生命和关系将会呈现！这没有用，你不会对诗了解得更多了，诗的世界已经在你内心坠落，已经消失。只去知道为什么，去知道在那个时候为什么你就猛然冲离了你内心的一切，是什么让你受到如此的惊吓？也许是诗太多了，或者是诗太闪耀了，开始灼烧你的手指，或者是磷光太令人怀疑了，或者——谁知道呢？——也许是燃烧的树丛开始着火，而你害怕里面的声音会说话。是你内心的某样事物让你开始害怕，你便逃之夭夭，一直不停，直到——好吧，实际上是在哪儿呢？在世界上的最后一站？不，在那儿它仍然闪着点儿磷光。直到在你的车站，在那儿你触碰到了事物的正确顺序。诗的世界已荡然无存，谢天谢地，在那儿你得到了安宁。你害怕它就像害怕……比如说，死亡。谁知道呢，也许是死亡，也许你感觉到了。小心，沿着这条路再往前走几步我就会发疯，我就会毁了我自己，我就会死去。逃吧，朋友，从正在毁灭你的大火中。正是在那个时候，几个月后，红色的东西从你的体内喷出，你便停止工作好让濒临破碎的东西再成一体。然后紧紧抓住那种舒适的、稳定的、有规律的生活，这种生活不会让你消亡。只去选择那些生活需要的，不看所有不需要的，因为在那里面也是死亡。这在你的内心，与那些你给它们命名的可怕而危险的事物在一起。好吧，现在它被盖子封上了，再也无法出来了，不管它被称为生命或者死亡。它被封上了，逝去了，不在了。你十分坦率地完全摆脱了那个世界，对它置之不理就做对了：废话，什么椰子树，对成人、有活力的人来说它甚至不正常。

　　而你现在摇着头,想着它,谁会这么说。也许那些诗并不那么糟糕,你一点儿也不愚蠢。想到它,也许你甚至可以高兴,还有点儿自诩。我也写诗,它们还不错。但是你,这么难过。即使那种爱吵架的声音也安静了,也许这不符合他的意图。他认为,这是个失败,而你放弃它是因为你无法实现,既没有才华也没有个性。你看,现在看起来非常不同了,就像是从自身的一次逃离,像是恐惧,以免你会向内心的事物屈服。就像炉坑那样将它围起来,让邪恶自我熄灭。也许它已不存在,谁知道呢。现在你不会再灼伤手指了,现在你不会再暖你的双手。为了不再看到自我,你开始让自己忙碌起来,忙碌那些你称之为职业与生活的事情。你做得很好,你成功逃离了自我,你变成一个值得尊敬的人,认真地、满足地过着普通的生活。你想要怎样?这很好,那么,我问你,为什么后悔呢?

第二十五章

不，我并没有完全的成功。别管那个诗人了，照顾好自己，管他呢。但是有些非常幼稚的、无恶意的事情，我从来没有摆脱过，而且很显然我甚至不想去摆脱。在很久以前就出现了，事实上从诗人的童年时期开始，就已经出现在木棍围场了。不是什么特别的，只是这样的幻想、这样的浪漫精神、假象的魔力，或者我们该怎么称呼它呢？好吧，对孩子来说，这很自然，对成人和严肃的人来说同样的自然就太怪异了。那个孩子有小豆子，他看作是财宝、母鸡、任何他喜欢的东西；他相信爸爸是个英雄，相信在河里有野的、可怕的东西，最好避开。不过，看那个站长，他迈着充满活力、有点随意的步伐在站台上走动，左看右看，仿佛在留意所有事情，不过他却是在想，如果一个公主，那个穿着花呢套装来打猎的，对他一见倾心会是什么感觉呢？当然了，这个站长有一个好妻子，他由衷地爱着她，但是这会儿这无关紧要，这会儿和公主聊天对他来说更加令人愉悦，保持令人尊敬的稳重，同时遭受那么一点点爱情的折磨。或者在想如果两列特快撞在了一起，他会做什么呢，他会怎样调停，他会怎样用清晰而独断的命令来处理那种混乱与恐惧：快！这儿，有个女人压在了车下面！在所有人的面前，独自一人击碎并打开车厢两侧。这么想很奇怪，他体内巨大的力量从哪里来的呢？这位陌生女人感谢她的救助者，她想要吻他的手，但是他拒绝了，不用谢！这只是我的职责，女士。而他又领导起救援工作了，像个上尉般站在桥上。或者在想他正在进行远征，他是个士兵，在铁路旁发现一个皱巴巴的便条，上面用潦草的字迹写着：救救我。你不知不觉陷了进去，突然参与其中。你做出伟大的事迹，经过许多奇怪的冒险，直到你不得不从中清醒过来，这时它几乎将你拖下去了，它不愉快地嘎嘎响，仿佛你已经从某处跌落下去，你感觉疲惫极了、脾气暴躁，还感觉有点羞愧。

看吧，在这些愚蠢的事情上，这位站长没有耸耸肩，也没有努力去保护自己，事实上，他对这些事不是认真的，例如，他不会向他的妻子坦白这些事，但是他几乎期待着这些事的发生。可以这么说，除了恋爱的那段时间，他几乎每天都梦想着一些故事发生在他的生活中，有些故事他还会带着特别的偏爱再次想象，重新延长故事，加入新的细节，有点像是在分集播放。他有一整部与生活并行的虚构生活，基本都是色情的、英雄主义的、冒险的故事，在里面他自己永远年轻、强壮、有骑士风度。有时候他会死，但那是因为勇敢和自我牺牲。在以某种方式显扬自己之后，他便退居幕后，被自己的无私和慷慨行为感动。尽管有这种谦逊之心，他也不愿意清醒地回到另一种生活——现实生活。在里面他无法出类拔萃，也没有什么可以去慷慨、去自我牺牲和放弃的。

好吧，是的，浪漫主义。但只是因为我喜欢铁路，因为我心中的浪漫，因为铁路拥有的那种特别的、有点异国情调的迷雾，为了那种距离感，为了每天那种到达与离开的冒险。是的，那对我有用，那仅仅是我永远做梦的素材。另一种，现实生活，差不多是一台设定好程序、运行良好的机器，它运行得越完美，对我白日梦的打扰就越少。你明白么，你这爱吵架的声音？因为这个原因，仅仅因为这个原因，我为自己准备了那个运行完美的模范车站，以便在车站铃声与传真机的嗒嗒声之间，在人们到来与离开之间，可以编织我生活的幻想。你看着轨道如何的蜿蜒而去，它们有些让你着迷，自动地带你去向远方。你已经离开，走上无限的冒险旅程，总是一样，又总是不同。我知道，我知道，那就是为什么我的妻子感觉到了我正在悄悄离她远去，就在那儿，轨道之间，我过着我自己的生活，在这个生活里面没有她的空间，这个生活我向她保密。我能告诉她那个穿着花呢套装的公主么，告诉她长得漂亮的陌生女人这类事情么？哦，我不能，那我能做什么呢，我亲爱的？你有我的身体去照顾，但是我的思想在别处。你嫁给了站长，而不是嫁给一个浪漫的人，你永远没法拥有浪漫的事。

　　我知道我心中的那种浪漫,那是我的母亲给我的。母亲常常唱歌,母亲在白日梦里迷失自己,母亲曾有一些秘密的不为人知的生活。她在为那位龙骑兵献水的时候是多么漂亮啊,漂亮得我的小心脏都停止了跳动。人们总说我长得像她,而我想要长得像父亲,像他那样强壮、高大,像爸爸那样可靠。也许我还没有长好。这不随他,那个诗人,那个浪漫的人,谁知道还有别的什么。

第二十六章

谁知道还有别的什么?但是你很清楚还有别的什么,不是么?

不,我不知道什么了,爱吵架的声音。我不知道还有什么可说的了。

因为你不想知道,是吧?

是啊,我不想。对于这样一个普通而简单的人生已经足够了。再说了,我不是让你说了那个浪漫的人了,不是么?好了,注意,这是个十分简单的故事,一个普通而快乐的人的故事。而现在,你看,所有类型的人都在往里挤:那个普通人、那个埋头于工作的、那个总担心健康的、昔日的诗人,天知道还有别的什么类型,那么一大堆人,每个都说着自己的事:那是我。这还不够么?难道不是只看一下我的生活就把它打成许多碎片了么?

等等,你还漏了些什么?

我没有!

你有。需要我提醒你么?

不,不需要。它们只是偶然发生的事情,没什么意义。它们并不符合整个生活,它们没有连贯性。就是这个词:连贯性。毕竟一个人的人生必须要有某种连贯性。

那么,这么多奇怪的事情必须丢到一边了,不是么?

就像将一只苍蝇从一杯水中挑出,能点一份新生活给我端过来么!某个事情跌进了生活,可是它没有理由出现在那儿。好吧,是的,你将它挑出,就是这样。

或者至少你不谈论它。

是啊,不谈论它。恳请你告诉我,你到底想说什么,你到底是谁?

这不重要。我一直是另一个,那个我你很厌烦。你知道这是从什么时候开始的么?

什么开始,还有什么时候?

关于那个你不谈的。

我不知道。

那一定是很久之前的事了,不是么?

我不知道。

非常久远之前了。真奇怪有时候小孩子有些什么经历啊。不过,闭嘴吧!

我,什么奇怪经历都没有。我只记得那个黑色的小女孩。她比你大,不是么?你记得她坐在那个小箱子上梳头发么?她用半伸出的小舌头挤压梳子里的虱子,啪,啪,它们发出破裂的声音。你个小坏蛋,你觉得有点恶心,还有点——不,这不恶心,反而渴望有虱子或者别的什么。渴望有虱子,这不奇怪么?别管这个了,朋友,人们会有这样的渴望。

我问你的是在童年时期!

我没在谈论童年。还有一次,那时你看到了那个工头在和食堂里的那个荡妇在食堂后面做什么。当你看到他们到处滚动,你以为他正在勒死她,你害怕地想要喊出来,但是那个小女孩在你的背后戳你。她的眼睛多亮啊!——你记得么?你屏住呼吸蹲在栅栏后面,你的眼睛几乎要掉出来了。她是多么可怕的丑老太婆,她的乳房在腹部摆动,她不管去哪儿都大喊大叫,但是这时候她很安静,只是呼哧呼哧地喘气。

哦,够了!

我,什么奇怪经历都没有。只那么一次,在礼拜日你去看这个小女孩。那里看起来生命绝迹,每个人都在食堂或者在小屋里打鼾。那个小屋里没有人,散发着狗窝一样的臭气。这时有人经过,你藏在一个箱子后面,这时小女孩走了进来,后面跟着一个男人,他用搭扣把门关紧。

那是她的父亲!

我知道。确实是个好父亲。他关紧门,里面很黑,你什么也看不见,但是你能听见,朋友,你可以听见,这个小女孩怎么样地呻吟,男性的声音一边哄着一边恐吓着。你无法想象正在发生什么事,你用你的小拳头压住嘴唇来阻止自己因极度恐惧会发出的尖叫。接下来这个男人起身,离开。之后的很长时间你蹲在那个箱子后面。你的心脏疯狂地乱跳,然后你安静地走到那个小女孩跟前。她躺在破布上哭泣。你非常的困惑,很想也能长得高大,身上也有虱子,明白这一切到底意味着什么。过了一小会儿,你在小屋前玩起了晾衣夹,但这是一个经历,朋友,这样一个经历——我不知道你怎么能将它从你的生活中漏掉。

是的。不,我不能。

我知道你不能。但是你的游戏后来就不是那么天真了——你记得么?而那时你甚至不到八岁。

是的,八岁。

而她大约九岁,但她就像魔鬼一样堕落。是个吉卜赛人或者什么。我亲爱的朋友,像这样的童年经历一个男人是不会忘记的。

是的,忘不了。

之后你是怎么样看着你的母亲——几乎是带着好奇心,看她是否也像那样。像那个食堂女人,或者那个小吉卜赛人。父亲是否也是那么的奇怪、令人厌恶。你开始观察他们,发生了什么、以及怎么回事。听,他们之间好像不太愉快。

母亲——我不知道,不开心,或者什么。

而父亲是个懦弱的人,一个可悲的懦弱之人。有时候他暴跳如雷,但是在其他方面——他是怎样地容忍母亲,简直可怕。天知道他一定有什么内疚才让他如此地屈辱、受她折磨。她喜欢你,但他——朋友,她真的恨他!很多次他们开始因为一些愚蠢的事情而争吵——他们把你推出门外,玩儿去吧。然后妈妈说话,后来爸爸跑出去,脸通红,暴怒。他摔门而出,开始工作,就像受了诅咒,一言不发,只是气哼哼的。而在家里，母亲带着胜利与绝望哭泣，像是打碎了所有的东西。哦，现在结束了。然而并没有结束。

简直是地狱！

那就是地狱！父亲是个好男人，但他一直在愧疚着什么。母亲是对的，但她就是个恶魔。这个小男孩明白，像这样的一个孩子发现了这么多，这太可怕了。只是他不知道原因。所以他只是迷惑地看着，大人们背着他干的奇怪而邪恶的事情还在继续。也许最糟糕的是，当这个小家伙和那个小吉卜赛人在一起的时候。他常常坐在桌旁，父亲不说话，吃饭。突然母亲的动作变得那么迅速、颤颤悠悠，盘子碰得当当响。她哽咽着喊道，去吧，亲爱的，去玩吧。而他们两个在相互争辩，天知道有多少次了，天知道这是多么的严重、怀有多少的恨意，而这个小家伙，孤苦无助，眼中含着泪花，到河的对岸徘徊。那个吉卜赛小女孩就住在那儿。那个肮脏的棚屋被太阳晒得炽热，闻起来像个狗窝，他们在里面玩。他们玩的时候，会用搭扣关紧门。这里一片黑暗，两个孩子玩一种超级奇怪的游戏，一缕阳光透过木板的缝隙照进来，至少你可以看到孩子们的眼睛闪着怎么样的光芒。这个时候，父亲就像受了诅咒一样开始在家工作，而母亲的眼睛里流出胜利而绝望的眼泪。这个小家伙几乎释然了。呃，现在我也有我的秘密了，有某种奇怪而邪恶的事情要隐藏。大人们有一些秘密的事情，发生之前会把他推出门外。这种事情不再折磨他了。现在他自己也有了秘密的事情，大人们同样不知道。现在他和他们扯平了，还有种向他们施了报复的感觉。这还是头一次。

什么？

那是你头一次品尝邪恶的快感。后来你发了昏似的追着那个吉卜赛女孩。有时候她打你、撕扯你的头发，有时候她像小狗一样咬你的耳朵，直到你的后背兴奋地战栗。她让你彻头彻尾地堕落了，一个八岁的小坏蛋，从那以后它就一直在你心中。

是的。

持续了多久？

……整个人生。

第二十七章

接下来发生了什么?

接下来,什么也没发生。后来我是一个胆小、害羞的小学生,抱着脑袋拼命学习。这没什么的,这绝对没什么。

在晚上你常常去一个地方。

桥上,铁路上面的桥。

为什么?

因为一个女人在那儿走动。一个妓女。她老了,脑袋像死神。

你害怕她。

极度害怕。我向下看着轨道,她用裙子蹭我。当我转过头——她一看到我只是个小男孩,就继续走了。

而这就是你常常去那儿的原因。

是的。因为我害怕她。因为我总是在那儿等,直到她用裙子碰我。

嗯,这没什么嘛。

是啊。我不是说了她很可怕么?

那么你和你的那位小伙伴是怎么回事?

没什么,没有那类事情。我以名誉担保。

我知道。但是,当他要成为一个牧师的时候,你为什么要带走他对上帝的信仰?

因为——因为我要拯救他!

拯救!当你带走了他的信仰他还怎么去学习?他的母亲将他献给了上帝,而你不断地向他证明没有上帝。干得好,不是么……可怜的家伙,这搞得他晕头转向!你怪不得他结巴得一句话也说不出来!你的确帮了你的朋友,的确。他在十六岁那年就上吊了——

住口!

别啊。还有和那个近视眼姑娘是怎么回事?

但是你知道的。那是多么完美的感情,几乎清白得愚蠢,几乎——好吧,几乎超自然,或者什么。

但是去那里你要穿过一条小巷,妓女们站在门口,柔声说:来我这儿,我亲爱的!

那个不重要。它和这件事没有一点儿关系!

为什么没有关系?但是你是可以走另一条道儿的,不是么?那样会更近,但是你,你漫步走过那条小巷,心在疯狂地怦怦直跳。

好吧,那又怎样?我从来没朝她们走去。

是没有,你当然不敢那么做了。但是,这是一种多么奇怪、该诅咒的快乐啊,那种完美的爱情和那种低廉、肮脏的卖淫——怀揣着天使般的心穿越满是娼妓的街道,就是这样。我知道,那些就是发着磷光和光芒的东西。别管它了,它在你的内心看起来非常怪异。

……是的,事情就是那样。

所以你看。随后你成了一个诗人,不是么?那一章里也有你不想谈的。

是的。

你难道不知道是什么吗?

它会是什么呢?是女孩们。那个绿眼睛的女服务员和那个有结核病的女孩——她因为欲望而跌落成碎片,牙齿咬得咯咯响,那太可怕了。

说下去!说下去!

还有那个女孩——天哪,她叫什么名字?——那个从一个人手里转到另一个人手里的女孩。

说下去!

你想说的是那个像魔鬼的吧?

不是。你知道关于这一点奇怪的是什么吗?那个胖诗人,他能够忍受一些事情,他是一个贪婪的人,也是一个玩世不恭的人,这方面没有什么好说的。难道你不知道为什么他有时候会恐惧地看着你么?

那不是因为我正在做的事情！

不是，是因为你内心的东西。你还记得有一次他是怎样一边恶心地颤抖一边说：你个禽兽，如果你不是这样一个诗人，我一定会把你淹死在下水道里！

那是——当时我喝醉了，我只是在说些什么事情。

是的，你内心的事情。就是这个，朋友：最糟糕、最堕落的东西一直在你的内心里。这一定是——什么该诅咒的事情，甚至都说不出口。谁会知道呢，谁会知道呢，如果不是你重新赋予了它们形式。但是你自己都为此感到害怕，然后"你猛然逃离你内心的事物""你用盖子封住了"。但这些不是椰子树，亲爱的朋友，它们是一些更糟糕的事物。也许是一个带翅膀的天使，但也是地狱，朋友。也是地狱。

但那就结束了！

好吧，是的，从某方面讲那是结束了。接下来你只关注如何能救自己。一个好工作，紧接着你就吐了血，一个开始新生活的巨大机遇，不是么？紧紧抓住生命，检查唾液，钓鱼。带着些许兴趣安静地观看那些年轻的护林人是如何玩九柱戏游戏的，同时用你内心深处可疑的东西对他们来那么一点点的感染。宇宙给你提供了很好的疗效。面对宇宙，人类内心所有的邪恶都蒸发了。宇宙是个很好的精神疗养院。

第二十八章

那么后来在老绅士的车站,当我坠入爱河——它还在我的心中么,我是说那种邪恶?

瞧,一点都没有。这很奇怪。这是一个完全幸福而普通的生活。但是向那位少女示爱——我有多接近于在引诱她呢?

这没什么,那种事很可能发生。

我知道我对她的行为……总体上是得体的,但是我的欲望不是——不是——好吧,不是那么完全地受控制——

说下去,这是事情的一部分。

我和她结婚是为了向上爬么?

这是另一个故事。现在说的是那种更深层的事情,你知道么?例如,为什么你那么恨你的妻子?

我?我不是因为爱她才和她结婚的么?

你是。

那么,难道我没有爱她一生么?

你有。但是同时你又讨厌她。记得有多少次你躺在她旁边,她睡着了,你一直在想:上帝,像这样让她窒息!用我的双手抓住那个脖子,掐,掐。只是事后该拿尸体怎么办,这是个问题。

一派胡言!完全不是这么回事——再说即便是这样,即使有这样的幻想,一个男人有什么好被责备的?也许因为他睡不着,被惹怒了,因为她睡得这么安静。我问你,我为什么要恨她?

事实就是这样。也许因为她不像那个小吉卜赛人,或者不像那个女服务员,你知道的。那种沼泽地里的绿眼野兽。因为她如此地安静、镇定。和她在一起,一切都是那么地理性、简单——就像是职责。夫妻之爱十分适当、有益健康,就像吃饭或者漱口。不仅如此,甚至像是一种惯常的、严肃的圣礼。如此干净、得体的家庭事务。你，朋友，在那些时刻，你讨厌她讨厌得痉挛、发狂。

……是的。

是的。在你内心，毕竟，渴望的是长虱子，是在一个散发着臭味的棚屋里玩一种喘不过气来的、难懂的游戏。那种将会是不干净、野性的、恐惧的。痛苦的渴望会毁了你的。如果她把牙齿咬得咯咯作响那该多好！如果她撕扯你的头发，如果她的眼睛神秘地、疯狂地燃烧该有多好！但是她——一概没有，她只是用牙齿咬着下嘴唇，发出叹息，然后像个木头一样睡去，就像某个人，她已经，谢天谢地，完成了她的责任。而你，你自己——只是打个哈欠，不再渴望邪恶的事情、不应当的事情。天哪，用我的双手抓住那个脖子——她会像野兽那样发抖、来一声野蛮的尖叫么？

天啊，我有时是多么的讨厌她啊！

所以你看。并不仅仅是因为那个，而是因为总体上她是那么的谨慎、有条理，好像她只是嫁给了你内心那个理性的、值得尊敬的你，那个有能力在官场上晋升，能够对典范关爱、家庭关爱做出回应的你。也许她甚至对你的内心还有别的不同事情，毫不知情。确实！她甚至不知道她正在帮忙将它推进死角。现在，各种事情仿佛是被皮带拴住了，正在撕扯着，安静地、憎恨地、恶意地怒吼着。用我的双手去抓住那个脖子。在某一天，沿着轨道开始出发，走啊走，一直到达石头被爆破的地方，裸着膀背，头顶手帕，拿着鹤嘴镐敲石头，睡在一个肮脏的、闻起来像狗窝的棚屋里，一个食堂的胖女人的乳房在腹部颠扑，还有穿着衬裙的荡妇们。一个长虱子的小姑娘正像小狗一样咬着你，用搭扣把自己关在里面。别喊，小宝贝，别出声，否则我就杀了你！而躺在这里的，却是一个过分担心自己健康的、诚实的站长的模范妻子，她正在安静地、有规律地呼吸：这样勒她的脖子怎么样——

住口！

然而你并没有对她不忠心，你也没有对她粗鲁，只是秘密地、持续地恨着她。一个美满的家庭生活，嗯？只有一次你对她进行了小小的报复：在你为反对德皇的势力工作的时候。我要给你点儿厉害瞧瞧，你这个德国人！不过，相反——一个模范婚姻，还有一切，这已经是你的特点：秘密地邪恶与堕落，甚至能够隐瞒自己——只是享受着一个想法：也许情况本应该就是这样。等一下，当你晋升到铁道部，情况是怎么样的呢？

没什么。

我知道，一点儿事情都没有。只是带着敬畏，让人十分舒服的敬畏说，我的天哪，居然能把这儿弄得一团糟！这可能要花费几百万呢，朋友，几百万！仅仅提示一下，我们已经准备好洗耳恭听，这就足够了——

我那么做了么？

我希望没有。一个无可指责的官员。在这方面绝对是问心无愧。关于可能会有什么事，可能会怎样去完成，这些只是个令人愉快的想象。一个完整的、精心的详细计划：如果时机成熟，必须要用这种方式去做，等等。不过，不去做，为官廉正，不会因为受到诱惑左右摇摆而遭到谴责。这就像那会儿你漫步走过满是妓女的街道去寻找你那纯洁的爱情，来我这儿，我亲爱的！没有哪个官员的罪名是你没有虚构过的，是你没有在思想里犯过的。你想出了所有的可能性，而一个也没有做。好吧，这是事实，现实中你是不可能犯这么多错的，你肯定要将自己局限在这样或那样的情况中，但是当你只是想想而已，那就没有限制了，而且你可以去做所有的事情。只是别忘了那些打字员！

那是谎言！

冷静。冷静。别介意，在铁道部你可是个足够大的领导。你只要皱皱眉头，那些姑娘的膝盖就会发抖。随便叫一个过来，说，看这儿，小姐，都是错误，我对你不满意。哎呀，真想不到，我应该撤你的职。诸如此类，你可以试探她们所有的人。这样，在你的职权范围内就能得到数不胜数的情人！现在，一个姑娘为了她那微薄的工资和几套丝质衣服还有什么不愿意做的呢！她们还年轻，她们还仰仗着别人——

我做那样的事了么？

根本没有！但那是因为你把她们吓坏了。我对你不满意，小姐，如此等等。好像她们的腿在你面前只是稍微有点儿发抖，好像她们没有看着你向你祈求怜悯！你只是和蔼地拍拍她们。这应该在那儿。那就只有一个可能性了：这个老家伙在肉麻地调情。有那么多的女打字员，他甚至都不知道总数是多少。最好把这事干好：轮流搞定她们，一个接一个。在郊区某个地方租一个小屋，最好让人恶心、不要太干净。或者如果可能的话，租一个木棚屋，被太阳烤得炽热，闻起来像个狗窝。用搭扣把自己关起来，里面像地狱一样黑暗。你只能听到一个声音在呻吟，还有一个声音在一边威胁、一边抚慰。

你还知道些什么？

没了。没有发生过这样的事情，总之，什么都没有发生，一个如此普通的人生。只有一次是绝对的真实，那就是你八岁的时候，和那个吉卜赛小女孩在一起，在那之后某种事情确实跌入了你的生活。也许它真的不属于那儿。从那时起，好吧：你在不断地将那件事扔掉，而它却一直在那儿。你一直想要再经历一次，它却再也没有发生过。朋友，这也是一个连续的人生故事，你不这么认为么？

第二十九章

一个连续的人生故事。我的老天,我现在该拿它怎么办?但是,毕竟,总的来说我真的是一个快乐的普通人,那些工作认真负责的人中的一个,这才是主要的。但是这个人生从我的幼年时期就已经开始形成。那时,爸爸穿着蓝色的工作服,放下了墨线,俯身看着那些木板,用手轻轻抚摸着成品。而那些周围的人,石匠、陶工、杂货店老板、玻璃工以及面包师,他们都认真而专注地投入自己的工作,仿佛世界上就没有别的什么工作。当发生沉重而痛苦的事情,你就一摔门,更加充满热情地去工作了。生活,不是事件,是工作,我们持续的工作。是的,生活就像这样,我的生活就是一种任务,在里面我全神贯注地忙碌起来。如果没有某种事情去打发时间,我可能会不知所措,甚至当我不得不退了休,还在这儿买了这个小房子和这个花园,这样就有事情可做了。我耕耘土地,播下种子,我给它拔草、浇水——感谢上帝,这个工作可以让你聚精会神,直到你忘却了自己。除了正在做的事情你目无他物。是的,这有点像那个木棍小围场,孩子时的我常常在里面蹲着。不过在花园里我找到了极大的快乐,甚至能发现一只小鸟,正用一只眼睛窥视着我,仿佛在说:嗯,你是谁?我只是一个普通人,小鸟,像篱笆外生活在这里的其他人一样。现在我是个花匠,但是那个老绅士教会了我——几乎没有什么事是徒劳的,所有的事情里面都有一个如此奇怪而富有智慧的秩序,这是一条如此笔直、必要的道路。从幼儿时期直达现在。是的,那是一个男人的连续故事。这个简单而有秩序的田园生活,是的。

阿门,是的,这是真的。但是仍然存在另一个故事,它也是连续的、也是真实的。那就是有个人一直、一直想要怎样跳出他出生的小圈子、超出那些木匠们和石匠们、超越他的伙伴们、超越他学校的那群人。这也来自幼儿时期,一直到最后。这个人生是由完全不同的事物组成,不满足,妄自尊大,总是想为自己争取更多的空间。这个男人不再想着工作,而是想着他自己,想要比别人更好。他不是因为享受工作而学习,而是因为他想要成为第一。甚至当他和站长的女儿走在一起的时候,他都在自我膨胀,想着他已经得到了比电报员和收银员更好的东西。总是自己,只是自己。但是甚至在婚姻中,这样的生活也在消耗越来越多的空间,直到生活中只剩他自己,所有的事情都围着他在转。那么,现在他获得的已经足够了,不是么?事实是他并不满足。当他已经得到他希望的一切,他必须找到一个新的、更大的空间,在那里他可以再一次慢慢地、稳稳地扩张。但是一旦到了最后,就是伤心的事情了,结果很糟糕。突然他就是个老人了,什么也干不了,并且独自一人。他守着的那堆儿东西变得越来越小。是的,这就是整个的人生,小鸟,我不知道这个人生是否是由快乐的事物组成。

那是事实。然而还有第三个故事,也是连续的、也开始于幼儿时期。那是关于那个过于担心自己健康的人。母亲在这个故事里,我知道,她是那么的溺爱我,让我对自己充满了恐惧。这个男人就像是那个忙于工作的人的体弱多病的弟弟。要我说,两个都是自我主义者,不过那个忙于工作的人总是进攻,而那个过于担心自己健康的人总是防御。这个人只为自己担心,想要让一切适度,只要安全就行。他不强迫自己达到任何目标,他只寻找港湾,背风面——很显然这就是为什么他成了一位官员、结了婚,为自己设定限制。他与第一个人的关系最佳,那个普通的好人。有规律地工作给他一种安全的、几乎是庇护的美好感觉。那个忙于工作的人善于为某种成功做准备,即便他不满足的野心有时候会干扰这个过于关心健康的人谨慎的舒适。大体上来说,这三个人相互默契,尽管他们不能合为一体。这个普通的男人做着自己的工作,从不担心任何其他的事情;那个忙于工作的人知道怎么做会有出路,但是也受到激励,做这事,而不做那事,因为做那件事什么也得不到;说到那个过于担心自己健康的人,他总是担心得愁容满面,只要别过度了,一切都保持适度就行。三种不同的性格,总体上他们之间没有争吵，他们默默地达成一致，也许他们甚至为彼此有一定的考虑。

这三个人，他们，可以说，是我合法的、遗传下来的生活，我的妻子分享着他们，和他们达成了合理而忠诚的约定。那么还有一个故事，就是那个浪漫的。我应该说：是那个过于担心自己健康的人的朋友。一个非常重要的性格，他会在过于担心自己健康的人否认自己的地方做些弥补：冒险与慷慨。这对其他几位来说是不可能的：忙于工作的人太清醒、太现实，而那个普通的男人——嗯，那么普通，没有一点儿想象力。那个过于担心自己健康的人，相反，非常爱这样的浪漫，去经历一些事情，幻想出来的、危险的事情，然而同时他又在家，是安全的。有这样一个爱冒险的、有骑士精神的人留着备用是有好处的。从童年时期他就和我在一起了，他从根本上深深地植入了我的生活，但是没有进入我的婚姻，关于这个性格我的妻子一定不能知道。也许她也有着其他的自我，而且和她的家庭生活无关，和她的婚姻之爱无关，而我一无所知。

但是接下来还有第五个方面，而这个故事也是连续而真实的，它也开始于我的童年。这是一个耻辱的人生，其他几个都不会想要和它有共同之处。你甚至都不必要知道它，但是有时候……在极度的孤独中，几乎是一片漆黑中，秘密地、偷偷地，你能回想起那么一丁点儿，但是它一直都在，邪恶、污秽、永远受到诅咒。它独自生活着。那不再是一个自我或者某种存在（就像那个浪漫的人那样），而是某种东西，某种如此堕落、受到抑制再也不可能成为任何性格的东西。但凡有点儿自我的都会带着厌恶逃避那种东西，也许甚至是害怕它——仿佛害怕某种对抗我自身的东西、某种有破坏性的或者导致自我毁灭的东西，我不知道该如何表达它。除此之外我一概不知，除此之外我一概不知。我甚至都不了解它，从来没有见过它的全部面貌，仅仅像是在黑暗中盲目地摸索。好吧，是的，好像在一个用搭扣紧闭的棚屋里，肮脏，散发着畜生的气味。

而接下来，有一个——不是完整的故事，而仅仅是碎片。那个诗人的事，我忍不住要说：我感觉那个诗人在那种堕落、受抑制的东西上比对我内心其他一切事物都更有作为。当然了，在他内心，有某种更高的事物——他站在那一边，不在我这边。老天，但愿我能说出来！仿佛他想泄露些什么，仿佛他正试图从中创造出一个人来，或者某种超出人类的事物。但是要达成，也许必须有神的恩典，或者奇迹——为什么我总会想到一个拍打着翅膀的天使呢？也许是因为那个还未形成的东西正在与某个仁慈的天使做斗争。有时候它将天使滚到泥潭中，而有时候看起来，那个邪恶的、受诅咒的东西也许会被洗干净。仿佛是某道强烈、炫目的光芒正穿透裂缝进入那种黑暗，如此美丽，以至于那种不干净的东西好像在和什么一起闪着强烈的、令人吃惊的光芒。也许是那种没有形成的东西想要成为我心中的灵魂，我不知道，我只知道它没有。被诅咒的仍然被诅咒着，别管那个诗人了，他和那个被公认的、合法的自我没有一点关系，在其他故事中也没有它的位置。

那么这就是我人生的清单。

第三十章

不过无论如何还不是。仍然还有一个故事没讲——或者更确切地说，一个故事中的一点儿。这个情节没法进入其他连续的故事中，独自站在那儿，不管是什么，开始说吧。天哪，真是大惊小怪，我总不能始终不露锋芒吧。我在战争期间做的那件事需要一些该死的勇气——也许甚至是英雄气概。难道这事不会上军事法庭，或者被绞刑么？这可是显而易见的，而我心里十分明白。我甚至都没有采取非常周密的预防措施，除了什么事都不进行书写外。我和许多列车员、火车司机以及邮递员都谈论那些事情——如果他们中的一个人乱说或者泄露秘密，都将会对我和其他人不利。然而我无论如何都没有觉得自己英勇或者感觉得意，我没有感觉在担责任，没有感觉在牺牲我的生命，或者其他这样崇高的思想。我只是对自己说像这样的事情应该要去做。嗯，所以就去做了，好像这是很容易明白的。我甚至为没有更早开始这项工作而感到羞耻，我见到其他人，那些父亲、那些售票员，还有司炉工，他们仅仅是在等待着能独自做点什么。例如那个警卫，他有五个孩子，他只说了句："好的，先生，您别担心，我会处理好它的。"他可能会被处以绞刑，他明白的。我甚至没有更多的信息来告诉我们的人民。他们独来独往，我几乎不认识他们。"军需品正送往意大利，先生，那儿将有事发生。"就是这样。现在我明白这有多危险——对他们、对我，但是那时候，居然什么事也没有发生，我并不比他们好，我只是为事情做了些组织工作。

我们尽可能地给每个车站造成阻塞，包括那个老绅士的车站。那里发生了意外，那个老绅士失去了理智，死了。我知道我是罪魁祸首。我由衷地爱他，但是在那个时候这件事对我没有什么两样。被称作英雄气概的不是伟大的感觉、热情或者任何类似的东西，它是一种自信以及几乎盲目的必要，如此可怕的客观情形，这里有动机，那里有动机，你向前进，就是那样。甚至都不是意愿的问题，就好像你被它牵引着前进，宁愿不去多想。我的妻子一定不可以知道，这不是女人的事情。好吧，那么，所有那些事情都十分简单，我无须再提。但是，现在的问题是它怎么和我的其他生活组合到一起。

　　那个过着田园生活的站长，不，他不是个英雄。对他来说，去指挥破坏他心爱的铁路这样的事情，一定让他非常的讨厌。当然了，那个时候，这个过着田园生活的站长几乎迷失了，那个残暴的上校已经让他的模范车站变成了一个肮脏的、闹哄哄的场所，在这个世界上已经没有一个尽职尽责的站长的空间了。那个忙于工作的人，不，他不会去冒这么大的险，他会说，我该怎么摆脱这件事呢？要知道，这件事的结局可能会很糟糕，因为大部分时候看起来德皇好像会赢。那么那个时候，在这件事上，一个人不能、一定不能考虑他自己，如果他开始考虑将会发生什么事，他的心就会萎靡不振，那样就完了。这反而更像是一种感觉，我可能会完蛋，但我的生命有什么重要的呢，只有这样我才能忍受。不，那个忙于工作的人和这事没有关系。那个过于担心自己健康的人，他永远都在为自己的生命而受到惊吓，就更不用说了，奇怪的是他没有因为这桩事业去努力保护自己。那个浪漫的人，不，这种事一点也不浪漫，一点幻想或者刺激的成分都没有，是如此绝对的清醒与现实，只有那么一点点的疯狂，仅仅刚够让我想喝点朗姆酒。但是那也许来自整合我们的怜悯之心。我曾想搂着那些列车长以及列车员的脖子，和他们喝酒，高喊，兄弟们，我的朋友们，让我们一起唱吧！我已经孤独了整个人生！那是整件事情中最美好的事情，和他人团结在一起，很男人地爱你的同志们。没有个人英雄主义，只是为那个了不起的党派高兴：这该死的一切，我们铁路人，我们会做给他们看！并非我们曾经讨论过，而是我感觉到了，我认为我们全都感觉到了。好吧，瞧，我童年缺失的东西现在补上了，我不再是坐在我的木棍围场里，我和你们在一起，兄弟们，我和你们在一起，同志们，别管它是什么！我的孤独感融化了，有了我们共同的事业，不再只是自己，我们共同的事业正在运行，先生，那是这条道路上最容易的部分。是的，比爱情更容易、更美好。

那个生活在我看来和其他生活没有一点儿关系。

天哪，仍然还有一个生活，我本应该完全忘记的。和这个以及其他所有的生活都不同，几乎是相反的。事实上只是如此奇怪的时刻，仿佛它们属于一个完全不同的生活。例如，渴望成为像教堂门口的乞丐那样的人；不想希望成为任何事物，想要放弃一切；变成穷人、独自一人，从中发现特别的快乐或者神圣——我不知道该如何来表达。例如，孩子时，那个木板中的角落，我超级喜欢那个地方，因为它是那么地小、被遗弃。它给我一种精美的、美好的感觉。在家乡，每周五乞丐们常常一起挨家挨户地乞讨，我常常跟他们一起去，我不知道为什么，在每家门前我像他们那样祈祷，像他们那样用鼻音说话，谢谢，愿上帝保佑您。或者那个害羞的、近视的姑娘——在那件事上，也有对某种谦卑、可怜、被遗弃的东西和那种奇怪的、几乎虔诚的快乐的需要。总是像那个样子：像世界上最后一站的那些缓冲区，除了生锈的轨道、荠菜以及青草，什么都没有，就只有世界的尽头，一个被遗弃的地方，毫无价值。在那儿我感觉最好。或者灯房管理员的小屋里的那些谈话：小屋是那么的小、那么窄，天哪，一个人能生活得多好！在我自己的车站，也有这样的一个角落，那是在仓库和围墙的中间，除了锈铁、破烂以及荨麻，什么都没有——除了上帝，没有人再去那里，这是悲伤，浑然一体，就像一切事物的空虚。这个站长常常站着看，有时候一站好几个小时，双手背在身后，意识到这种一切事物的空虚。工人会跑过来——也许我们应该清理一下？不，就让它像这样待吧。那天我不再左顾右盼，不再看人们在干什么。为什么总是做这事或那事？仅仅是这样，别无他想，那将是多么安静与明智的死亡。我知道从它的立场看是生命的否定，因而它和别的东西没有联系，它仅仅是存在，里面什么都没有发生过，因为在一切皆是空虚的地方，不会发生什么事情。

第三十一章

所以有多少个生活面呢：四个、五个、八个？八个生活组成我自己的生活，我知道如果我有更多的时间、更清醒的头脑，我会发现一整排的生活面，也许它们是完全不相关的，也许有一些仅仅发生了一次，持续了仅仅一小会儿。也许还有更多的从来没有被轮到，如果我的生活走了一条不一样的路线，如果我是别人，或者遇到了别的事业，我想，也许会十分地不同——不同的人将会涌现在我内心，会做出不一样的行为举止。比如说，我有一个不同的妻子，我可能会成为一个爱吵架、爱生气的男人，或者在一些情况下我也许可能会做出轻浮的举动，我不能排除那种情况，我不能排除任何情况。

然而，我十分明白我不是那种令人感兴趣的、复杂的双重性格，或者上帝知道是什么性格。我想，没有人会那样想过我。我是什么样的我就完全是那样，我做了什么，就会全心全意地去做。我从来没有沉思过我自己，我没有理由去这么做。仅仅是在几周前我开始写这个的时候，我还想，这将会是一个多么美好而简单的故事，好像由一整块儿组成。接下来，我发现自己也在努力促成那种简单与简练，甚至是不知不觉地……一个男人关于自己和他的人生会有一个明确的看法，他会根据这个对一些事件进行选择或者是安排，来配合他的看法。我想，在一开始我是打算写一个普通男人的命运，并为他的平凡向世人道歉，就像名人和伟人在写他们的回忆录时为他们非凡而突出的命运道歉那样。应该说，他们是通过不同的方式去促成他们自己的人生故事，使它们成为连贯的、合理的画面。当你给人生一条连接线，它看起来的可能性就会变得更大。现在我明白了：多么重要的可能性啊！人生就是众多不一样的可能面，而这里面只有一个成为现实，或者只有几个，其他的只是不完全地证实过自己的存在，或者从来没有证实过。我可能就是这样想象每个人的故事的。

让我们分析来一下我的人生——当然了，我不是什么特殊人物。有几个生活面持续缠绕在一起，有时候一个占主导，有时候是另一个，此外，有一些不那么稳定，看起来仅仅像是整个人生中的岛屿或者情节——就像，比如，那个诗人的例子，或者那个英雄故事。再者，还有其他一些仅仅是一丝永远存在的、模糊的可能性的微光，就像那个浪漫之人或者——我该怎么称呼他呢？——那个教堂门口的乞丐。不过，尽管如此，不管我经历了这些人生中的哪一个或者我是那些人物中的哪一个，这个人生终归是我自己的，那个自我总是同一个，从头至尾从来没有改变过。这就是人生如此奇怪的地方。因为那个自我超越了那些人物和他们的生活的某种事物，是某种更高的、唯一的、并且成为一体的事物——这会是我们所谓的灵魂么？但那个自我肯定没有属于它自己的内在，一会儿它是那个过于担心自己健康的人，一会儿它又是那个英雄。它并非飘浮于他们之上！无疑它本身就是空虚，为了以某种方式存在，不得不假借他们中的一个人物以及他的生活！它就像当我还是孩子的时候，爬到那个学徒弗兰克的肩膀上，感觉自己像他一样高大、强壮；或者当我和父亲一起散步时，手拉着手，感觉自己就像他一样的肃穆、庄严。最有可能的是，自我是在驾驭那些生活，它渴望得到很多，需要成为某个人，从而使它获得这样或者那样的生活。

不，还是不一样。得承认一个人就像是一群人。他在那群人里面漫步，也许有，比如一个普通人、一个过于担心自己健康的人、一个英雄、那个忙于工作的人，还有，天知道还有别的什么人，这是一群乌合之众，但他们有着共同的道路。他们中的一个总是处于前面，领导一段路程，为了让大家知道是他在领导，让我们想象一下他拿着一面旗，上面写着"我自己"。是的，现在他就是我。仅仅一个词，但它是一个多么有力、专横的词，当他是那个自我，他就是这群人的领导。接下来，这群人中的另一位成员挤到了前面，好吧，现在他扛着这面旗，自己就是领导了。让我们假设那个自我只是个傀儡，那面旗只是为了在这一小帮人前面能有个东西代表他们这个团体。要不是由于这群人，那个共同的标记甚至也不需要。一个动物也许没有自我，因为它简单，只经历它那唯一的可能性。但是我们越复杂，就越有必要宣称我们内心的自我，高高举起来，注意，这是我。

　　看那儿，一群人，一个有着自己的团体、自己的内部张力与矛盾的群体。也许它里面某人是最强大的，如此强大以至于他高出了其他人。他要自始至终扛起那个自我，不会让它落入他人之手。像这样的一个男人将会出现在整个人生中，这个人生就好像由一整块组成。或者也许在那群人中有一个比其他人更适合这个天职或者这个人生活的"环境"，那么那个人就会是领导者本身。在其他时候，是这群人中的那个看起来最可敬以及从某方面来说有代表性的，这时候，他就会愉快地说，看我是多么高尚，多有男子气概！或者，再一次，在人群中有这么个虚荣的、顽强的、以自我为中心的小家伙，它会力争让自己来扛这面旗，它会恼火，自我吹捧，就是为了当一把手，当上后他就想，我是某某某，我是个正派的官员，我是个有原则的人。这群人中的一些不喜欢彼此，也有一些团结起来，组成一派或者大多数，以便共享那个自我，不允许其他人篡权。和我在一起的自我常常是那个普通人、那个忙于工作的人，以及那个过于担心自己健康的人，他们联合组成某种团体，在他们自己中间轮流传递我自己。他们掌管得很好，他们领导了我的大部分日子。有时候那个忙于工作的人消失了，有时候那个普通人没了善良或者困窘，有时候那个过于担心自己健康的人不再意志软弱，这时候我的旗帜就暂时递到其他人手中。这个普通人是最强大、最有耐力的，就像一只载重的野兽，所以他最经常是我自己，时间也最长。那个低级、邪恶的存在从来没有成为我自己：当轮到它的时候，那面旗帜，可以说，被降低到了地面上，也就没有了自我，只剩下没了领导人或者名号的混乱。

　　我知道这只是一个意象，但只有通过它我才能看到自己完整的人生，不受时间的约束，完整地站在那里，带着所有的事实，还有无尽的可能性。

我的上帝啊，这样一群人——事实上这是一出戏！他们一直在我体内斗争，解决着他们永远的纷争。那些领导人中的每一个都想要抓住整个人生，想要当领导，成为那个被公认的自我。这个普通人想要控制我的整个人生，还有那个忙于工作的人、那个过于担心自己健康的人也是如此。这是一场剧烈的斗争，这是一个关于"我应该是什么"的安静的、激烈的拼搏。多么奇怪的一出戏。在里面，人们不会冲着彼此高喊，也不会拿着匕首相向。他们坐在一张桌子前，讨论着当下无关紧要的事情。但桌子是怎样地躺在他们之间啊！天哪，它横在他们之间，是怎样的紧张与可恨！那个普通的好男人安静地、无助地承受着，他不能大声抱怨，因为他天性宁愿卑屈。当他能够全神贯注于工作之中、忘掉他人的时候他会很高兴。那个过于担心自己健康的人只是偶尔迷惑不解。他过于关注自己了。他很生气除了自己还有其他的一些利益。天哪，那些带着自己愚蠢担忧的其他人是多么的无聊啊！那个忙于工作的人表现得好像没有意识到这种敌对的、窒闷的气氛。他装模作样地冷嘲热讽，对所有事物都很有头脑。这个应该是这样的，那个应该是那样的，这个没有必要，那个可能会成功，因此应该去做。而那个浪漫的人，他根本就没在听，他想着一些漂亮的陌生人，不知道后面会发生什么事。接下来，是那个不讨人喜欢的贫穷、卑微的亲戚，上帝的乞丐。他什么都不想要，不想说。他只是自言自语——谁知道他如此神秘而安静地说了些什么呢？也许他可以照看那个过于担心健康的人，对着他的耳朵低语，但是那些绅士们不需要他，不需要他这类人，这样一个低能、消极的傻瓜！但还是会落下什么。有时候它会像一个幽灵，在某个角落弄出动静，摇摇晃晃，但是桌前的绅士们只是稍微皱皱眉，继续谈论他们的事，仿佛什么都没有发生。他们只是更加暴躁、怀恨地相互凝视，仿佛他们正在因为某个摇晃的幽灵而相互指责。一个奇怪的家庭。有一次有人闯了进来，是那个诗人，他使一切都陷入了混乱，在这个地方作祟了一阵子，比幽灵还糟糕。但是其他人，那些尊重自我的人，还是将他从这个体面得几乎庄严的家庭里挤了出去——这已经是很久以前的事了，非常久远之前。有一次，另一个家伙去了那里，他是那个英雄。他没有制造混乱，而是像在一个堡垒里那样开始发号施令。必须前进，兄弟们，诸如此类。瞧，这是一帮什么人啊：那个忙于工作的人带着所有的狂热，极度兴奋；那个普通的男人强壮得一个顶俩；那个过于担心自己健康的人突然欣慰地感到，我的生命不值一分钱，就是这个时刻，兄弟们，是男人表现的时候了！然后，战争结束了，那个英雄没有什么事可做了。当这个闯入者走了之后，其他三个人松了口气，哎呀，好了，感谢上帝，现在，这里又是我们的了。

  对我来说，这就像一幅画，那么生动、清晰。而这就是我整个的一生，这出戏没有动作，现在它已经在慢慢向结尾移动，甚至那个永远的纷争也不知怎么地已经解决了。我看着它就像看一个场景。那个忙于工作的人不再那么傲慢地说话，不再宣讲什么该做了，他用手托着脑袋，看着地面。基督耶稣啊，基督耶稣啊！那个普通的好人不知道该说什么好，他为这个人，为这个有野心的自我主义者，感到非常的抱歉。他已经毁了他的生活。好吧，我们能做些什么呢？——这不是一个成功的人生，别再想它了。但是另一方面，上帝的小乞丐坐在桌前，他用手搂着那个过于担心自己健康的人，低语着什么，好像是在祈祷。

第三十二章

　　我知道，我内心有一些东西来自我的父亲，我也能感觉到，还有一些来自我的母亲。而在父亲和母亲的内心，他们的父亲和母亲同样继续存在着。关于他们我几乎一无所知。听他们说，祖父是个超级花花公子，招惹所有的女人和朋友们。祖母是个谦卑的、虔诚的女人。也许，他们在一定程度上也存在于我的内心，那群人中的一些成员就展现着他们的特征。也许我们内心的那群人就是我们好几代的祖先，天知道有多少代。那个浪漫的人，我知道，他是我的母亲，那个教堂门口的乞丐也许是那个虔诚的祖母，而那个英雄也许是那个祖父，那个嗜酒之徒、那个流氓。谁知道呢？现在我为不能更多地了解我的祖先们而感到遗憾。要是我知道他们曾是什么样的人，知道他们的结婚对象该多好啊。从中我们就会了解到所有的事情。也许我们每个人都是世世代代在增加的人的总和。也许我们正在为那种无限的演变而感到困惑，所以我们想要逃离。我们接受一部分群体的自我，好让我们不那么困惑。

　　天知道为什么我会想起我的小兄弟，尽管他一生下来就死了。他可能会是什么样呢？这个念头让我烦恼。肯定与我十分不同，兄弟们从来都是不一样的。然而他和我有着相同的父母，相同的遗传基因。他将会在同一个木匠作坊长大，旁边会有同一个学徒弗兰克，也有同一个马蒂纳克先生与他为伴。同样地，他也许比我有才华，或者更加顽强。他也许会更加成功，或者没那么成功，谁又能预见呢？很显然，他将会从伴随我们来到世上的众多可能性中选择其他的可能性。他将会是个与我十分不同的人。也许从生物学角度上来说，我们生下来就是个复合体，就像是那一群人，只是后来，通过发展、环境、境遇，我们也就慢慢演变成了一个人。当然了，我的小兄弟将会实现那时候我能力所不能及的可能性，而或许我也会在这些可能性中发现许多存在于我身上的可能性。

当想到生活中的那种不确定性，你会感到很可怕。几百万个生殖细胞中的另外两个如果相遇，那么将会是另外一个人，就不会是我自己，而是某个未知的兄弟。上帝才知道他将会是个多么奇怪的家伙。那些成千上万，或者几百万个可能的兄弟中的又一个可能会出生，好吧，是我抓阄配上了，而他们被淘汰了。怎么办呢？我们不能全都出生啊。假如我们心中的大多数生命是那群可能的、未出生的兄弟们，情况会是怎样的呢？也许他们中的一个会成为木匠，另一个会成为英雄。一个会功成名就，另一个将活得像教堂门口的乞丐。他们不只是我自己的了，也是各个兄弟们的可能性！也许我为我的人生简单做出的选择是我们的，属于很久以前活着又死了的我们，属于甚至还没出生的、仅仅可能出生的我们。天哪，一个可怕的想法，可怕而美丽。那个我十分了解的、熟透于心的普通人生历程突然间变得十分不一样了，它看起来极其庞大、极其神秘。它不是我，它是我们。你甚至不知道，朋友，你活了多少个人生！

是的，现在我们都在这儿了，我们充满了整个空间。所以瞧，我们整个的家族，可是你们是如何全都记得我呢？

好了，我们是来告别的。你知道——

什么？

好吧，我们走之前再说一句。你这一生做得非常不错。

好吧，好吧。我的朋友们，我的朋友们！你们必须原谅我，我不知道你们会来——

家具不错啊，孩子。一定花了不少钱吧。

是的，爸爸。

我看得出来，我的孩子，你做得很好。我为你感到非常高兴。

我的唯一，我的小家伙，你看起来多么糟糕啊！你是怎么了？

啊，那是母亲！妈妈，妈妈，你知道么，我的心脏出了问题。

哦，天啊，你的心脏么？瞧，我也是心脏有问题。遗传自我的父亲。

那么他不在了么?

他在。他,要知道,是那个坏祖父。是他,我可怜的孩子。他的灵魂常常在这儿出没,它就在我们家里。

出来见我吧,讨厌的祖父!那么就是你了,那个流氓?谁会想到你是流氓呢!

好吧,别介意。谁会想到你是流氓呢!流氓也在你的内心啊。

但是不在妈妈的内心。

你会信么,在一个女人的内心!那可不适合女人,不是么?我们又能做什么呢?年轻人总得到处谈情说爱啊。

哦,这对你来说好简单啊,祖父!

是啊,我是个真正的男人,孩子。好吧,那又怎么样,有时候我得有自己的乐趣。

那你就揪着祖母的头发在地板上拖。

是的,是那样。

所以,你瞧,后来它们骂我,说我想勒死我已故的妻子!这源自你,祖父。

但是你没有得到我的力气,孩子。你的本性更多来自女人。这就是为什么这个想法在你的内心……那么奇怪、那么偷偷摸摸。

你可能是对的。所以,瞧瞧这事整的,来自女人!那么是你了,找了那个谦卑、虔诚的祖母当老婆?

根本不是。我找的是那个愉快的祖母。你没听说过她么?

现在我知道了!她是那个充满乐趣的、愉快的祖母。

我是那个愉快的祖母。你还记得你是怎么样戏弄那个打字员的么?那就来自我。

那么那个谦卑的、令人尊敬的男人又来自谁那儿?

那也来自我,孩子。我受了那个卑鄙的祖父很多苦,抱怨是没有用的。你必须有耐心,那么,你就会适应。

那么另一个祖母是什么样的呢,那个虔诚的、圣洁的祖母?

她啊,可怜的孩子,是一个邪恶的女人。内心充满了愤怒、嫉妒，以及贪婪，这就是为什么她把自己打造成圣徒。你从她那儿得到了那些，不是么？

什么？

哎呀，你嫉妒所有人、想要成为他们中最好的那个，我可怜的小宝贝。

那么我从另一个祖父那里又得到了什么呢？

也许是为人服务。那个人，我的孩子，更是一个奴隶，他不得不为一个地主做仆人的工作，就像他的父亲和祖父那样。

那么那个诗人是从谁那儿来的？

诗人？那不是我们家的。

那么那个英雄呢？

没有英雄。我的孩子，我们全都是普通人。哎呀，难道我们不是吗？我们不是像村落里的守夜人一样数不胜数么？

您说得对，祖母，您说得对，像为村庄守夜的人一样多。那么一个人生下来应该不是如此多人的平均数！他从每个人那里得到某种特点，聚在一起，这是多么普通和平均啊——感谢上帝！

感谢上帝！

感谢上帝，我是那个普通的男人。确实，里面蕴含着巨大的你们，所有的你们，如此多的你们，与主同在！

阿门。

有那么多的我们——像村庄守夜的人们。这么多人聚在一起——呀，就像一个大型节日活动！你不会说，天哪，你甚至不会想到，生活是——这样的荣耀！

那我们呢，你可能的兄弟们？

你们在哪儿？我看不到你们——

是啊，你看不到我们，我们只能被想象出来。例如——

什么，还要举例子？

例如，我应该是个木匠，从父亲那里接管作坊。你不觉到现在那应该会是一个大工厂了么，有二十个工人——还有那么多的机器！

我们将不得不买下那个陶工的院子来扩大场地,不管怎样,不再有那个制陶工的作坊了。

爸爸曾么想过。

他当然想过,但那时他没有儿子当木工!很遗憾。毕竟,当木工也不错。

是啊。

但不适合我,我应该成为别的什么人。朋友,我应该会让那个油漆工的儿子看看我的厉害!弗兰克将会教我怎么格斗,应该就是那样。他会找到方法,打败油漆工的儿子!

那么你会想成为什么样的人呢?

其实都一样。用镐打碎石头,就我所知,光着背,往手心吐唾沫,然后砸。那些肌肉,兄弟们,你们会看到的。

一边儿待着去,居然砸石头!我要去美国或者别的地方。不只是梦想着冒险,那都是空谈。去试试,该死的,去试试你的运气,出发,到大千世界中去。至少你享受了,还能长见识。

享受——和女人在一起你才能享受。我应该让她们享受,对吧,兄弟们?不管她是个荡妇还是穿花呢套装的公主——

那个食堂的女人么?

那个乳房坠到肚皮上的食堂女人。

那个桥上的妓女呢?

她也算,兄弟。她一定曾经——哎哟!呵!不得了!

那么那个……瞪着受到惊吓的眼睛的小姑娘呢?

那个姑娘很特别,很特别。我不应该放过她!总之。啊,我应该找点乐子。

那么你呢?

我,什么都不想。

你想当什么?

嗯,没什么,什么都不想当。就这么着,你不明白么。

你要乞讨么?

也许差不多吧。

你呢？

我？……我二十三岁时会死去。肯定的。

那么你应该还没有享受什么吧？

是啊。不过就因为这个，所有人都会同情我。

嗯，想到在战争期间我应该会被杀害。天哪，这很愚蠢，不过，不管怎样你是和同志们在一起。当你要一命呜呼时，至少你们全都激动起来，激动得如此可怕、美好，仿佛你们在朝某人的脸上吐口水。你这个畜生，你都做了些什么？

你们没有人愿意成为诗人么？

呸！你一开口，就说了个高雅的。你算什么啊，你几乎是我们中最弱的，你做不了那些我们——算了，你能记得我们就算不错了，兄弟。毕竟，我们都是同一血脉。你，乞丐、冒险家、木匠、恶棍，还有浪子，倒在战争中的那个，还有过早就死了的——

我们都是同一血脉。

所有人。兄弟，你看到那个不可能是你兄弟的人了么？

第三十三章

但是，成为一个诗人，他能做得很好。一个诗人能看到自己内心的事物，能赋予其名字与外形。没有幻想，人们无法想得出他内心没有的事物。去感知、去聆听，里面就是整个的奇迹、完整的天启。去彻底想明白那些只在我们内心有暗示的事物。就在对他人来说只是那么一哆嗦或者一刹那，就发现了一个完整的人、一个完整的人生。他的内心是如此的充盈，必须将之送入世界之中。去吧，罗密欧，带着爱的野性去爱吧，去谋杀，嫉妒的奥赛罗，而你，哈姆雷特，像我一样犹豫。所有这些都是可能的生活，争吵着去活一遭。而这个诗人能以一种奇迹般的、无所不能的圆满让他们获得人生。

如果像诗人那样，我就能自由地驾驭我内心的生活，那么它们看起来就会不同了。天哪，我应该给它们编织些别的故事！那个普通人不会是一个站长，他会是一个农场主，一个农场的主人。他耕种着自己的土地，他将鞭打他的马匹，编它们的鬃毛，两匹深棕色的骟马，尾巴拖到了地上；他会抓住牛角，会用一只手掀起那辆两轮运货马车，真是个庞然大物。还有粉刷成白色的房屋，有着红色的房顶，妻子站在门阶上，她在围裙上擦着双手，回来，吃饭了，老公。我们应该要孩子，老婆，因为我们的庄稼会丰收。如果不是为了自己，我们为什么要工作呢？——那会是一个固执、暴躁的农场主，凶狠对待下人那样的奴隶主，但是另一方面，这会是一个美丽的农场，那里有那么一大群的动物和生命！那个，先生，不再是一个木棍围场，它是世界上一个真正的农场，真实的事业。每个人都会看到，在这里我为自己做了什么样的事业。——而这，将会是关于一个普通人的真实故事、完整的事实，全部的而不是部分的。这个农场主很显然将会为他的家园赴汤蹈火：不是因为它会上演什么悲剧，相反，因为它的平淡无奇。难道这么好的家园不值得一个男人用生命去保护么？也许他正在田里干活，村子里有人敲响警钟。某个地方失火了。于是这个老农场主跑起来，他的心脏不是太好，但他跑着，这太可怕了，像那样的心脏能做什么呢？心脏好像要爆裂了，好像正在剧烈地收缩，再也不能扩张，但是这个农场主仍然在跑。只跑了几步，但是心脏已经不再是一个心脏了，已经只是剧烈的疼痛。我们到了，这是大门和院子，刷成白色的墙，红色的屋顶，但为什么是倒着的呢？不，这些根本不是刷成白色的墙，是天空。但是这儿通常会是一个农场呀，这个农场主感到惊讶。而这时人们已经从屋里往外跑了，他们试着抬起一个男人的沉重身体。

或者那位忙于工作的人：那也将是一个完全不一样的故事。首先他会进展得很顺利，一张办公桌已经不够他使用，我甚至不知道必须成为什么样的人才能满足他的野心。他将会更加不顾后果，他将会对权利有一种可怕的愿望，他将会踩着众人的躯体去达成自己的目的，他会为了事业牺牲一切——幸福、爱情、人们，还有他自己。一开始是个微小、卑微的人，他会不惜一切代价往上爬。一个模范小学生，他总是拼命学习，帮助老师穿上外套；一个热心的小官员，他全神贯注于工作，奉承上司，谴责同事；后来他自己可以吩咐其他人了，发现了这是什么滋味。专横、无情，他让人们痛苦，就像奴隶监工，甩响手里的皮鞭。当然了，现在他越来越是一个重要的、有用的人物了。他发展得越来越快，却越来越孤单；权利越来越大，却越来越遭人憎恨。但他仍然不满足。为了甩掉最初的卑微，他从来不会厌烦去当一个统治者。他仍然必须向少数人弯腰。他那么急切而尊敬地鞠躬，腰部却没有折断，还真是个奇迹。因而他内心里的那种微小、卑屈的感觉始终没有克服。好吧，再成功些，还需再高些，让自己的能力发挥到极致——然而接下来，这个忙于工作的人被什么东西绊倒了，立刻就倒台了，失了宠，降了级，结束了。这就是想要变得伟大的回报，这是一个公正的报应。一个悲惨的人物，看看吧。他曾是一个如此严苛的绅士，现在他坐着，捂着心脏。他有过心么？好吧，一度他是没有的，而突然有什么在深处恐怖中隐隐作痛。那么，这就是他的心脏，这种疼痛与焦虑。谁会相信一个人竟会有如此痛苦的心脏！

或者那个过于担心自己健康的人。只是为了让他彻底地结束，他将是一个真正的怪物。他的故事，将会是一个虚弱与恐惧的巨大暴行，因为一个虚弱的人是最恐怖的暴君。一切必须围绕着他转，要敬畏、悄无声息。谁都不许笑，谁都不准享受生活，因为这儿有一个病人。任何人怎么可以、怎么能够健康、快乐呢？结束吧，你们这些小坏蛋，但愿你们的脸痛苦地抽筋，但愿你们因为恐惧和沮丧而消亡！至少对待你们，我的兄弟们，我会日日夜夜用无数琐碎的要求折磨你们，至少我要强迫你们伺候我的疾病与虚弱——我不是病么，这不是我的权利么？所以看看他们吧，他们很快就会死去！他们活该，谁让他们健康了！最后，他独自活着，这个过于担心自己健康的人。他活过了他们所有人，所以现在他没有人可以折磨了。现在他真的病了，他独自面对疾病。没有人会让他生气，会因为他今天的病痛而受到指责。那些人多么自私啊，居然都死了！接着这个过于担心自己健康的人，曾经折磨活着的人的人，开始不知不觉地、痛苦地憎恨死去的人，憎恨他们抛弃了他。

为那个英雄编什么样的故事呢——他将不会全身而退。在夜晚的某个时刻，士兵会逮住他——他会用怎样傲慢的、火辣辣的、嘲笑的眼神看着他们，就像那个油漆工的儿子。他会被当场枪毙。显然一颗子弹进入了他的心脏。只是痛苦地抽搐了一下，他就会躺着死在轨道之间。那个疯狂的上尉拿着左轮手枪：将这个叛徒拖到灯房去！四个铁路员工拖着这个躯体——全能的上帝啊，这个死人怎么这么重啊！这个时候那个诗人应该已经死去很久了，他应该是喝死的，他会死在医院里，全身浮肿，很可怕。这种沙沙声是什么，是椰子的树叶或是天使的翅膀么？仁慈的修女在为他做祷告。她握着他的双手，这样他们就不会在他的谵语中过多地徘徊。修女，修女，事情进展得怎样？

温柔的基督，谦卑？那么那个浪漫的人，他会怎样？

会发生什么事情，某种不寻常的大灾难。他会死去，毫无疑问，为了那个漂亮的陌生人。他的头会放在她的腿上，他会低语：*别哭了*①，女士。是的，这将会是合适的结局，这些是他们应该会有的真正的完整人生。

那么，所有这些人，他们都死了么？没有，还有那个上帝的小乞丐还活着，那么，他还没死么？是啊，没死，也许他永世不灭。当所有的事物都结束了，他总是还在那里，也许他会走在所有事物的最后，他将会一直旁观。

---

① 原文为法语。

第三十四章

我们每个人都是一个复合体，每个人都是消失在看不见的远方的主体。看看你自己吧，朋友，你几乎是人类的全部！这就是事情如此可怕的地方：当你犯错，责备会落到他们所有人的头上，那个巨大的主体承担着你所有的痛苦与狭隘。你不能，你不能领着这么多的人走上耻辱与虚荣之路。你就是那个自我。你在领导，你为他们负责。人们对你的期望是带领所有人到达某个目的地。

是啊，但是当有如此多的生活、如此多的可能性，我又能怎么办呢？我能拉着他们所有人的手来领导么？我应该永远观察我自己，把我的生活翻过来倒过去么？——没有什么被遗漏的吧？难道我没有可能会遗漏某个小不点么？可能他是蹲着，上帝才知道为什么，藏在别人的后面。我需要偶尔从内心里拽出某个可能的腐坏胚芽么？不过你至少能很好地辨认出五六个这样的生活，然后用名字召唤，那已经绰绰有余了。对一个完整的人生来说，每一个都足够了——为什么还要寻找呢？如果继续寻找，你甚至都无法生活了，而只是在你内心翻来找去。

所以别再管翻找这件事了，它不会有任何结果。你没有看到所有人都像你一样么，不管他们是什么。没有看到他们也是主体么？但是你甚至不知道你们所有人和他们有什么共同之处。只需要看看——确实，他们的人生也是你内心那些无数可能的人生中的一个！甚至你也可能成为其他人，你可以是一个绅士，或一个乞丐，或一个光着背的劳工。你可以是那个陶工，或者那个面包师，或者那个脸上的果酱从一只耳朵涂到另一只耳朵的九个孩子的父亲。你是所有这些人，因为在你的内心有那些各种各样的可能性。你可以看着所有的人，在他们的内心辨别所有你内心的人。每个人都过着你的某些生活，甚至那个衣衫褴褛的、被宪兵用手铐带走的那位,还有那位博学而安静的灯房管理员,以及那个醉醺醺的、借酒浇愁的上尉——每一个人。看,仔细看看,这样最终就能看到所有你可能成为的人。如果你坚持寻找,你会看到在每个人的内心都有一个你自己的碎片,那么你就会在他的内心惊讶地发现一个你真正的邻居。

是的,就像那样,感谢上帝,就像那样。我不再是如此孤单的一个人。我的朋友们,我不能再走在你们中间,我不能再近距离地观察你们了,我只能透过窗户向外看——也许会有人经过—— 一个邮递员,或者一个去上学的小孩,或者一个路人,或者一个乞丐,或者那个年轻人可能会和他的女朋友走这条路。他们会头碰着头,他们甚至不愿意抬头看向我的门,而我甚至也不能再站在窗前了。我的腿肿得那么厉害,没有了生命迹象,它们好像在变冷。但是我仍然能够想起人们,不管我认识的还是不认识的——他们就像为村庄守夜的人一样数不胜数,如此庞大的主体!天哪,这么多的人!不管你是谁,我认得你,因为我们确实几乎是平等的。在这种情况下我们每一个人都有着其他的可能性。不管你是谁,你都是我那数不清的自我。即使我恨你,我也永远不会忘记你离我是多么的近。我会像爱我自己一样去爱我的邻居,我会像怕我自己一样害怕我的邻居,我会像抗拒自己一样抗拒他们。我会感受到他的负担,我会为他的痛苦而烦恼,我会为他遭受的不公而抱怨。我离得越近,就越能发现我自己。我会对自我主义者们加以限制,因为我本身就是一个自我主义者。我会照顾病人,因为我自己就是一个病人。我不会从教堂门口的乞丐面前经过,因为我和他一样贫穷。我会和所有劳动人民交朋友,因为我就是他们中的一员。我是我可以理解的样子。在他们的人生中我了解得越多,我自己的人生就会越圆满。我会成为我可能成为的一切,而那些可能也最终变成现实。我越接近死亡,那个限制我的自我就越小。不过,确实,那个自我就像贼的一盏小灯——除了灯光自身范围内的事物,什么都没有。但是现在你,你,你,你们如此之多,我们就像为村庄守夜的人一样多。天哪,有其他的人存在,这个世界变得多大啊!人始终不肯承认世界是这么大的一个空间,这么的荣耀!

而这就是真实、普通的人生，最普通的人生。不是我的人生，而是我们的人生，我们所有人的无限人生。当有我们这么多人，我们就都是普通的，然而——这样一个节日盛会！也许甚至上帝也是一个十分普通的生命，只要去感知，就会认出他。既然我没有在我这儿找到他、认出他，也许我会在其他人那里找到他。也许会在人群中遇见他，也许他有着一张同我们所有人一样的十分普通的脸。也许他会泄露自己……或许就在那个木匠的院子里。不是说他将现身，而是突然你就会知道他就在那儿，每个地方，即便有木板梆梆响，木刨在歌唱，也没关系。父亲甚至不会抬头，弗兰克甚至不会停止吹口哨，而马蒂纳克先生会用他那漂亮的大眼睛看着，但是他不会看出什么特别之处。这将是一个十分普通的人生，同时又是这样巨大而令人震惊的荣耀。或者他将出现在那个木屋里，用搭扣紧闭，散发着动物的气味。这样黑暗的地方，阳光只从缝隙中射了进去，这时所有的事物开始在一缕光线中显现出来，显得奇怪、耀眼，所有的那些污秽以及那种悲惨。或者在世界上的最后一站，生锈的铁轨淹没在荠菜与草丛中，远处什么也没有。还有那个一切事物的终点，而这个一切事物的终点只能是上帝。或者是跑向远方的轨道，它们在无垠之处相遇，对人催眠。我不应该再沿着这些轨道出发，去追寻所谓的什么冒险了，而是直直地、直直地、径直地进入无垠之中。也许上帝就在那儿，也许甚至上帝就在我的生活中，但是我错过了。也许上帝是夜晚，一个闪着小小红绿灯的夜晚，在那个车站，最后一列火车停在那里，没有国际特快，而是一辆十分普通的小火车，一列在每个车站都停靠的列车。为什么像这样的一列普通火车不能进入无垠之处呢？当，当，工作人员用锤子敲打着车轮，搬运工的提灯在站台上闪烁，站长看了看手表，时间已经到了。卧铺车厢的门砰砰作响。大家都在敬礼。都已经准备好了，这列小货车在道岔口铆足了劲沿着那条无限延绵的路线进入了黑暗。等一下，还有许多人呢，马蒂纳克坐在那儿，醉醺醺的上尉像条狗一样睡在角落里，那个黑皮肤的小姑娘将鼻子紧贴着窗户，伸出舌头，最后一节车厢处售票员用旗子致意。等一下，我跟你们一起走！

当波佩尔先生来还手稿的时候,医生正在花园里,手稿捆得还是那么认真,像是一册完整的事迹。

医生问:"读过了么?"

"读了。"老绅士低声说,想不起来再说些别的什么。"我说,"过了一会儿他突然说,"这对他不可能有任何好处,去写这样的东西!从他的笔迹上可以很明显地看出,他写到最后时笔迹是多么的不稳定,好像他的手在发抖。"他看着自己的手。不要啊,感谢上帝,还没有那么颤抖。"我想这一定让他很心烦,你不这么认为么?以他的健康情况——"

医生耸耸肩。"这当然对他不好了。他们喊我去看他的时候,手稿还放在那张桌子上。他一定是刚刚写完——如果真的算是写完了的话——写到最后那个点。当然了,如果他只是打发时间,或者做类似的事儿,将会对他更好。"

"也许他现在还活着,哈?"波佩尔先生满怀希望地猜测。

"哦,是啊,"医生含糊地说,"一两个星期,或者一两个月——"

"可怜的人。"波佩尔先生有些动情。

花园里静悄悄,只有栅栏另一边的某处,一个小孩在叫喊。老绅士体贴地轻抚手稿的卷角处。"你说,"他突然说,"我该怎样说我自己的人生呢?我的人生可不像他的那样简单……普通,我的朋友。你还年轻,你还不知道一个人会陷入什么样的事情……如果我设法把它全部解释出来,我应该以什么为目的呢?嗯,但是,谈论这些有什么用呢。那么你,你,当然了,也同样——"

"我可没有时间想这种事情,"医生说,"在自己的思想里或者那种事情里闲逛。非常感谢,我在别人内心发现的混乱已经够多了。"

"所以你说,"波佩尔先生变得犹豫起来,"最好是要有足够的耐心——"

医生快速瞥了他一眼。别担心,我不会现在就给你做检查!"这要看情况,"他简要地说,"看那个人做什么最在行了。"

老绅士若有所思地眨了眨眼。"他是一个多么好、多么有条理的人啊——"医生转过身去,装作要去掐掉一朵枯萎的花。"也许你想知道,"他低声说,"我已经换了他花园里的那些飞燕草。这样就算他已经去了,留下的一切也都还井井有条。"

(程淑娟 译)

"蓝色东欧"译丛（部分书目）

第一辑

- 《石头城纪事》（小说）
  【阿尔巴尼亚】伊斯梅尔·卡达莱 著

- 《错宴》（小说）
  【阿尔巴尼亚】伊斯梅尔·卡达莱 著

- 《谁带回了杜伦迪娜》（小说）
  【阿尔巴尼亚】伊斯梅尔·卡达莱 著

- 《石头世界》（小说）
  【波兰】塔杜施·博罗夫斯基 著

- 《权力之图的绘制者》（小说）
  【罗马尼亚】加布里埃尔·基富 著

- 《罗马尼亚当代抒情诗选》（诗歌）
  【罗马尼亚】卢齐安·布拉加等 著

第 二 辑

- 《我的疯狂世纪》（第一部、第二部）（传记）
  【捷克】伊凡·克里玛 著

- 《我的金饭碗》（小说）
  【捷克】伊凡·克里玛 著

- 《一日情人》（小说）
  【捷克】伊凡·克里玛 著

- 《终极亲密》（小说）
  【捷克】伊凡·克里玛 著

- 《等待黑暗，等待光明》（小说）
  【捷克】伊凡·克里玛 著

- 《没有圣人，没有天使》（小说）
  【捷克】伊凡·克里玛 著

- 《花园里的野蛮人》（散文）
  【波兰】兹比格涅夫·赫贝特 著

- 《带马嚼子的静物画》（散文）
  【波兰】兹比格涅夫·赫贝特 著

- 《海上迷宫》（散文）
  【波兰】兹比格涅夫·赫贝特 著

- 《父辈书》（小说）
  【匈牙利】瓦莫什·米克罗什 著

第 三 辑

- 《乌尔罗地》（散文）
  【波兰】切斯瓦夫·米沃什 著

- 《路边狗》（散文）
  【波兰】切斯瓦夫·米沃什 著

- 《第二空间——米沃什诗选》（诗歌）
  【波兰】切斯瓦夫·米沃什 著

- 《无止境——扎加耶夫斯基诗选》（诗歌）
  【波兰】亚当·扎加耶夫斯基 著

- 《捍卫热情》（散文）
  【波兰】亚当·扎加耶夫斯基 著

- 《索拉里斯星》（小说）
  【波兰】斯塔尼斯瓦夫·莱姆 著

- 《遗忘的梦境——查特·盖佐短篇小说精选》（小说）
  【匈牙利】查特·盖佐 著

- 《流星——卡雷尔·恰佩克哲理小说三部曲》（小说）
  【捷克】卡雷尔·恰佩克 著

- 《神殿的基石——布拉加箴言录》（箴言）
  【罗马尼亚】卢齐安·布拉加 著

- 《十亿个流浪汉，或者虚无——托马斯·萨拉蒙诗选》（诗歌）
  【斯洛文尼亚】托马斯·萨拉蒙 著

第四辑

- **《耻辱龛》**（小说）
  【阿尔巴尼亚】伊斯梅尔·卡达莱 著

- **《三孔桥》**（小说）
  【阿尔巴尼亚】伊斯梅尔·卡达莱 著

- **《接班人》**（小说）
  【阿尔巴尼亚】伊斯梅尔·卡达莱 著

- **《绝对恐惧》**（小说）
  【捷克】博胡米尔·赫拉巴尔 著

- **《严密监视的列车》**（小说）
  【捷克】博胡米尔·赫拉巴尔 著

- **《雪绒花的庆典》**（小说）
  【捷克】博胡米尔·赫拉巴尔 著

- **《温柔的野蛮人》**（小说）
  【捷克】博胡米尔·赫拉巴尔 著

- **《无常的夏天》**（小说）
  【捷克】弗拉迪斯拉夫·万楚拉 著

- **《赫贝特诗歌精选》**（诗歌）
  【波兰】兹比格涅夫·赫贝特 著

- **《垃圾日》**（小说）
  【匈牙利】马利亚什·贝拉 著

第 五 辑

- 《壁画》（小说）
  【匈牙利】萨博·玛格达 著

- 《鹿》（小说）
  【匈牙利】萨博·玛格达 著

- 《两座城市》（散文）
  【波兰】亚当·扎加耶夫斯基 著

- 《另一种美》（散文）
  【波兰】亚当·扎加耶夫斯基 著

- 《简短，但完整的故事》（小说）
  【波兰】斯瓦沃米尔·姆罗热克 著

- 《三个较长的故事》（小说）
  【波兰】斯瓦沃米尔·姆罗热克 著

- 《乌村幻影》（小说）
  【罗马尼亚】欧金·乌力卡罗 著

- 《裸浴场上的交响音乐会：罗马尼亚20世纪小说精选》（小说）
  【罗马尼亚】诺曼·马内阿等 著

- 《离乱之间》（小说）
  【保加利亚】安东·尼科洛夫·东切夫 著

- 《魔鬼作坊》（小说）
  【捷克】雅奇姆·托博尔 著

· 部分书名为暂定，以出版时为准 ·